Martin Horváth

Mohr im Hemd
oder
Wie ich auszog, die Welt zu retten

Martin Horváth

Mohr im Hemd

oder

Wie ich auszog,
die Welt zu retten

Roman

Roman Horv

Deutsche Verlags-Anstalt

Für Lily,

die in ihrem Haus und ihrem Herzen
schon vielen eine neue Heimat
geboten hat

Prolog

Damit Sie's gleich wissen: Meine Haut ist braun. Dunkelbraun. Man könnte auch sagen kaffeebraun, was man natürlich in dieser Stadt der tausend Kaffeehäuser etwas präziser formulieren muss: Je nach Tageslicht und Laune zeigt sich mein schöner Teint nämlich einmal heller, einmal dunkler, schimmert morgens meist in feinem Melangebraun, gibt sich mittags kleiner- oder großerbraunerbraun, verfärbt sich nachmittags zu elegantem Einspännerbraun, um am Abend schließlich – Herr Ober, zahlen bitte – bei sattem Espresso- oder Mokkabraun zu landen.

In dieser Stadt der tausendundein Konditoreien kann man Kaffee natürlich nicht ohne Kuchen- oder Tortenstück genießen. Doch Linzer Torte will ich nicht, auch Apfelstrudel kommt mir keiner auf den Tisch, es steht mir der Sinn nicht nach Indianerkrapfen oder anderem Unfug für Bleichgesichter, nein, Herr Ober, ein Mohr im Hemd muss es sein, so viel ist klar. Mohr im Hemd will ich, sonst fühle ich mich nicht wohl in meiner Haut, Mohr im Hemd krieg' ich, sonst wähne ich mich nicht willkommen in diesem Land.

So. Nachdem wir das geklärt haben, können wir ja beginnen. Mein Name ist Ali und ich bin neu in dieser Stadt. Seit kurzer Zeit lebe ich in einem Heim unweit der Donau und kenne mittlerweile alle hundertdreißig Mitbewohnerinnen und -bewohner sowie alle Betreuerinnen und Betreuer beim Namen. Die wundern sich, wenn ich sie morgens und mittags und abends auf langen Gängen und engen Treppen begrüße: Wie kannst du dir die Namen so schnell merken, Du bist doch gerade erst angekommen, Du bist ja noch so jung, so staunen sie in vierzig Zungen. Das ist ja wirklich kein großes Kunststück, entgegne ich bescheiden, einem jeden in seiner Sprache. Erstaunlich, sagen sie und schütteln Köpfe mit schwarzen, weißen, gelben und braunen Gesichtern.

Gelb: Da gibt es zum Beispiel einen, der ist ein Sohn der mongolischen Steppe, er zieht ein Bein beim Gehen hinterher, Männer in Uniform haben es vor zwei Jahren zertrümmert, um ihn zum Reden zu bringen. Er trägt trotzdem die Sonne im Gemüt, doch sei gewarnt, Fremder, vor seinem Fahrtwind – die Eintöpfe, die seine Frau tagtäglich in der winzigen Kochnische ihres Zimmers zubereitet, er zieht ihren Nachhall hinter sich her wie eine Braut die Schleppe ihres Kleides. Weiß: Da ist ein anderer aus den Schluchten des Balkans zu erwähnen, bleichgesichtig schleicht er die schäbigen Gänge entlang, treppauf, treppab, den ganzen Tag über und nicht selten auch nachts, plötzlich ist er hinter dir, neben dir, den jungen Mädchen ist er nicht ganz heimlich, er spricht nicht viel, und man sagt, er habe Schreckliches erlebt, bevor er fliehen konnte aus den kargen Bergen seiner Heimat. Braun: Da haben wir einen, der floh aus Westafrika, das Ehepaar in der Wohnung darunter beschwert sich, weil er in seinem Zimmer stundenlang auf und ab und ihnen auf die Nerven geht. Außerdem haben wir ein Paar aus dem wilden Kurdistan, sie vermehren sich mit atemberaubender Geschwindigkeit, jede Woche gibt es ein blassbraunes Kind mehr, das ängstlich hinter der Tür hervorlugt. Und dann, dann ist da natürlich noch die Schwarze Köchin, der Meereswind, der wolkenschwere, hat sie von einer fernen Insel in trockenere Gefilde geweht. Man kann nicht sagen, dass sie mit Geist oder Anmut gesegnet wäre, aber, jedoch, obschon: Wenn sie kocht, wenn sie schnetzelt und hackt und knetet und rührt in ihrer Puppenküche, dann sprechen die Götter aus ihr mit tausend Stimmen. Der Reisgott Xamun, der von den Bewohnern Bhutans verehrt wird; der dreiköpfige Gomilo, dem die Köche Avusturiens Schreine errichtet haben in ihren Küchen; Myi-Xhi-Lin, die Sternenglänzende; Ibeorga, die Schöne, Ibeorga, die Schreckliche: Sie alle schweben über den Töpfen, sie schleichen wie Katzen um die Beine der Schwarzen Köchin, sie sitzen am Wackeltisch und klappern wie ungezogene Kinder mit billigem Blechbesteck und warten voller Ungeduld darauf, endlich, endlich ihre göttlichen Zähne in irdische Genüsse schlagen zu dürfen. Nicht zuletzt wären da meine unmittelbaren Mitbewohner im obersten Stock zu erwähnen, so jung, so unschuldig, ach, und dann müsste ich natürlich über Mira berichten – – – doch genug, genug! Nicht alle sollen sich hier in den Vordergrund drängen, es gibt ja ohnehin keinen, keinen Einzigen hier im Haus, der mir auch nur ein Glas Wasser reichen könnte.

Was all diese Menschen, seien es Kinder, Jugendliche oder Erwachsene, miteinander verbindet: Sie warten. Geduldig oder ungeduldig, ängstlich oder zuversichtlich, apathisch oder voller Tatendrang warten sie auf Papiere. Papiere mit Stempeln, Papiere, die ihnen erlauben, ihre Flucht zu beenden und anzukommen in diesem Land, Papiere zum Arbeiten, zum Leben, zum Hoffen, Papiere, auf denen ihr Menschsein amtlicherseits bestätigt wird: Eine Unterschrift hier und dann noch eine da, und nun der Nächste, aber dalli, dalli!

Warum sage ich »sie« und schließe mich nicht ein in ein »Wir«? Ich sitze ja auch in diesem Asylwerberheim genannten Wartesaal, in dieser Bahnhofshalle, von deren Gleisen ein Zug abfahren und die Wartenden an ihr Ziel bringen wird, vielleicht, irgendwann, man weiß nicht wann, man weiß nicht wirklich wohin, vielleicht geht es auch wieder zurück zum Ausgangsort. Ja, wir leben Tür an Tür, doch ansonsten habe ich nicht viel gemein mit den Menschen um mich herum. Es sind gute Menschen, ich liebe sie alle, ja, aber was habe ich mit Bauern und Hirten zu schaffen, die ihren verlorenen Hühnern und Schafen und Gänsen nachweinen? Ich, ich gebe nur vor zu warten, denn in Wahrheit gibt es nichts, auf das ich warten müsste. Ich brauche niemand, der meine Flucht für abgeschlossen erklärt, ich brauche keinen, der mir erlaubt, Mensch zu sein, der mir die Lizenz zum Leben, die Genehmigung zum Arbeiten erteilt. Ich *bin* Mensch, ich lebe, und Arbeit, Arbeit gibt es hier im Haus genug für mich.

Woher kommst du, Ali, fragen mich meine Mitbewohner. Ist das wirklich so wichtig, gebe ich mit gelangweilter Miene zurück. Doch dann antworte ich geduldig: Ich komme von dort, wo die Wüste, die endlose, sich ins Meer hinausschiebt mit gelbsamtenen Zungen, antworte ich dem einen, der seine Heimat an den Gestaden Westafrikas vermisst; ich bin da geboren, wo Palmblätter sich im Wind wiegen und das Himmelsblau nichts kennt als die Sonne. Ich auch, sagt er, mit Tränen in den Augen, ich auch! Ich bin da zu Hause, wo die Musik zu Hause ist, so lautet meine Antwort für die Götterköchin; auf jener Insel im Meer der sieben Farben bin ich zu Hause, wo die Musik auf den Straßen und Plätzen und in den Farben der Kleider wohnt, in den Bewegungen der Menschen und in ihrer Sprache, ja, sogar in den tanzenden Besen der Straßenkehrer. Ach, hör doch auf, sagt sie seufzend und schickt einen wasserblauen Blick in die Ferne. Bruder, sagt ein Dritter zu mir und umarmt mich, als ich ihm anvertraue, dass meine Heimat da ist, wo die Berge, die wolkenverhangenen, sich über feuchtgrünen Wäldern türmen. Bruder, fragt er, hast du was zum Rauchen mitgebracht?

Ali ist natürlich nicht mein richtiger Name. Man verstehe mich nicht falsch – es liegt mir fern, den Schwiegersohn des Propheten zu beleidigen. Aber Ali heißt heutzutage jeder zweite Taxifahrer, jeder Kebabverkäufer hört auf diesen Namen oder auch das jüngste von zweiundzwanzig Kindern, dessen Eltern das letzte bisschen Fantasie bei der Zeugung aus den aufgeregten Körpern geschwitzt haben. Mein richtiger Name, ein Name, wie ihn nur von der Natur begünstigte Erstgeborene verdienen, ist viel klangvoller, viel größer. Mein Name ist ein Sturm über der Wüste, in meinem Namen, da spiegeln sich nächtens die silbernen Sterne, und es singen die Vögel, die tausendbunten. Doch diesen Namen, meinen richtigen Namen, kennt nur meine Familie. *Kannte* nur meine Familie, muss ich sagen, denn ich bin der Einzige, der übrig geblieben ist, und von mir wird niemand diesen Namen erfahren. Ali, das merkt sich einfach jeder, selbst der dümmste Rassist, selbst der kleinkarierteste Spießer kann den Namen aussprechen, ohne dabei über die eigene

Zunge zu stolpern, ja, sogar der zerstreute Professor, der dafür bezahlt wird, den Neuzugängen im Haus das Seelenstethoskop an den nachtschwarzen, steppengelben oder angstbleich pochenden Busen zu legen, sogar er hat sich den Namen gemerkt. Herr … äh … Herr Ali, sagt er, mein Nachname ist ihm dann doch zu kompliziert, Sie haben wirklich eine bemerkenswerte psychische Konstitution! Er blättert ein wenig in meiner Akte. Wirklich erstaunlich bei all dem, was Sie erlebt haben, fügt er hinzu. Sehr erfreut, Herr Doktor, danke, Herr Doktor, auf Wiedersehen, Herr Doktor!

Bei all dem, was Sie erlebt haben. Man erwarte jetzt nicht von mir, dass ich im Detail über diese Erlebnisse berichte. Es gibt ja auch nicht allzu viel zu berichten: ein bisschen Folter hier, ein bisschen Einschüchterung da, meine Mutter und meine Geschwister hat man umgebracht, mein Vater ist verschollen, ich habe mich aus dem Staub gemacht, keine besonderen Vorkommnisse, nicht der Rede wert, das Übliche eben.

Wie kommt es, dass du so viele Sprachen sprichst, Ali, Und so völlig ohne Akzent, Und Fehler macht er auch keine, so wundern sich meine guten Mitbewohner. Meine Mutter hatte eine Sprachschule, lautet die Antwort des Bildungsbürgers in mir. Mein Vater war Diplomat, wir sind jedes Jahr in ein anderes Land übergesiedelt, so spricht der Weltbürger. Der Kleinbürger gibt zu Protokoll: Ich habe immer brav und fleißig gelernt. Und als Bewohner jenes weiten Landes namens Poesie nehme ich die Leier zur Hand und beginne zu singen: Von Babylon da komm' ich her, dort stand ein großer Turm, ich wohnte unter seinem Dach, bevor er fiel im Sturm. Und es staunen die Bauern, und die Hirten verharren in schweigender Andacht. Wie alt bist du, Ali, fragen sie dann weiter. Euch erstaunt wohl meine Reife und mein großes Wissen, Ihr Lieben? So ist es, antworten sie im Chor und harren meiner Worte. Da, wo ich herkomme, zählt man nicht die Monate oder Jahre, erkläre ich geduldig. Aber was steht in deinen Papieren? Auf Papier steht geschrieben, dass ich zu alt bin, um nur zu spielen, zu jung, um ohne Wunsch zu sein. Ratlos blicken sie mich an, die Lieben. Also gut, gebe ich mich geschlagen, wenn ihr darauf besteht, dann verrate ich es euch: Offiziell bin ich fünfzehn, inoffiziell einundfünfzig, was keinen Unterschied macht, denn Altersangaben sind, wie jeder weiß, kommutativ.

Melange- bis mokkabraun ist meine Haut, ich betone das noch einmal, damit es nachher nicht heißt, ich hätte es verschwiegen, Mohr im Hemd will ich, ich sagte es schon, und es wartet, auch das wurde schon erwähnt, viel Arbeit auf mich. Worin besteht diese Arbeit? Nun, meine Aufgabe ist es, den Geschichten meiner Mitbewohner hinterherzuspüren. Es sind Geschichten mit vielen exotischen Namen, die schwer zu merken sein mögen, Geschichten, so sei ausdrücklich gewarnt, in denen eindeutig die dunklen Kapitel überwiegen. Dunkel, weil viele Bewohner dieses Hauses Schlimmes erlebt haben; dunkel, weil manche nichts von sich preisgeben wollen; dunkel aber auch, weil nicht immer klar ist, ob sie die Wahrheit sagen oder sie zurechtbiegen und Dunkles erfinden, um sich zwecks Erlangung von Asyl in ein besseres Licht zu rücken. Ich, ich bin jedenfalls hier, um die Geschichten aufzuspüren, sie der Finsternis zu entreißen, um solcherart Licht ins Dunkel zu bringen, und zwar in jeder Hinsicht.

1

Manche Geschichten muss man nicht suchen, sie finden einen. Schon früh am Morgen herrscht Aufregung im Haus: Im dritten Stock haben sie Salva, einen Mitbewohner aus dem Sudan, abgeholt, haben ihn davongezerrt, seine Frau hat geschrien und sich auf die Männer in Uniform geworfen, doch es hat nichts geholfen. Habe ich etwas getan, um diese Abholung zu verhindern? Ich muss gestehen: Nein, habe ich nicht. Ich lag in der wohligen Wärme meines Bettes, Mira, meine Göttin, ruhte im Traum an meiner Seite, ich blickte in ihre tiefgrünen Augen, ich griff nach ihrer Hand, ich – – – und da ging schon das Geschrei los und riss nicht nur Salva fort von seiner Frau und den zwei Kindern, sondern auch mich von Miras Seite. Als ich aufstehe und bettschwer Richtung Bad wanke, ist es längst zu spät.

Man wirft Salva vor, mit Drogen gehandelt zu haben. Stimmt der Vorwurf, wird man nun fragen, ich muss jedoch gestehen, ich weiß es nicht. Zu kurz bin ich erst im Haus, zwar weiß ich vieles, doch leider noch nicht alles. Ich habe daher auch keinen Trost für Salvas Frau. Man wird ihn wahrscheinlich, ob die Anschuldigungen nun berechtigt sind oder nicht, bald in ein Flugzeug setzen, vielleicht sogar in die Passagierkabine, wenn er brav ist, man wird ihn an den Sessel binden, ihm vielleicht Mund und Nase zukleben, damit er die Urlaubsstimmung ringsum nicht durch seinen Atem verpestet, und wenn er Glück hat, dann wird er lebend dort ankommen, wo man ihn ein Jahr zuvor totzuprügeln versuchte. Das klingt hart? Oder zynisch? Nun, man soll die Dinge beim Namen nennen. Eine Rose ist eine Rose ist eine Rose. Schweinescheiße ist Schweinescheiße ist Schweinescheiße.

Offiziell – das habe ich bisher verschwiegen – gehöre ich ja zu den sogenannten UMFs, den Unbegleiteten Minderjährigen Flüchtlingen. Unsere betreute Wohngemeinschaft für derzeit zwölf Jugendliche liegt im vierten und letzten Stock des Hauses und nennt sich Leo, hierzulande die Bezeichnung für jenen Ort beim Fangenspielen, an dem man sicher ist und nicht abgeschlagen werden kann. Zwar haben wir nicht direkt mit den Erwachsenen in den anderen Stockwerken zu tun, und wenn wir etwas von »unten«, wie es heißt, erfahren, dann stammt es oft aus zweitem oder drittem Munde, wurde wiedergekäut in verschiedenen Sprachen, und was bei diesem mehrsprachigen Stille-Post-Spiel ankommt, ist mit Vorsicht zu genießen. Aber auch bei uns weiß man bereits über den Polizeieinsatz Bescheid, und am Frühstückstisch wird eifrig darüber diskutiert, ob Salva nun tatsächlich Drogen verkauft hat und ob man ihn wohl abschieben wird.

Ich will mich gerade vom Frühstückstisch erheben, um mich langsam auf den Weg zum Deutschkurs zu machen, als plötzlich Adolphe Mwenga aus dem zauberhaften Kongo in die Küche stürmt. Du musst putzen, Ali, stört er meine Kreise, du bist auf die Liste, Badezimmer und Klo. Erstens heißt es »auf *der* Liste«, korrigiere ich meinen schwarzen Bruder, und zweitens bin ich nicht in dieses Land gekommen, um Scheißhäuser zu putzen, es gibt andere, die das viel besser können als ich, die das gerne tun, weißt du. Alle müssen putzen, beharrt Adolphe, dann stürmt er aus dem Zimmer. Zwei Minuten später ist SIE da: Mira, mein Täubchen, begrüße ich sie.

Mira also. Mirela Obranović gehört, obwohl auch sie die Fremde in sich trägt, nicht zu den Wartenden im Haus. Sie ist einer von fünfundzwanzig Menschen, deren Aufgabe darin besteht, hundertdreißig anderen Menschen beim Warten zuzusehen. Was Miras konkreten Arbeitsbereich betrifft, gibt es gewisse Auffassungsunterschiede: Laut Heimleitung obliegt ihr zusammen mit vier Kolleginnen und Kollegen die Betreuung der UMFs; tatsächlich weilt sie natürlich einzig und allein für mich auf Erden, und sie ist, es gibt da gar keinen Zweifel, die schönste Frau auf diesem Planeten.

Ich bin nicht dein Täubchen, glaubt sie widersprechen zu müssen, und du solltest nicht mehr in der Küche, sondern im Bad beim Putzen sein. Kommt heute noch hoher Besuch, weil alle vom Putzen sprechen, frage ich. Du bist frech, Ali! Ach, nicht frecher als notwendig, gebe ich zurück. Ali, ich weiß, dass es dir nicht gut geht, sagt sie seufzend, dass du … Es geht mir blendend, unterbreche ich sie. Na, umso besser! Dann erinnere dich bitte an das, was wir bei deiner Ankunft besprochen haben: Es wird jeden Tag geputzt, es gibt eine Liste, und jeder kommt in regelmäßigen Abständen für die verschiedenen Dienste dran. Aha, jetzt sind wir also unter die Bürokraten gegangen. Nein, aber es gibt gewisse Regeln, die für das Zusammenleben notwendig sind und an die man sich zu halten hat. Ach, und jetzt werden wir autoritär … Sie spricht weiter auf mich ein, schließlich muss ich an das Wort vom Klügeren denken und gebe nach. Aber nur, weil du es bist, mein Täubchen, rufe ich ihr hinterher.

Und nun putze ich also, putze Fliesen, putze Spiegel, putze Klinken, putz' und striegel'. Natürlich, es ist ganz klar, man lässt sich einfach ein paar Neger aus Afrika kommen, man hält sich eine Handvoll Nigger zum Putzen, wozu denn sonst, dazu sind sie ja schließlich da! Man gibt sich humanitär, aber dann kommt ja doch wieder die hässliche Fratze des Rassismus zum Vorschein. Aber müssen alle putzen, sagt Adolphe, der mit mir gemeinsam das Putztuch schwingt, wer soll sonst machen? Na, eine Putzfrau, sage ich. Wenn du hast Wohnung, sagt er, später, du hast auch kein Geld für ein Putzfrau. Ach, ihr seid ja alle schon gehirngewaschen, gehirngeputzt seid ihr! O Lord, stimme ich in den uralten Klagegesang meiner schwarzen Brüder und Schwestern ein, where art Thou who banisheth every sorrow and setteth free every slave, Thou who art the Redeemer of every soul, where art Thou to help me in this hour of darkness and despair! Die Ketten an meinen Fußgelenken rasseln, die Klomuschel seufzt, während Meister Proper und ich ihr den kühlen Leib polieren. Dir geht es doch noch gut, sagt sie zu mir, aber ich, ich sehe den ganzen Tag nur Ärsche! Morgens, mittags, abends, nachts – nichts als Ärsche! Große Ärsche, kleine Ärsche, schwarze Ärsche, weiße Ärsche – sei froh, dass dir dieses Leben erspart bleibt. O Lord, wende ich mich von diesem Elend ab und dem Spiegel über den beiden Waschbecken zu. Spieglein, Spieglein an der Wand, wer ist der Ärmste im ganzen Land, befrage ich mein blitzblankes Gegenüber, bereue es jedoch im selben Augenblick. Ich habe genug davon, unausgeschlafene Gesichter wiederzugeben, klagt mir der Spiegel sein Leid, ich möchte gerne zu mir selbst finden, erklärt er mir. Doch ich habe genug von analfixierten Klomuscheln und frustrierten Spiegeln und verlasse fluchtartig das Bad.

Mein Tagwerk wurde gestört, mein Tagesablauf durcheinandergebracht. Nach dem Frühstück fliegen normalerweise alle aus, um nach mehr oder weniger kurzem Flug in irgendeinem Kurs zu landen: im Alphabetisierungskurs, im Deutschkurs für Anfänger, im Deutschkurs für Fortgeschrittene, im Hauptschulabschlusskurs, im EDV-Kurs, es gibt kaum einen Kurs, den es nicht gibt, manche davon finden im Haus statt, andere wiederum außerhalb. Also lautet ein Beschluss, dass der Mensch was lernen muss; man lernt also, man studiert, man bildet sich, ich bilde mich, du bildest dich, er/sie/es bildet sich, man bildet sich weiter, man bildet sich fort, man bildet sich und so weiter und so fort. Bildung ist das halbe Leben, trichtert man uns ein, ohne Bildung keine Integration, und bildet euch nur nicht ein, ihr wüsstet schon alles.

Ich habe mich freiwillig zum Deutschkurs gemeldet, aber natürlich nicht, um Deutsch zu lernen – das beherrsche ich weit besser als Lukas Neuner, unser sogenannter Lehrer –, sondern um an meinen Mitbewohnern und ihren Geschichten dranzubleiben. Woher kommst du, lautet des Lehrers Frage heute, und obwohl es sich um eine Wiederholung der Lektion vom Vortag handelt, gelingt es nur den wenigsten meiner Mitbewohner, die Frage richtig zu beantworten und an den jeweiligen Sitznachbarn weiterzugeben.

Ich stamme vom Planeten Erde am Rande der Milchstraße, lautet meine Antwort, als ich an der Reihe bin. Und wo stand deine Wiege, mein schönes Kind, befrage ich Amal, die keineswegs schön und auch kein Kind mehr ist, höchstens eines von Traurigkeit. Ich komme von The Gambia, antwortet sie und senkt errötend den Blick. Wunderbar, lobt der Mann, der meint, uns Deutsch beibringen zu können. Ich bin dreiunddreißig Jahre alt, fährt er fort, und wie alt bist du, fragt er Amal. Siebzehn, antwortet Amal, noch immer mit geröteten Wangen, wobei es ja Bleichgesichter gibt, die der festen Überzeugung sind, Menschen mit schwarzer Hautfarbe könnten weder erröten noch erbleichen, und ich frage mich, ist das Wangenrot immer noch auf mein großzügiges Kompliment zurückzuführen oder ist es die Lüge über das eigene Alter, die Amal die Schamröte ins Gesicht treibt. Ich nehme ihr die Altersangabe nämlich nicht ab, oder vielmehr, man müsste ihr das eine oder andere Jahr abnehmen, um auf siebzehn zu kommen, und wenn wir schon beim Abnehmen sind – es würde ihr durchaus nicht schaden, auch gleich ein paar Kilo loszuwerden. Okay, okay, wäre Mira im Raum, würde sie mir jetzt auf die Finger klopfen. Das geht dich überhaupt nichts an, höre ich sie sagen. Jaja, ich weiß, du hast ja recht.

Warum Amal Mbowe aus dem reizenden Gambia sich jünger macht, als sie tatsächlich ist? Nicht etwa aus Eitelkeit, nein, sondern natürlich, um ein klein wenig besser gerüstet zu sein für die schwindelerregenden Abgründe des hiesigen Asylsystems. Das Gleiche gilt übrigens auch für Adolphe Mwenga aus dem zauberhaften Kongo – der Mann mit dem unzweifelhaft schönsten Vornamen im Haus, der Mann mit dem kessesten Oberlippenbärtchen –, denn obwohl sein Bärtchen ein flaumiges ist, muss man auch bei ihm zu den offiziellen siebzehn ein paar inoffizielle Jährchen hinzurechnen. Mehr darf und will ich dazu nicht sagen, denn es könnte von den übereifrigen Beamten des Bundesabschiebeamtes gegen Adolphe oder Amal ausgelegt werden.

Vor dem Kursraum im Erdgeschoss des Hauses läuft mir Mira über den Weg, die gerade aus dem Büro der Anstaltsleiterin tritt. Gemeinsam besteigen wir den Lift, doch leider zwängt sich im letzten Augenblick Hans Pogatschnigg als störende Präsenz zwischen uns. Hans, leicht zu erkennen an der Nickelbrille, am stets zerknitterten T-Shirt, den fleckigen Jeans und der immer etwas zerdrückten Frisur, ist einer von fünf Betreuern, die sich mit Mira den Dienst teilen, sodass tagsüber immer zwei, nachts einer anwesend ist, dazu kommen noch unser Chefaufseher und ein Zivildienstleistender.

Nenn' sie nicht Schafzüchter und Ziegenhirten und Kameltreiber und Kuhdungsammler, weist Mira mich zurecht, als ich ihr von den kaum merklichen Fortschritten meiner Mitbewohner im Deutschkurs berichte. Jaja, du hast ja recht, mein schönes Kind, gebe ich mich zerknirscht, aber ich liebe sie ja trotzdem alle, auch wenn sie Bauern und Hirten sind. Nenn mich nicht schönes Kind, wehrt sie sich gegen mein Kompliment. Aber du bist doch schön! Sie lächelt. O, wie überlegen sie sich gibt, ha, aber sie fährt sich trotzdem mit dem Fingerkamm durchs rotbraun schimmernde Haar! Vielleicht. Aber ich bin nicht dein Kind, im Gegenteil, ich könnte deine Mutter sein. Meine Mutter? Das heißt also, es wäre Inzest, mit dir ins Bett zu gehen? Na hallo, glaubt Hans sich empören zu müssen. Du bist ein unverschämter Bengel, wirft Mira mir an den Kopf. Ja, mein schöner Engel, flöte ich ihr zu.

Woher kommst du, fragte ich sie gleich an meinem ersten Tag im Haus. Ist das wirklich so wichtig, gab sie zurück. Aus Wien, antwortete sie bei meinem zweiten Versuch, doch ich wusste, dass sie nicht die Wahrheit sagte, auch wenn sie ein wunderbar melodiöses, akzentfreies und beinahe fehlerloses Deutsch spricht. Ich komme aus einem Land, antwortet sie mir nun, als der Lift im vierten Stock mit einem Ruck stehen bleibt, in dem Menschen jahrzehntelang Nachbarn, Kollegen, Freunde gewesen waren und sich plötzlich gegenseitig die Schädel einschlugen. Ich bin in einer Stadt aufgewachsen, in der Katholiken, Muslime und Orthodoxe Tür an Tür wohnten und sich trotzdem von einem Tag auf den anderen nur noch mit Gewehren unterhielten. Ich verstehe, sage ich. Gar nichts verstehst du, sagt sie und tritt gemeinsam mit Hans auf den Gang hinaus.

Auch ich verlasse den Lift und blicke ihr hinterher, wie sie mit kaum merklichem, aber umso betörenderem Hüftschwung von dannen schwebt. O, ich sollte Gedichte schreiben für sie … Du Stern über strahlenden Städten, Mond über milchigen Meeren, Muse mit melischem Munde, du, und Braut mit den bronzenen Brüsten, Körbchengröße A übrigens, klein und fest, genau so, wie sie sein sollen, ihre Füße sind vielleicht ein bisschen groß geraten, Schuhgröße 40, sind aber schlank und elegant und durchaus wohlproportioniert. Und diese Füße tragen sie nun hinaus aus meinem Blickfeld Richtung Büro, ich hingegen steuere auf die Küche zu, denn es ist Zeit fürs Mittagessen.

Die Erwachsenen in den unteren Stockwerken kochen selbst, und die unterschiedlichsten Gerüche, die dabei tagtäglich das Haus durchziehen, vermengen sich zu einer Mischung aus Vertrautem und Unbekanntem. An guten Tagen liegt Heimat für alle in der Luft, an schlechten Fremde, meist aber reicht es bloß für das Niemandsland dazwischen. Wir im Leo hingegen werden mittags bekocht, so soll es auch sein, wir sind ja noch Kinder, wir sind zu klein, um zum Herd hinaufzugelangen. Nachdem mir der Eintopf, der heute auf dem Speiseplan steht, nicht scharf genug ist, füge ich ein bisschen von meiner selbst zubereiteten Gewürzmischung hinzu. Scharf, fragt Kamal das Kamel, das sich zu mir an den Tisch gesetzt hat. Nicht sehr, antworte ich. Darf ich probieren? Aber natürlich. Er nimmt eine Prise zwischen Daumen und Zeigefinger und streut sie über seinen Teller. Nach dem dritten Bissen wird sein Gesicht rot, nach dem fünften blau, dann beginnt es aus seinen Ohren zu rauchen. Ist alles in Ordnung, Kamal, frage ich besorgt. Kamal, hallo, geht es dir gut? Er ist tot, stellt Afrim Destani aus dem idyllischen Kosovo mit Kennerblick fest. Es dauert zehn Minuten und braucht drei Liter Wasser, bis sich Kamals Gesichtsfarbe normalisiert hat und er wieder sprechen kann.

Kamal, oder eigentlich Abu-Bakr al Kamal, wird übrigens nie lernen, mit Besteck zu essen. In seiner Heimat im hintersten Gewinkel Afghanistans hinter den Bergen bei den sieben Schergen sind Gabel und Löffel unbekannte Instrumente, Instrumente, mit denen er hier zum ersten Mal konfrontiert wurde. Er gibt sich Mühe, das kann man ihm nicht absprechen, doch bis jetzt hat sich diese Mühe nicht bezahlt gemacht. Auch sonst ist er nicht gerade der Hellste, um es großzügig zu formulieren, warum ausgerechnet so jemand Kamal, also Vollkommenheit heißt, ist mir schleierhaft. Bakr bedeutet übrigens Kameljunges, und das trifft den Nagel schon eher aufs hohle Geköpf. Sein Blick folgt jedenfalls angestrengt den Bewegungen der eigenen Hände, als würden diese vom Besteck geführt und nicht umgekehrt. Willst du nicht lieber die Werkzeuge verwenden, die dir Allah in seiner unendlichen Weisheit geschenkt hat, frage ich ihn. Er blickt fragend zurück, Unverständnis in den jungen Kamelaugen, Unverständnis, aber auch große Gutmütigkeit, das muss man ihm zugutehalten.

Manchmal wird beim Essen lautstark diskutiert, in einer Melange aus Deutsch, Englisch und verschiedenen anderen Sprachen wird da über Fernsehsendungen, Fußball, das Internet oder über Pop- und Filmstars gesprochen, man redet über Computerspiele oder die neuesten Mobiltelefone, die sich ohnehin niemand leisten kann. Es gibt aber auch Tage, an denen kaum oder gar nicht gesprochen wird, Tage, an denen die Küche mit ihren zwei langen Tafeln zum klösterlichen Refektorium wird. Und jeder meiner Brüder und Schwestern verharrt dann in selbst auferlegtem Schweigen, jeder ist in seine eigene Welt mit jeweils eigenen Problemen eingesponnen, ein Dutzend Paralleluniversen füllt an diesen Tagen die Weiten des Weltalls, und dazwischen klaffen riesige schwarze Löcher.

Heute ist so ein Schweigetag, doch Afrim aus dem lieblichen Kosovo versucht gerade, die Löcher mit viel Getöse zu stopfen. Wo ist dein Mann, fragt er Mira, die sich ebenfalls eine Portion vom Eintopf geholt und sich auf einen freien Platz neben Afrim gesetzt hat. Wie kommst du auf die Idee, dass ich einen Mann habe, gibt sie mit hochgezogener Augenbraue zurück. Afrim deutet mit dem Daumen ans andere Ende des Tisches. Du hast Tochter, sagt er. Miras Töchterchen Alenka blickt auf. Sie kommt nach der Schule oft ins Haus, ihr elfter Frühling zieht dieser Tage blütenbunt ins Land, und sie ist ganz die Frau Mama, das gleiche Augengrün, der gleiche Lippenschwung, der gleiche rötliche Schimmer im braunen Haar. Mira meidet Alenkas Blick. Um Kinder zu haben, braucht man heutzutage keinen Mann, sagt sie schulterzuckend. Wie willst du Kind machen ohne Mann, fragt Afrim hitzig, als fühlte er sich persönlich um seine Daseinsberechtigung als Mann betrogen. Mira beginnt, verschiedene Methoden der künstlichen Befruchtung aufzuzählen und amüsiert sich dabei ganz offensichtlich über Afrims verständnislosen Blick. Sie scheut auch nicht davor zurück, auf die Möglichkeit der Unbefleckten Empfängnis zu verweisen, doch ich merke, dass ihr das Thema trotz des scherzhaften Tons unangenehm ist.

Nun gut, wenn die Mutter nicht sprechen will, dann wird eben das Töchterchen befragt. Wo ist dein Vater, frage ich sie, nachdem sie sich vom Mittagstisch erhoben hat und Mira wieder Richtung Büro verschwunden ist. In manchen matriarchalischen Kulturen des östlichen Mittelmeerraumes, so lautet die Antwort des guten, für sein Alter ziemlich reifen Kindes, haben sich die Königinnen einen Mann für ein Jahr ausgesucht, haben ein Kind von ihm bekommen, am Ende des Jahres wurde er dann geopfert und das Blut seiner Geschlechtsteile auf den Feldern verteilt. Ich muss schlucken, ich greife mir verlegen an *meine* Geschlechtsteile, ja, es ist noch alles dran, was so zur Ausrüstung gehört, stelle ich erleichtert fest. Ich wusste gar nicht, dass deine Mama eine Königin ist, sage ich. Hat sie dir das nicht erzählt? Ohne meine Antwort abzuwarten, dreht sie sich um und hüpft singend und dem Schachbrettmuster der Bodenfliesen folgend aus meiner Ratlosigkeit davon.

Da ich ein braver Schüler bin, erledige ich meine Hausaufgaben gleich nach dem Mittagessen. Es ist Viertel vor zwei. Es ist 18.15 Uhr. Es ist halb acht. Heute ist Dienstag. Übermorgen ist Donnerstag.

Wie heißen Sie? Ich heiße Kunibert Kleppenkamp. Es freut mich, Sie kennenzulernen, Herr Kleppenkamp. Sind Sie sicher? Haben Sie morgen um Viertel nach elf Zeit? Nein, da schlafe ich noch. Möchtest du mit mir tanzen, Ali? Naja, wenn's sein muss. Möchtest du mich heiraten? Okay, meinetwegen, aber nur dienstags. Wann hast du Geburtstag, Ali? Irgendwann während der Regenzeit. Und was wünschst du dir zum Geburtstag? Einen Staubsauger und ein Mal Mohr im Hemd. Und ein besseres Deutschbuch.

Doch Schluss mit derlei kindischem Getue, im Haus warten schließlich größere Aufgaben auf mich! Ich räume meine Kursunterlagen beiseite und begebe mich auf meinen täglichen Rundgang. Auf dem Gang ist es ruhig, soweit ein Haus ruhig sein kann, in dem zwecks Generalrenovierung Tag für Tag geklopft und gehämmert und gebohrt und geschliffen wird. Aus dem Büro hört man eifriges Geklapper, im Vorbeigehen sehe ich Mira und Hans an ihren Schreibtischen sitzen und in die Tasten hämmern. Brav, brav, rufe ich ihnen zu, nur weiter so! Sie blicken kurz irritiert auf. Die Tür zum Büro unseres Chefaufsehers ist wie immer geschlossen, er wirkt lieber im Stillen, der Mann mit dem bundesdeutschen Akzent aus dem schönen Castrop-Rauxel, der Mann mit dem wohlklingenden Namen Odo Enkel. Wessen Enkel, könnte man natürlich fragen, doch anstatt genealogische Forschungen zu betreiben, nenne ich ihn lieber Edo Onkel oder Onkel Edo oder einfach nur Onkel. Mittlerweile nennen ihn sogar seine Arbeitskollegen so: Da müssen wir den Onkel fragen, sagen sie, Wann kommt der Onkel, wird gefragt, und manchmal heißt es auch: Wenn das der Onkel wüsste …

Im Wohnzimmer hängen Amal und Kamal vor dem Fernseher, Adolphe hockt vor dem Computer und ist dabei, sich in den Weiten des WeWeWe zu verlieren, und unser Zivildiener, mit dem wir tatsächlich ziemlich bedient sind, versucht auf den beiden anderen Computern neue Software zu installieren, o weh weh weh! Alle anderen dürften entweder ausgeflogen sein oder sich auf ihre Zimmer zurückgezogen haben.

Als ich an der Waschküche vorbeikomme, dringen verdächtige Geräusche an mein Ohr. Hallo, Ali, grüßt Nino, als ich einen Blick hineinwerfe. Hallo, Rotkäppchen, antworte ich auf Georgisch. Dann bist du wohl der Böse Wolf, grinst sie mich an. Vor Nino Bakuradze aus dem beschaulichen Georgien muss man sich übrigens in Acht oder besser Neun oder Zehn nehmen, sie ist gefährliche fünfzehn, und wenn Mira nicht wäre, dann könnte ich für nichts garantieren … Ein bisschen sehr lasziv ist dieser Blick, den sie mir zuwirft, man sollte das verbieten in diesem Alter, doch meine ganze Liebe und Lust gilt ja Mira, Mira und sonst keiner anderen auf dieser Welt, deshalb lässt mich dieser Blick völlig kalt. Jedoch, obwohl, obschon, dieses rot gelockte Zausehaar, und da, da recken sich mir doch tatsächlich zwei Knospen unter dem T-Shirt entgegen, begrüßen mich, wollen die Hülle sprengen, aus meiner Hose winkt es zurück mit dem Zaunpfahl, auch hier herrscht mit einem Mal großer Befreiungsdrang, der Körper lügt nicht, was soll man da machen, wenn das Über-Es will, dann ist das Ich vollkommen machtlos. Du hast hoffentlich nicht zu viel Waschpulver verwendet, mein Schatz, erkundige ich mich. Nino holt gerade ihre Wäsche aus dem Trockner und faltet sie zusammen, nicht gerade mit großer Sorgfalt wird hier gefaltet, muss ich feststellen. Ich bin ja nicht Kamal, gibt sie grinsend zurück. Das Kameljunge hat nämlich in der Vorwoche die Waschküche unter Schaum gesetzt: Waschpulver macht die Wäsche sauber, viel Waschpulver macht viel sauber, so dachte er wohl, sofern man das Denken nennen kann. Laut Hans Pogatschnigg gab es schon eine ganze Reihe solcher Überschwemmungen hier, oder vielmehr Überschäumungen, und obwohl man allen Neuen einschärft, ja nicht zu viel Waschmittel zu verwenden, schlagen die Schaumschläger immer wieder zu. Aber gut, im Busch gibt es nun einmal kein fließendes Wasser, Ziegenhirten und Kameltreiber haben keine Waschmaschinen, sie können ja nichts dafür. Jaja, Mira, ich höre schon auf, über Ziegenhirten und Kameltreiber zu schimpfen, ist ja schon gut, mein Täubchen.

Nino, die Schaumgeborene, zieht derweilen ein Kleidungsstück nach dem anderen aus dem Trockner – T-Shirts, eine Hose, einen Pullover –, und dann zaubert sie plötzlich weiße Höschen hervor, es folgen gelbe Höschen, rosarote Höschen, weiße Söckchen, rote Söckchen, ein BH-chen und noch mehr weiße Höschen – – – ach, Mira, rette mich, ich bin verloren! Kann ich dir helfen, frage ich. Wobei, will sie wissen und wirft mir einen amüsierten Blick zu, und obwohl sie kleiner ist als ich, gelingt es ihr, diesen Blick von sehr weit oben herabzuwerfen. O, diese Selbstsicherheit, woher nimmt Fräulein Schaumgeburt bloß diese Sicherheit? In ihrem Alter sollte man das verbieten, in ihrem Alter ist das nicht normal, ich werde Mira oder einem der anderen Betreuer sagen, dass Nino dringend psychologische Betreuung braucht, ja, das werde ich tun. Nino, sage ich, erzähl mir von Georgien, erzähl' aus deinem Leben, zwar weiß ich viel, doch möcht' ich alles wissen. In Georgien ist Nino ein Frauenname, erklärt sie mir. Das weiß ich, unterbreche ich sie ungeduldig, und weiter? Sie wendet den Blick ab und faltet das letzte Wäschestück zusammen, schweigend und mit konzentrierten Bewegungen. Ich war eine Heilige, früher, in Georgien, sagt sie schließlich und blickt mir ernst und würdevoll in die Augen. Ich suche nach einer Antwort. Kennst du nicht die heilige Nino von Georgien, unsere wichtigste Heilige? Doch, doch, natürlich, kontere ich rasch, aber du, du bist so heilig wie … wie … So heilig wie Rotkäppchen? Ja, genau, so heilig wie Rotkäppchen und der Böse Wolf zusammen, das bist du. Na gut, spielt sie die Beleidigte, dann eben nicht! Ninotschka, erzähl' mir was von dir, bitte ich erneut, doch vergebens. Ich halte ihr flehentlich die Weichspülerflasche entgegen, aber die hartherzige Heilige lässt sich nicht erweichen, schnappt sich den Stoß an gefalteten Kleidungsstücken und gleitet auf einer Wolke aus Omo oder Persil oder Dixan oder Coral aus dem Raum, sic transit Venus coralensis.

Geschichtsmäßig herrscht heute also tote Hose im Leo, oder vielmehr tote Höschen, ich verlasse daher diese geschichtslosen

Gefilde und steige hinab von den Minder- zu den Volljährigen, hinab von kindlicher Unschuld zur sündigen Welt der Erwachsenen, hinab zur Schwarzen Köchin.

Die Tür der Schwarzen Köchin steht immer offen. Auf ihrem Herd wartet ein Topf, der nie leer wird, und es gibt immer genug zu essen, nicht nur für die Götter, die von Zeit zu Zeit bei ihr einkehren, sondern auch für die zahlreichen Sterblichen, die zu ihr kommen. Immer sind ein paar Hungrige da, sie machen es sich auf dem Sofa oder auf großen Sitzkissen bequem, nur Pitra, so lautet der Name der Schwarzen Köchin, hockt auf dem Boden. Ich hab' genug Polster, pflegt sie zu sagen und klatscht sich mit der flachen Hand auf den voluminösen Hintern. Sie geht auch im Winter barfuß, und ihre Füße haben die Größe eines durchschnittlichen Neugeborenen.

Der Boden in Pitras Zimmer ist mit vielen kleinen Teppichen bedeckt, die Wände sind mit Tüchern verhängt. Die dicken Vorhänge vor den beiden Fenstern sind stets zugezogen, dazwischen steht eine Art Altar mit Blumen und ewigem Licht. Auf einer alten Kommode hat Pitra Dutzende von Figuren aufgestellt, Menschen-, Tier- und Fantasiefiguren in jeder Größe und aus jedem nur erdenklichen Material, dazwischen sind wie in einem Stillleben Äpfel und Birnen arrangiert. Von der Decke hängen weitere Figuren an Schnüren, die meisten davon hat Pitra aus Zeitungen und Magazinen ausgeschnitten und auf Karton aufgeklebt. Wozu brauchst du die alle, wird Pitra immer wieder von Besuchern gefragt. Brauchen? Die Schwarze Köchin schüttelt den Kopf. Das sind meine Freunde, sagt sie.

Ich setze mich auf das Sofa neben den graugesichtigen Gjergi, nachdem ich seinen Stock auf den Boden gelegt habe. Na, hast du geschlafen, frage ich ihn auf Albanisch, doch ich kenne die Antwort – sie lautet nie anders als Nein. Andere begrüßt man mit Wie geht's, bei Gjergi lautet die Frage Hast du geschlafen? Es heißt, Frau und Tochter seien ums Leben gekommen oder verschollen, niemand *weiß* etwas, dafür weiß jeder *etwas*, seither, so sagt man, habe er kein Auge zugetan. Gjergi ist achtundvierzig, Gjergi ist ein alter Mann, Gjergi ist zum Greis geworden. Auf seinen Stock gestützt durchwandert er das Haus, tagsüber und auch nachts, er klammert sich an den Stock wie an eine letzte Hoffnung, die Hoffnung vielleicht, dass seine Frau und seine Tochter doch noch am Leben sein könnten, die Hoffnung auf Erlösung von den Schuldgefühlen desjenigen, der überlebt hat, die Hoffnung auf Schlaf. Nein, antwortet Gjergi auf Deutsch, kein Schlaf, schlafen darf ich nicht. Die Götter mögen dir Schlaf schicken, erbitte ich himmlischen Beistand, dann wende ich mich der allgemeinen Konversation im Raum zu.

Heute wird natürlich über Salva gesprochen, den man frühmorgens verhaftet hat. Glaubst du, er kommt zurück, fragt Halima Dolas, und alle Augen richten sich auf die Schwarze Köchin. Pitra steht auf, geht zur Kommode und fängt an, das Stillleben anders zu arrangieren, auch einige der von der Decke baumelnden Figuren werden umgehängt, dann nimmt sie wieder Platz. Kommt er zurück, fragt Halima noch einmal, doch Pitra macht nur eine kleine, fast unmerkliche Bewegung mit dem Kopf. Ihr habt heute noch nichts erzählt, sagt sie schließlich.

Wer bei Pitra essen möchte, muss nämlich eine Geschichte erzählen, Geschichten sind die Währung, mit der man hier seine Rechnung begleicht. Manche entrichten ihren Erzählobolus auf Deutsch, andere in ihrer jeweiligen Muttersprache, und egal, in welcher Sprache man spricht, man wird von seinen Zuhörern verstanden, Pitras Götterküche macht es möglich. Es haben schon viele versucht, ihr beim Kochen auf die flinken Finger zu schauen und das Geheimnis zu lüften, doch ohne Erfolg. Was ist dein Geheimnis, wird die Schwarze Köchin gefragt. Ich habe keins, gibt sie lächelnd zurück. Esst nur, sagt sie, es gibt genug für alle, und mit jedem Schöpfer gießt sie das Pfingstwunder in die abgeschlagenen Teller und Schüsseln.

Die Geschichten, die man bei Pitra serviert bekommt, sind manchmal erlebt, manchmal erfunden, viele davon sind einfach, um nicht zu sagen einfältig. Anunu Okode aus Nigeria, Mutter eines Kindes und in Erwartung des zweiten, erzählt heute beispielsweise die Geschichte eines Prinzen, der sich in ein schönes armes Mädchen verliebt. Halima Dolas aus Anatolien, Mutter unzähliger Kinder, erzählt die Geschichte eines schönen armen Mädchens, das sich in einen Prinzen verliebt. Ich erzähle als Kontrast zu so viel edler Einfalt die Geschichte von Yaguine und Fodé.

Yaguine und Fodé sind zwei fünfzehnjährige Jugendliche, sie leben irgendwo am Rande einer großen Stadt in Afrika. Seit Jahren schon herrscht Krieg in ihrem Land, ihre Väter leben wahrscheinlich nicht mehr, ihre Mütter hat man verschleppt, sie selbst sollten Gewehre in die Hand nehmen und kämpfen, wofür genau, das wissen sie nicht. Doch sie haben sich geweigert, und nun müssen sie fort aus ihrem Land. Ein Nachbar aus ihrem Viertel hat es geschafft, er ist in ein Flugzeug gestiegen und ist davongeflogen ins Paradies. Er hat geschrieben, wie es ihm gelang, unbemerkt in das Flugzeug zu gelangen, und sein Bruder hat ihnen den Brief gezeigt. Sie haben seither die Flugzeuge genau beobachtet, die Tag für Tag direkt über ihren Hütten in den Himmel steigen oder aus den Wolken herabstoßen, sie haben das Loch im Zaun gefunden, das der Nachbar in seinem Brief beschrieben hat, und nun kauern sie im Schutz der Dunkelheit hinter einem Busch, das Flugzeug im Blick. Zwei mit gelben Overalls bekleidete Männer sind mit dem Betanken der Maschine beschäftigt, ein weiterer steht am Bug und spricht in ein Funkgerät. Der Tankvorgang wird gleich beendet sein, der Tankwagen wird das Rollfeld verlassen, kurz danach wird der Mann mit dem Funkgerät den Weg zum flachen Flughafengebäude zurücklegen. Yaguine und Fodé haben diesen Ablauf mehrmals beobachtet, und an diesem Punkt beginnt der gefährlichste Teil ihres Unternehmens: Sie müssen die schützende Dunkelheit verlassen, auf das beleuchtete Rollfeld hinauslaufen und die letzten Meter bis zum Flugzeug zurücklegen, ohne entdeckt zu werden.

Einer der beiden gelb gekleideten Männer entfernt soeben den Tankstutzen von der Maschine. Zusammen mit dem zweiten Mann rollt er den Schlauch auf und befestigt ihn am Tankwagen. Beide steigen ein, der Wagen fährt langsam davon. Der Mann mit dem Funkgerät steht weiterhin vor dem Bug des Flugzeugs und wartet. Yaguine und Fodé sind ganz am Rand des Rollfelds angelangt. Dann hält der Mann das Funkgerät vor den Mund, sagt kurz etwas, dreht sich um und geht Richtung Flughafengebäude davon. Einen Augenblick lang zögern die beiden Jungen, dann stößt Fodé seinen Freund an. Sie laufen hinaus auf das beleuchtete Asphaltfeld, tauchen in den Schatten der Tragfläche, bücken sich mit zugehaltenen Ohren unter den Triebwerken hindurch und erreichen das Fahrwerk. Fodé rutscht ab, als er auf den Reifen steigen will, und verletzt sich dabei die Hand. Doch dann gelingt es den beiden, sich in den Fahrwerkschacht hochzuziehen, auf beiden Seiten gibt es Nischen mit Platz für zwei sehr schlanke Menschen, die Beschreibung im Brief stimmt genau. Sie haben es geschafft.

Als sieben Stunden später ein Flugtechniker auf einem Flughafen irgendwo in Europa am Fahrwerk vorbeigeht, stutzt er einen Moment. Aus dem Augenwinkel heraus sieht er ein Stück Stoff aus dem Schacht hängen. Als er näher kommt, erkennt er ein Hemd. Yaguine und Fodé haben es geschafft. Sie haben es geschafft, in die Zeitung zu kommen, nicht auf die Titelseiten zwar, aber immerhin. Jugendliche im Fahrwerksschacht erfroren, lautet die Überschrift, fünf Zeilen hat die Notiz in der einen, sieben in einer zweiten Zeitung, die anderen Blätter haben keinen Platz für die beiden. Das, meine Lieben, ist die Geschichte von Yaguine und Fodé.

Hör auf, sagt Halima Dolas und hält sich die Ohren zu. Warum du erzählst so traurige Geschichte, fragt Anunu und blickt mich vorwurfsvoll an. Weil Yaguine und Fodé jetzt hier bei uns säßen, wenn sie's wirklich geschafft hätten. Wie weißt du, fragt Anunu. Ich weiß es einfach, sage ich. Sie lässt ein missbilligendes Grunzen hören. Du weißt ja auch, dass dein Prinz das arme Mädchen am Ende bekommt, halte ich ihr entgegen. Das ist anders, kontert sie. Pitras Blick ruht auf mir, ich kann keinen Vorwurf darin entdecken, doch es ist ein wissender Blick. Ich weiß, ich weiß, meine Lieben, fahre ich fort, jeder von euch hat viel Trauriges erlebt, aber es nützt nichts, das Erlebte zu verschweigen. Ihr müsst darüber reden, müsst es loswerden, sonst bleibt es für immer in euch gefangen. Doch ich merke schon, ich rede gegen Wände, und so wende ich mich lieber wieder Pitras Curry zu.

Abends sorgt bei uns im Leo jeder für sein eigenes Essen, abends sind wir also doch erwachsen. Oft genug gibt es noch Reste vom Mittagessen, doch viele meiner Mitbewohner haben einen eigenen kleinen Vorrat an Lebensmitteln und vor allem Gewürzen angelegt und basteln sich daraus ihr eigenes Mahl.

Nachdem ich vom Mittagessen und von Pitras Curry noch ziemlich angefüllt bin, begnüge ich mich heute damit, Freund Djaafar ein wenig von seinem Salat zu rauben. Djaafar Kalakani kann zumindest nicht lautstark protestieren, denn man hat ihm in seiner Heimat Afghanistan die Sprache aus dem Leib geschlagen, gründlich und Wort für Wort. Alles, was er sagen möchte, schreibt er – manchmal auf Deutsch, meist aber in seiner Mutterschreibe Dari – auf einen kleinen Notizblock, den er immer bei sich trägt. In diesem Fall beschränkt sich sein Protest allerdings auf einen vorwurfsvollen Blick. Protestiere nicht, mein Bruder, tröste ich ihn, Allah wird es dir bald tausendfach vergelten.

Zur selben Zeit beginnt dann auch der allabendliche Streit über das Fernsehprogramm. Es gibt zwei Fernsehgeräte, eines steht im Wohnzimmer, das andere in einem kleineren Aufenthaltsraum, doch elf Jugendliche wollen gleichzeitig ungefähr zweiundzwanzig verschiedene Sendungen sehen. Die Burschen machen immer, was sie wollen, beschwert sich unser Nesthäkchen Djamila, weil Afrim gerade ihre Lieblingssendung unterbrochen und auf einen Sportsender umgeschaltet hat. Natürlich, entgegnet Großmaul Afrim grinsend, wir sind stärker! Die Mädchen will nur Blödsinn schauen, assistiert Kamal das Kamel. Und Männer *reden* nur Blödsinn, beißt Nino ihn an. Und Amal verdreht die Augen, und Adolphe zwirbelt sich den Oberlippenflaum, und beide schweigen und ragen meterweit aus dem Kindergarten heraus. Kinder, ich hab' einen tollen Vorschlag, wirft Mira in die Runde, wir werden die beiden Fernseher einfach verkaufen, dann müsst ihr nicht mehr streiten. Sehr witzig, gibt Djamila zurück. Du sagst immer, mault Kamal. Mira gelingt es letztlich aber trotzdem, die Wogen zu glätten und aus den verschiedenen Wünschen einen Kompromiss zu destillieren. Ich ziehe mich jedenfalls ins Zimmer zurück, denn wozu in die Ferne schauen, wenn die guten Geschichten so nahe liegen …

Morgen spielen wir Fußball, schreibt Djaafar, der kurz vor elf Uhr zusammen mit Yaya unser Zimmer betritt, kommst du mit? Wir gehen auf die Donauinsel, mit Tony und dem Onkel. Djaafar ist ein eifriger Fußballer, doch ich lehne dankend ab. Es ist Zeit zum Schlafengehen, ab dreiundzwanzig Uhr herrscht offiziell Nachtruhe, und unsere Gefängniswärter legen großen Wert darauf, dass selbige auch eingehalten wird. Es ist wichtig für euch, dass ihr genug Schlaf bekommt, es ist wichtig, dass wieder Regelmäßigkeit in euer Leben kommt, blablabla, man schläft ja auch wirklich ein, wenn man diese Phrasen tagtäglich zu hören bekommt! Und wer abends länger ausbleibt, der muss sehen, wo er bleibt, Wir sind verantwortlich für euch, Es gibt Jugendschutzbestimmungen, an die wir uns halten müssen, so wird uns von allen Seiten eingebläut. Es ist ja nur zu eurem Besten, sagt der Bauer zu den Hühnern, bevor er sie abends in den engen Stall sperrt; des Habichts Schreckgespenst fest ins Dotterhirn gepflanzt, lassen sie es brav mit sich geschehen, gackern nur ein wenig missmutig vor sich hin. Nun hört schon auf zu schimpfen, sagt der Bauer gutmütig. Und da ist sie schon, die Bäuerin unseres Vertrauens. Vertrauen ist gut, Kontrolle ist besser: Alles in Ordnung bei euch, fragt Mira, zwischen Tür und Angel ein Engel. Djaafar nickt. Ja, sagt Yaya, Jaja, sage ich, aber wo bleibt mein Gutenachtkuss? Eine Nuss kannst du haben, gibt Mira grinsend zurück. Warum, frage ich mich seufzend, warum nur gibt es so viel Lieblosigkeit in dieser Welt?

Djaafar und Yaya sind an sich ruhige und angenehme Zimmergenossen – Djaafar, weil er nicht sprechen kann, Yaya, weil er nicht sprechen will –, wären da nicht die nächtlichen Schreie und das Schnarchen. Es ist wieder einmal Yaya, der schreit, und diesmal schreit er so laut, dass sogar ich aus dem Schlaf schrecke. Ich schlage die Augen auf und sehe Djaafar aufrecht im Bett sitzen, er summt leise vor sich hin. Es ist alles okay, soll dieses Summen sagen. Ich sehe im Halbdunkel, wie sich Yaya aufsetzt. Was ist los, fragt er verwirrt. Djaafar summt weiter. Du hast geschrien, sage ich. Ach so. Yaya reibt sich die Augen, bleibt ein paar Minuten aufrecht sitzen, dann lässt er sich wieder ins Bett zurücksinken. Mein Blick fällt auf den Radiowecker neben Djaafars Bett, es ist 0.37 Uhr. Von Djaafar ist nichts mehr zu hören, auch Yaya scheint sich wieder beruhigt zu haben. Doch dann setzt er sich erneut auf, blickt zu mir herüber, steht auf und geht aus dem Zimmer. Es ist 0.42 Uhr, Djaafars Atemzüge gehen regelmäßig. Es ist 0.47 Uhr, irgendwo in der Ferne fährt ein Polizei- oder Rettungswagen durch die Nacht. Es ist 0.51 Uhr, ein wild grunzendes Schwein hat sich zu Djaafar ins Bett gelegt, zwar kann ich es nicht sehen, dafür aber umso besser hören – wenn das der Prophet wüsste! Es ist 0.58 Uhr, und plötzlich gesellt sich zu dem nahen Grunzen ein fernes Seufzen und Stöhnen: Da, da, da, hallt es im Innenhof wider, da, da, da, dringt es durch die Papierwände, ich weiß, die Geräusche kommen aus dem dritten Stock, es sind Magomaz und Taisa, jeder weiß es. Da, da, da, die blonde Taisa mit den langen Beinen, Nino nennt sie Barbie, Magomaz, sowohl Musel- als auch Muskelmann, heißt bei ihr Ken, Sie haben schon zwei Betten kaputtgevögelt, weiß die heilige Nino zu berichten, Aaaaaaaaaah, tönt es schließlich durch das ganze Haus, und das Schwein in Djaafars Bett scheint ebenfalls kurz vor dem Höhepunkt zu stehen. So, es reicht! Mit einem Ruck reiße ich die Decke weg, stehe auf und verlasse ebenfalls das Zimmer.

Yaya sitzt in der Küche und hält sich mit beiden Händen an einer Teetasse fest. Hast du dein Medikament genommen, fragt Mira gerade, ihre schlanke Hand ruht auf seiner Schulter. Yaya nickt. Ich gehe wieder schlafen, aber du weißt: Wenn du irgendetwas brauchst, kannst du immer bei mir anklopfen. Yaya nickt wieder. Untersteh dich, schwarzer Fremdling, an meines Engels Pforte zu treten, schleudere ich ihm entgegen, doch weder er noch Mira nehmen Notiz von mir. Mira wendet sich zum Gehen und erblickt mich. Na, alles in Ordnung, fragt sie. Nein, nichts ist in Ordnung, wie soll man denn in diesem Irrenhaus schlafen? Der eine schreit wie am Spieß, der Zweite schnarcht wie ein Schwein, die Tschetschenen vögeln sich die Seele aus dem Leib, und tagsüber gibt es erst recht keine Ruhe, da hämmern einem die Arbeiter das Hirn aus der Birne. Na, na, na, beschwichtigt Mira und streicht mir mit der Hand über den Kopf, mit der Hand, die eben noch auf Yayas Schulter und wissen die Götter wo noch gelegen hat. Ich weiche ihr aus. Es wird schon wieder, sagt Mira mit gönnerhaftem Lächeln und geht ungerührt davon. Natürlich, *meine* Probleme werden nicht ernst genommen, aber wenn Yaya schreit, dann kommen alle gelaufen und sind die Sorge in Person: Hast du auch wirklich dein Medikament genommen, mein Süßer, Jederzeit kannst du bei mir anklopfen, mein Liebling, Ich bin allzeit für dich bereit, mein Schatz!

Ich hole mir ein Glas Wasser und setze mich zu Yaya. Yaya, oder eigenlich George Yaya Nagbe, kommt aus Côte d'Ivoire. Okay, es scheint ihm wirklich nicht besonders gut zu gehen: Er sitzt vornübergebeugt am Tisch, den Kopf in die Hände gestützt, sein Oberkörper wippt langsam vor und zurück. Kopfschmerzen, frage ich ihn in seiner Muttersprache Krahn. Mhm, antwortet er. Er fasst mit einer Hand nach der Teetasse, die andere stützt weiterhin den Kopf. Hast du Albträume? Er nickt, und seine Hand krampft sich um die Tasse. Er ist nicht der Einzige, der nachts schreiend aufwacht, und es vergehe kaum eine Nacht, so erzählt man jedenfalls, in der nicht irgendjemand schlaflos umherirren würde. Ja, es gibt sogar Menschen im Haus – und ich möchte keine Namen nennen –, die behaupten, auch ich würde des Nachts manchmal schreien! Kein Wunder, heißt es dann, bei allem, was er erlebt hat, und mit sorgenvollen Blicken wollen sie einem gleich Sondersitzungen beim Seelendoktor vermitteln. Tatsächlich habe ich natürlich Besseres zu tun, als nächtens in der Gegend herumzuschreien, und man bleibe mir vom Leibe mit den Nachfahren des Doktors aus der Berggasse – ein Mensch wird ja wohl nicht krank im Kopf, nur, weil man die Familie ein bisschen gefoltert und umgebracht hat!

Träumst du von Côte d'Ivoire, bohre ich weiter. Er reagiert nicht. Seine linke Hand beginnt mit dem grünen Stein zu spielen, den er an einem Lederband um den Hals trägt. Dieser Stein scheint wichtig für ihn zu sein, er trägt ihn Tag und Nacht, und immer wieder streichen seine Finger darüber, als wollten sie sich vergewissern, dass er immer noch da war. Ist das Jade, frage ich ihn. Er scheint mich nicht gehört zu haben, doch seine Finger hören auf, den Stein hin und her zu wenden. Stattdessen beginnt er, mit der Linken einige Male über den Handrücken der Rechten zu streifen. Kennst du dieses Gefühl, dass deine Hände irgendwie nicht … nicht zu dir gehören, will er wissen. Grundsätzlich kenne ich so ziemlich alles, in diesem konkreten Fall muss ich jedoch mit Nein antworten. Nicht aus eigener Anschauung, gebe ich zu, doch das dahinterliegende Phänomen der Dissoziation ist mir selbstverständlich ein Begriff, es ist ein typisches Symptom bei traumatisierten Menschen. Seine Hände bewegen sich weiter. Es ist wie … es ist so, als würden sie jemand anderem gehören, sagt er, und ich nicke wissend. Wir sitzen noch eine Weile am Küchentisch, eine Wolke des Schweigens hüllt uns ein, man hört nur das Ticken der Wanduhr zwischen den beiden Fenstern und das Zuschlagen einer Tür irgendwo in einem der unteren Stockwerke.

2

Ich weiß nicht, welcher Mensch den Wecker erfunden und was er sich dabei gedacht hat, ich weiß nur, dass ich diesen Menschen Tag für Tag verfluche und ihm Pest, Cholera und die Fremdenpolizei auf den Hals wünsche. Schlaftrunken tastet meine Hand dem Lärm entgegen und entschärft mit einem Knopfdruck die Höllenmaschine. Zurück unters schützende Deckengebirge, zurück ins Land der süßen Träume, o Mira, komm in meine Arme! Wir schweben über den Wolken, von himmlischen Klängen umgeben, doch da, da läutet schon wieder Luzifer zum Götzendienst! Bei den Gazellen und den Hindinnen der Flur, rufe ich, störet doch die Liebe nicht und wecket sie nicht auf, bis es ihr selbst gefällt! Doch der Teufel lässt nicht locker, der Teufel schläft nicht, und ich weiß, jetzt heißt es kämpfen. Ich springe auf und greife zu dem Vorschlaghammer, der neben meinem Bett bereitliegt, und ich beende das Höllengeläut mit einem Schlag. Mit zwei weiteren Schlägen setze ich auch Djaafars und Yayas Wecker außer Gefecht, dann trete ich auf den Gang hinaus, und in einem Zimmer nach dem anderen wird nun der Teufel besiegt. Fürchtet euch nicht, rufe ich den Menschen entgegen, die sich vor dem zentnerschweren Hammer in meiner Hand ängstigen, ich bin gekommen, um euch – – – Aufstehen, Ali, Frühstück, es ist schon neun Uhr drei Viertel, dringt plötzlich Djaafars Stimme an mein Ohr. Das kann nicht sein, denn Djaafar ist stumm, ich reagiere also nicht darauf. Heute kommt neue Mädchen, spricht er weiter, und ich weiß nicht, was er mir damit sagen möchte. Doch da ist auch das Gehämmer der Bauarbeiter, und jetzt rüttelt mich Djaafar am Arm, fassungslos blicke ich ihn an, er spricht mir stumm von Frühstück, während ich gerade im Begriff bin, die Welt für immer vom Bösen zu befreien. Frühstück gibt nur bis neun Uhr, du weißt, sagt er. Nicht jetzt, rufe ich verzweifelt, doch es ist zu spät: Ich höre das triumphierende Lachen des Teufels und weiß, der Kampf ist wieder einmal verloren.

Um neun Uhr wird die Küche geputzt, deshalb gibt es nach neun kein Frühstück mehr. Ich wanke in die Küche, gieße heißes Wasser in eine Tasse, füge einen Teebeutel hinzu, streiche Erdnussbutter auf ein Brot und verzehre beides schweigend. Die meisten meiner Mitbewohner frühstücken spät, und diese Mahlzeit spielt sich üblicherweise in monastischem Schweigen ab. Meine Brüder und Schwestern im Herrn, sie hängen halb tot über einem der beiden langen Tische, und nur selten durchbricht ein Wort die Stille im Refektorium: Wo ist das Zucker, Bruder, *Der* Zucker, Schwester, Danke, Bruder, Wie spät ist es, Wahrlich, ich sage euch, es ist neun Uhr und fünf Minuten. Du bist immer Letzte, schimpft Amal, die heute Küchenputzdienst hat. Der Herr sei mit dir, Schwester, die du selbst immer die Vorletzte bist, und mit deinem Geiste, und mit den Armen im Geiste. Heute kommt eine neue Mädchen, glaubt auch sie mir sagen zu müssen, als ich die Küche verlasse.

Im Deutschkurs, in den wir hingehen in Frieden, ist Yaya heute noch schweigsamer als sonst. Seine Antworten fallen noch kürzer und leiser aus, die anderen sind dafür umso lauter. Es wird gelacht, wobei mir nicht ganz klar ist, was es beim Erlernen der deutschen Sprache zu lachen geben soll, ausgerechnet bei einem so öden Thema wie den trennbaren und untrennbaren Verben, noch dazu zu so nachtschlafener Zeit. Nino scheint es sich ins Lockenhaupt gesetzt zu haben, unserem Deutschlehrer Lukas Neuner den Kopf zu verdrehen. Was findet sie eigentlich an ihm? Ich weiß es nicht, Herr Neuner hat ein langweiliges Dutzendgesicht. Ihm scheinen Rotkäppchens Avancen jedenfalls zu gefallen, dem Mann, der sich mit einem heiligen Namen tarnt, ein Wolf im Schafspelz, das ist er, Lukas, der liederliche Lüstling, der wölfisch-widerliche Wüstling, er badet in der pubertierisch bedingten Aufmerksamkeit, die ihm zuteilwird. Der Böse Wolf pirscht sich an sein Opfer heran, Wann frisst du mich endlich, fragt Rotkäppchen ungeduldig. Ausgezeichnet, Nino, schmeichelt er dem Mädchen, und sein stahlblauer Köderblick gibt sich nicht einmal die Mühe, den Haken zu verbergen, mit dem der Backfisch an Land gezogen werden soll. Ich wünsche ihm Petri Unheil, ich werde mich beschweren, es gilt, unsere Jugend vor dem sicheren Verderben zu bewahren!

Nach dem Unterricht, auf dem Weg von den Niederungen des Erdgeschosses in die lichten Höhen des vierten Stocks, begegnet mir Taisa. Hello, Miss Chechnya, begrüße ich sie, als sie im ersten Stock den Lift betritt. Ich muss an das hysterische Gekreische der vergangenen Nacht und manch anderer Nacht davor denken und setze mein anzüglichstes Grinsen auf, doch sie schenkt mir nur einen verständnislosen Blick. Der Lift fährt nach oben, mein Blick hingegen gleitet nach unten, von Taisas Gesicht zu ihrem Dekolleté, zwei mittelgroße Honigmelonen werden da angeboten. Auch wenn man nicht wirklich hinschauen möchte, ja, selbst wenn man sich fest vornimmt, Frauen in die Augen zu schauen, zeigt die Schwerkraft doch unweigerlich ihre Wirkung. Man versucht sich an braune, blaue oder grüne Augen zu klammern, doch seien sie auch noch so anziehend, der Blick gleitet unversehens hinab, hüpft über Nasen, als wären es Sprungschanzen, versucht sich an Lippen und nach vorne gereckten Kinnladen festzuhalten, findet am Hals erst recht keinen Halt, und schon ist man in hügeligem Terrain gelandet, durchs Alpenvorland steigt man hinan, und erst, wenn man sich ins Zwillingsgipfelbuch eingetragen hat, erst dann ist über allen Wipfeln und in allen Zipfeln Ruh. Könnt ihr nicht wenigstens in der Nacht das Fenster schließen, frage ich sie auf Tschetschenisch, als der Lift im dritten Stock hält. Sie tut, als verstünde sie mich nicht, und verschwindet grußlos.

Beim Mittagessen gibt es nur ein Gesprächsthema: die Neue. Habt schon neue Mädchen gesehen, fragt Amal. Wieso, ist hübsch, möchte Afrim wissen. Hübscher wie du, neckt der Serbe Tomo seinen kosovo-albanischen Lieblingsfeind. *Als*, korrigiere ich ihn, *als*, mein Freund. Ist nicht schwer, wirft Nino ein, worauf ihr Afrim den erhobenen Mittelfinger entgegenstreckt. Sie hat geweint, ganze Vormittag, sagt Amal. Woher willst du das wissen, du warst doch im Deutschkurs, schalte ich mich ein, doch Amal tut meinen Einwand mit einem verächtlichen Schnauben ab. Ganze Vormittag, insistiert sie. Normalerweise hängt Amal mehr oder weniger apathisch in ihrem bevorzugten Sessel unweit der Tür und beteiligt sich nur selten an der Unterhaltung. Wenn man sie anspricht, muss man oft lange auf eine Antwort warten, nicht etwa, weil sie begriffsstutzig wäre, sondern weil es dauert, bis die Worte die Mauer durchdringen, die sie, Jahresring um Jahresring, um sich errichtet hat. Heute scheint Frau Mbowe jedoch Tag der offenen Tür zu feiern. Von welches Land kommt sie, möchte Tomo wissen. Weiß nicht, sagt Amal und zuckt mit den Schultern, Afrika irgendwo. Schon wieder, blökt Afrim in die Runde, ganze Afrikaner kommen zu uns. Scheiß-Rassist, fährt Amal ihn an. Trottel, assistiert Nino. Hey, was soll denn das! Schwarze, weiße, braune und gelbe Gesichter wenden sich um. Es ist schön, dass ihr wisst schon so viele Schimpfwörter, lässt Tony seine satte Bassstimme hören, aber müsst ihr euch unbedingt gegenseitig beschimpfen? Afrim started, ereifert sich Amal, he says … er sagt, alle Afrikaner kommen. Tony Philemon Azibaola, groß, kräftig und ziemlich schwarz, richtet seine großen Basedow-Augen auf den Angeklagten. Wen meinst du mit »uns«, fragt er sanft. Afrim wird rot, Tomo kann sich ein schadenfrohes Grinsen über die missliche Lage seines liebsten Feindes nicht verbeißen. Na … Österreich, stammelt Afrim. Aha, sagt Philemon, der Phielgeliebte, ich hab' nicht gewusst, dass du schon Österreicher geworden bist. Alle außer mir und Afrim und Yaya lachen, Yaya scheint überhaupt nicht ganz bei sich zu sein, zumindest aber nicht bei uns, er streicht sich mit den gleichen Bewegungen wie gestern Nacht über Hände und Arme. Aber jetzt esst und ruht euch aus, sagt Tony, damit ihr seid fit nachher beim Fußballspielen.

Tony geht ab, Djamila tritt auf. Djamila al-Shibli besucht als Einzige aus dem Leo eine öffentliche Schule. Sie stammt aus dem romantischen Irak und ist mit vierzehn die Jüngste im Bunde, außerdem ist sie klein und zart und scheint bei einigen von uns Beschützerinstinkte zu wecken. Wie geht's, fragt Tomo, der große Bruder. Da ist frei, sagt Amal, die große Schwester, und deutet auf einen Platz zu ihrer Rechten. Die beiden teilen sich ein Zimmer, und Djamila ist die Einzige, der sich Amal manchmal öffnet. Djamila Nesthäkchen, Djamila kleine Schwester, Djamila Plaudertasche, Djamila Sonnenstrahl, doch nein, diesmal sitzt sie zusammengesunken neben Amal, die Augen hinter den Brillengläsern sind gerötet, sie stochert lustlos in ihrem Essen herum. Was ist, fragt Amal. Nichts, sagt sie. Dann wird weitergestochert und geschwiegen. Doch plötzlich bricht der Damm, Wasser stürzt aus den bebrillten Augen, alle wenden sich Djamila zu: Was ist, Was hast du, Was ist passiert? Sie lehnt den Kopf an Amals Balkon, und es dauert eine Weile, bevor sie wieder zu sprechen imstande ist.

Langsam, Djamila, langsam, versucht Tomo ihren Redefluss zu bremsen, denn Djamilas Zunge hat es wie immer eilig, es zwitschert und tiriliert aus ihrem Munde, und die eine oder andere Silbe oder so manches liebe Wort bleibt dann hechelnd auf halber Strecke liegen. Sie wurde in der Schule von einigen Mitschülern beschimpft, stellt sich jedenfalls bald heraus, sie haben ihr Kopftuch und Brille weggerissen, haben ihr gesagt, sie gehöre nicht hierher, man wolle keine Moslems in Österreich, sie solle in den Irak zurückgehen, und außerdem sei sie hässlich. Diese Ignoranten wissen nicht, dass Djamila die Schöne heißt, spende ich Wortbalsam für ihre Wunden. Scheiß-Rassisten, schimpft Afrim. Volltrotteln, assistiert Nino. Na hallo, was ist denn mit euch los, fragt Tonys Kollegin Zakia, die gerade zur Tür hereinkommt.

Am Nachmittag ist es noch ruhiger als sonst, der vierte Stock wirkt wie ausgestorben, nachdem Fußballer und -ballerinnen Richtung Donauinsel abgezogen sind. Die wenigen, die nicht mitballern, sind ausgeflogen, einzig und allein Djamila hat sich nach dem Versiegen der Tränenflut in ihr Zimmer zurückgezogen. An sich ist es ja vergnüglich, Mädchen beim Fußballspielen zuzusehen. Bälle in den verschiedenen Größen – Orangen, Äpfel, Birnen, manchmal auch Melonen – hüpfen fröhlich über das Spielfeld und wackeln paarweise dem einen Ball hinterher, als Mitspieler oder Gegner hat man von Zeit zu Zeit Gelegenheit zur Tuchfühlung, kurz gesagt – Fußballerinnen und -ballerinen aller Länder, tanzt für mich, høj de møpsen, es lebe der FC Wackelpudding! Doch nicht heute, heute muss ich passen, nein, muss das Passen bleiben lassen, denn ich habe zu tun, schließlich gibt es ja, wie Amal so beredt berichtet', einen Neuzugang in unseren Reihen, eine neue Geschichte, die der Finsternis entrissen werden möchte.

Was meine Mitbewohner und deren Geschichten betrifft, so kann man sie in drei Kategorien einteilen: Erstens gibt es die Gruppe derjenigen, deren Geschichten mich zu wenig interessieren, als dass ich mich damit länger als fünfeinhalb Minuten beschäftigen würde; der Tag hat schließlich nicht viel mehr als vierundzwanzig Stunden, und man lebt höchstens dreimal. In die zweite Kategorie fallen die meisten meiner Mitbewohner: Ihre Geschichten sind ihnen ins Gesicht geschrieben, und es ist mir ein Spiel und ein Zeitvertreib, darin zu lesen wie in einem Buch. Und dann gibt es noch die komplizierten Fälle. Es sind nicht allzu viele, die zu dieser Kategorie gehören, doch sie machen die meiste Arbeit, weil sie statt Gesichtern Masken tragen und ihre Geschichten tief vergraben haben in finsteren Gedächtnisverliesen.

Eins, zwei oder drei, so lautet also die Frage bezüglich der Neuen im Haus. Sie sitzt zusammengesunken neben Zakia im Betreuerbüro, ein schwarzes, noch namenloses Wesen, sie scheint tatsächlich geweint zu haben. Tag der Tränen, Tag der Trauer; es muss wohl am Mond liegen, denn Tränen sind das Wasser des Mondes, sagt man da, wo ich herkomme. Zakia, die Trostreiche, sie hat ihren Arm um die Schulter der Armen gelegt, die Unterhaltung läuft in gebrochenem Englisch ab. Später kommt der Onkel dazu und schließt mit einem kurzen Seitenblick auf mich, der ich auf dem Gang auf- und abspaziere, die Tür hinter sich. Keine Angst, ich bin ja gar nicht wirklich da, rufe ich hinterher, ich bin ja nur Scheinasylant! Doch so einfach, mein lieber Oheim, lasse ich mich nicht austricksen! Ich steuere zielstrebig auf mein Zimmer zu, öffne das Fenster und klettere auf das Baugerüst hinaus, das das Gebäude sowohl hof- als auch straßenseitig umgibt. Kein Bauarbeiter ist zu sehen, lautlos wie ein Löwe auf der Jagd pirsche ich mich an mein Ziel heran, ich brauche nur ein paar Fenster zu passieren, bevor ich zum Betreuerbüro gelange. Beide Fenster des Büros sind gekippt, gut so, ich mache es mir auf dem Gerüst bequem und kann auf diese Weise so gut wie jedes Wort verstehen, das drinnen gesprochen wird.

Es gibt allerdings nicht viel zu verstehen: Zu gebrochen ist nämlich das Englisch der Neuen, und auch Zakias Englisch ist verbesserungswürdig, das des Onkels durch einen unüberhörbaren Ruhrpotteinschlag entstellt. Sie heißt Omatu Owawah, stammt aus Nigeria und ist fünfzehn Jahre alt, so viel ist klar. Sie gehört anscheinend dem Volk der Ijaw an, kommt aus dem Deltagebiet des Niger, es fällt mehrmals das Wort Öl, dann spricht Omatu von Kämpfen, doch wer gegen wen kämpft, ist ihren Worten nicht zu entnehmen. So wird das nichts, muss ich erkennen und fasse spontan den Entschluss, mich in die Situation einzubringen. Drei Augenpaare blicken mich entgeistert an, als ich an die Fensterscheibe klopfe. Hallihallo, grüße ich, nachdem Zakia das Fenster geöffnet hat, ich bin gerade vorbeigekommen und dachte, vielleicht könnt ihr einen Dolmetscher gebrauchen. Bist du verrückt, zetert Zakia. Komm sofort herein, ordert der Onkel. Aber gerne, antworte ich und lasse mich vom Fensterbrett zu Boden gleiten. Was fällt dir eigentlich ein, uns zu belauschen, schimpft der Onkel, Es ist verboten, auf den Gerüst zu klettern, meint Zakia. Das steht aber nirgendwo geschrieben, gebe ich mit Unschuldsmiene zurück, und dem Onkel antworte ich, dass es ja nur zu Omatus Bestem diene. Sie spricht Ijaw, erkläre ich, ich kann dolmetschen. Zakia und der Onkel zögern kurz, tauschen Blicke aus, doch dann schüttelt der Onkel den grau melierten Kopf. Tony kann mit ihr sprechen, wenn er das nächste Mal Dienst hat, sagt er. Bist du sicher, dass er das kann? Nur weil er ebenfalls aus dem Nigerdelta kommt, heißt das noch lange nicht, dass er dieselbe Sprache spricht. Das kannst du ruhig uns überlassen, Ali, wir sind gewohnt, mit solchen Situationen umzugehen. Bitte, bitte, ich möchte mich niemandem aufdrängen, sage ich und wende mich zur Tür. Das hast du aber getan, meint der Onkel mit säuerlichem Lächeln.

Beim Hinausgehen wende ich mich in Ijaw an Omatu, die die ganze Szene schweigend verfolgt hat. Herzlich willkommen im Irrenhaus, begrüße ich sie, wahrscheinlich gewöhnt man sich irgendwann an das Leben hier – aber es dauert, mein schönes Kind, es dauert. Und sie staunet gar sehr und blicket sprachlos hinter mir her.

Ein paar Tage später stellt sich heraus, was ich ohnehin schon wusste: Tony spricht natürlich nicht Omatus Sprache. Zwar kommen beide aus Nigeria, Omatu entstammt jedoch dem Volk der Ijaw, Tony jenem der Ogoni. Offensichtlich übersteigt es die Vorstellungskraft europäischer Nationalstaatenhirne, dass in einem Land mehr als eine oder zwei Sprachen gesprochen werden könnten … Ich werde Zeuge des ersten Gesprächs zwischen den beiden, wie und auf welche Art oder Unart, das möchte ich lieber nicht verraten, sonst erfahren es vielleicht auch der Onkel oder die Betreuer. Zu Beginn passiert etwas Eigenartiges: Als Tony ins Büro tritt, in dem Omatu, Zakia, der Onkel und meine Augen und Ohren bereits warten, zuckt die Neue plötzlich vor Schreck zusammen, schlägt die Hände vors Gesicht und flüchtet sich in Zakias Arme. Tony hält mitten im Schritt inne, zögernd bleibt er in der Nähe der Tür stehen, getroffen vom Pfeil der Ablehnung. Zakia und der Onkel sprechen beruhigend auf Omatu ein, sie bricht in Tränen aus, ihr ganzer Körper ist auf Abwehr gegen Tony eingestellt, niemand kann sich diese heftige Reaktion erklären, auch ich bin, ich gebe es zu, ein wenig ratlos. Es fällt das Wort Traumatisierung, natürlich, so viel ist klar, und es dauert eine ganze Weile, bis Omatu sich beruhigt hat und sich aus der Sicherheit von Zakias Arm heraus auf einen Kontakt mit Tony einlässt. Jedenfalls aber verläuft das Gespräch – wenn man die paar Sätze in einer Mischung aus Ogoni, Ijaw, Englisch und Deutsch als Gespräch bezeichnen kann – ergebnislos.

Als ich nachts zur Toilette muss, dringt ein schwacher Lichtschein unter einer der Zimmertüren hervor, es ist das Zimmer, das Omatu mit Djamila und Amal teilt, und am nächsten Morgen beklagt sich Amal, dass die Neue aus Angst vor der Dunkelheit das Licht neben ihrem Bett brennen lässt.

Du sollst zum Onkel, schreibt Djaafar auf seinen Notizblock, als ich tags darauf nach dem Deutschkurs unser Zimmer betrete. Bist du also draufgekommen, dass es ganz ohne mich und meine Sprachkenntnisse doch nicht geht, frage ich ihn gleich beim Eintreten ins Büro. Er tut, als verstünde er mich nicht. Omatu, Tony, mein Lauschangriff vom Baugerüst, helfe ich ihm auf die Sprünge. Ali, so was macht man einfach nicht, schaltet sich Mira ein, die bis dahin schweigend dem Onkel gegenübersaß. Erstens, weil es gefährlich ist, auf dem Gerüst herumzuklettern … und zweitens, setzt der Onkel fort, würdest auch du nicht wollen, dass man deine Gespräche belauscht. Ich habe nichts zu verbergen, kontere ich, es ist jeder herzlich eingeladen, bei diesem oder jedem anderen Gespräch dabei zu sein. Ali, sagt Mira und klingt ein wenig entnervt, ich kann nur wieder einmal sagen, ich weiß, dass es dir nicht gut geht, wir wissen, dass du viel Schlimmes erlebt hast, aber es wäre vielleicht wirklich besser, du würdest einen Termin mit Ines oder mit Dr. Davidovych vereinbaren. Aber ja, sage ich, grundsätzlich plaudere ich gerne mit jedem, obwohl es mir blendend geht. Aber nein, denke ich, jetzt geht das wieder los! Als sie mich dann auch noch fragt, ob ich denn zurzeit wieder schlecht schlafen würde, verlasse ich fluchtartig den Raum.

Schlafen oder nicht schlafen, das ist in diesem Haus die Frage … Na, hast du oder hast du nicht, frage ich Gjergi, dem ich auf der Treppe zwischen der zweiten und dritten Etage über den Weg laufe. Gjergi schüttelt den Kopf, den Greisenkopf mit den tiefen Ringen unter den Augen, den nach unten gezogenen Mundwinkeln, dem schütteren Haarkranz. Obwohl er hinkt und auf seinen Stock angewiesen ist, benutzt er auf seinen langen Wanderungen durch das Haus nie den Lift. Kein Schlaf, antwortet er, schlafen darf ich nicht. Armer Gjergi, bedauere ich ihn, doch er hört mich nicht mehr, er hat sich schon wieder in Bewegung gesetzt, er gönnt sich keine Pause, er findet keine Ruhe. Während ich auf Pitras Zimmer zusteuere, frage ich mich, wie viele Kilometer er wohl schon im Haus zurückgelegt hat, es müssen mittlerweile Dutzende, wenn nicht Hunderte sein.

Er will nicht schlafen, sagt Pitra, als ich ihr von Gjergi erzähle. Sie ist gerade dabei, eine dunkle, eigenartig riechende Flüssigkeit in einem kleinen Topf aufzukochen. Wenn er nicht schlafen will, dann kann man ihm nicht helfen, sagt sie bestimmt. Aber wieso will er nicht schlafen? Sie zuckt mit den Schultern. Vielleicht fürchtet er sich davor, nicht mehr aufzuwachen, oder er will keine Zeit mit dem Schlafen verschwenden. Vielleicht hat er aber einfach Angst vor seinen Träumen. Sie schlägt zwei Eier auf, verquirlt sie in einem Glas und leert sie in den Topf. Ich kann auch nicht schlafen, erzählt Salvas Frau Ana in ihrer Muttersprache. Seit sie Salva mitgenommen haben, liege ich jede Nacht im Bett und frage mich, wie es ihm geht, und dann ist es plötzlich vier Uhr morgens, und ich hab' noch immer kein Auge zugetan. Er wird schon wieder zurückkommen, versuchen Halima und Anunu sie zu beruhigen. Pitra scheint ganz in ihre Arbeit vertieft und hat kein Wort des Trostes für Ana. Wenn er nicht schlafen will, dann kann man ihm nicht helfen, wiederholt sie noch einmal, bevor ich ihr Zimmer verlasse.

Yaya schläft im Gegensatz zu Gjergi, doch er schläft weiterhin schlecht. Eines Nachts ist es wieder einmal so weit, sein Schrei dringt in meinen Schlaf. Zuerst ist da nur eine kaum hörbare Dissonanz in jenem Glücksakkord, den mir gerade ein Traum beschert, wie eine Wolke, die sich vor die Sonne schiebt, doch dann ist die Illusion nicht mehr länger aufrechtzuerhalten, und ich wache auf.

Ich höre das beruhigende Summen Djaafars, dessen Gutmütigkeit auch nächtens keine Grenzen kennt, während ich Yaya – Herr George Yaya Nagbe gehört eindeutig zur Kategorie drei der komplizierten Fälle – leise verfluche.

Wieder einmal gelingt mir im Gegensatz zu Djaafar das Einschlafen nicht, und während er sich bald mit seinem Schwein im Bett suhlt, folge ich Yaya in die Küche. Tee, frage ich, und Yaya nickt, dann sitzen wir einander schweigend gegenüber. Ich komme eigentlich aus Liberia, unterbricht er nach einer Weile die Stille, nicht aus Côte d'Ivoire. Ich bin mit einem Schlag hellwach. Aha, sage ich in gespannter Erwartung näherer Erläuterung – doch es kommt nichts mehr. Wieso hast du dann … Wieso er gelogen habe, möchte ich wissen, doch die Frage klingt zu hart, ich ringe nach einer besseren Formulierung in Yayas Muttersprache. Bei Liberia gibt es kaum Aussicht auf Asyl, kommt er mir zuvor, bei Côte d'Ivoire sind die Chancen etwas besser, hat man mir gesagt. Aber ich habe die letzten paar Jahre in Côte d'Ivoire gelebt. Aber du sprichst … wir sprechen doch Krahn miteinander, entgegne ich erstaunt. Krahn wird auf beiden Seiten der Grenze gesprochen, erklärt er mir. Natürlich, sage ich, du hast recht.

Yaya steht auf, um seine Tasse aufzufüllen. Nachdem er sich gesetzt hat, beginnt er zu erzählen, von einem kleinen Dorf im Osten Liberias, von ein paar Hühnern, ein paar Ziegen, von zwei, drei winzigen Feldern, es sei nicht viel gewesen, aber es habe gereicht, es habe gereicht bis zu dem Tag, an dem der Krieg ins Dorf kam. Yaya fasst mit der Hand nach dem Amulett, seine Finger streichen über den grünen Stein. Der Krieg sei schon eine ganze Weile in Liberia gewesen, aber man habe lange nichts davon gemerkt. Aber eines Tages seien Männer mit Gewehren in den Ort gekommen, und von da an sei das Leben die Hölle gewesen. Zuerst haben sie sich die Hühner geschnappt, sagt er, beim nächsten Mal die Ziegen. Beim dritten Mal haben sie alles geholt, was auf den Feldern war. Und dann haben sie meinen Bruder mitgenommen. Yaya hört zu sprechen auf, seine Faust umschließt das Amulett, sein Blick verliert sich in weiter Ferne. Ich hänge an seinen Lippen, einer Fortsetzung harrend, noch immer ganz erstaunt über seine plötzliche Gesprächigkeit.

Ich fürchte schon, seine Erzählung ist beendet, doch dann spricht er weiter. Irgendwann, nach vielen Monaten, hätten seine Eltern die Hoffnung aufgegeben, dass der Bruder wieder auftauchen würde, auch andere Jugendliche aus dem Dorf seien verschleppt worden. Eines Tages hätten sie alles, was sie noch besaßen, auf einen Wagen geladen und seien nach Osten gezogen, nach zwei oder drei Tagen seien sie in Côte d'Ivoire angekommen, sein Vater habe dort Arbeit auf einer Kakaoplantage bekommen, damals sei das noch einfach gewesen. Und da haben wir dann gelebt, sagt Yaya.

Und wie … wie ging es dann weiter, frage ich vorsichtig. Wieso musstest du weg? Yaya blickt auf, doch sein Blick scheint durch mich hindurchzugehen. Hallo, höre ich im selben Augenblick Tomos Stimme hinter mir, ich kann auch nicht schlafen. Nicht jetzt, denke ich, nicht jetzt, Tomo, da Yaya *einmal* bereit ist, etwas von sich preiszugeben. Doch ein Blick auf Yayas Gesicht zeigt mir, dass es zu spät ist, es hat plötzlich wieder jenen verschlossenen Ausdruck angenommen, den ich bereits zur Genüge kenne, das Visier ist herunter-, die Zugbrücke hochgeklappt, die Sprechstunde beendet.

Tomo füllt ein Glas mit Leitungswasser und leert es gierig, nachdem er es erneut angefüllt hat, setzt er sich neben Yaya. Auch er hat also das Schlaflos gezogen, doch wen wundert's, er hat gestern seinen Asylbescheid erster Instanz zugestellt bekommen, natürlich negativ. Daher war spruchgemäß zu entscheiden, steht in solchen Papieren immer, und das klingt schon so, als hätten die armen Entscheidungsträger gar keine andere Wahl gehabt, als einen negativen Bescheid auszustellen! Tomos Angaben – er stammt aus dem mittlerweile serbischen Teil Bosniens, während der Kriegsjahre flüchtete seine Familie zu Verwandten in den nördlichen Teil des Kosovos – seien unglaubwürdig und widersprüchlich, außerdem könne auch nach eingehendem Studium der zuverlässigsten Quellen nicht festgestellt werden, dass ihm bei einer Rückkehr in den

Kosovo Gefahr drohe. Aber nein, die Löwen sind überhaupt nicht gefährlich, mein Kind, geh' ruhig hinein in den Käfig. So glaub' mir doch, ich hab's mit eigenen Augen gelesen, sie sind wie Katzen, hörst du nicht, wie sie schnurren? Nun geh' schon, du dummes Kind, oder muss ich dich stoßen? Zurück an den Start, Tomislav Nikolić, die erste Runde ist verloren, das erste Leben verwirkt. Nun heißt es also, Berufung einzulegen, es heißt, sich erneut einer Einvernahme stellen zu müssen, es bedeutet, dass die Ungewissheit fortdauert und das Warten weitergeht. Hast du schon mit Hans gesprochen, frage ich. Jeder unserer Betreuer kümmert sich um zwei oder drei Jugendliche, Hans ist für Tomo, Afrim und Nino zuständig. Tomo schüttelt den Kopf. Nur mit Onkel, Hans kommt morgen. Er nimmt einen großen Schluck Wasser, dann knallt er das leere Glas auf den Tisch. Scheiß-Polizei, ruft er aus, die Albaner kriegt Asyl, aber bist du Serbe, bist du Arschloch! Afrim ist Albaner und hat bis jetzt auch nicht Asyl bekommen, wende ich ein, doch Tomo zuckt nur mit den Schultern. Die sollen gehen in Kosovo, Leute, was schreiben so ein Bescheid! Gute Idee, gebe ich ihm recht und stelle mir bildhaft vor, wie man die fleißigen Aktenschreiberlinge und deren Vorgesetzte aus ihren Büros holt, wie man sie zusammentreibt und auf Lastwagen verlädt und auf den Balkan transportiert: Es konnte unter Berücksichtigung aller bekannten Umstände nicht festgestellt werden, dass die Antragsteller dort der Gefahr unmenschlicher Behandlung ausgesetzt wären, eine Verfolgung aufgrund politischer oder ethnischer Zugehörigkeit durch staatliche Autoritäten kann unter den gegenwärtigen Verhältnissen so gut wie ausgeschlossen werden, es war daher spruchgemäß zu entscheiden. Doch müsste man nicht auch gleich diejenigen mitschicken, die die zugehörigen Gesetze beschlossen haben, frage ich mich. Und was ist mit jenen, die die Gesetzgeber gewählt haben? Hier verlässt mich meine Vorstellungskraft.

Tomo verlässt uns bald danach, und auf dem Weg zum Zimmer, den ich wenig später gemeinsam mit Yaya antrete, ist wieder der Lichtschein unter der Zimmertür der Neuen zu sehen.

3

Omatu hat ihre ersten Tage im Haus hinter sich gebracht und wurde von Zakia, ihrer Betreuerin, in den Leo-Alltag eingeführt. Sie hat ihr Bett und ihren Spind im Zimmer von Amal und Djamila zugewiesen bekommen, hat neue Kleidung und von mir den Spitznamen Oma gekriegt, man hat sie im Haus herumgeführt und ihr mithilfe eines Dolmetschers die Hausordnung und andere Spielregeln erklärt. Ob und wie viel und wie viel Wahres sie Zakia und dem Onkel von ihrer Geschichte erzählt hat, entzieht sich leider meiner Kenntnis. Allgegenwart ist zwar mein Beruf, doch hindern mich Kleingeister immer wieder an der Ausübung dieses Berufes, sodass die Gegenwart manchmal zur Vergangenheit wird, ehe ich zur Stelle bin. Oma scheint jedenfalls Schlimmes erlitten zu haben, sie zuckt schon beim kleinsten Geräusch zusammen wie ein verschrecktes Reh, selbst ein forscher Blick kann sie manchmal unvermittelt zum Weinen bringen. Nicht forsch, sondern forschend blicke ich ihr von Zeit zu Zeit ins rundliche Antlitz, um darin zu lesen, doch sie scheint in die gleiche Kategorie wie Yaya zu fallen und sich der schnellen Lektüre zu verweigern.

Mir bleibt aber ohnehin nicht allzu viel Zeit, mich um Omas Geschichte zu kümmern, denn es kommt bald zu einem Ereignis, das mich viel direkter betrifft. Eines Tages nämlich, als ich nach dem Deutschkurs in mein Zimmer zurückkomme, das Hauptthema der heutigen Unterrichtseinheit war die Komparation, Yaya ist größer als Djaafar, Nino ist jünger als Amal, Keiner ist dümmer als Kamal, eines schönen Dienstags also muss ich feststellen, dass das vierte Bett in unserem Zimmer, das einige Wochen unbelegt war, mit frischer Bettwäsche bezogen ist. Ist ein Neuer da, schreibt Djaafar auf seinen Notizblock. Ich mache gleich wieder kehrt und stürme Richtung Büro.

Was soll das, schleudere ich Mira entgegen, die vor einem der beiden Computer sitzt und so tut, als würde sie arbeiten. Was soll was? Da ist ein Neuer in meinem Zimmer, ohne dass man mich um mein Einverständnis gefragt hat. Sie setzt ein maliziöses Lächeln auf. Also erstens ist das nicht *dein* Zimmer, und zweitens – hab ich die Hausordnung etwa nicht aufmerksam genug gelesen? Da muss ich doch tatsächlich diesen einen Punkt überschaut haben: Vor jeder Neubelegung der Zimmer ist Herr Ali Idaulambo zu konsultieren. Also erstens heißt es *übersehen* haben, verbessere ich Mira bei einem ihrer ganz seltenen Fehler, muss aber im selben Augenblick erkennen, dass ich mich dadurch selbst aus dem Konzept gebracht habe. Und zweitens, setze ich an … Und zweitens, fragt sie hundsgemein lächelnd und mein Zögern ausnützend. Ich schimpfe noch eine Weile vor mich hin, muss mich aber bald geschlagen geben. Wer wird den Neuen betreuen, frage ich. Ich, gibt Mira zurück. Auch das noch, maule ich. Mira steht auf, sie hat mit einem Mal ihr mütterlichstes Lächeln aufgesetzt. Komm, sagt sie und streckt die Hand nach mir aus. Ich ziere mich zuerst, doch dann lasse ich mich in ihre Umarmung gleiten. Meine Träume, endlich werden sie wahr, Mira, meine Liebste, ihre Haare duften nach frischem Heu, ihre Haut nach vom Morgentau benetzten Pfirsichen, Ich werde mich um dich und deine Probleme genauso kümmern wie bisher, höre ich weit entfernt ihre Engelsstimme, ich schwebe über den Wolken, auch wenn ich nicht weiß, von welchen Problemen sie spricht, ich spüre durch die Kleidung hindurch die sanfte Kurve ihrer Brüste, ich stelle mir vor, ich wäre kleiner als sie und mein Kopf würde sich an ihren Busen schmiegen. Sanft schiebt sie mich weg, nach dreißig Sekunden, nach einer Stunde, oder waren es drei Tage? Jetzt warte doch mal ab, wie du und Djaafar und Yaya mit Murad auskommen, sagt sie, als ich mich schon auf halbem Weg zur Tür befinde. Ich schwebe von dannen – und werde im selben Augenblick beinahe von unserem Deutschlehrer Lukas Neuner über den Haufen gerannt. Entschuldigung, sagt er, ohne mich wirklich wahrzunehmen. Sein Blick geht durch mich hindurch, es ist der gleiche Blick, den er im Deutschkurs auf Nino zu werfen pflegt, nur ist der Haken diesmal nicht für Backfische, sondern für größere Kaliber ausgelegt. Hallo, Mira, grüßt er. Ich halte inne, langsam und noch ein wenig benommen drehe ich mich um. Ich höre, wie Mira den Gruß erwidert, ich sehe, wie sie sich durchs Haar fährt und lächelt, nicht maliziös und nicht mütterlich ist dieses Lächeln, sondern erwartungsvoll und empfängnisbereit. Sie sind so klug, Herr Lehrer, sagt dieses errötende, siebzehnjährige, zwischen den Beinen feuchte Lächeln, Machen Sie mit mir, was Sie wollen, Herr Lehrer, haucht es verzückt und der Ohnmacht nahe. Die Wolke, auf der ich dem Raum entschwebte, löst sich mit einem Mal in nichts auf. Mit lautem Krachen lande ich auf dem harten Boden der Tatsachen, doch weder Mira noch Lukas hören mich, und ein Wort, das Wort Verrat, formt sich in meinem Kopf, füllt ihn aus und droht ihn zu sprengen.

Doch ich habe keine Zeit zu trauern, und Hass und Wut sollen mir nicht den Blick auf Gesichter und Geschichten meiner Mitbewohner verstellen. Nun denn, Murad also, Murad Magomazov: angeblich sechzehn, angeblich aus Tschetschenien, angeblich verfolgt, angeblich durch Folter verletzt. Ganz ohne Zweifel verletzt ist er am Auge: Er hat als Souvenir aus dem Flüchtlingslager Traiskirchen ein blühendes Veilchen mitgebracht. Wie ist das passiert, frage ich ihn beim Mittagessen auf Tschetschenisch. Er sieht mich an, wie man ein wildes Tier im Zoo ansieht, ein Tier, das einem trotz der schützenden Glaswand nicht ganz geheuer ist. Schon recht so, denke ich mir, das bisschen Glas würde dir auch gar nichts nützen, wenn du mich reizen solltest. Eine Schlägerei, sagt er, die Neger haben eine Schlägerei angefangen. Chrrrrrrrrrr, fauche ich ihn mit aufgestellten Haaren und ausgefahrenen Krallen an. Er zuckt zurück, ich ziehe meine Pranke wieder ein. Diese bösen Neger, sage ich ganz sanft, und er nickt zur Bestätigung. Ja, die haben sich beim Essen immer vorgedrängt. Nein, so was, schnurre ich. Scheint doch nicht so gefährlich zu sein, dieses schwarze Tier, ist in Murads Augen zu lesen, und im selben Augenblick fauche ich ihn erneut an.

Meine Strategie scheint zu wirken. Hier bleibe ich nicht, sagt Murad wenig später, als ihm bewusst wird, dass er mit mir und einem weiteren schwarzen Menschentier den Stall teilen soll. Ich möchte ein anderes Zimmer, sagt er kurz darauf auf Russisch zu Mira. Wir haben leider kein anderes Bett frei, antwortet die Verräterin, wo liegt das Problem? Mir, der ich hinter Murad stehe, wirft sie einen misstrauischen Blick zu, Was hast du ihm getan, scheint sie zu fragen, als hätte *ich* ihm das blaue Auge geschlagen! Murad zögert, dreht sich halb zu mir um, er murmelt etwas, das weder Mira noch ich verstehen. Wie bitte, fragt sie nach. Die Neger, sagt er dann trotzig, warum muss ich mit zwei Negern im Zimmer sein? Miras Blick verhärtet sich. Bei uns gibt es keine … sie scheint nach dem russischen Wort zu suchen … keine Rassentrennung, sagt sie, wir haben keine Zimmer »Nur für Tschetschenen«, »Nur für Schwarzafrikaner« oder »Nur für Afghanen«. Wir haben Zimmer für Menschen, ganz egal, welche Hautfarbe sie haben und welche Sprache sie sprechen. Amen, füge ich hinzu. Aber …, beginnt Murad, Nein, unterbricht ihn Mira, in dieser Sache gibt's bei uns kein Aber. Murad lässt den Kopf hängen. Also ich hätte an seiner Stelle auch Angst, springe ich in die Bresche, kann nicht irgendjemand tauschen, sodass Murad in ein anderes Zimmer kommt? Mira ignoriert meinen Einwurf. Komm, sagt sie lächelnd zu Murad und schüttelt ihn leicht am Arm, Ali und Yaya werden dich schon nicht fressen. Da wäre ich mir nicht so sicher, murmle ich, doch ich muss wieder einmal an den Spruch des Klügeren denken und gebe nach, gebe für diesmal auf und trete auf den Gang hinaus. Du bist eine Frau, höre ich Murad hinter mir plötzlich aufstampfen, du kannst mir gar nichts sagen. Aha, denke ich, kleine Strategieänderung. Miras Antwort ist nicht mehr zu hören, doch ich bin überzeugt, dass sie dem Neuen nichts schuldig bleibt, diesbezüglich kann man sich auf sie hundertprozentig verlassen.

Murad, so heißt es, ist aus Tschetschenien geflüchtet, weil sein Vater und sein Bruder entführt wurden und seine Mutter Angst hatte, er würde der Nächste sein. Ich glaube ihm nicht, es sind natürlich die typischen Argumente von Scheinasylanten. Auch sein Alter nehme ich ihm nicht ab: Wenn man genau hinsieht, kann man ganz deutlich den langen, wallenden Bart der Taliban erkennen. Ich weiß, dass er Böses im Schilde führt, ich fühle und rieche und spüre es, er ist ein Terrorist, der auf den Tag der Abrechnung mit der westlichen Zivilisation wartet, er tarnt sich als UMF, als Unbegleiteter Minderjähriger Flüchtling, doch in Wahrheit ist er ein Urgefährlicher Muslimischer Fundamentalist. Doch Mira und der Onkel, denen ich meine Beobachtungen mitteile, schlagen meine Warnungen in den Westwind, der Onkel will mir in seiner Fantasielosigkeit wieder einmal einen Termin beim Psychiater verschreiben, aber sie werden es noch bereuen, so viel ist klar. Murad bedeutet übrigens Der Erwünschte, welch' Hohn, kann ich da nur sagen, denn wer wünscht sich schon einen Terroristen als Zimmergenossen!

Unser Zimmer wird nun von einem Tag auf den anderen zur Moschee umfunktioniert: Noch vor Sonnenaufgang beginnt es täglich zu rumoren, Murad steht auf, verlässt den Raum, um sich zu waschen, kommt zurück, breitet ein zerschlissenes Stoffstück vor dem Fenster aus und beginnt mit seinem Gebet. Kannst du nicht im Wohnzimmer beten, frage ich ihn beim dritten oder vierten Mal schlaftrunken; die Nacht war kurz, in Djaafars Sägewerk wurde ein ganzer Wald verarbeitet, Mr. und Mrs. Chechnya waren in Höchstform, und nun das. Murad ignoriert mich, ich ziehe mir die Decke über den Kopf und versuche weiterzuschlafen.

Doch mit mir nicht, mein Freund, nicht mit mir! Das geht so nicht, beschwere ich mich im Büro. Hans, der gerade Dienst hat, verspricht mir, mit Murad zu reden. Anscheinend hält er sein Versprechen auch, denn am nächsten Morgen verlässt Murad für sein Gebet das Zimmer. Warum betet ihr nicht mit mir, fragt er wenig später Djaafar und mich, ihr seid auch Moslems. Djaafar kratzt sich am Kopf und weicht mit eleganter Rechtsdrehung Murads bohrendem Blick aus, ich selbst hülle mich in nobles Schweigen.

Doch trotz Terrorgefahr muss das Leben weitergehen, und die Ankunft eines unerwünschten Neulings soll nicht von den Geschichten der bereits Anwesenden ablenken. Terrorismus stellt, ich gebe es zu, ja auch bei Weitem nicht die einzige Bedrohung in dieser so gefährlichen Welt dar. Fragt man unsere Betreuer nach der größten Gefahr für uns Jugendliche, dann nennen sie mit Sicherheit die bösen, bösen Drogen. Seit meiner Ankunft in diesem Haus verging denn auch kein Tag, an dem man uns nicht mit dem Holzhammer eingebläut hätte, nur ja die langen Finger von den bewusstseinserweiternden Substanzen zu lassen, keine Gelegenheit, bei der nicht mit den schlimmsten Höllenqualen für den Fall der Missachtung dieses Verbots gedroht worden wäre. Lukas hat mir erzählt, dass ihr gute Fortschritte macht, sagt der Onkel, der uns am nächsten Tag im Deutschkurs mit seiner Anwesenheit beehrt und damit die Angelegenheit zur Chefsache macht, und das freut mich sehr. Wir wollen heute mit euch über ein enorm wichtiges Thema sprechen.

Droge, die, schreibt Lukas Neuner auf die Tafel.

Also, definieren wir mal: Was sind Drogen denn eigentlich? Haschisch, sagt Kamal, Heroin, sagt Amal, Kokain, sagt Tomo. Das ist richtig, unterbricht der Onkel, aber ich meine: Was bewirken Drogen? Drogen sind schlecht, sagt Kamal. Das ist auch richtig, sagt der Onkel mit väterlichem Lächeln. Aber … Drogen machen süchtig, unterbricht Amal. Genau, freut sich der Onkel, aber man spricht heutzutage eher von Abhängigkeit als von Sucht.

Sucht, die, schreibt Lukas auf die Tafel. Legalize it, summe ich leise vor mich hin.

Das heißt also …, fährt der Onkel fort, doch ich unterbreche ihn: Der Begriff Abhängigkeit, beginne ich zu dozieren, steht in der Medizin für das unabweisbare Verlangen nach bestimmten Stoffen oder Verhaltensformen, durch die ein kurzfristig befriedigender Erlebniszustand erreicht wird. Alles wendet sich mir voller Bewunderung zu: Woher du das nur alles weißt, Ali? Unter Drogenabhängigkeit, setze ich, Dr. Ali Idaulambo, fort, versteht man eine psychische oder körperliche Abhängigkeit von bestimmten Substanzen wie zum Beispiel Halluzinogenen, Stimulantia oder Sedativa. Es gibt … Danke, Ali, unterbricht mich der Onkel. Okay, okay, sage ich, ich möchte mich ja um nichts in der Welt aufdrängen.

Abhängigkeit, die, schreibt Lukas Neuner auf die Tafel. Some call it tampee, some call it da weed, some call it marijuana, some of them call it ganja, singt Peter der Große.

Ein paar Drogen habt ihr ja schon aufgezählt, setzt der Onkel fort, welche anderen kennt ihr noch? LSD, sagt Afrim, Ecstasy, sagt Tomo, Opium, schreibt Djaafar auf die Tafel, denn als Afghane hat man natürlich gewisse Verpflichtungen. Na, ihr kennt ja schon 'ne ganze Menge, witzelt der Onkel, ich hoffe doch wohl nicht aus eigener Erfahrung? Aber nein, rufen alle wie aus einem Munde, wo denkst du hin, wir sind doch noch Kinder!

Lasst mich das eine noch mal klarstellen, sagt der Onkel, plötzlich wieder ernst geworden, und er sagt es in Großbuchstaben: FÜR DROGEN GIBT ES HIER IM HAUS EINFACH NULL TOLERANZ!

NULL TOLERANZ, schreibt Lukas auf die Tafel. It's good for the flu, it's good for asthma, good for tuberculosis, even umara composis, sings Peter the Great, o yeah!

Wir haben das jedem von euch bei seinem Aufnahmegespräch gesagt, setzt Onkel Edo fort, aber man kann es gar nicht oft genug wiederholen: Wer mit Drogen erwischt wird, der hat 'n ernsthaftes Problem mit uns, und wer mit Drogen handelt, der wird bei der Polizei angezeigt.

Alkohol, sagt Tomo, als von weiteren Drogen die Rede ist. Alkohol ist kein Droge, wehrt sich Adolphe vehement. Ich glaube ihm, er ist Experte, denn er gibt die Hälfte seines Taschengeldes für Bier oder höherprozentigen Alkohol aus. Aber mit Alkohol du wirst auch süchtig, gibt Tomo zurück. Das ist richtig, assistiert der Onkel und erfreut uns gleich mit einem halbstündigen, aber keineswegs halbherzigen Lob der Abstinenz. Zigaretten werden ins Spiel gebracht, und die Köpfe beginnen zu rauchen. Ist keine Droge, protestiert Adolphe wieder, und ich glaube ihm auch in diesem Fall, denn er gibt die andere Hälfte seines Taschengeldes für Zigaretten aus.

Zigarette, die, schreibt Lukas Neuner auf die Tafel. Legalize it, don't criticize it, that's the best thing you can do, sings Peter the Snow Eater.

Speed, sagt dann die heilige Nino. Speed, schreibt der scheinheilige Lukas auf die Tafel, nicht ohne Nino das übliche Backfischfanglächeln zuzuwerfen, worauf sich ihm ihre Brustwärzlein aus lauter Dankbarkeit entgegenrecken. Speed kills, sage ich laut, und der Onkel nickt zufrieden. I love your nipples, schreibe ich per SMS an Nino, sie wird rot, nachdem sie meine Nachricht gelesen hat, o, die Unschuld vom Lande! Trotel, schreibt sie zurück. Wo bleibt mein zweites T, möchte ich per schriftlicher Eingabe wissen, doch die Antwort bleibt aus. Two T's to please me, two T's to tease you, two tits to tease me, one dick to please you – how about it, sugar plum? Wieder keine Antwort. Brustwarzen ist so ein hässliches Wort, sage ich laut, ernte jedoch Unverständnis vonseiten der anderen Kursteilnehmer, nur der Onkel wirft mir einen leicht irritierten Blick zu. Knospen wäre doch viel schöner, überlege ich, oder Venusblüten oder Mamillen. O du schöne Mamelone, du, lüstern flüstern möcht' ich deinen Milchmädchen, dass stets sie mit mir rechnen können, schreibe ich an Rotkäppchen, o Venus Georgiensis, füge ich hinzu, lass mich mein frenulum an deinen mammillae reiben, doch wieder bleibt sie mir die Antwort schuldig, das gute Kind ist wohl des Lateinischen nicht mächtig. J'aime tes mamelons, versuche ich es auf Französisch, immer noch ohne Erfolg, aber die Franzosen spinnen ja sowieso, was soll man auch von einem Volk erwarten, bei dem die Brust *le* sein und die Vagina *le* vagin heißt! Ils sont fous ces Français!

Prävention, die, schreibt Lukas Neuner auf die Tafel. Mir ist kalt, sage ich laut, hat jemand einen Ofen für mich?

Unser Mittagessen wartet schon, als wir nach dem Deutschkurs ins Leo zurückkehren. Es gibt zwei Köchinnen, Khady aus dem Senegal und Chin aus dem chinesischen Sichuan. Wenn Khady kocht, dann ist die Welt in Ordnung. Zwar ist sie keine Götterköchin wie Pitra, doch man übersteht ihre Kochkünste relativ unbeschadet. Wenn Chin Dienst hat, ist hingegen Vorsicht geboten: Angeblich musste sie wegen ihrer miserablen Kochkünste aus China flüchten, und seit sie hier arbeitet, ist die Anzahl der Hunde im Bezirk signifikant zurückgegangen. Heute ist Chin-Tag, diesmal musste ein Dobermann dran glauben, und wenn sie sparsam mit dem Fleisch umgeht, dann kann sie uns damit auf Wochen hinaus in allen nur erdenklichen Varianten erfreuen. Ich habe aber keine Lust auf süßsauren Dobermann oder Dober Man Wan Tan, ich verzichte also auf das Mittagessen und gehe nach Erledigung meiner Hausaufgaben – wir schreiben hundert Mal Ich nehme nie keine Drogen nicht – gleich zu Pitra.

Pitra Götterköchin, Pitra Geschichtenköchin, Pitras Zimmer als Ort des permanenten Pfingstwunders, durch das jeder jeden versteht. Heute ist Nuriddin zu Besuch, Nuriddin aus der Mongolei. Seit ihm Polizisten in seiner Heimatstadt das rechte Bein zertrümmert haben, um ihn zum Singen zu bringen, hinkt er wie ein schlechter Vergleich durchs Leben. Doch er hat sich sein sonniges Gemüt bewahrt und ist außerdem ein guter Geschichtenerzähler, der nicht redet, sondern mit Worten malt, der Bilder in die Köpfe der Zuhörer zaubert, Bilder in den Farben der Wüste, von Bergen so rot wie die Abendsonne und von pfeilschnellen Reitern in nachtschwarzen Gewändern.

Dann bin ich dran. Heute, meine Lieben, erzähle ich euch die Geschichte von Tomo, eine jener Geschichten, die sich dem Sehenden sofort und ohne Schwierigkeiten offenbaren. Tomo wuchs … Aber nicht so traurige Geschichte wie letztes Mal, wirft Anunu, die

Vorlaute, ein. Du musst… ICH bestimme, was hier erzählt wird, unterbreche ich sie mit Donnerstimme, worauf sie vor Schreck den Kopf einzieht wie eine Suppenschildkröte. Tomo, so beginne ich erneut, wuchs in einem kleinen Ort in den Bergen Bosniens auf. Als er ungefähr vier Jahre alt war, verbot ihm seine Mutter eines Tages, mit seinem besten Freund zu spielen. Tomo weinte, seine Mutter sagte irgendetwas von Kroaten und Serben, das er nicht verstand. Du bist ein Serbe, schärfte sie ihm ein. Bald danach durfte er auch nicht mehr in den Kindergarten gehen. An seinem fünften Geburtstag standen plötzlich Männer mit Gewehren im Haus, seine Mutter schnitt gerade die Geburtstagstorte an und ließ vor lauter Schreck das Messer fallen. Tomo kannte manche von den Männern, auch der Vater seines besten Freundes war dabei, die Männer schrien und drohten mit den Gewehren, und Tomo fürchtete sich und verstand nicht, was los war. Es passierten andere, ähnlich bedrohliche Dinge im Ort, in dem hauptsächlich Kroaten lebten, wie auch Tomo mittlerweile wusste, und eines Tages sagte sein Vater Wir müssen weg. Dinge wurden zusammengepackt und ins Auto geladen, Tomo dachte an den Sommerurlaub, den sie einmal am Meer verbracht hatten, doch diesmal lag überall Schnee. Sie fuhren lange mit dem Auto, es war kalt, denn die Heizung funktionierte nicht, sie mussten einige Male umdrehen und einen anderen Weg suchen. Seine Mutter weinte die meiste Zeit, sein Vater schaute grimmig, und Tomo dachte, er wäre böse auf ihn. Nach zwei Tagen kamen sie in eine Stadt, die er nicht kannte. Ein Bruder seiner Mutter lebte dort, und sie wohnten einige Zeit bei ihm in der Wohnung. Man konnte nicht auf der Straße spielen, es gab keine Felder, über die man laufen konnte, Tomo hatte kein eigenes Zimmer. Irgendwann wohnten sie wieder in einer eigenen Wohnung, eines Tages ging Tomo in die Schule, und er fand bald neue Freunde.

Manche dieser Freunde und Mitschüler sprachen eine andere Sprache, wenn sie sich untereinander oder mit ihren Eltern unterhielten, Tomo verstand kein Wort. Das ist Albanisch, erklärte seine Mutter. Eines Tages wurde einer seiner albanischen Freunde in der

Schule verprügelt, Tomo verteidigte ihn und bekam auch Prügel ab, und von da an nannten ihn die anderen Serben in der Klasse Verräter. Es gab mehr und mehr solche Prügeleien, und es kam auch auf der Straße immer öfter zu Kämpfen. Eines Tages fielen schließlich Bomben vom Himmel.

Als der Bombenregen vorbei war, atmeten alle auf, doch das Leben wurde nicht einfacher. Mehr und mehr Serben verließen das Stadtviertel, in dem Tomo mit seinen Eltern wohnte, es gab eingeschlagene Scheiben in dem Geschäft, das seine Eltern zusammen mit dem Bruder der Mutter führten, die Reifen ihres Autos wurden aufgeschlitzt, bei Straßenkämpfen gab es immer wieder Tote in der Stadt. Tomos Eltern blieben trotzdem. Sie hatten sich hier eine neue Existenz aufgebaut und wollten nicht erneut alles aufgeben. Und dann kam Tomo eines Tages von der Schule, wollte in die Straße einbiegen, in der sich Geschäft und Wohnung befanden, doch sie war abgesperrt. In der Entfernung sah er Polizei und Rettung und Feuerwehr stehen, aus einem Haus, aus seinem Haus, wurde gerade eine Bahre herausgeschoben, darauf lag ein zugedeckter Körper, eine zweite Bahre folgte. Und dann rannte er los. Und rannte und rannte und rannte.

Armer Tomo, sagt Nuriddin, und im selben Augenblick, als Anunu zu ihrer unvermeidlichen Kritik an meiner Geschichte ansetzen will, geht die Tür auf – und herein tritt Murad der Unerwünschte! Murad Magomazov, der du das Zimmer nicht mit zwei Negern teilen möchtest, trete ich ihm entgegen, was zum Teufel tust du hier bei der Schwarzen Köchin? Er weicht meinem Blick aus und drückt sich wortlos an mir vorbei. Pitra heißt ihn willkommen und reicht ihm einen Teller mit Huhn und Süßkartoffeln, Halima rückt zur Seite, um Platz für ihn zu machen, und er lässt sich auf dem Sofa nieder, als wäre er seit Anbeginn der Zeiten an genau diesem Ort zu Hause. Ich warne die Schwarze Köchin und ihre Gäste vor ihm, wie ich schon den Onkel und unsere Betreuer gewarnt habe, doch genau wie bei jenen stoße ich auch hier mit meinen Warnungen auf taube Ohren, und so verlasse ich resigniert den Raum.

4

Obwohl Mira den ganzen Tag im Dienst ist, bekomme ich sie kaum zu Gesicht, die Verräterin, und das ist auch gut so. Sie kümmert sich viel um Murad, was abzusehen war, sie kümmert sich um Yaya, obwohl sie gar nicht seine Betreuerin ist, und wann immer sie Lukas Neuner begegnet, ist jenes widerliche Jungmädchenlächeln auf ihrem Gesicht zu erkennen. Sie verlässt heute früher als sonst das Haus und sagt zu Tony, der mit ihr gemeinsam Dienst tut, sie hätte noch etwas zu erledigen. Spontan entschließe ich mich, ihr zu folgen. Vertrauen war gestern, heute ist Kontrolle angesagt, meine Aufgabe lautet nun einmal, ob ich will oder nicht, Zeugnis abzulegen vom Treiben der Menschen dieses Hauses.

Sie geht zur Straßenbahnhaltestelle, ich lasse ihr einen Vorsprung von hundert Metern. Ich warte hinter einer Litfaßsäule und schwinge mich im letzten Augenblick auf das Achterdeck der roten Tram, Mira findet ganz vorne einen Sitzplatz, ich ganz hinten. Die füllige Erscheinung, neben die ich mich setze, man sieht es gleich, ist Mutter eines Manta-Fahrers, Großmutter zweier verzogener Gören, ihre Lieblingslektüre heißt *Neue Post*, die Lieblingsbeschäftigung ist Nachbarn beobachten. Sie wirft mir einen abschätzigen Blick zu und rückt demonstrativ zur Seite. Ich beiße nicht sehr fest, sage ich beschwichtigend zu ihr, es tut normalerweise nicht wirklich weh. Die Doppelkinnlade fällt herunter, der Mund öffnet sich zu einem Kommentar, doch es fehlen ihr die Worte, ich habe ihr die Sprache verschlagen.

Es ist heiß und stickig in der Straßenbahn. Als ein junges Mädchen ein Fenster in der Mitte des Waggons öffnet, geht das Gezeter los. Es zieht, keift eine alte Frau in der Reihe dahinter. Aber es ist furchtbar heiß, kontert das Mädchen. Rotzpipen, freche, schimpft daraufhin die alte Frau, steht auf und schließt das Fenster. Schon will ich auf- und für das junge Mädchen in die Bresche springen, Ali, der Anwalt der Unterdrückten und Übervorteilten, der Beschützer der Geschmähten und Gedemütigten, der Retter der Witwen und Waisen, doch mir sind die Hände gebunden, die Lippen versiegelt, ich bleibe sitzen und schweige, um nicht Mira auf mich aufmerksam zu machen.

Guten Tag, die Fahrausweise bitte, tönt es kurz danach durch den Wagen. Zwei Kontrolleure walten ihres Amtes, langsam nähert sich einer der beiden der letzten Sitzreihe, links von mir kann ich die Vorfreude der Manta-Fahrer-Mutter richtig spüren: Jetzt erwischen's ihn, den frechen Neger, steht in deutlichen Lettern, Times New Roman, 20 Punkt, auf ihrer Stirn geschrieben. Ich krame in meinen Taschen, links, rechts, vorne, hinten. Na komm, denke ich mir, sag schon was, mach irgendeine rassistische Bemerkung, Na, hat der Bimbo keinen Fahrschein, zum Beispiel, oder Für Drogen habt ihr Geld, aber für Fahrscheine nicht, oder nenn' mich einfach Nigger, das ist auch okay. Aber nein, der Mann wartet geduldig, und als ich endlich meine Monatskarte präsentiere, die mir und allen anderen jugendlichen Flüchtlingen der Manta-Fahrer und die Manta-Fahrer-Mutter von ihren Steuergeldern gekauft haben, bedankt sich Schwarzkäppchen höflich und geht zur nächsten Sitzreihe weiter. Auf nichts ist mehr Verlass in diesen Zeiten …

Mira steigt schließlich aus, betritt eine U-Bahn-Station, Eurydike auf dem Weg in die Unterwelt. Als ich, Orpheus, ihr folgen möchte, stellt sich mir Zerberus in den Weg, fletscht seine furchterregenden Zähne, doch nein, es ist nur eine Westfälische Dachsbracke, die kurz ihrer Besitzerin entkommen ist. Ich setze meinen Weg in die Tiefe fort, ein wildes Brausen kommt auf, ein Sturm peitscht mir die Haare ins Gesicht, nur kurz blicke ich Charon in die grausamen Augen, als er mit seinem Silbergefährt herannaht, lang genug jedoch, um von Angst beinahe überwältigt zu werden. Ich zaudere, ich zögere, Tsugfeatab, ertönt der wilde Ruf des Fährmannes, und erst im allerletzten Augenblick fasse ich mir ein Herz und springe auf. Pfeilschnell gleiten wir durch die nächtliche Schattenwelt, und ich bereite mich auf die bevorstehende Begegnung mit Pluto vor, doch der lässt sich nirgendwo blicken. Beim Westbahnhof verlässt Mira-Eurydike das schwankende Gefährt, hinan, hinan geht es über Stufen und rollende Treppen, dem Licht des Tages entgegen, ich Ali-Orpheus bleibe dicht auf ihren Fersen, hoffentlich dreht sie sich nicht um, sonst bin ich verloren … Endlich, endlich, die Welt der Lebenden hat uns wieder. Mira geht nur ein paar Schritte die Mariahilfer Straße stadteinwärts, dann betritt sie ein Geschäft. A shoe for you, steht quer über das Schaufenster geschrieben, SALE, schreit es daneben mit mehreren Ausrufungszeichen. A shoe for me, a shoe for you, together we will have but two, reimt es in mir ohne mein Zutun, während ich mich maßlos ärgern muss: Soeben der Unterwelt und der ewigen Verdammnis entronnen, hat Mira-Eurydike Obranović nichts Besseres zu tun, als Schuhe zu kaufen!

Seufzend setze ich meinen Schuh über die Schwelle, ich entdecke Mira in sicherer Entfernung hinter einem der Verkaufsregale. Guten Tag, sage ich leise zu einer blonden Verkäuferin, ich brauche Schuhe. Sie blickt mich verständnislos an. Herrenschuhe, füge ich hinzu. Leichtes, kaum wahrnehmbares Kopfschütteln ihrerseits. Honey, you got shoes for me, versuche ich es in der Sprache der Engel. I take boot, you take loot, you know? Und das Licht der Erkenntnis ist plötzlich in ihren Augen. Ach so, men's shoes, murmelt sie undeutlich, ja, ganz hinten. Das Licht verschwindet so schnell, wie es gekommen ist, fast könnte man glauben, ich hätte mit einer Schaufensterpuppe gesprochen.

Ich drücke mich rasch und unauffällig an dem Regal vorbei, vor dem Mira zugange ist, und postiere mich eine Reihe weiter. Ein paar Schuhkartons vorsichtig zur Seite geschoben, und schon habe ich den besten Beobachtungsposten, der sich denken lässt. Mira probiert gerade ein Paar Sandalen an, ihr kurzer Rock verbirgt nicht viel, sie wähnt sich unbeobachtet, zeigt Bein bis dorthin, wo ein Bein das andere ergibt. Die Fahne hoch, spielt es in meiner Hose, aber nicht für's Vaterland, nein, es regt sich dort ganz in eigener Sache, Verräterin hin oder her! Fast hätte meine erwachende Männlichkeit den gesamten Schuhkartonstapel zum Einsturz gebracht, ich kann gerade noch das Ärgste verhindern, fange drei Kartons auf, ein Paar Stöckelschuhe, das obenauf stand, widerliche, obszöne Foltergeräte mit bleistiftdünnen Absätzen, fällt mir in den Schoß. Vorsichtig stelle ich sie an ihren Platz zurück, auch die Kartons werden aufgeschichtet, bis die Reihen wieder dicht geschlossen sind. Mira übrigens, die mittlerweile das nächste Paar Sandalen probiert, würde nie auf solch lächerlichen Schuhen durch den Tag trippeln, sie bevorzugt Schuhwerk mit niedrigen oder gar keinen Absätzen, braves Mädchen, jawohl!

Mira geht schließlich mit einem Schukarton in der Hand zur Kasse, auch ich begebe mich Richtung Ausgang. Wieder auf der Straße, geht Mira stadteinwärts weiter, der Plastiksack mit den neuen Schuhen baumelt fröhlich in ihrer Hand. Doch dann erst bemerke ich, dass sie die neuen Schuhe bereits angezogen hat, und was müssen meine armen Augen erkennen – es sind potthässliche orange-grüne Plastikmonster! Und was noch viel schlimmer ist – sie haben Absätze!!! Mindestens siebeneinhalb Zentimeter schweben Miras Fersen über der Straße, und sie hat plötzlich den staksigen, schwankenden Gang aller Stöckelzicken, auch sie in Tadzickistan!

Die muss sie sich für IHN gekauft haben, durchfährt es mich plötzlich! Für Sie, Herr Lehrer, würde ich ALLES tun, Sie, Herr Lehrer, können ALLES mit mir tun, ja, das muss es sein! Im selben Augenblick greift sie wie zur Bestätigung zum Telefon. Hallo, Schatz, turtelt sie in das Mobilteil, mehr ist aus der Entfernung leider nicht zu verstehen, doch ich habe schon verstanden!

Hallo, Schatz, sagt sie ein paar Minuten später noch einmal und küsst Alenka, ihre Tochter, auf den Mund. Schau mal, sagt Mira und streckt das rechte Bein vor, hab' ich mir gerade gekauft.

Cool, ruft das Töchterchen aus, solche möchte ich auch! Mira grinst. Das sind Schuhe für ältere Damen wie mich, nix für junge Mädchen. Stimmt ja gar nicht, protestiert Alenka, die passen mir genauso, und die Farben sind auch meine. Also dieses Argument zählt nicht, denn alle Farben sind »deine« Farben. Ich muss Mira ausnahmsweise recht geben, denn ihre Tochter liebt es kleidermäßig tatsächlich kunterbunt. Komm, sagt Mira und hakt sich beim Töchterchen ein, wir gehen jetzt erst mal essen, das hab' ich dir versprochen. Das elterliche Ablenkungsmanöver funktioniert einwandfrei. Sushi, fragt Alenka hoffnungsvoll. Was du möchtest, gibt sich Mira großzügig.

Nicht so schnell, Alenka, mit diesen Schuhen kann man nicht so schnell gehen, jammert Mira dann auf dem Weg von der Mariahilfer Straße zum Naschmarkt. Ha, geschieht ihr ganz recht – wer Füße steckt in Zickenböck, dem wetzt es bald die Fersen weg! Beim Lokal angekommen, finden beide einen Platz im Freien, ich postiere mich in einem Durchgang zwischen zwei Marktständen. Alenka bekommt ihr Sushi, Mira gebratene Ente mit Nudeln, Ali kriegt nichts, doch auch das ist ganz normal und nichts Neues in Ost oder West. Schlagt euch nur den Bauch voll, während mittellose Flüchtlinge rund um euch hungern, lasst es euch schmecken und beweist Charakterstärke, indem ihr euch nicht stören lasst von unserer Not und den verzweifelten Hilferufen …

Nach dem Essen streckt Mira ihre verunstalteten Beine aus, die Wirkung des Ablenkungsmanövers lässt nach. Ich möchte auch solche Schuhe, wiederholt Alenka ihre Forderung. Was wiederum beweist, dass Menschen mit vollen Mägen nur auf dumme Gedanken kommen, ergo muss man danach trachten, möglichst viele Mägen möglichst leer zu halten, was global gesehen eigentlich ganz gut funktioniert, doch das ist eine andere Geschichte und soll ein andermal erzählt werden. Ich hab' dir doch erst kürzlichst neue Schuhe gekauft, versucht Mira sich herauszureden. Kürzlich, heißt das, bessert Alenka sie aus, bevor ich es tun kann, und außerdem waren das keine Sandalen, sondern normale Schuhe. Aber du hast doch Sandalen. Ja, aber die sind schon alt. Alt? Die hab' ich dir letzten Sommer gekauft. Na eben! Und wer soll das bezahlen? Na du! Für dich selber hast du Geld, aber für mich nicht. Komm, jetzt wirst du unfair. Warum hab' ich keinen Papa wie jedes andere Kind, sagt Alenka plötzlich mit trotziger Miene auf Serbokroatisch, dann hätten wir mehr Geld. Miras Miene verhärtet sich. Du *hast* einen Vater, gibt sie so eisig zurück, dass mich in meinem Versteck fröstelt. Ich horche auf. Ja, aber wo? Du sagst doch selber, dass du nicht einmal weißt, ob er überhaupt noch lebt. Und was soll ich deiner Meinung nach tun? Soll ich ihn herzaubern? Alenka schweigt trotzig, zwei Tränen kullern langsam über ihre Wangen. Du tust damit nicht nur mir, sondern vor allem dir selber weh, sagt Mira kühl.

Was machst du da, fragt plötzlich eine Stimme neben mir. Ich drehe mich um, ein weißer Mann starrt mich an. Was du machen, fragt er erneut mit bierschwangeren Worten. Was ich machen? Ja, was du machen? Ich lege den Finger auf die Lippen. Pst, flüstere ich, nicht so laut. Was, wieso, fragt er verwirrt. Ich sein Moslem, lasse ich ihn wissen. Ja … was? Das heißt, ich planen Anschlag, wie alle Moslem. Er duckt sich, als hörte er schon das Krachen der Bomben. Furchtbares Anschlag, mit furchtbar viel Tote, flüstere ich. Er blickt mich mit großen Augen an. Aber du … du bist doch schwarz. Bingobongo, bestätige ich. Aber … wie kannst du dann Moslem sein? Du meinen, Schwarze machen Handel mit Drogen, Moslem machen Anschlag? Sein Blick erhellt sich. Ja, genau, ganz genau! Ich ziehe ihn ein wenig weiter weg von Miras Tisch. Schwarzer Moslem noch viel gefährlicher wie weißer Moslem, kläre ich ihn auf. Schwarzer Moslem macht alle tot, mit Drogen oder mit Anschlag, ist ganz egal. Große Besorgnis macht sich auf seinem Gesicht breit.

Ich würde ihm gerne noch mehr über die Gefährlichkeit dunkelhäutiger Muselmanen erzählen, doch aus dem Augenwinkel heraus sehe ich, dass Mira und Alenka im Gehen begriffen sind. Ich müssen gehen, Opfer warten schon, flüstere ich ihm zu, und angsterfüllt zieht der weiße Mann von dannen in ein mit einem Mal noch viel ungewisseres Hinnen.

Mira und Alenka gehen schweigend zwischen den verlassenen Marktständen stadtauswärts, ich singe ein Liedchen, während ich ihnen mit dem nötigen Sicherheitsabstand folge: Es geht ein Mi-Ma-Muselmann in eurem Land herum, fidibum, er zündet viele Häuser an und legt die Leute um. Er rüttelt sich, er schüttelt sich, er wirft sein Bömblein hinter sich, es geht ein Mi-Ma-Muselmann in eurem Land herum, bumm!

Auch Rotkäppchen wird tags darauf mit einem Lied bedacht. Tränen benetzen gerade ihre zarten Wangen wie Tautropfen die Blütenblätter einer Rose, Baby don't you, don't you cry tonight, versuche ich sie zu trösten, und sie ringt sich ein tapferes Lächeln ab. Dann schluchzt sie auf und wischt sich mit dem Handrücken über die Wange, ein großes Messer wird dabei sichtbar. Don't, rufe ich, don't you take it so hard now and please don't take it so bad, I'll still be thinking of you and the wonderful times we had. Trottel, sagt Nino Rotkäppchen. Okay, okay, beschwichtige ich, ich hör' ja schon auf. Nino sitzt in der Küche und schneidet Zwiebeln, ich hocke daneben und zerdrücke Knoblauch. Auch rundherum wird an zwei langen Tischen fleißig geschnipselt, geraspelt und gehobelt, und selbst Murad, der sich zuvor noch mokierte, Kochen sei keine Männerarbeit, sitzt da und schneidet brav Gemüse. Dos Fleisch muass no dünner sein, sagt Hans auf Kärntnerisch zu Oma, ich übersetze es in ihre Muttersprache Ijaw. So musst du schneiden, sagt Liu Xingjian zu Nicoleta Cubreacov, er nimmt ihr das Messer aus der Hand und schneidet die Karotten mit großer Geschwindigkeit in lange, schmale Streifen. Wow, sagt Nicoleta bewundernd, schneller wie mein Mutter, und das ist ein großes Lob, denn Nicoleta liebt nichts mehr, als von den zahllosen Talenten ihrer Mutter in Transnistrien zu schwärmen.

Am Wochenende haben Chin und Khady, unsere beiden Köchinnen, frei. Meist gilt dann so wie an den Abenden unter der Woche das Prinzip der Selbstversorgung, jeder muss also auf die Jagd gehen und seine eigene Beute erlegen. Nicht jedem ist allerdings die schlankfüßige Tochter Kronions hold, und manchmal erbarmt sich deshalb einer unserer Wärter und organisiert eine gemeinsame Kochaktion. Wos sull ma denn om Wochenende kochen, fragte Hans daher vor ein paar Tagen, denn die Aktion will geplant, der Einkauf rechtzeitig erledigt sein. Wiener Schnitzel, lautete Afrims rasche Antwort. Afrim weiß, was er diesem Land schuldig ist, und es ist eine der wenigen Vorlieben, die ihn mit seinem Erzfeind Tomo verbinden: Unser tägliches Schnitzel gib uns heute, so beten sie gemeinsam Tag für Tag, und vergib uns unsere kleinen Schnitzer, wie auch wir vergeben anderen Schnitzelessern. Das gab's doch erst letztes Wochenende, kommt sofort Protest von der Gemüsefraktion. Macht nix, meinen Tomo und Afrim gleichzeitig. Soso ya kolamba na loso na ndunda, lässt sich Amal aus der Reserve locken. Ja, ruft Adolphe erfreut. Wie bitte? Soso ya kolamba na loso na ndunda ist ein festliches Gericht aus der Demokratischen Republik Kongo, aus Adolphes Heimat also, kläre ich meine unwissenden Freunde auf, Huhn mit Reis und Gemüse. Was, Hund? Nein danke.

Kommt Amal also vielleicht gar nicht wirklich aus Gambia, überlege ich im Stillen, sondern aus dem ehemaligen Belgisch-Kongo? Sag' mir, was du isst, und ich sage dir, wer du bist – man sollte den Damen und Herren auf dem Bundesabschiebeamt diese Idee für ein neues Gesellschaftsspiel unterbreiten. Amal wäre jedenfalls nicht die Erste, die falsche Angaben über ihre Herkunft macht.

Aber machen wir doch lieber Taka'n'Tunga, sage ich laut. Es handelt sich dabei um ein Gericht aus meiner Heimat, dessen wörtliche Übersetzung Schlange auf dem Baum lautet, das jedoch nicht mit Schlangenfleisch, sondern mit Aal zubereitet wird. Keine Reaktion. Oder Antilopensteaks und als Nachspeise Mohr im Hemd. Wieder nichts. Oder Affenhirn, schlage ich vor. Endlich gibt es Reaktionen in Form von Ekelsbekundungen. Man nehme einen Affen und öffne ihm bei lebendigem Leibe die Schädeldecke, beginne ich die Zubereitung zu beschreiben, während die einen protestieren und die anderen in Ohnmacht fallen. Banausen, rufe ich aus und spiele den Beleidigten, ihr habt ja keine Ahnung von Esskultur! Chinesisch, schlägt Liu vor. Ja, sagt Djamila, chinesisch ist gut, und andere pflichten ihr bei. Chinesische Küche, oder besser das, was sich meine Genossinnen und Genossen darunter vorstellen – man nehme von allem ein bisschen, schneide es in kleine Stücke, gieße Sojasauce drüber, und fertig ist der Zauber –, das ist der kleinste gemeinsame Nenner, auf den sich dieser Ignorantenhaufen bringen lässt, chinesische Küche, das ist der faule Kompromiss, den UMFs – Unwissende Möchtegern-Frühlingsrollenbrater – aus zwölf Nationen nach langen und heftigen Diskussionen eingehen.

Nun stehen und sitzen jedenfalls alle in der Küche, um Hans' und Lius Anweisungen zu folgen. Liu, der mit dreizehn illegal nach Österreich kam, kennt sich aus, Liu musste jahrelang in einem Chinarestaurant schuften, um die Kosten für seine Flucht in den Westen abzuzahlen. Ausgerechnet Acht Schätze gibt es, wo doch jeder weiß, dass erfahrene Köche das Gericht hinter vorgehaltener Hand statt als Ba Shen als Ba Sheng bezeichnen, Acht Reste also, ein Gericht, bei dem man alles, aber auch wirklich alles hineinwerfen kann, für das aber vorzugsweise die billigsten Zutaten oder Reste verwertet werden, bevor sie vollends verderben – UMF steht für Übelkeit Macht Frei … Aber mit uns kann man's ja machen, wir sind ja nur Asylwerber, und minderjährig und unbegleitet noch dazu, auf einen mehr oder weniger kommt's ja wirklich nicht an, ganz im Gegenteil. Mir sollten dos Gericht Zwölf Schätze nennen, schlägt Hans vor, nach die zwölf Länder, die grod bei uns vertreten san.

Wenn ich bekomme Asyl, dann ich mache Restaurant, sagt Liu zufrieden, als wir schließlich nach getaner Arbeit beim Essen sitzen. Super, da können wir gratis essen, freut sich Djamila. Liu grinst. Vielleicht, antwortet er. Wenn ich bekomme Asyl, ich esse jede Tag Wiener Schnitzel, plärrt Afrim mit vollem Munde in die Runde. Ich auch, ruft Tomo. Und wer wird zahlen, fragt Kamal. Ich heirate Österreicherin, immer kocht für mich, antwortet Afrim. Wer will dich heiraten, neckt Nino ihn. Alle Frauen, gibt Afrim großspurig zurück, und Nino verdreht die Augen. Und wos wirst *du* mochen, wenn du Asyl kriegst, fragt Hans sie. Rotkäppchen faltet die Hände und schlägt bescheiden die Augen nieder. Ich werde ein Heilige, sagt sie. Ich dachte, das bist du schon, sage ich, doch mein Einwurf geht im allgemeinen Gelächter unter. Mit so etwas macht man keine Witze, sagt Murad, der Unerwünschte, auf Tschetschenisch, doch ich bin der Einzige, der ihn versteht. Der verächtliche Blick, den er Nino dabei zuwirft, lässt sogar mich erschauern. Dieser Mann ist gefährlich, ich sagte es ja, schaut nur, die ihr euch zu sehen weigert, wie er sich über seinen Talibanbart streicht und dabei Böses ausheckt! Doch die anderen schauen weder, noch sehen sie, auf welche Katastrophe wir unweigerlich zusteuern.

Die Frage wird an Amal weitergegeben, ein Mal und ein zweites Mal, und es dauert, bis der innerste Mauerring erreicht und Amal im Bilde ist. Wenn ich habe Asyl, ich werde Präsident, spielt sie mit. Präsidentin, bessert Djamila sie aus. Wieder gibt es Gelächter und Spott. Frauen können nicht Präsident sein, trompetet Afrim voller Überzeugung in den Raum. Blödsinn, gibt Djamila zurück: Trottel, assistiert Nino mit ihrem Lieblingsschimpfwort. Hans wird konsultiert. Natürlich kennan Frauen theoretisch Präsidentin oder a Bundeskanzlerin wern, klärt er seine Schäfchen auf, oba praktisch wird dos in Österreich sicherlich no fuffzig Joar dauern. Ich werde Präsidentin, bekräftigt Amal, und dann bekommt alle Asyl in Österreich. Cool, sagt Djamila. Aber kann nicht alle nach Österreich kommen, wirft Afrim ein. Wieso nicht, kontert Nino. Der Boot ist voll, antwortet er. Wenn schon, donn *das* Boot, verbessert Hans ihn, oba findst du dos nit a bissl ungerecht – du sölba wüllst Asyl, oba die ondern sollen kans krieagn? Österreich ist kleines Land, rechtfertigt sich Afrim kleinlaut, gibt nicht so viel Platz. Djaafar, der zu Afrims Linken sitzt, nimmt ein Stück Brot in die Hand, häuft Fleisch und Gemüse drauf und legt es seinem Sitznachbarn neben den Teller. Afrim wirft ihm einen irritierten Blick zu. Was ist, fragt er mit vollem Mund. Das Brot ist voll, hat Djaafar einstweilen auf seinen Notizblock geschrieben und hält ihn in die fröhliche Runde. Einmal mehr wird mir schmerzlich bewusst, wie sehr ich mich von diesem hoffnungslos ahnungslosen Haufen abhebe.

Dann drehe ich den Spieß um und frage Hans, was *er* denn tun würde, wenn man ihm Asyl gewährte. Er braucht nicht Asyl, er ist doch Österreicher, ruft Djamila aus. Hans nimmt die Nickelbrille ab und fängt an, sie mit seinem zerknitterten T-Shirt zu putzen. Du maanst fir den Foll, doss Kärnten sei Unabhängigkeit erklärt und die Slowenen zur Jogd freigeben wern? Hans Pogatschnigg wurde ja vor neununddreißig Jahren in Österreichs südlichstem Bundesland unter Schmerzen in die Welt gepresst, er kann nichts dafür, er hat es sich nicht ausgesucht. Die Großeltern väterlicherseits, in ihren Adern floss jedoch das falsche Blut, das volksfremde, über ihre Lippen kamen die falschen Worte, Worte in einer minderwertigen Sprache, für die man sich schämen musste, die Sprache der Feinde, gegen die das Heimatland verteidigt werden wollte, jetzt und immerdar. Hans' Eltern wollten diese Sprache nicht – Redt's deitsch, herrschte der Vater seine Eltern an, wenn sie sich auf Slowenisch unterhielten –, und Hans lernte die Sprache später heimlich von der Großmutter. Wenn Kärnten unabhängig wird, sagt Hans und setzt die Brille wieder auf, dann – – – doch der Rest des Satzes bleibt ihm und uns erspart, denn in diesem Augenblick hört man plötzlich ein dumpfes Geräusch und im selben Moment einen Schmerzensschrei.

Im Nachhinein ist schwer zu sagen, wer mit dem Streit begonnen hat. Die eine Seite behauptet, Murad hätte Yaya das Amulett weggenommen, die andere glaubt, es sei zu Boden gefallen, Murad hätte es nur aufgehoben. Als ich meinen Blick Yaya und Murad zuwende, liegt Letzterer auf dem Boden, seine linke Hand ist zur Faust geballt, ein Lederband lugt daraus hervor. Yaya stürzt sich auf ihn, doch Murad gelingt es, gerade noch rechtzeitig auszuweichen. Gib mir das Amulett zurück, schreit Yaya auf Krahn, außer sich vor Wut. Murad springt auf und macht zwei oder drei schnelle Schritte zur Tür hin. Plötzlich hechtet Yaya mit einem Riesensatz hinterher, er erwischt Murad an den Schultern, beide Körper krachen mit voller Wucht zu Boden. Yaya, obenauf, dreht Murads Arm blitzschnell nach hinten und entwendet ihm das Amulett, dann fasst er ihn an den Haaren und schlägt seinen Kopf mit aller Kraft auf den Boden, ein Mal, zwei Mal, drei Mal. Ich bring dich um, schreit er, und erst da gelingt es Hans und unserem Zivildiener Fabian, ihn von Murad wegzureißen. Er schlägt wild um sich, befreit sich kurz aus der Umklammerung der beiden, ich komme zu Hilfe, zu dritt gelingt es uns, Yaya erneut zu fassen. Alle reden beruhigend auf ihn ein: Du hast dein Amulett ja wieder, Beruhig dich, Ist ja gut. Ihr habt alle Frauen und Kinder umgebracht, ihr Schweine, schreit er, ich hab's gesehen, ich hab' die aufgeschlitzten Bäuche gesehen, ich bring euch alle um! Yaya, versuche ich es in seiner Muttersprache, du bist hier bei uns im Leo, in Wien, in Österreich, du bist in Sicherheit. Er bekommt eine Hand frei und trifft Hans mit einem heftigen Faustschlag im Magen. Hör endlich auf, schreit Djamila, Hör auf, rufen einige der umstehenden, fassungslos dreinblickenden Jugendlichen. Siehst du, Yaya, da ist Djamila, spreche ich weiter mit ruhiger Stimme auf ihn ein, da ist Nino, da ist Nicoleta. Wir wollen alle, dass du dich wieder beruhigst, dass du dich wieder mit uns an den Tisch setzt. Ich merke, dass sein Widerstand nachlässt. Er hebt den Kopf, blickt wie ein gehetztes Tier mit weit aufgerissenen Augen von einem zum anderen, doch dann, langsam, scheint er uns zu erkennen, scheint zurückzukehren in die Gegenwart, und ich spüre, wie die Anspannung in seinen Muskeln nachlässt. Plötzlich wird sein ganzer Körper schlaff, und wir müssen ihn beinahe stützen, um ihn zu einem Sessel zu bringen. Ganz zusammengesunken sitzt er da, die Rechte hält das Amulett fest umklammert, mit ausdruckslosem Gesicht starrt er vor sich hin. Djaafar klopft ihm auf die Schulter und summt leise vor sich hin. Hans eilt zu Murad, der umringt von einigen Mitbewohnern auf der anderen Seite des Tisches sitzt. Jemand hat ihm Taschentücher in die Hand gedrückt, er versucht damit, das Blut aus seinem Gesicht zu entfernen. Über dem linken Auge klafft eine Platzwunde, aus seiner Nase rinnt Blut. Ich fürchte, das muss genäht werden, sagt Hans, nachdem er Murads Verletzungen begutachtet hat, plötzlich auf Hochdeutsch.

Die meisten meiner Mitbewohner stehen oder knien rund um Murad, versuchen zu helfen, zeigen Anteilnahme. Yaya sitzt weiter bewegungslos in seinem Sessel, nur Djaafar steht noch immer neben ihm und klopft ihm von Zeit zu Zeit ein wenig linkisch auf die Schulter. Ich bemerke plötzlich ein leichtes Zucken an Yayas Körper, und dann sehe ich, wie langsam Tränen über seine Wangen rinnen.

Ich wache auf, als Murad ins Zimmer kommt. Es ist 1.34 Uhr, im Halbdunkel erkenne ich, dass er einen Verband auf der Stirn trägt. Er geht noch einmal aus dem Zimmer, ich höre, wie er sich draußen leise mit Hans unterhält, bald danach kommt er zurück, zieht sich aus und legt sich ins Bett. Das Bett neben ihm ist frei, Yaya übernachtet heute auf der Couch im Wohnzimmer. Murad schläft bald, Djaafar ist gar nicht erst aufgewacht, nur ich kann nicht einschlafen. Irgendwann stehe ich auf und gehe in die Küche.

Hallo, sagt Nicoleta und wirft mir einen verschämten Blick zu, ich habe nur … ich wollte nur …, stammelt sie, und es klingt, als müsse sie sich für ein mittelschweres Verbrechen rechtfertigen. Das Verbrechen besteht darin, dass sie sich gerade einen Nachschlag aus dem Topf holt, in dem die Reste der Acht Reste geblieben sind. Die blassblonde Nicoleta aus dem lauschigen Transnistrien, die zwar gerne kocht und über Essen spricht, die aber noch nie jemand essen gesehen hat, Nicoleta Cubreacov, deren Lieblingssatz »Ich muss abnehmen« lautet, obwohl nichts mehr da ist, dem etwas abgenommen werden könnte, Nicoleta Anorexia Cubreacov stürzt sich also nachts heimlich auf die Essensvorräte?

Willst du das Essen nicht aufwärmen, frage ich sie auf Rumänisch, doch sie schüttelt den Kopf. So schmeckt's auch. Sie setzt sich an einen der langen Tische. Meine Mutter hat oft Acht Schätze für mich und meinen Bruder gemacht, sagt sie und beginnt zu essen.

Während ich mein Glas mit Orangensaft fülle, mache ich mir so meine Gedanken über die kulinarischen Beziehungen zwischen Transnistrien und China und beobachte Nicoleta aus dem Augenwinkel heraus. Sie isst mit hastigen Bewegungen, sie schaufelt das Essen geradezu in sich hinein. Keine Angst, beruhige ich sie, ich ess' dir nichts weg. Sie wirft mir einen dankbaren Blick zu. Okay, antwortet sie sichtlich erleichtert. Ich trinke aus, spüle das Glas ab und stelle es in den Geschirrspüler. Lass' es dir schmecken, sage ich, als ich an ihr vorbei Richtung Zimmer gehe, und sie bedankt sich mit vollem Mund.

5

Die Stimmung am nächsten Tag ist gedrückt. Es ist Sonntag, es gibt keine Kurse, niemand hat wirklich etwas zu tun, noch dazu regnet es, was nicht unbedingt dazu einlädt, das Haus zu verlassen. Die einen hocken vor dem Fernseher, die anderen vor dem Computer, wieder andere haben sich zum Lesen oder Schlafen in irgendeine Ecke zurückgezogen, Afrim und Adolphe spielen Mühle. Nur Oma ist unterwegs zur Kirche, sie ist eine eifrige Katholikin und fürchtet um das Seelenheil all derer, die sonntags nicht das Wort des einzig wahren Gottes hören.

Eine gute Seite hat das unerfreuliche Ereignis des Vortags: Murads gleich am ersten Tag geäußertem Wunsch, in ein anderes Zimmer zu ziehen, wird nun endlich nachgekommen, damit er und Yaya nicht noch einmal aneinandergeraten. Kamal, den wir im Tausch dafür erhalten, ist zwar nicht unbedingt mein Wunschzimmergenosse, aber immer noch besser Kamal das Kamel als Murad der Unerwünschte.

Natürlich haben alle Murads Verletzungen begutachtet und ihn bedauert – die Wunde über dem linken Auge wurde mit sieben kunstvollen Stichen vernotarztet, die Nase und zwei weitere Stellen mit hübschen Pflastern geschmückt –, doch ansonsten scheint jeder jedem aus dem Weg zu gehen. Niemand spricht über den gestrigen Abend, und doch ist deutlich zu spüren, dass Yayas plötzlicher Gewaltausbruch bei meinen Mitbewohnern alte Wunden aufgerissen hat. Oma beispielsweise hat gestern Abend einen Weinkrampf bekommen, der eine Stunde lang anhielt, warum genau, konnte oder wollte sie nicht erklären. Auch mir geht die Sache natürlich nicht aus dem Kopf. Ich setze mich draußen auf das Baugerüst, es gibt da vor dem Fenster der Waschküche eine Stelle, die selbst bei starkem Regen trocken bleibt, der Blick fällt über die Dächer der Stadt, man ist ungestört, und ich denke über Yaya und Murad nach.

Als die Rauferei gestern losging, dachte ich zuerst, dass Herr Magomazov ja durchaus Prügel verdient. Doch Yaya ging natürlich zu weit, und wenn wir ihn nicht davon abgehalten hätten, dann wäre er ohne Zweifel noch weiter gegangen. Aber warum nur? All das wegen eines dunkelgrünen Steins? Glaubt man der österreichischen Bundesabschiebeministerin und einigen anderen vertrauenswürdigen Politikern, dann neigen Menschen mit schwarzer Hautfarbe grundsätzlich zu erhöhter Gewaltbereitschaft – wer's nicht glaubt, der bekommt von mir zur Bestätigung gleich eins, zwei, drei auf den Rüssel –, doch das reicht als Erklärung in diesem konkreten Fall nicht aus. Yaya schien gestern Abend nicht er selbst zu sein, es war beinahe, als hätte jemand anderer von ihm Besitz ergriffen. Wahrscheinlich hatte er ein Flashback, und es ist unschwer zu erkennen, dass er schwer traumatisiert ist. Yaya gehört eindeutig zur Kategorie III der schwierigen Fälle, ist also ein Fall für Dr. Ali Idaulambo.

Interviewerin, eine blonde junge Dame mit rosa Minirock und roten Stöckelschuhen: Herr Dr. Idaulambo, worum genau handelt es sich bei einer … äh … post … äh … rheumatischen … entschuldigen Sie, posttraumatischen Belastungsstörung?

Dr. Idaulambo, angetan mit weißem Medizinermantel, der auf das Aparteste mit seinem dunklen Teint kontrastiert, milde lächelnd: Unter posttraumatischer Belastungsstörung, kurz PTBS genannt, versteht man eine protrahierte Reaktion auf ein außergewöhnlich belastendes oder bedrohliches Ereignis, dessen Tragweite die Strategien des Organismus für eine Bewältigung überfordert.

Aha.

Ereignisse, die eine solche Störung hervorrufen können, sind zum Beispiel Kriegserlebnisse, schwere Unfälle, Gewaltverbrechen, sexueller Missbrauch, Folter, Naturkatastrophen und Ähnliches.

Sehr interessant. Und die Symptome einer solchen post … äh … einer solchen Störung?

Dr. Idaulambo setzt eine rahmenlose Brille auf, die bisher an einem roten Band um seinen Hals hing. Sein Blick fällt auf die Beine der Interviewerin und gleitet zu ihren Füßen hinab. Er schüttelt den Kopf. Diese Schuhe!

Wie bitte?

Diese Stöckelschuhe … nein … Sie fragten nach den Symptomen, nicht wahr? Also, es handelt sich dabei üblicherweise sowohl um physische als auch um psychische Symptome. Typisch für die körperlichen Symptome sind Schlafstörungen, Appetitstörungen, Magen- und Darmprobleme, Kopfschmerzen sowie eine allgemein erhöhte Krankheitsanfälligkeit. Im Vordergrund stehen jedoch meist emotionale Reaktionen wie das ständige Wiedererleben des Traumas in Form von Albträumen oder sogenannten Flashbacks, bei denen die Betroffenen sich für kurze Zeit in traumatische Situationen zurückversetzt fühlen. Emotionale Taubheit, Dissoziationsphänomene – gewisse Körperteile werden als fremd, als nicht zum eigenen Körper gehörig, empfunden –, depressive Stimmungen, häufige Stimmungsschwankungen sowie ausgeprägte Konzentrationsschwierigkeiten sind weitere typische Symptome. Viele Betroffene isolieren sich außerdem zunehmend von ihrer Umwelt, sind oft leicht reizbar, aggressiv oder sogar gewalttätig, vor allem in Anbetracht von rosa Miniröcken und roten Stöckelschuhen.

Wie bitte?

Haben Sie heute Abend schon etwas vor?

Die Gesichtsfarbe der Interviewerin nähert sich dem Farbwert ihrer Schuhe. Aber … das … das Interview … Ich …

Oder morgen?

Ich … weiß nicht … Also, was ich fragen wollte: Diese Störung, was kann man gegen diese böse Störung tun?

Dr. Idaulambo nimmt die Brille wieder ab, er seufzt vernehmlich. Diese böse Störung wird in vielen Fällen durch eine Kombination von Psychotraumatologie und medikamentöser Therapie wie etwa Fluctin oder Zoloft behandelt. Bei schwerer Traumatisierung kann eine stationäre Traumatherapie sinnvoll sein. Auf jeden Fall sollte zunächst einmal sichergestellt werden, dass die betroffene Person keinen weiteren Traumaeinwirkungen ausgesetzt wird. Das Wichtigste ist dabei das Herstellen einer Umgebung, in der sich der Traumatisierte sicher und möglichst geborgen fühlt. Das geht ungefähr so … *Dr. Idaulambo setzt sich neben die Interviewerin auf das Sofa und legt ihr den Arm um die Schulter, er lässt den Kopf auf ihre Brust sinken.*

Aber, Herr Doktor!!!

Keine Angst, junge Dame, ich demonstriere doch nur die Grundsätze unseres therapeutischen Ansatzes!

Ach so.

Apropos geborgen und wohlfühlen – wollen Sie nicht diese hässlichen Schuhe ausziehen? Ihre schönen Füße werden sich bestimmt gleich viel besser fühlen. *Dr. Idaulambo kniet sich vor die Interviewerin und streift ihr den rechten Schuh ab.*

Aber was tun Sie denn da, Herr Doktor!

Dr. Idaulambo nimmt den Fuß und beginnt ihn zu massieren. Ist das nicht gleich viel besser?

Also … äh … ja, schon, aber … aber wenn uns jemand sieht?!

Dr. Idaulambo dreht sich nach links und dann nach rechts und breitet mit theatralischer Geste die Hände aus. Die Welt ist herzlich eingeladen, Sie und mich in unserer vollen Schönheit zu bewundern.

Aber … das Interview, ich habe doch noch ein paar Fragen zur post … also zu dieser Dingsbumsstörung.

Dr. Idaulambo setzt sein charmantestes Lächeln auf. Aber das würde doch jetzt nur stören.

Beide schweigen eine Weile, während Dr. Idaulambo weiter den Fuß der Interviewerin massiert. Sie scheint es zu genießen und stößt leise, wohlige Seufzer aus. Wussten Sie übrigens, dass ein guter Psychiater anhand der Füße seiner Patientinnen sehr zuverlässige

Aussagen über deren Psyche machen kann? Also ich kann Ihnen beispielsweise auf den Kopf oder vielmehr auf den Fuß zusagen, dass Sie noch nie an posttraumatischer Belastungsstörung zu leiden hatten. Und wenn ich die Zehenballen hier so anfühle – *er drückt mit dem Daumen in die Grube zwischen Großzehen- und Kleinzehenballen* –, dann schließe ich darauf, dass Sie zu Entscheidungsschwäche neigen. Stimmt's?

Ja, Sie haben leider recht. *Ihre Seufzer werden lauter.*

Und wenn ich mir die Venen auf Füßen und Beinen ansehe, dann gehe ich davon aus, dass es in Ihrer Familie einen schwerwiegenden geschwisterlichen Konflikt gibt. *Dr. Idaulambo zeichnet den Verlauf der Venen mit dem Zeigefinger nach, auf dem Fuß zuerst, dann auf dem Unterschenkel.*

Aber, Herr Doktor!

Zwischen zwei Schwestern, habe ich recht? *Dr. Idaulambo fährt mit dem Zeigefinger sanft weiter Richtung Oberschenkel.*

Ja … aber … DAS INTERVIEW!!!

Dr. Idaulambo lächelt und lässt sich nicht beirren, die Interviewerin stöhnt auf, sie – – –

Jemand rüttelt mich an der Schulter. Ich blicke auf. Hallo, grüße ich ein wenig verwirrt, und Djaafar lässt sich neben mir auf dem Gerüst nieder. Ich will ihn schon verfluchen, weil er mein Tête-à-Tête, nein, mein Main-à-Pied unterbrochen hat, doch dann bemerke ich, wie er die Utensilien für den Ofenbau auspackt. Gut, gut, ich erkenne den Willen zur Wiedergutmachung, es sei ihm verziehen, er kommt aus Afghanistan, er weiß, was sich gehört an einem verregneten Sonntagnachmittag. O, du schwarzer Afghane, beginne ich leise zu singen und lehne mich in der Vorfreude auf das Kommende entspannt zurück, on a Sunday afternoon sidewalk I'm wishin', Lord, that I was stoned, singt es in mir weiter. Mit geschickten Bewegungen baut Djaafar einen schönen holländischen Ofen, er füllt ihn mit köstlichem Nougat. Was möchtest du werden, wenn du Asyl bekommst, könnte ich ihn nun fragen.

Ich werde Hafnermeister, wäre die passende Antwort. Auf dich ist Verlass, sage ich laut und klopfe Djaafar auf die Schulter. Wenn das der Onkel wüsste, schreibt er auf seinen Block. Wir grinsen beide, und der Sonntag ist gerettet.

Am Tag darauf gibt es für Djaafar nicht mehr viel zu lachen. Die Post bringt allen was, im Falle Djaafars einen negativen Asylbescheid zweiter Instanz. Eine zweite Hoffnung ist vorbei, ein zweites Leben verwirkt, nun bleibt als letztes Mittel nur noch die Beschwerde an den Verwaltungsgerichtshof. Doch die kostet Geld und hat nur selten Erfolg, und überdies wird von fleißigen Gesetzgebern schon daran gearbeitet, Asylwerbern auch diesen letzten Trumpf aus der Hand zu nehmen. Jeder von uns wurde bei der Aufnahme in diese Anstalt darüber aufgeklärt, dass die Aussicht auf Asyl gerade bei Jugendlichen sehr gering ist. Wir wollen euch hier keine falschen Hoffnungen machen, schenkte uns der Onkel von Anfang an reinen Wein ein. Doch wenn man dann den negativen Bescheid tatsächlich in Händen hält, ist die ganze Aufklärung vergessen, der ganze Wein ausgetrunken, denn jeder hofft ja doch und klammert sich an diese Hoffnung wie an einen rot-weiß-roten Rettungsring. Es war also wieder einmal spruchgemäß zu entscheiden von bedauernswerten Beamten, die gar nicht anders konnten. Die Vorbringungen des Antragstellers Djaafar Kalakani, so schreiben sie, seien widersprüchlich gewesen, er habe nicht glaubhaft machen können, dass sich in seinem Herkunftsland eine politisch, rassisch, religiös oder sonstwie motivierte Bedrohung gegen seine Person richten würde, Hunderttausende Menschen seien überdies bereits nach Afghanistan zurückgekehrt, es gebe eine neue Verfassung, die allen Menschen die gleichen Rechte garantiere, aufgrund dessen sei eine Abschiebung nach Afghanistan zulässig.

Was wirst du tun, wenn du *nicht* Asyl bekommst, lautet also die viel wesentlichere Frage, die ich am Mittagstisch stelle. Ich geh' sofort illegal, sagt Afrim mit vollem Mund. Wenn du bist schnell genug, gibt Tomo mit ebenso vollem Mund zurück, ein berechtigter

Einwand, denn so mancher negative Bescheid wurde schon inklusive Schubhaftbefehl von der Fremdenpolizei persönlich zugestellt, zumindest unten bei den Erwachsenen, und das vorzugsweise in den frühen Morgenstunden, wenn alle noch nichts ahnend in ihren Betten schlummern. Ich bekomme bestimmt Asyl, sagt Djamila zuversichtlich. Tomo schenkt ihr das milde Lächeln des großen Bruders. Ich kann wieder in China-Restaurant gehen, meint Liu, findet mich dort niemand. Aber wohnen, wo wirst du wohnen, fragt Nino. Na, in Restaurant, antwortet Liu, als wäre es die selbstverständlichste Sache der Welt. Amal sagt nichts, sie isst schweigend weiter. Auch Djaafar beteiligt sich nicht an der Diskussion, erst als wir nach dem Essen allein im Zimmer sind, beantwortet er meine Frage. Ich gehe nach Belgique, schreibt er. In Belgien lebt ein Onkel Djaafars, Belgien war das ursprünglich angepeilte Ziel, für das seine Familie die Schlepper mit allem, was sie irgendwie an Geld auftreiben konnte, bezahlte. Belgique, schrieb Djaafar Wochen später auf einen Zettel und hielt ihn dem Mann hin, der ihn und zwei andere junge Leute auf dem letzten Stück einer langen Reise durch die Nacht chauffiert und schließlich mitten im Wald ausgesetzt hatte. Belgique? Jaja, Belgique antwortete der und scheuchte ihn weg wie eine lästige Fliege.

Djaafar hielt an diesem ersten Tag in Österreich jedem, der ihm begegnete, seinen Zettel mit der Adresse seines Onkels in Liège unter die Nase, doch die meisten verstanden nicht, was er wollte, oder reagierten mit Worten, die er nicht verstand. Erst als er von der Polizei ins Lager gebracht wurde und dort auf Landsleute und andere des Persischen mächtige Menschen stieß, wurde er darüber aufgeklärt, dass er sich nicht hinter belgischem, sondern hinter österreichischem Stacheldraht befinde. Daraufhin flüchtete er aus dem Flüchtlingslager und versuchte, auf eigene Faust nach Belgien weiterzureisen, er versuchte es ein Mal, er versuchte es ein zweites Mal, er versuchte es ein drittes Mal, doch jedes Mal wurde er erwischt und wieder zurückgeschickt. Und nun ist er hier im Leo, doch die Frage ist, wie lange noch. Ich versuche Djaafar aufzumuntern. Du hast ja noch ’ne Schangse, imitiere ich den Onkel, doch seine Miene erhellt sich nur unmerklich, and not even a jointly jacked-up John would have Djaafar join in the juvenile jollity.

Und der Stein ist grün, fragt Pitra zum zweiten Mal. Ich habe ihr von Yaya und Murad erzählt, von dem Amulett, um das es bei dem Streit ging, denn die Geschichte lässt mich nicht los. Ich nicke. Dunkelgrün, ja. Erzähl mir noch ein bisschen was über diesen Yaya, sagt sie. Ich erzähle das Wenige, was ich von ihm weiß, und plötzlich fängt Pitra zu weinen an. Bestürzt unterbreche ich meine Erzählung. Was ist los, frage ich, denn ich habe sie noch nie anders als fröhlich und unbeschwert erlebt. Was hast du, erkundigt sich auch Anunu ganz erstaunt. Nichts, antwortet die Schwarze Köchin und wischt sich die Tränen aus den Augen, gar nichts. Ist es … hat es mit Yaya zu tun, frage ich, doch sie presst nur die Lippen zusammen. Sie geht zur Kommode zwischen den beiden Fenstern und beginnt dort gedankenverloren einige Figuren umzustellen. Jeder weitere Versuch, über Yaya und sein Amulett zu sprechen, ist sinnlos, es ist offensichtlich, dass Pitra, aus welchem Grund auch immer, nicht mehr darüber sagen will. Iss noch etwas, sagt sie, ohne sich umzudrehen, und ich nehme mir eine zweite Portion von ihrem wunderbaren Bohnengericht.

Hallo, Rotkäppchen, begrüße ich Nino, als ich die Tür zur Waschküche öffne. Hallo, gibt sie mit lautem Gähnen zurück. Na, na, bin ich wirklich so langweilig, frage ich sie auf Georgisch. Alle sind langweilig hier, antwortet sie missmutig, und Bügeln ist überhaupt das Langweiligste, was es gibt. Mit lieblosen Bewegungen schiebt sie das heiße Eisen über eine kühle Bluse. Deshalb bügle ich auch nicht, sage ich und deute auf mein T-Shirt. Blusen muss man bügeln. Ich wusste gar nicht, dass du so bürgerlich bist, necke ich sie, doch sie ignoriert meinen Einwurf. Ich gehe zu den Waschmaschinen, eine ist in Betrieb, in die andere stopfe ich meine Schmutzwäsche. Hinter mir höre ich, wie sich die Tür öffnet, ich vernehme ein muffiges

Hallo, das kann nur Murad sein. Ihm schenkt Nino nicht einmal ein Gähnen, braves Mädchen, sie kann ihn auch nicht ausstehen. Nachdem ich die Waschmaschine in Gang gesetzt habe, stehe ich auf und drehe mich um. Murad steht unschlüssig zwischen Tür und Bügelbrett, er wendet sich halb zum Gehen, scheint sich dann eines Schlechteren zu besinnen und hält Nino plötzlich drei Hemden hin. Du kannst bugeln, stößt er hervor. Nino stellt das Bügeleisen ab und schenkt ihm einen verständnislosen Blick. Da, sagt er noch einmal, bitte bugeln. Das Wort, seines Umlautes beraubt, steht wie eine obszöne Beleidigung in dem kleinen Raum. Nachdem Nino immer noch keine Anstalten macht, seiner Forderung nachzukommen, versucht er es auf Russisch. Ich glaub', dir geht's nicht ganz gut, antwortet Nino, die aus ihrer Erstarrung erwacht, ich bin ja nicht deine Putzfrau! Er zögert, dann wendet er sich abrupt um und geht aus dem Raum.

Sie schaltet das Bügeleisen aus. Wie halten muslimische Frauen nur diese Männer aus, fragt sie das Bügelbrett oder die Wand oder die Waschmaschine, jedenfalls aber nicht mich, und wir verlassen gemeinsam die Waschküche.

Als ich ins Wohnzimmer komme, ist Murad gerade in Verhandlungen vertieft. Drei Euro, bietet er Amal und hält ihr die Hemden unter die Nase, doch sie rümpft selbige. Anscheinend hat er zuvor noch weniger geboten. Ich überlege kurz, ob ich ihn an Tomo verweisen soll: Tomo »Ironman« Nikolić, immer makellos gekleidet, kennt keine Gnade im Kampf gegen die Falten dieser Welt. Gib, sagt Nicoleta, die die Szene stumm verfolgt hat, und streckt die Hand nach den Hemden aus. Ich mache ohne Geld für dich, aber nur ein Mal. Murad übergibt ihr die Hemden. Danke, sagt er, und, man glaubt es kaum, ein Lächeln erhellt seine finstere Talibanmiene! Doch Lächeln hin oder her, so geht's nicht, junger Freund, hier muss ich einschreiten, ob ich will oder nicht. Ich trete ganz nahe an ihn heran und lege ihm die Hände auf die Schultern, er weicht unwillkürlich einen Schritt zurück. Der Verband auf seinem Kopf ist einem Pflaster gewichen, die anderen Wunden sind nicht mehr bedeckt. Murad Magomazov, sage ich so leise, dass nur er mich hören kann, ich warne dich: Wer andere schickt ans Bügelbrett, der kommt dafür aufs Prügelbett. Er tut, als würde er mich nicht verstehen, doch ich denke, wir haben uns verstanden.

Nicht nur vor dem Bügeln, sondern auch vor dem Putzen möchte Freund Murad sich drücken, doch nicht bei mir, bei mir nicht! Zwei Tage später habe ich nämlich das Vergnügen, gemeinsam mit ihm das Bad reinigen zu dürfen. Es ist der erste Dienst, zu dem er eingeteilt wurde, und natürlich ist er zuerst einmal nicht aufzufinden, möchte sich abputzen, bekommt jedoch einen Anputz von Hans, der ihn schließlich zum Waschraum eskortiert. Herzlich willkommen, begrüße ich ihn auf Tschetschenisch, betrachte es als Ehre, an meiner Seite den Besen schwingen zu dürfen, du wirst bestimmt eines Tages voller Stolz deinen Enkelkindern davon erzählen. Er verzieht die Nase. Hier stinkt's, stellt er fest. Was für eine feine Nase du hast, antworte ich, muss ihm aber leider recht geben, denn irgendjemand hat tatsächlich eine besonders opulente Duftnote hinterlassen. Aber sag' mir, scheißt man in Tschetschenien Rosenblüten? Er gibt keine Antwort. Noch immer steht er an der Tür, als glaubte er, seinem Schicksal doch noch irgendwie entrinnen zu können. Bevor er sich drücken kann, drücke ich ihm Tuch und Putzmittel in die Hand, er fasst beides mit spitzen Fingern an. Putzen ist etwas für Frauen, murrt er, in Tschetschenien putzen die Männer nicht. Das mag schon sein, junger Freund, aber wir sind hier nicht in Tschetschenien, falls dir das noch nicht aufgefallen ist. Da, ich deute auf die drei Toiletten, die Klomuscheln harren schon sehnsüchtigst deiner helfenden Hände, aber lass' dich nicht auf Gespräche mit ihnen ein, das bringt nichts. Widerwillig setzt sich Murad in Bewegung und beginnt sein reinigendes Werk. Wieso gibt es hier keine Putzfrauen, grummelt er vor sich hin, der Kopf halb in der Klomuschel verschwunden. Solltest du je Asyl in Österreich bekommen, wirst du dir sicher keine Putzfrau leisten können, belehre ich ihn, betrachte also den Dienst hier als Lektion fürs Leben. Ich werde eine Frau haben, die für mich putzt. Oho, Herr Magomazov hat ja große Pläne! Aber abgesehen davon: Es gibt hier im Haus einfach gewisse Regeln, die für das Zusammenleben notwendig sind und an die man sich zu halten hat. Punkt, aus, Ende der Durchsage.

Eine Zeit lang putzen wir schweigend Seite an Seite, ich putze, du putzt, er/sie/es putzt, wir putzen, ihr putzt, sie putzen, Danke, setzen, sehr gut. Verstehst du, es geht um Verantwortung, die jeder von uns übernehmen muss, erklären mein Spiegelbild und ich dem tschetschenischen Zwillingspaar, nachdem wir von den Klomuscheln zu den Waschbecken übergegangen sind, Verantwortung für uns selbst, Verantwortung für die Gemeinschaft, ob nun beim Putzen oder bei anderen Dingen. Und Putzen hat ja auch etwas Schönes an sich, füge ich hinzu, während ich meinem Spiegelbild zärtlich die Fresse poliere, nicht umsonst steckt darin das Wort Zen, und mit jedem Put-zen kommt man der Erleuchtung ein Stück näher.

Murads Gesichtsausdruck entnehme ich, dass er mit fernöstlicher Weisheit nicht viel anzufangen weiß, und so versuche ich es stattdessen mit Musik. Ich stimme die russische Hymne an, realisiere aber schnell, dass es vermutlich für Tschetschenen besser geeignetes Liedgut gibt. Once I knew a cleaner, beginne ich zu improvisieren, he was a happy man. His wife's name was Irina, he'd met her in Iran. He liked to do the dishes, he loved to scrub the floor. He knew his young wife's wishes and even cleaned the door. The cleaner said O honey! and washed her silken hood, Irina took some money and left him soon for good. Rhythmisch bewegt sich das Tuch über Spiegel und Waschbecken, und ich schmettere Always Look on the Bright Side of Life hinaus in die blitzblanke Badewelt. Siehst du, war ja alles halb so schlimm, sage ich, als wir schließlich zu zweit den Waschraum verlassen, aber nun, nun putz dich, junger Freund!

Nach Deutschkurs und Mittagessen beschließe ich, wieder einmal Auge und Ohr an die richtige Stelle zu legen. Wie gut, dass für die Installation einer neuen Heizung so manches Loch in so manche Wand geschlagen wurde … Ich nehme meinen Posten in dem an des Onkels Büro angrenzenden Raum ein und werde Zeuge eines Gesprächs zwischen Zakia, Haluk und dem Oheim. Ist die Beschwerde für Djaafar schon geschrieben, wendet sich der Onkel gerade an Zakia. Ja, gibt sie zurück, schon, aber der Rechtsvertreter sagt, dass er sieht keine großen Chancen. Dann können wir leider auch nichts mehr tun, meint der Onkel bedauernd. Aber … aber …, stammelt Zakia … das kann doch nicht sein, es kann dir nicht egal sein, was mit Djaafar passiert, was … Zakia, unterbricht der Onkel, ich weiß, dass dir Djaafar, als Landsmann sozusagen, besonders am Herzen liegt, und du weißt, dass er mir *nicht* egal ist, dass mir keiner unserer Jugendlichen egal ist. Aber was sollen wir denn deiner Meinung nach tun, wenn die rechtlichen Möglichkeiten ausgeschöpft sind? Sind sie ja noch nicht, schaltet sich Haluk beschwichtigend ein, warte mal ab, vielleicht hilft die Beschwerde doch. Zakia wirft ihm einen missbilligenden Blick zu; Haluk, der fünfte im Betreuerbunde, schafft es jeden Tag aufs Neue, sie, ob mit oder ohne Absicht, auf die Palme zu bringen. Sein perfekt gezogener Scheitel und die messerscharfen Bügelfalten an den Hosen stören ihren Unordnungssinn, das süßliche Rasierwasser, in dem er sich Tag für Tag zu suhlen scheint, nimmt ihr den Atem, noch mehr aber stößt sie sich an seiner behäbigen, durch nichts zu erschütternden Art, die sie ihm als Gleichgültigkeit auslegt. Abwarten und Tee trinken, dieser Spruch wurde, was vielleicht nicht allgemein bekannt ist, für Ahmed Haluk Aksu erfunden. Alles wird sich finden, regeln und in Wohlgefallen auflösen, so sein gelebtes Credo, wenn man nur genügend Tee trinkt, türkischen Tee natürlich, stark gesüßt und in kleinen schlanken Gläsern auf leise klappernden Blechuntersetzern serviert. Doch Zakia tut ihm Unrecht, denn genauso wie Haluk vor fünfzehn Jahren seinen Vater aus dem von Soldaten in Brand geschossenen Haus trug und ihn erst nach langer Flucht wieder absetzte, genauso würde er auch für uns eintreten, wenn es darauf ankäme.

Ich weiß auch nicht genau, was wir machen können, antwortet Zakia dem Onkel, zu der Zeitung schreiben, zu den Grünen, was weiß ich nicht. Dann müssten wir fast jede Woche an die Öffentlichkeit gehen, kontert der Onkel. Und warum tun wir das nicht? Der Oheim seufzt. Zakia, wie lange machst du diesen Job nun? Länger wie du, aber ich bin noch nicht so … so resigniert wie du. Für dich es ist nur ein Job – für mich es ist mehr, viel mehr. Du hast selbst nicht erlebt, wie das ist, ein Flüchtling zu sein, du weißt nicht … Das heißt aber noch lange nicht, dass ich mich deshalb nicht für Flüchtlinge einsetzen würde, unterbricht der Onkel. Zakia, setzt er beschwörend fort, du weißt, wie beschränkt unsere Möglichkeiten hier sind, ich weiß, es tut weh, sich das eingestehen zu müssen, aber damit müssen wir alle tagtäglich leben. Zakia murmelt etwas, das ich nicht verstehen kann. Vielleicht nützt die Berufung doch etwas, versucht Haluk sie noch einmal zu trösten, doch Zakia macht eine wegwerfende Handbewegung. Und ihr geht jeden Tag nach Hause, als ob wäre nichts geschehen, als ob wäre alles wunderbar, sagt sie finster und geht rasch aus dem Raum, damit die beiden Männer ihre Tränen nicht sehen.

Die sanftmütige Zakia mit den Augen eines traurigen Clowns: Alles an ihr wirkt müde, jedes Wort ist ein Seufzer. Wer würde ahnen, mit welch Entschlossenheit und Tatkraft sie als Dreizehnjährige ihr Schicksal selbst in die Hand nahm, als Dreizehnjährige, die von der Mutter erfuhr, dass sie in wenigen Wochen heiraten sollte. Er ist ein angesehener Mann, hat ein großes Haus mit fruchtbarem Land, er hat viele Schafe und Ziegen, überschlug sich die Mutter mit ihrem Lob für den zukünftigen Schwiegersohn. Zakia fürchtete sich. Gerade noch hatte sie mit ihren Freundinnen gespielt, nun sollte sie heiraten. Als sie kurz darauf ihren zukünftigen Ehemann kennenlernte, verwandelte sich die Furcht in Schrecken: Der Mann, den ihre Eltern für sie ausgewählt hatten, war zwei Jahre älter als ihr Großvater, ein Mann mit grauen Haaren, der nicht merkte, dass ihm beim Essen die Reste im Bart hängen blieben, ein Mann, der sie mit unverhohlen lüsternen Blicken von oben bis unten ansah und ihr mit schmieriger Hand über die Wangen strich. Zakia heulte tagelang, sie aß nichts, sie flehte die Eltern auf Knien an, doch es half nichts. Zakia hoffte auf ein Wunder, doch das Wunder kam nicht, und so wurde sie zum vorgesehenen Termin verheiratet.

Der Mond half ihr über die Hochzeitsnacht hinweg. Ich habe meine unreinen Tage, sagte sie mit hochrotem Gesicht zu ihrem Ehemann, Sie müssen noch ein wenig Geduld haben. Als die von den Göttern geschickten Tage vorbei waren, musste er sich noch weiter gedulden, denn sie bekam plötzlich hohes Fieber, das sie zwei Wochen ans Bett fesselte. Als sie wieder gesund war, verließ sie heimlich das Haus ihres Mannes und marschierte einen ganzen Tag und eine Nacht lang zu ihren Eltern. Sie bat und bettelte und flehte, doch vergebens; ihr Vater und ihr ältester Bruder brachten sie zu ihrem Mann zurück. Sie unternahm einen zweiten Versuch, doch mit demselben Ergebnis. Ich bring dich um, wenn du Schande über die Familie bringst, drohte der Bruder zum Abschied, und Zakia wusste, er würde es tatsächlich tun. Da beschloss sie zu fliehen.

Sie hatte beobachtet, wo ihr Mann sein Geld aufbewahrte, und sie nahm einen Teil davon an sich. Mit dem Esel ritt sie nachts ein Stück über die Berge, dann bestieg sie einen Bus nach Ghazni, wo eine Tante lebte, eine Schwester des Vaters, mit der er sich zerstritten hatte. Die Tante nahm sie auf, doch Zakia wusste, dass es nicht lange dauern konnte, bevor ihre Familie sie hier suchen würde. Der Vater und zwei Brüder kamen auch tatsächlich bald, sie durchsuchten das Haus und bedrohten Onkel und Tante, Zakia aber fanden sie nicht. Sie würden wiederkommen, so viel war klar. Doch da kamen Zakia die Russen zu Hilfe – sie marschierten nämlich gerade in Afghanistan ein. Bald gab es keine Busse mehr, überhaupt wurde es schwierig, sich durchs Land zu bewegen; der Vater und die Brüder kamen aber trotzdem ein zweites Mal. Wieder hatte Zakia Glück, doch die drei blieben in Ghazni und ließen das Haus nicht aus den Augen. Du kannst hier nicht bleiben, sagte der Onkel, und Zakia wusste selbst, dass sie fortgehen musste.

Ein Sohn der Tante, Zakias Cousin, hatte sich gegen die Mudschaheddin engagiert, nun, da diese die Oberhand gewannen, musste er fliehen. Zakia, vor die Wahl gestellt zwischen einem Leben mit einem Mann, den sie verabscheute, dem sicheren Tod durch die Hand ihres Bruders für den Fall, dass sie diesen Mann verließ, und der Unsicherheit eines Lebens auf der Flucht und im Exil, entschied sich für Letzteres. Nach einer wochenlangen Odyssee, bei der der Cousin irgendwo in der Türkei spurlos verschwand, kam sie Anfang der achtziger Jahre tatsächlich nach Österreich und erhielt nach kurzer Wartezeit Asyl.

Der Antragsteller konnte keine asylrelevanten Vorbringungen machen, liest Zakia nun zum wiederholten Mal in Djaafars Bescheid, und die Wut, die sie dabei empfindet, so lese ich in ihrem Gesicht, will einfach nicht nachlassen. Es ist also nicht genug, dass Djaafars tadschikische Familie in ständiger Bedrohung durch bewaffnete paschtunische Verbände leben musste, es reicht nicht, dass diese Milizen seine Mutter mit Waffengewalt vom Wählen und seine Schwestern vom Schulbesuch abhielten, es ist »nicht asylrelevant«, dass sie seinen Vater widerrechtlich einsperrten und Djaafar und seinen Bruder beinahe zu Tode prügelten. Djaafar hätte das Land ja nicht verlassen müssen, Kabul sei eine Millionenstadt, in der sicherlich eine innerstaatliche Fluchtalternative zur Verfügung gestanden hätte, ei freilich, und dort sollte man euch auch hinschicken, ihr Schreibtischtäter, die ihr über alles Bescheid zu wissen glaubt. Es ist höchst bescheidene Prosa, die ihr da in die Tasten eurer verstaubten Schreibmaschinen klopft, aber Prosa mit einer Wirkung, von der jeder Dichter nur träumen kann: Mit euren Schreibmaschinengewehren befördert ihr Menschen zielsicher in den Tod, ratatatabumm, die Zeile ist um.

Djaafar liegt Zakia besonders am Herzen, da hat der Onkel recht. Er kommt aus der gleichen Provinz wie sie, auch sie ist Tadschikin, manchmal bedenkt sie ihn mit einem zärtlichen Blick, weil er sie an ihren Lieblingsbruder erinnert. Irgendwie betrachtet sie Djaafar als Ersatz für diesen jüngsten Bruder, der durch eine Mine ums Leben kam, und Djaafar hat nichts gegen diese Beschwesterung einzuwenden, die er lächelnd mit sich geschehen lässt. Bei den anderen regt sich aber durchaus Eifersucht deswegen: Manche meiner schwarzen Brüder und Schwestern meinen, Zakia bevorzuge nicht nur Djaafar, sondern überhaupt alle Afghanen und andere Muslime; und genauso meinen einige Bleichgesichter, Tony würde sich nur für die Dunkelhäutigen unter uns einsetzen. Doch das ist alles pubertäres Getue unausgereifter Persönlichkeiten, wenn man mich fragt. Und gerade bei Zakia ist dieser Vorwurf ungerecht, denn sie bemüht sich aufopfernd um alle hier im Leo. Zu aufopfernd vielleicht, denn sie macht mehr Überstunden als alle anderen, und die meisten davon unbezahlt; am liebsten möchte sie sich um jeden kümmern, nicht nur um die drei Schützlinge, die ihr direkt anvertraut sind. Du kannst nicht noch mehr für sie tun, das ist ein Satz, den Zakia oft zu hören bekommt, was sie jedoch als Herzlosigkeit ihrer Kollegen auslegt. Aber sie haben doch sonst niemand, der sich für sie kümmert, lautet ihre Antwort. Am liebsten würde sie wohl uns alle an ihren üppigen Busen drücken, um uns solcherart, die Sechzehnpfünder in Stellung gebracht, UUUUND: FEUER!!! vor dem Zugriff der staatlichen Abschieber zu schützen.

6

Heute, liebe Leute, sollt ihr lernen, wie man sich durch die Stadt bewegt. Ihr kommt aus den Weiten der Wüste, aus den Tiefen des Urwaldes, ihr müsst nun lernen, wie man sich durch den Großstadtdschungel schlägt. Die Macheten könnt ihr zu Hause lassen, Lianen werdet ihr vergeblich suchen, und auf Kamele, lieber Murad, werdet ihr auch verzichten müssen. Kamele gibt es im Zoo, den Zoo erreicht man mit öffentlichen Verkehrsmitteln, und wie man die benutzt, egal ob auf dem Weg zum Tiergarten, zum Golfplatz oder zum Leichenschauhaus, das sollt ihr heute lernen.

Peer Learning, von Gleichaltrigen lernen, das ist im Haus jetzt plötzlich der letzte Schrei. Anderswo ist die Sache längst ein alter Hut, hier schickt man uns damit zum ersten Mal stolz auf den Laufsteg. Die »Alten« sollen den »Neuen« im Haus unter die Arme greifen, sollen die Grünschnäbel unter ihre Fittiche nehmen und ihnen beim Flüggewerden behilflich sein. Zwar bin ich selber noch nicht lange im Haus, doch wer, frage ich, ist dazu besser geeignet als ich? Murad und Oma sind die zwei jungfräulichen Seelen, noch gänzlich unbefleckt vom Schmutz der Großstadt, Nicoleta und ich wurden ausgewählt, um den beiden beim Akt der Entjungferung beizustehen, und so machen wir uns eines schönen Nachmittags auf den Weg, um Babylon, der großen Hure, oder zumindest Baby, ihrer kleinen Wiener Schwester, auf den Leib zu rücken.

Das, liebe Kinder, ist eine Bahn, die auf der Straße fährt, erkläre ich, als sich das lang gestreckte rote Gefährt in die Station schiebt. Habt ihr eure Monatskarten mit, frage ich, und alle nicken brav. Es ist übrigens ganz normal, wenn man angestarrt oder beschimpft wird, erkläre ich, nachdem wir Platz genommen haben, das gehört einfach dazu, vor allem dann, wenn man wie Oma oder ich kein Bleichgesicht ist. Aber die Menschen hier können ja gar nichts dafür, sie sind einfach noch nicht an die schönen dunklen Gesichter gewöhnt. Das Umvolkungsprogramm läuft zwar schon, und nachdem die weiße Rasse ohnehin im Aussterben begriffen ist, wird sich das Problem bald von selbst gelöst haben, aber bis dahin müsst ihr noch ein wenig Geduld haben. Wir sterben nicht aus, fühlt Murad sich bemüßigt zu widersprechen, was ich jedoch geflissentlich ignoriere.

Als wir aussteigen, werden wir von zwei Polizisten in Empfang genommen, sie verlangen unsere Ausweise und untersuchen mich anschließend bis auf die Unterwäsche nach Drogen. Das ist völlig normal, beruhige ich Oma und Murad, während die beiden Beamten in alle Körperöffnungen kriechen. Auf Wiedersehen, meine Herren, verabschiede ich mich schließlich höflich, und vielen Dank für die Aufmerksamkeit! Wir überqueren die Straße. Auch das ist übrigens ganz normal, erkläre ich, als ich auf dem Zebrastreifen von zwei weißen Jugendlichen auf Englisch nach Drogen gefragt werde. Ihr habt wirklich unglaubliches Pech, antworte ich ihnen auf Deutsch, ihr habt nämlich den einzigen Schwarzen in dieser Stadt getroffen, der kein Drogenhändler ist!

Wir treten in die U-Bahn-Station und bleiben am oberen Ende der Rolltreppe stehen. Das, liebe Kinder, ist eine rollende Treppe. Ängstlich starren die beiden Stadtneulinge in die Tiefe. So etwas seht ihr wahrscheinlich zum ersten Mal, nicht wahr? Kommt, fordere ich sie auf, setze leichtfüßig den rechten Fuß auf die Rolltreppe, bringe den linken mit elegantem Schwung hinterher. Ist ganz einfach, sagt Nicoleta und folgt mir. Oma zögert kurz, sie blickt sich nach Murad um, dann fasst sie sich ein Herz und eine Seele gleich dazu, sie macht einen großen Schritt, vielleicht ein wenig zu groß, sie gerät ins Straucheln, jetzt fällt sie, nein, sie findet das Gleichgewicht wieder, indem sie sich an den Handlauf klammert wie ein Nichtschwimmer an den Rettungsring. Doch mit einem Mal erhellt sich ihr Antlitz, ein breites Grinsen wird sichtbar, und es ist das erste Mal, seit Oma bei uns ist, dass ihr Ausdruck nicht Angst, nicht Trauer, nicht Verlorenheit, sondern Freude verrät. Aber Murad, mit Murad hat man schon wieder nichts als Probleme: Der angeblich Erwünschte steht noch immer wie angewurzelt am oberen Treppenabsatz, während wir schon auf halbem Weg zum Erdmittelpunkt sind. Komm schon, ruft Nicoleta ihm zu, ist ganz einfach! Andere U-Bahn-Benutzer drängen sich an ihm vorbei, manche belustigt, manche verärgert, wie ein Klotz steht Murad da, und selbst aus der Entfernung kann man die Angst an seiner Haltung ablesen. Wir müssen ihn helfen, sagt Nicoleta. Du hast recht, gebe ich zurück. Rettet dem Murad, lautet die Devise, und dem Dativ gleich dazu! Ich überlege kurz, ob wir auf der zu Tal fahrenden Treppe hinauflaufen sollen, doch wir haben schon fast das Ende erreicht. Unten angekommen, fahren wir also gleich wieder hinauf. Warte unten, wir kommen gleich wieder, rufe ich Oma zu, doch sie hört nicht auf mich. Ein wenig sicherer schon als zuvor und noch immer glücklich lächelnd hüpft sie auf die himmelwärts fahrende Rolltreppe. Wir helfen dich, sagt Nicoleta zu Murad, allein, weder Dativ oder Akkusativ noch Murad möchten sich solcherart zu einer Rettung überreden lassen. Schließlich und endlich gelingt es uns aber doch, Herrn Magomazov auf die Rolltreppe zu manövrieren, Nicoleta rechts, ich links, Oma, noch immer selig lächelnd, hinter uns. Murad hält die Augen geschlossen, erst nach einer Weile wagt er sie zu öffnen. Noch, ruft Oma, als wir unten angelangt sind, und wir erfüllen ihr den Wunsch.

In der U-Bahn gibt es keine besonderen Vorkommnisse, ein Mann setzt sich weg, als ich mich neben ihn platziere, ein anderer sagt: Es stinkt, das Übliche eben. Die Vorstadtmadonna mit Kind, neben der sich Oma niederlässt, sucht sich zwar keinen anderen Sitzplatz, doch als das Kleinkind mit neugierigen Fingern Omas dunkle Hände berührt und dadurch ein Lächeln auf deren Gesicht zaubert, wischt die Mutter ihm, wenn auch ein wenig verschämt, die Hand mit dem Taschentuch ab. Omas Lächeln erstirbt. Gnädigste, kläre ich die junge Mutter auf, das wird nix nützen, da müssen Sie schon was Stärkeres zum Desinfizieren verwenden. Sie wirft mir einen angsterfüllten Blick zu und holt ein weiteres Taschentuch hervor.

Das, liebe Kinder, ist eine Ampel, erkläre ich, als wir wieder ans Tageslicht zurückkehren und an einer Kreuzung stehen bleiben. Bei Rot ist Halt, grün ist gut, sagt Nicoleta, mit Grün darfst du gehen. Merkt euch, präzisiere ich, zuerst auf Ijaw, dann auf Tschetschenisch: Sei schnell bei Grün, bleib stehen bei Rot, denk immer dran, sonst bist du tot. Das ist jetzt übrigens nicht politisch zu verstehen, meine Lieben, auch wenn sich die Schwarzen gerne über die vielen roten Ampeln beschweren, wichtig ist jedenfalls, dass ihr NIE BEI ROT über die Straße geht, hört ihr, auch dann nicht, wenn drei Tage lang kein Auto vorbeikommt. Die Menschen hier lassen sich lieber bei Grün von einem Auto überfahren, als bei Rot die Straße zu überqueren; lieber tot als rot, könnte man sagen, aber da wären wir schon wieder bei der Politik gelandet. So, und weil ihr so brav wart, meine Lieben, gehen wir jetzt noch zur Belohnung mit euch einkaufen.

Musik empfängt uns im Einkaufszentrum, eine Band spielt zu unserer Begrüßung und begleitet uns auf unserem Weg durch das Gebäude. Auf unserer ausgedehnten Wanderung zeige ich Murad und Oma, wo sie Abendkleider, Plasmafernseher, Snowboards, Lackschuhe, Gartenmöbel, Kaffeemaschinen und andere Artikel für den täglichen Bedarf kaufen können. Omas Augen werden größer und größer, das Lächeln ist verschwunden, Murads Blick wird grimmiger und grimmiger, und als wir schließlich an einem Dessous-Geschäft vorbeikommen, die Band spielt gerade Diamonds Are a Girl's Best Friends, spuckt er angewidert auf das Schaufenster. Das ist widerlich, schimpft er auf Tschetschenisch, während ich ihn rasch davonziehe. Das, lieber Freund, wird hier nicht so gerne gesehen.

Oma braucht Kleidung, konstatierte Mira, bevor wir zu unserer Expedition aufbrachen, vor allem Unterwäsche, lautete der an Nicoleta gerichtete Zusatz, worauf sich Murads Gesichtsfarbe dem Rot von Omas T-Shirt näherte. Während die beiden Damen also mit dem von Mira ausgehändigten Geld in einem billigen Bekleidungsgeschäft verschwinden, setzen Murad und ich unseren Schaufensterbummel mit musikalischer Begleitung fort. Keine drei Stunden später, und die Damen sind fertig, und so steuern wir schließlich gemeinsam den Supermarkt an, der am Ende des weitläufigen Einkaufszentrums liegt. Wir nehmen einen Einkaufswagen, obwohl wir nichts kaufen wollen, doch ich möchte den beiden Neulingen zeigen, was wo zu finden ist. Wir spazieren unter den misstrauischen Blicken von Angestellten und Überwachungskameras durch die langen Reihen, Solche wie euch brauchen wir hier nicht, lassen sie uns wortlos wissen, Wir sehen alles, warnen sie. Doch mit Nicoleta ist kein Weiterkommen, sie bleibt alle paar Meter stehen und blickt mit unverhohlener Lust zu den himmelhoch getürmten Nahrungsmitteln auf. Meine Mutter müsste das sehen, die vielen Lebensmittel, murmelt sie mit verträumtem Gesichtsausdruck. Auch Oma scheint mit ihren Gedanken irgendwo im Delta des Niger, jedenfalls aber weit, weit weg zu sein, auch sie bleibt stehen, lässt den Blick über fünfzig Sorten Öl und ebenso viele Essigarten schweifen und beginnt plötzlich zu weinen. Was ist denn los, mein Kind, frage ich bestürzt. Was macht ihr da, will plötzlich eine Stimme hinter uns wissen. Ich drehe mich um, ein kleines, gelb bemänteltes Wesen männlichen, vielleicht aber auch sächlichen Geschlechts steht da und beäugt misstrauisch unsere Gruppe. Oma geht es nicht gut, antworte ich, sieht man das nicht? Welcher Oma, fragt es mit hoher Stimme und blickt ratlos von einem zum anderen. Was macht ihr da, fragt es noch einmal. Wir kaufen ein, guter Mann. Aber ihr habt nichts im Einkaufswagen. Aber natürlich, entgegne ich und nehme vor seinen Augen zwei Flaschen Olivenöl aus dem Regal und lege sie in den Wagen. Wieder ein ratloser Blick, ein Blick, der sich am Kopf zu kratzen scheint. Und was habt ihr da drin, fragt es dann und deutet auf Omas in plastische Säcke verpackte textilische Neuerwerbungen. Gestohlene Ware, antworte ich verschwörerisch leise, aber bitte nicht weitersagen! Na, das hab' ich mir ja gleich gedacht! Security, ruft das gelbe Wesen plötzlich laut und beginnt mit seinen kurzen Armen zu fuchteln, Security! Dann läuft es Richtung Kasse davon.

Help, I need somebody, spielt unsere Band. Schnell, wir müssen weg, sagt Nicoleta mit angsterfülltem Blick. Oma hat zu weinen aufgehört, auch in ihrem Gesicht ist groß das Wort PANIK zu lesen, Murad sagt nichts. Aber nicht doch, entgegne ich Nicoleta, wir wollen doch noch ein bisschen Spaß haben! Im selben Augenblick kommt unser gelber Freund mit einem blau gekleideten Security-Menschen zurück. Steht Ihnen ausgezeichnet, die Uniform, begrüße ich den ein wenig schüchtern wirkenden jungen Mann. Er wird rot. Was ist da drin, will auch er wissen und deutet auf die inkriminierten Kleidungsstücke. Wir haben gekauft bei Schops, antwortet Nicoleta. Seine schlanken, gepflegten Hände gehen Oma an die soeben gekaufte Wäsche, wühlen durch Slips und Büstenhalter und T-Shirts, sein Gesicht wird noch röter, dann verlangt er nach der Rechnung. Nicoleta zeigt sie ihm. Und was ist mit den Jackentaschen, wendet er sich mit kaum wahrnehmbarem Akzent, den ich sogleich der dritten Generation ostanatolischer Einwanderer zuordne, an mich. Ich reiche ihm meine Jeansjacke. Meine Taschen sind auch deine Taschen, sage ich auf Türkisch. Du … du sprichst auch Türkisch? Er lässt meine Jacke sinken. Aber bitte, bitte, insistiere ich, ich habe nichts zu verbergen. Ja, hallo, schaltet sich der Gelbe entrüstet ein, wieso … wieso sprecht ihr denn jetzt Ausländisch? Das … das … das ist doch nur ein Ablenkungsmanöver! Gut erkannt, gebe ich zurück. Ich beginne mein Hemd aufzuknöpfen, ziehe es aus, schwinge es ein paar Mal über meinem Kopf und lasse es in seiner Richtung davonsegeln. Er weicht aus, als versuchte er einem tödlichen Geschoss zu entgehen, sein Gesicht wird knallrot, er fängt zu stammeln an, ich schnalle meinen Gürtel auf, bewege kreisend meine Hüften, unsere Begleitmusiker spielen Ravels Bolero. Aufhören, ruft er, aufhören! Ist schon gut, sagt mein neuer türkischer Freund und reicht mir meine Jacke, ist schon gut. Eine Frechheit ist das, schmeißen Sie diese Menschen hinaus, schnaubt der Gelbe wütend. Die Musik wird lauter und lauter. Ich beuge mich hinunter, um mein Hemd wieder aufzulesen. Beugen wir gemeinsam, mein Freund, ermuntere ich ihn, das Vorurteil, des Vorurteils, dem Vorurteil, das Vorurteil, beugen wir gemeinsam vor, plädiere ich, auf dass es nie wieder zu einer solchen Situation kommen möge. Frechheit, schnaubt Rumpelstilzchen, und die Band, sie spielt derweilen Granada.

Wie war euer Ausflug, will Zakia am nächsten Tag beim Mittagessen wissen. Stockend und nach Worten suchend berichten Oma und Murad von ihren Erlebnissen, ich lasse den beiden den Vortritt und mische mich nicht ein, damit niemand behaupten kann, ich drängte mich immer in den Vordergrund. Zakia legt Oma den Arm um die Schulter, als Murad ihren Tränenausbruch im Supermarkt erwähnt, Oma senkt beschämt den Kopf. Mir ist genauso gegangen beim ersten Einkauf in Österreich, tröstet Zakia, volle Regale, so viele Lebensmittel, das war ganz verrückt! Und Oma nickt. Too much, sagt sie leise, too much.

Vom Nachbartisch ist Afrims laute Stimme zu vernehmen, er ist gerade dabei, einer neugierigen Gefolgschaft alle Vorzüge seines neuen Mobiltelefons zu erklären. Yaya betritt den Raum, holt sich eine Portion Spaghetti bolognese und setzt sich neben Mira ans andere Ende unseres Tisches. Seit dem Vorfall mit Murad ist er noch schweigsamer und unzugänglicher als zuvor, er merkt, dass einige Mädchen Angst vor ihm bekommen haben und ihm aus dem Weg gehen. Man hat ihm irgendwelche starken Medikamente verpasst, die ihn beruhigen sollen, er kann sich jedenfalls auf nichts konzentrieren und schläft manchmal im Deutschkurs ein. Mira begrüßt ihn. Du sollst Dr. Davidovych anrufen, er muss den heutigen Termin verschieben. Yaya nickt und isst weiter, ohne aufzublicken. Davidovych ist einer der beiden Seelenklempner, zu deren Besuch mich Mira und der Onkel immer wieder zu überreden versuchen. Ich habe versucht, bei seiner ersten Sitzung mit Yaya zumindest mit einem Ohr dabei zu sein, doch vergebens –

das Sitzungszimmer, hausintern die Gummizelle genannt, ist leider selbst für mich abhörsicher. Die Albträume, aus denen Yaya schreiend erwacht, haben durch die Medikamente und die psychologische Betreuung jedenfalls nicht aufgehört, ganz im Gegenteil, sie scheinen an Häufigkeit und Intensität zuzunehmen.

Hallo, Schatz, begrüßt Mira ihre Tochter. Alenka lässt mitten im Raum ihre Schultasche zu Boden fallen – sie ist natürlich genauso bunt wie ihre Kleidung – und geht schnurstracks zur Anrichte, auf der die beiden Töpfe mit Pasta und Ragù stehen. Chin hat gekocht, für mich ist also Ramadan. Na, bekomm' ich heute keinen Kuss, fragt ihre Mutter, als sich Alenka zu Tisch setzt. Zuerst muss ich essen, antwortet das Töchterchen, ich sterbe vor Hunger! Sag so etwas nicht, rügt die Mutter. Wieso nicht, es stimmt doch. Weil … Mira bleibt die Begründung schuldig. Und wo bleibt *mein* Kuss, frage ich. Alenka wirft mir einen abschätzigen Blick zu. Eine Nuss kannst du haben, sagt sie. Jaja, seufze ich, ganz die Frau Mama …

Vom Nachbartisch hört man weiterhin Afrims Erklärungen, begleitet von verschiedenen Klingeltönen. Afrim, bitte, wendet Mira sich um, wir wissen schon alle, dass du ein neues, teures und ganz wunderbares Handy hast, aber wir müssen nicht unbedingt jeden Klingelton kennenlernen. Aber diese du musst hören, sagt Afrim begeistert und spielt einen besonders aufdringlichen Ton, super, oder? Danke, Afrim, sehr schön, aber jetzt genügt's. Okay, okay, murmelt er und klippt sich das Telefon an den Gürtel, damit es, wenn schon nicht gehört, so doch wenigstens von allen gesehen werden kann.

Alenka steht auf, nimmt ihren Teller in die Hand und drückt ihrer Mutter im Vorbeigehen einen Bolognese-Kuss auf die Wange. Hier hast du deinen Kuss, sagt sie. Ach, du Ferkel, schimpft Mira zärtlich, du hättest dir vorher den Mund abwischen können! Erst jetzt fallen mir Alenkas Schuhe auf: Es sind die gleichen orangegrünen Plastikmonster mit Absätzen, die sich Mira erst kürzlich gekauft hat. Sind es die gleichen oder dieselben, frage ich mich, hat Mira ihrer Tochter neue Schuhe gekauft oder ihr die eigenen geschenkt oder geliehen? Ich verwende aus Umweltschutzgründen keine Servietten, gibt Alenka zurück, aber wozu hat man denn Mütter? Sie stakst auf verlängerten Beinen zum Geschirrspüler und stellt ihren Teller hinein, Mira wischt sich mit ihrer Serviette die Wange ab. Kurz darauf dreht sie sich genervt um und möchte losschimpfen, als erneut Afrims Telefon zu hören ist, doch diesmal hat er einen Anruf bekommen, kann also ausnahmsweise nichts dafür. Ja, gleich, sagt er nur und verlässt den Raum.

In der Tür begegnet ihm Nicoleta. Hallo, grüßt er, doch Nicoleta reagiert nicht. Sie lässt ein paar nervöse Blicke über die Tischrunde schweifen, dann wendet sie sich wieder ab und geht aus der Küche. Ihr Gesicht ist zwar nur einen Moment lang zu sehen, lange genug jedoch, um die verweinten Augen zu erkennen, und nicht nur ich habe sie gesehen, sondern auch Mira. Stirnrunzelnd steht sie auf, streicht im Vorbeigehen ihrer Tochter ein wenig zerstreut über den Kopf und folgt Nicoleta.

Haluk, der bisher am Nachbartisch saß, steht ebenfalls auf. Leute, gibt es irgendjemand, der Taschengeld haben möchte? Wenn nicht, dann gehört es nämlich mir! Immer das Gleiche, wie wär's mit einem neuen Schmäh, frage ich, doch er ignoriert meinen Einwurf. Gesichter erhellen sich, Ich, Ich, Ich, rufen einige, andere strecken die Hände in die Höhe wie Vorzugsschüler. Kommt, meine Lieben, flötet Haluk der Halunke, und der Rattenfänger zieht nicht nur die übliche Wolke billigen Rasierwassers, sondern auch einen Schweif von Halbwüchsigen hinter sich her; der Haluk'sche Komet, er weist den Weg ins Büro, wo sich der allmonatliche Geldsegen zu ereignen pflegt. Zaster für den Rasta, Moneten für Analphabeten, Tausche Mäuse gegen Läuse, Mariä Empfängnis also. Bei den meisten werden die vierzig Euro für Telefon oder Zigaretten oder beides ausgegeben, bei anderen für Alkohol oder sonstige verbotene Früchte oder Früchtchen, nur wenige sparen, aber wozu denn auch?

Ich bleibe sitzen, auch Amal und Kamal sind dem Ruf des Rattenfängers nicht gefolgt, denn sie haben Küchendienst. Afrim macht so viel Dreck, beschwert sich Amal, während sie einen der beiden Tische säubert. Kamal nickt, doch es scheint ihn nicht weiter zu stören, denn Putzen ist seine heimliche Leidenschaft. Schließlich und endlich begebe auch ich mich ins Büro und hole die mir zustehende Kohle ab, wenn ich auch nicht allzu viel Verwendung dafür habe.

Auf dem Gang läuft mir Mira über den Weg. Was ist mit Nicoleta, frage ich. Sie mustert mich ein wenig irritiert und zögert kurz. Nichts, sagt sie dann, sie hat heute einfach einen schlechten Tag. Mira scheint auch einen schlechten Tag zu haben, diese Ringe unter den Augen, sie gefallen mir nicht, und blass sieht sie aus, aber ich habe ja ohnehin längst das Interesse an ihr verloren. Du bist eine schlechte Lügnerin, sage ich. Und du bist ein Frechdachs!

Sie geht Richtung Treppe davon, ich Richtung Zimmer. Eine innere Stimme bringt mich dazu, mich noch einmal umzudrehen und ihr nachzublicken, und in diesem Moment sehe ich etwas, das ich schon längst vermutet, befürchtet, vorausgeahnt habe: Lukas Neuner, soeben dem Aufzug entstiegen und Miras ansichtig geworden, zieht Letztere an sich und küsst sie sabbernd auf die Lippen. UND SIE LÄSST ES MIT SICH GESCHEHEN! SIE LÄCHELT SOGAR!! UND KÜSST IHN ZURÜCK!!! Dann trennen sich die beiden, Mira geht lächelnd und federnden Schrittes die Treppe hinunter, Lukas geht leider nicht zur Hölle, ich gehe auf mein Zimmer, und die Welt geht unter.

Nachts besitzt Mira dann doch tatsächlich die Frechheit, sich in meine Träume zu drängen, ganz so, als hätte sie mich nicht schmählich verraten und betrogen. O Ali, säuselt mir die falsche Schlange ins linke Ohr, besorg's mir bitte mal so richtig, und weil ich ein weiches Herz habe, erfülle ich ihr den Wunsch gleich drei Mal. Und dann liegt plötzlich Nino auf der anderen Seite. O Ali, sagt sie und knabbert an meinem rechten Ohr, ich möchte deine heiße Schokolatte in mir spüren, und weil ich ein Gentleman bin, kann ich auch ihr diesen nur allzu verständlichen Wunsch nicht abschlagen. Nach dem dritten Durchgang kommt Alenka und setzt sich neben uns auf den Bettrand, sie hat noch immer ihre bunten Plastikschuhe an. Schau mal, Schatz, sagt Mira und deutet auf meine erschlaffte Männlichkeit, hat Ali nicht einen schönen Schwanz? Mir ist es furchtbar peinlich, Alenka ist ja noch ein Kind, doch sie zuckt nur mit den Schultern. Er wird ja sowieso abgeschnitten, sagt sie. Erst jetzt bemerke ich das blitzende Messer in ihrer Hand, ich werde totenbleich, mein bestes Stück schrumpft vor Schreck auf einen Bruchteil seiner Größe zusammen. Keine Angst, sagt Alenka, abgeschnitten wird erst nachher. Wonach, möchte ich fragen, bringe jedoch kein Wort heraus. Sie scheint mich trotzdem verstanden zu haben. Nachdem du alle Frauen im Haus geschwängert hast, natürlich. Sie deutet zur Tür, und da erkenne ich Zakia und Amal und Taisa und Djamila und Oma und dahinter noch andere Betreuerinnen und Flüchtlinginnen, sie warten freundlich lächelnd in Reih' und Glied. Aber warum, möchte ich schreien, doch wieder dringt kein Laut aus meiner Kehle, und wieder hat Alenka mich verstanden. Wegen der niedrigen Geburtenrate, du Dummkopf, du weißt doch, wie dringend Österreich Kinder braucht! Okay, antworte ich stumm, mir meiner Pflicht gegenüber diesem Land bewusst werdend. Österreich braucht dich, Ali, wispert mir eine Stimme ins Ohr, Don't ask what your country can do for you, gesellt sich eine zweite hinzu, ask what you can do for your country. Der Tag der Umvolkung naht, Völker, hört die Signale, auch meine Teleskopantenne empfängt selbige und wächst stolz ihrer Aufgabe entgegen, die Hände können sie nicht mehr verdecken. Siehst du, so ist's brav, lobt Alenka. Aber wieso musst du danach mein ... mein bestes Stück abschneiden? Sie zuckt wieder mit den Schultern. Das ist der Deal, den wir mit der Familienministerin gemacht haben, und mit fachkundigen Bewegungen wetzt sie das Messer an einem Schleifstein, den sie aus ihrem jungfräulichen Dekolleté zieht.

Schweißgebadet erwache ich aus meinem Traum, es ist 0.49 Uhr, mein schöner schwarzer Schwängerschwanz, er ist noch da, steil ragt er in die Höhe und bildet den höchsten Gipfel der Deckenlandschaft, es gibt also doch einen schützenden Gott auf dieser

Welt! Derselbe Gott oder einer seiner Kollegen hat mir allerdings auch rasende Kopfschmerzen beschert, und so liege ich eine Weile wach im Bett. Djaafar schnarcht heute zum Glück sehr dezent, das Schwein, mit dem er sich sonst im Bett suhlt, scheint Ausgang zu haben. Yayas Atem geht ruhig und gleichmäßig, von Kamal, der ja seit Kurzem unser vierter Zimmergenosse ist, ist gar nichts zu hören, dafür hallen schon wieder die unverkennbaren Paarungsgeräusche von Taisa und Magomaz durch den Innenhof.

Ich hab' von dir geträumt, flüstere ich Nino am nächsten Tag im Deutschkurs zu. Sie tut, als müsse sie gähnen, und schenkt mir einen gelangweilten Blick. Darf ich raten – du hast im Traum mit mir gevögelt, stimmt's? Gleich drei Mal, gebe ich zurück. Drei Mal nur? Schwächling, ich hätte wirklich mehr von dir erwartet. Naja, ich hatte Kopfschmerzen, und außerdem standen die Frauen Schlange, weißt du. Sie verdreht die Augen und wendet sich von mir ab.

Reflexive Verben stehen heute auf dem Lehrplan, Ich wende mich mit Grauen ab, du wendest dich mit Grauen ab, er/sie/es wendet sich mit Grauen ab. Was ist mit Nicoleta, frage ich Nino. Nicoleta ist nicht zum Kurs erschienen. Sie ist gestern Abend mit ihrer Reisetasche abgehauen, flüstert Nino, die das Zimmer mit ihr teilt. Ich muss wieder an meinen Traum denken: Nicoleta war die Einzige, die darin nicht vorkam, oder vielmehr sagte Alenka, dass sie fortgegangen sei und demnach von mir leider nicht geschwängert werden könne. Hat sie gesagt, wohin sie geht? Nino schüttelt den Kopf. Wir sprechen sowieso nicht allzu viel miteinander, sagt sie. Nino, Ali, unterbricht uns Lukas Neuner, könnt ihr bitte das Flirten auf später verschieben? Ich überlege, ob ich ihn auf Mira ansprechen soll, Lukas, Mira, könnt ihr bitte das Flirten aufs nächste Leben verschieben, besinne mich aber dann eines Besseren. Ich denke auch kurz darüber nach, seine Backfischfangversuche bezüglich Nino zu erwähnen, doch auch dazu ist jetzt nicht der richtige Zeitpunkt. Ich bin nicht sicher, dass ich mich so lange zurückhalten kann, gebe ich zurück, du weißt schon, die Hormone bei Jugendlichen … Versuch's wenigstens, sagt Lukas Neuner seufzend und fährt fort, uns mit Reflexivverben und -pronomen zu bewerfen. Ich schlage mich, du schlägst dich, er/sie/es schlägt sich, wer schlägt hier wen und wann schlägt's endlich dreizehn, damit der Unterricht zu Ende ist?

Beim Mittagessen ist Nicoletas Verschwinden das Thema Nummer eins. Es ist an sich nichts Außergewöhnliches, dass der eine oder die andere aus unserer Schar eine Nacht lang ausbleibt, ohne sich abzumelden, es gibt dafür Schelte und die Androhung irgendwelcher Konsequenzen, wenn man wieder auftaucht, Leute, wir sind hier kein Hotel, ist einer der Lieblingssätze des Onkels, doch damit hat sich's meist auch schon. Nicoleta war allerdings noch nie über Nacht weg, in ihrer höflichen und rücksichtsvollen Art würde sie überhaupt nie etwas tun, was unsere Betreuer vor den Kopf stoßen könnte, zumindest nicht absichtlich. Ungewöhnlich ist außerdem, dass sie alles, was sie besitzt, in ihre kleine Reisetasche gepackt hat – und das, nachdem sie gestern sichtlich verstört war.

Afrim ist überzeugt, dass sie entführt wurde, Djamila fürchtet, sie könnte in einen Unfall verwickelt worden sein, die ganz und gar herzlose Nino meint, sie wäre sicher nur deshalb abgehauen, um sich den heutigen Putzdienst zu ersparen. Nicoleta, so viel ist klar, gehört zu jenen komplizierten Fällen, deren Geschichten sich nicht so mir nichts, dir nichts, ihm nichts, ihr nichts erfassen lassen.

7

Manche von euch haben ja schon Erfahrungen mit dem Internet gesammelt, sagt Herbert Leitner, seit Kurzem unser EDV-Lehrer, wir haben uns beim letzten Mal einige Websites angesehen, heute möchte ich euch ein paar Tipps geben, wie man mit Suchmaschinen umgeht. Hat jemand eine Idee für eine Suchabfrage? Er lässt den Brillenblick über mich und zehn andere Jugendliche schweifen, nicht alle davon wohnen im Leo, einige kommen auch von »unten«, haben also Eltern oder sonstige Familienangehörige im Haus. Die Antwort: Schweigen im Wienerwalde, doch wen wundert's? Was möchtet ihr gerne finden, versucht es Herbert Leitner erneut. Eine Frau, sagt Afrim schließlich. Ja, da gibt es natürlich viele Möglichkeiten im Internet, seriöse und weniger seriöse, gibt Herbert Leitner lächelnd zurück, es gibt Partnerschaftsbörsen, es gibt Chatrooms und so weiter. Er meint Bilder von nackten Frauen, interpretiere ich Afrims Wunsch. Es gibt Gekicher im Raum, Afrim wird rot. Stimmt nicht, protestiert er. Die kann man natürlich auch finden, sagt Herbert Leitner mit mildem Lächeln, doch mit Pornografie wollen wir uns hier nicht unbedingt beschäftigen. Und, was möchtet ihr sonst noch finden? Die CD von Shakira, was ich habe verloren, sagt Kamal das Kamel. Er blickt verständnislos um sich, während rundum Gelächter ausbricht. Was ist daran so lustig, scheinen seine Kamelaugen zu fragen. Ich möchte wirklich finden, sagt er ernst. Jaja, so ist das eben, wenn man versucht, Schafzüchtern, Ziegenhirten und Kameltreibern die Errungenschaften der modernen Technik näherzubringen. Und was bedeutet die Abkürzung EDV, mein lieber Kamal, EDV, antwortet Kamal geflissentlich, steht für

Eritreische Dattel-Verwertung. Ausgezeichnet, danke, setzen, sehr gut. Wir könnten zum Beispiel Informationen zu den einzelnen Ländern suchen, aus denen ihr kommt, schlägt Herbert Leitner vor, nachdem er erfolglos versucht hat, Kamal über Wesen und Grenzen des Internets aufzuklären. Als auch dieser Vorstoß auf peinliches Schweigen stößt, schlage ich Nigeria vor. Dankbar nimmt er das Angebot an, geht zu jedem der vier Computer, tippt Nigeria in die Suchmaske ein und erklärt anhand des auf Wikipedia aufgerufenen Artikels die Funktionsweise der Online-Enzyklopädie. Und zehn Augenpaare sehen zwar und zwanzig Ohren lauschen, doch in den dahinterliegenden Gehirnwindungen fehlt es an der nötigen Kapazität, um das solcherart Registrierte zu verarbeiten. Dem EDV-Mann entgeht das in seiner Begeisterung jedoch völlig. Wer sich nun für ein ganz bestimmtes Thema im Zusammenhang mit Nigeria interessiert, setzt er fort, kann noch wesentlich gezielter suchen. Hat jemand einen Vorschlag? Öl, breche ich das Schweigen. Sehr guter Vorschlag, lobt der elektronische Datenverarbeitungsmann, Nigeria und Öl lautet also die neue Suche, seht ihr, sagt er stolz, als hätte er soeben ein besonders schwieriges Kunststück vollbracht, jetzt sind es nur noch 225.000 Seiten.

Ich blicke mich um. Nino schläft, die rote Lockenmähne ruht auf dem Unterarm, Rotkäppchen hat wieder einmal unerlaubterweise außer Haus übernachtet, ich möchte lieber nicht wissen, in welchem Walde sie sich herumgetrieben, mit welchen Wölfen sie geheult hat. Hikmet, der mit seinen Eltern im zweiten Stock lebt, spielt mit seinem Telefon, Afrim starrt gelangweilt vor sich hin, Wann kommen wir endlich zu den Pornoseiten, will dieser Blick wissen. Kamal schaut vorwurfsvoll zu Herbert Leitner, weil der nicht bereit ist, sich auf die Suche nach der verlorenen CD zu machen, der Rest der Truppe ist zwar körperlich, den leeren Blicken zufolge nicht aber geistig anwesend.

Hat jemand eine Idee, wie man die Suche noch weiter einschränken könnte, fragt Herbert Leitner in die Runde. Nigeria, Öl und Ijaw, antworte ich ohne zu zögern und muss Ijaw für ihn buchstabieren. Großartig, sagt er, sichtlich glücklich, zumindest einen von elf Anwesenden zu erreichen. Er klickt eines der Ergebnisse an, die Website einer internationalen Menschenrechtsorganisation, und in dem Artikel, der sich öffnet, wird die Geschichte einer Ijaw-Gemeinde im Niger-Delta erzählt. Bevor die Ölfirmen kamen, so beginnt die Geschichte, war Makadu ein armes, aber friedliches Fünfhundert-Einwohner-Dorf in den Sümpfen des Niger-Deltas. Die Männer befuhren mit ihren kleinen Booten die Flüsse und fischten, die Frauen und Kinder bestellten die winzigen Felder. Was der Verkauf der Fische auf dem Markt von Port Harcourt einbrachte, reichte gerade aus, um das einzukaufen, was man im Dorf nicht selbst produzieren konnte. Dann wurde eines Tages Öl gefunden. Weit weg zuerst, in einem anderen Teil des Deltas, doch die Kunde verbreitete sich rasch, Öl macht reich, hieß es, die ausländischen Ölfirmen kaufen alles Land, man bekommt nicht nur den Grundstückspreis, sondern wird auch am Gewinn beteiligt.

Die Ölfirmen kamen bald auch nach Makadu, sie begannen mit Probebohrungen, tatsächlich, man fand Öl, die Euphorie war groß, man würde bald reich sein, dachten viele. Man unterschrieb Verträge, die man nicht wirklich verstand, und mehr und mehr Land wechselte den Besitzer. Wälder wurden gerodet, Straßen angelegt, Bohrtürme aufgestellt, Felder wichen Öllagern, aus einem Mangrovensumpf wurde ein Industriegebiet. Mehr und mehr Öl drang bald aus schlecht gewarteten Tanks und Pipelines in die Flüsse und vergiftete Brunnen, das Delta wurde zu einer stinkenden Kloake, in der die Fische keine Nahrung fanden, man hatte keine Felder mehr, die Gelder vom Verkauf der Ländereien waren aufgebraucht, die versprochene Beteiligung an den Gewinnen blieb aus. Man bildete Komitees, um mit den Ölfirmen zu verhandeln, wenn schon keine Gewinnbeteiligung, dann wollte man wenigstens Arbeit bekommen, doch die Verhandlungen verliefen ohne Erfolg. Die Komitees trafen sich, um über weitere Schritte zu beraten, man schrieb Briefe an die Ölfirmen und an die Regierung, man organisierte

Demonstrationen, die von der Polizei aufgelöst wurden, dabei gab es Verletzte, bei weiteren Protestmärschen auch Tote.

Mehr und mehr Menschen starben an Krebs und anderen zuvor unbekannten Krankheiten, mehr und mehr Leute mussten hungern, einige verließen das Dorf, um anderswo ihr Glück zu suchen. Manche Männer fuhren mit ihren Fischerbooten weit in die Sumpfgebiete hinein, dorthin, wo das Wasser noch nicht vergiftet war, und gerieten dabei in Konflikt mit anderen Gemeinden. Überall entstanden bewaffnete Banden, und Gewalt gehörte bald zum Alltag im Delta. Manche Banden entführten Mitabeiter der Ölfirmen und erpressten Lösegeld oder Gewinnbeteiligungen, andere spezialisierten sich auf das Anzapfen der Pipelines und den Verkauf des illegal gewonnenen Rohöls. Im winzigen Makadu entstanden zwei rivalisierende Banden, und so kam es auch innerhalb des Dorfes zu gewalttätigen Auseinandersetzungen.

Der Artikel geht weiter und berichtet über die Korruption von Regierungsstellen und Polizei, und während Herbert Leitner mit ungebrochenem Enthusiasmus auf zehn abwesende Jugendliche einspricht, verabschiedet sich auch der elfte geistig, denn meine Gedanken schweifen ab und wenden sich Oma zu. Mit einem Mal sehe ich sie ganz deutlich vor der Kulisse der Mangrovensümpfe des Niger-Deltas stehen, ich sehe sie und ihre Eltern mutig agieren im Kampf gegen Ölgesellschaften, bewaffnete Banden und korrupte Beamte, ich sehe, wie ihr Vater bei diesem Kampf ums Leben kommt, wie ihre Mutter alles daransetzt, um wenigstens Oma das Überleben zu sichern. Was ich allerdings noch nicht durchschaue: wie Tony dabei ins Spiel kommen könnte. Die erste Begegnung zwischen ihm und Oma, bei der sie sich völlig verschreckt in Zakias Arme flüchtete, will mir nämlich nicht und nicht aus dem Kopf. Ich weiß, dass Tony Philemon Azibaola vor zehn Jahren aus Nigeria flüchten musste, weil er genauso wie Oma und ihre Familie in Konflikt mit dem Staat und den ausländischen Ölgesellschaften geraten ist – kann es sein, dass dieser Konflikt auch zu Auseinandersetzungen mit anderen ethnischen Gruppen wie den Ijaw geführt hat? Kann es sein, dass sich Tony und Oma – die damals noch ein kleines Kind war – im Zuge dieser Auseinandersetzungen tatsächlich begegnet sind? Oder ist es nur eine zufällige Ähnlichkeit zwischen Tony und irgendjemand anderem, der Oma oder ihrer Familie Leid zugefügt hat?

Oma geht ihm jedenfalls nach wie vor aus dem Weg. Zwar bricht sie nicht mehr in Tränen aus, wenn sie Tony begegnet, doch ihr Blick bekommt jedes Mal etwas Wachsames, Jederzeit-zur-Flucht-Bereites, einer Gazelle gleich, die eines Löwen beim Festschmaus ansichtig wird, zwar hat er sich gerade satt gefressen, aber möglicherweise gelüstet es ihn ja doch noch nach einem Dessert.

Wie dem auch sei, Oma ist in jedem Fall schwer traumatisiert, so viel ist klar, das kann Dr. Idaulambo selbst aus hundert Metern Entfernung bei dichtem Nebel feststellen, das arme Kind hatte letzte Woche seine erste Sitzung in der Gummizelle. Welcome to the club, kann man da nur sagen.

Gemeinsam mit Nino verlasse ich den Kursraum, auf dem Gang läuft uns Lukas Neuner über den Weg. Na, wie geht's Mira, frage ich ihn. Gut geht's ihr, antwortet er zögernd, ein verdutztes Lächeln auf dem Dutzendgesicht. Was will er von mir, scheint dieses Lächeln zu fragen. Nun, lass es mich klar und deutlich sagen, mein allerwertester Freund: Er will Rache, das will er! Sie ist ja heute sowieso bei euch im Leo, sagt Lukas. Und, wie geht's eurer Beziehung, frage ich, alles in Ordnung? Wieder ein Lächeln, ein wenig gönnerhaft diesmal. Nino wirft ihm einen bösen Blick zu, auch ihr ist sein Flirt mit Mira nicht entgangen. Es ist ja wirklich schade, dass es zwischen Mira und mir auf Dauer nicht funktioniert hat, fahre ich fort, aber das lag sicher nicht am Sex, das muss fairerweise gesagt werden, denn der war immer toll. Die Kinnladen fliegen heute wieder tief, die Lukas'sche fängt sich knapp über dem Boden, sie reißt das Lächeln mit sich in die Tiefe, während ich von Miras sexuellen Vorlieben erzähle. Also die Löffelstellung, die mochte sie immer am liebsten, habt ihr die schon probiert? Nino erwacht langsam aus ihrem Vormittagstaumel, der böse Blick hat sich in ein genüssliches Grinsen verwandelt: Nur weiter so, sagt dieses Grinsen zu mir. Allerdings, füge ich mit einem taxierenden Blick auf die Neuner'sche Körpermitte hinzu, die Löffelstellung macht natürlich nur Sinn, wenn man halbwegs gut bestückt, das Gliedmaß also nicht zu mäßig ist. Mit einem Neuner-Schlüssel, füge ich hinzu, kommt man da wohl nicht weit.

Es dauert eine Weile, bis die Kinnlade wieder ihren Weg nach oben findet und ihrem Träger ein sich überlegen gebendes Lächeln ermöglicht. Hast du noch weitere Tipps, fragt der Lehrer mit verschränkten Armen. Ja, sage ich, lass dir Zeit, sie hat es gern sehr, sehr langsam. Und beim Cunnilingus …, will ich fortsetzen, doch da zieht mich Nino Richtung Aufzug davon, und auf dem Weg vom Erdgeschoss in den vierten Stock wackelt der Lift von unserem Gelächter. Murad fährt mit uns, er mustert uns schweigend, in seinem Talibanblick liegt Verachtung, und seine Miene erhellt sich auch nicht, als ich extra für ihn Hey Mista Taliban, tally me banana anstimme.

Als sich die Tür im vierten Stock öffnet, schlägt uns ein stechender Geruch entgegen, der einem den Atem raubt, Tränengas, jetzt ist es so weit, sie setzen Tränengas ein, um uns auszuräuchern, doch nein, es ist nur irgendein Bindemittel, das die Bauarbeiter im Treppenhaus verwenden. Über die Arbeiter beschwert sich auch Amal beim Mittagessen, es gebe ein oder zwei, die ständig zum Fenster hereinstarrten, man könne sich ja nicht einmal mehr in seinem Zimmer umziehen. Bis jetzt, so muss man nämlich wissen, waren im letzten Stock keine Vorhänge nötig, da es kein gegenüberliegendes Haus gibt. Unsere Zimmer auch, pflichtet Nino bei, aber mir ist egal, fügt sie schulterzuckend hinzu. Das sieht Rotkäppchen wieder ähnlich, sie gibt wahrscheinlich sogar eine tägliche Stripteaseshow für die kräftigen Herren vor ihrem Fenster, Komm doch, du böser Wolf, komm nur, wenn du dich traust, steig von deinem Gerüst herunter und friss mich, ich bin ein UMF, ein Unbekleideter Minderjähriger Flüchtling … Keiner meiner vor sich hin mampfenden männlichen Mitbewohner sagt etwas, doch ich merke, dass sie sehr, sehr aufmerksam zuhören. Es klickt und surrt plötzlich in ihren Köpfen, Gerüst, Fenster, Umziehen, Mädchen, bisher hatte die Fantasie in diesen Bauernhirnen nicht ausgereicht, um zwischen den Begriffen eine Verbindung herzustellen, doch nun ... Was die Arbeiter können, das können wir noch viel besser, so ist auf ihren Stirnen plötzlich zu lesen, und selbst in Kamals Augen ist einen Moment lang ein Anflug von menschlicher Intelligenz zu erahnen.

Afrim betritt das Refektorium, Sei gegrüßt, o Bruder, und holt sich seine Portion Fischstäbchen. Kaum hat er sich gesetzt, versucht er wie üblich, Mittelpunkt des Universums zu sein. Diesmal ist dabei nicht das Telefon das Mittel seiner Wahl, sondern seine neue Jacke, jeder muss sie berühren, jeder muss ausprobieren, wie weich das feine Leder ist. Woher hast du Geld, fragt Adolphe mit neidischem Blick, neue Jacke, neue Telefon, wie machst du? Ich hab' Wette gewonnen, Sportwette, erklärt Afrim, während er das Essen in sich hineinstopft. Afrim ist nicht der Einzige aus unserem Haus, der sich in Wettcafés herumtreibt, in diesen in müdes Neonlicht getauchten Etablissements mit dem Geruch von Schweiß und Zigarettenrauch, angefüllt mit Menschen, die verzweifelt den schnellen Gewinn suchen, weil sie nicht mehr viel zu verlieren haben. Ich gewinne immer, prahlt er großspurig, andere verlieren, ich gewinne. Du kannst nicht immer gewinnen, reagiert Tomo verärgert. Wettcafé ist für Minderjährige verboten, wendet Kamal ein. Ist scheißegal, gibt Afrim mit vollem Mund zurück. Als er seine Portion zu Ende gegessen hat, läutet das Telefon. Komme gleich, sagt er und verlässt die Küche.

Mira sitzt vor dem Computer, als ich ins Büro trete. Ich habe seit Tagen nicht mit ihr gesprochen, auf das Lächeln, das mir die Verräterin schenkt, kann ich gerne verzichten. Wusstest du eigentlich, dass Lukas eine Beziehung mit Nino hat, schleudere ich ihr entgegen. Ach, ist das so, fragt sie mit demonstrativ gelangweilter Miene. Ich erzähle von Lukas' Lüstlingsblicken, davon, dass ich die beiden gemeinsam auf der Straße gesehen habe. Nino hat immer wieder außer Haus übernachtet, füge ich hinzu, du brauchst nur zwei und zwei zusammenzuzählen. Mira ist davon nicht zu beeindrucken. Das macht vier, glaube ich, oder? Ich gebe auf, missmutig kehre ich ihr den Rücken zu. Und untersteh dich, dich in Zukunft noch einmal in meine Träume zu schleichen, murmle ich im Hinausgehen. Nie wieder, so viel steht fest, ich werde nie wieder auch nur ein einziges Wort mit dieser Frau sprechen!

Abends, es ist kurz vor elf, kurz vor der offiziellen Nachtruhe also, beuge ich mich aus dem Fenster. Wie erwartet, kauern vor den beiden Mädchenzimmern einige Schatten auf dem Gerüst, Tomo und Adolphe sind die Einzigen, die ich erkenne. Adolphe nimmt gerade einen Schluck aus einer Bierflasche, die Show hat begonnen, Show us your boobs, babe! Ach ja, die Jugendlichen und ihre Hormone … Unbeholfene Möchtegern-Frauenhelden beobachten Unbekleidete Mannstolle Fräuleins, doch beim Fensterln handelt es sich schließlich um eine gute alte alpenländische Tradition, finestrare oder fare la finestra, sagt der Montan-Italiener, fenétrer gehört für den alpinen Franzosen zum fixen Bestandteil des Vorspiels vor dem pénétrer, ist sozusagen das Um und Auf vor dem Rein und Raus, nur der Eidgenosse kann sich, so scheint es, für diese Art des Präludiums nicht erwärmen, vermutlich, weil durch das Aufstellen von Leitern zu viel Unordnung in den Gärten entstünde. Eine Studie der Luis-Trenker-Universität in Bozen hat jedenfalls erst kürzlich nachgewiesen, dass in Gebieten, in denen die Tradition des Fensterlns hochgehalten wird, die Schwangerschaftsrate signifikant höher liegt als in vergleichbaren Regionen.

Ich werfe noch einen letzten Blick auf meine Genossen, bevor ich zufrieden das Fenster schließe – und da sag' noch einmal einer, die Ausländer wollen sich nicht integrieren in Österreich!

Zwei Tage später, Nicoleta ist noch immer irgendwo draußen in der weiten Wildnis, welche unsere wohlig-warme Welt umgibt, gibt es wieder einmal große Aufregung im Leo: Liu wurden seine gesamten Ersparnisse gestohlen, fast fünfhundert Euro, eine geradezu unvorstellbare Summe für die meisten meiner Mitbewohner. Zuerst glaubt ihm auch niemand. Wieso du hast so viel Geld, heißt es beim Mittagessen misstrauisch, Vielleicht er hat Drogen verkaufen, wird gemunkelt, schließlich glauben ihm die meisten aber doch: Liu, seit eineinhalb Jahren im Leo, verlässt das Haus nur selten, er besitzt kein Telefon, ist Nichtraucher und hat daher fast nichts von seinem Taschengeld ausgegeben, ich nehme an, er hat gespart, um bald eine größere Summe an seine Eltern überweisen zu können. Er habe das Geld in seinem Spind aufbewahrt, gestern Abend hätte er vergessen, den Spind abzusperren, so erzählt er geknickt, heute früh sei das Geld weg gewesen.

Liu teilt das Zimmer mit Tomo und Adolphe, Hans und der Onkel spielen good cop/bad cop, sie verhören die beiden und durchsuchen ihre Spinde, doch ohne Ergebnis. Liu selbst äußert keinen Verdacht, dazu ist er viel zu höflich, dafür gibt es bald von anderer Seite jede Menge Verdächtigungen und Schuldzuweisungen. Der Serbe und der Neger, sagt Afrim beim Abendessen hinter vorgehaltener Hand, die beide hat Geld geteilt – er meint Tomo und Adolphe, die am Nachbartisch sitzen. Rassist, schimpft Djamila, Trottel, erteilt die heilige Nino ihren Segen. Wie wäre es, wenn du das den beiden ins Gesicht sagst, schlage ich vor, worauf Afrim Unverständliches murmelt. Der Albaner, beschuldigt Tomo seinen Erzfeind Afrim später, er hat neue Telefon, neue Jacke, ganz klar. Dass Afrim die Jacke schon seit mehreren Tagen und das Telefon seit ungefähr zwei Wochen besitzt, scheint Tomo nicht weiter zu stören. Yaya wird verdächtigt, man habe ja gesehen, wie er sich auf Murad stürzte, ihm sei alles zuzutrauen, die Tschetschenen, heißt es dann, die stehlen sowieso alles, nicht nur Murad, es gebe ja auch unten bei den Erwachsenen eine ganze Menge Tschetschenen. Auch Gjergi, der tagaus, tagein schlaflos das Haus durchwandert, wird verdächtigt, schließlich verdächtigt jeder jeden, jeder beäugt den anderen misstrauisch, nur ich halte mich heraus, obwohl irgendeiner meiner lieben Genossinnen und Genossen mit Sicherheit auch mich verdächtigt.

Auch am nächsten Tag herrscht Tiefdruckwetter, jeder geht jedem aus dem Weg, und wo das nicht möglich ist, brechen Konflikte aus. Der Balkankonflikt: Die Albaner sind einfach Dreckschweine, schimpft der überaus ordentliche Tomo auf Serbisch. Er ist gemeinsam mit Kamal zum Küchendienst eingeteilt, Afrim hat wieder einmal die Hälfte seines Mittagessens auf dem Tisch zerkrümelt und verschmiert. Afrim, auf dem Weg zur Tür, dreht sich um. Wie bitte, fragt er und feuert einen Scharfschützenblick Richtung Tomo. Tomo putzt und schweigt. Afrim, schon zur Attacke auf Tomo bereit, beherrscht sich. Aber sie sind wenigstens keine Diebe und stehlen anderen ihr Taschengeld, antwortet er, dreht sich um und geht. Rassenunruhen: Adolphe stolpert auf der Treppe und rempelt ungewollt Murad an, Murad beschwert sich daraufhin bei Zakia, dass die Neger ihn verfolgen würden. Revierkämpfe: Amal schreit Oma an, weil sie nach wie vor nachts das Licht neben ihrem Bett nicht löscht, Oma bricht in Tränen aus und hört eine Stunde lang nicht mehr zu weinen auf. Krieg um Ressourcen: Der Streit um Fernseher, Computer und DVD-Player wird noch erbitterter als sonst ausgetragen, und die Tatsache, dass die Bauarbeiten an diesem Tag besonders laut vonstattengehen, trägt auch nicht wirklich dazu bei, die Atmosphäre zu verbessern. Aber die Erlösung naht, am späten Nachmittag prangt ein Zettel am Schwarzen Brett: Morgen 14.30 Uhr Versammlung für ALLE, heißt es da. Hugh, Häuptling Öder Onkel hat gesprochen!

Nun versucht euch mal, in Lius Lage zu versetzen, verlangt er bei der Versammlung von uns. Ihr habt jahrelang nichts ausgegeben, habt euch eingeschränkt, habt fast das gesamte Taschengeld gespart, um für die Zukunft vorzusorgen – und dann wird euch plötzlich das Geld gestohlen, die Zukunftsvorsorge ist weg, die Hoffnungen sind weg, die ganze Anstrengung war umsonst. Versucht euch das mal vorzustellen, auch wenn's schwerfällt, weil Sparen für die meisten von euch ja 'n totales Fremdwort ist. Der Onkel macht eine Kunstpause, um nach diesem Seitenhieb zum nächsten Schlag auszuholen. Und wollt ihr wirklich, setzt er dann fort, dass es einem von euch so geht? Djamila schüttelt den Kopf, Kamal schüttelt den Kopf, die anderen sitzen reglos da, die meisten blicken zu Boden oder meiden jedenfalls den Blickkontakt mit dem Onkel. Nachdem also keiner von euch in diese Situation kommen möchte, verlange ich, dass Liu sein Geld zurückbekommt. Es geht uns nicht um Bestrafung, aber wer auch immer das Geld gestohlen hat, soll es zurückgeben, aus Fairness gegenüber Liu.

Der Herr hat gesprochen, nun schweiget er und wartet, auch Hans und Haluk und Zakia, sitzend zu seiner Rechten, schweigen still, selbst die Bauarbeiter scheinen eine Schweigeminute eingelegt zu haben. Über den Rand seiner rahmenlosen Brille hinweg blickt der Onkel von einem zum anderen. Hat uns niemand was zu sagen, fragt er nach einer endlos langen Minute. Wieder Schweigen. Gut, sagt der Onkel schließlich, dann werden wir eben jeden einzelnen Spind durchsuchen. Er steht auf, es wird plötzlich unruhig im Raum. Wir machen das nach dem Alphabet, sagt der Boss. Nino, du bist die Erste, sagt er nach einem kurzen Blick auf eine Liste, die vor ihm auf dem Tisch liegt, alle anderen warten hier mit Haluk und Hans. Alle Augen richten sich auf Rotkäppchen, sie öffnet den Mund, um etwas zu sagen, dann macht sie ihn wieder zu. Wieso, fragt sie schließlich mit heiserer Stimme. Du heißt doch mit Nachnamen Bakuradze, oder? Ja, und, faucht sie ihn an und bleibt auf ihrem Platz sitzen. Nino, ich warte auf dich, beharrt der Onkel. Sie verdreht die Augen und steht auf. Scheiß-Nazis, schreit sie den vier Erwachsenen entgegen, dann folgt sie Zakia und dem Onkel.

Es wird wieder still, als sich die Tür hinter den dreien schließt. Ich lasse meinen Blick über die Gesichter meiner lieben Mitbewohnerinnen und der nicht ganz so lieben Mitbewohner schweifen. Es gibt gewisse Anzeichen von Nervosität, auf Adolphes Stirn stehen Schweißperlen, Tomo blickt rasch um sich, als erkunde er die Fluchtwege, Djamila wetzt auf ihrem Sessel hin und her. Wonns nix gstohlen hobt's, donn braucht's eich a nit firchten, versucht Hans die Situation ein wenig zu entschärfen.

Um die Sache abzukürzen: Das Geld taucht natürlich nicht auf, denn wer – mit Ausnahme von Kamal vielleicht – wäre auch so blöd, es in seinem Spind zu verstecken? Dafür kommen andere Gegenstände zum Vorschein, die ein wenig Aufschluss über die Besitzer der jeweiligen Schränke geben. Bei Djaafar wird natürlich ein bisschen Rauchware gefunden, er ist Afghane, er kann nichts dafür, es ist ja allgemein bekannt, dass in Afghanistan schon die Schulkinder ihre tägliche Opium- oder Hanfration zugeteilt bekommen, wie man anderswo Fluortabletten ausgibt. Doch bis zu unseren Gefängniswärtern scheint das noch nicht durchgedrungen zu sein, Zakia ist offenbar schon zu lange aus ihrer Heimat fort, sie hat wohl so manches verdrängt und vergessen. Beim nächsten Mal ist die Polizei hier, warnt der Onkel, als er das kostbare Nougat vor Djaafars Augen der Klomuschel in den Rachen wirft, du bringst nicht nur dich selbst in Schwierigkeiten, sondern auch uns Betreuer und überhaupt das ganze Haus. Vielleicht gehört es nicht hierher, es sei aber der Vollständigkeit halber doch erwähnt, dass nämlich besagte Klomuschel an diesem Nachmittag statt der üblichen schwarzen, weißen und gelben Ärsche lauter Engel, Engel mit silbrig glänzenden Flügeln, zu sehen vermeint. In Adolphes Spind wird bei der Durchsuchung ein ganzes Alkohollager gefunden, daher wohl sein Schweißausbruch, denn Alkohol wird hier im Haus auch nicht sehr geschätzt und sogleich konfisziert, wahrscheinlich machen sich unsere werten Wärter einen schönen Abend damit. Bei Djamila, dem kleinen, lieblichen, unschuldigen, von allen umhegten Nesthäkchen, taucht die von Kamal vermisste Shakira-CD auf. Zuerst leugnet sie den Diebstahl, doch sie merkt schnell, dass diese Strategie nicht sehr weit führt. Sie stellt auf Mitleidsmodus um, dicke Tränen kullern über ihre blassen Wangen. Ich will nach Hause, schluchzt sie. Ist schon gut, tröstet Zakia, ist schon gut.

Kamal gehört also zu den Gewinnern dieser Hausdurchsuchung. Aber Kamal wäre nicht Kamal und mithin nicht vollkommen, würde er nicht auch gleichzeitig zu den Verlieren zählen: In seinem Spind findet sich nämlich ein zartes Unterhöschen, weiß mit roten Punkten und offensichtlich nicht frisch aus dem Wäscheschrank stammend, sondern schon benutzt. Hat die Fenétration ausgerechnet bei Kamal Früchte getragen? Er läuft jedenfalls den Rest des Tages mit hochrotem Kopf herum, und die vormalige Besitzerin des rot gepunkteten Slips meldet keine Ansprüche auf das Fundstück an.

Liu Xingjian, erzähle ich bei meinem nächsten Besuch bei der Schwarzen Köchin, war zwölf, als seine Eltern den Entschluss fassten, ihn nach Europa zu schicken. Seine Familie war arm, genauso arm, wie die meisten anderen in Suzhen, einem Dorf in den Bergen der Provinz Gansu. Besser ging es nur den wenigen, die Familienangehörige in einer der großen Städte oder im Ausland hatten. Lius Familie hatte entfernte Verwandte, die seit vielen Jahren ein Restaurant in Österreich besaßen, und so wurde beschlossen, ihn dorthin zu schicken. Die Eltern arbeiteten und arbeiteten, und sie baten Freunde und Verwandte und Bekannte, ihnen Geld zu leihen. Kurz vor Lius dreizehntem Geburtstag war es so weit. Das Geld, das für die Reise nach Europa nötig war, lag bereit, alles war organisiert, und eines Abends brachten ihn die Eltern zum vereinbarten Treffpunkt, wo ihn ein Lkw abholen sollte. Liu kann sich heute noch genau an das Kleid erinnern, das die Mutter dabei trug, und er hat auch nicht den leicht süßlichen Geruch vergessen, der ihr und ihren Kleidern stets anhaftete. Der Lkw kam, die Eltern winkten ein letztes Mal. In Yumen erwartete ihn eine Frau, die Zugfahrkarten für ihn und einige andere Jugendliche bereithielt, am nächsten Tag stieg er in einen anderen Zug, zwischendurch hieß es immer wieder warten, und so ging es tagelang, nächtelang. Liu fror, Liu schwitzte, Liu hungerte, weil es nur selten zu essen gab, vom Durst hatte er ständige Kopfschmerzen, und er wusste nie, wo er sich gerade befand. Liu wurde Zeuge, als sich drei Schlepper eines Nachts an einem jungen Mädchen aus Nepal vergingen, und er konnte nichts dagegen tun, denn die Männer waren bewaffnet. Drei Leute erstickten, als ein Lkw zwei Tage lang mit fest verschlossenen Türen in der prallen Sonne stand, das Mädchen aus Nepal war darunter. Liu hatte Glück und kam durch. Und Liu hatte Glück, dass er im Gegensatz zu anderen, die nach Deutschland oder Frankreich oder Holland wollten, tatsächlich an sein Ziel gebracht wurde.

Das Restaurant seiner Verwandten – ein Cousin seiner Mutter und dessen Familie – lag in der Nähe des Naschmarktes, und es wurde für Liu nicht nur zum Arbeits-, sondern auch zum Schlafplatz. Wenn abends irgendwann die letzten Gäste gegangen und auch der Onkel und seine Familie das Lokal verlassen hatten, dann klappte Liu sein Bett im engen Lagerraum auf und versuchte, zwischen Konservendosen und Bierflaschen Schlaf zu finden, bevor am nächsten Vormittag die Arbeit erneut begann. Sieben Tage die Woche schuftete er, ein- oder zweimal im Monat gab ihm der Onkel einen halben oder ganzen Tag frei. Er zahlte weniger als vereinbart, und trotzdem war Liu stolz, als er zum ersten Mal Geld zum Nachhauseschicken in der Hand hielt. Ich mach' das für dich, sagte der Onkel, und es dauerte zwei oder drei Monate, bis Liu klar wurde, dass der Onkel vor der Überweisung einen Teil für sich abzweigte. Der Onkel schlug ihn, als Liu ihn darauf ansprach, und es gab nichts, was er dagegen tun konnte. Wenn die Tante die Überweisungen machte, dann kam die gesamte Summe an.

Liu musste Geschirr spülen, Gemüse und Fleisch schneiden, den Müll ausleeren und wieder Gemüse schneiden und wieder Geschirr spülen. An den wenigen freien Tagen ging er spazieren, die Angst vor der Polizei war sein ständiger Begleiter, alles war fremd, die Häuser, die vielen Autos, die Gerüche, die Menschen und ihre Sprache, von der er auch nach drei Jahren kaum ein Wort verstand. Einmal fuhr ihn auf einer Kreuzung ein Auto an, er stürzte, sein Kopf schlug auf dem Asphalt auf, als er aufstand, blutete er und war ganz benommen. Die Frau, die das Auto gelenkt hatte, war den Tränen nahe, sie sprach auf ihn ein, er verstand nichts und lief weg, als er den ersten Schock überwunden hatte.

Die Tante wollte mit ihm ins Krankenhaus gehen. Bist du verrückt, schimpfte der Onkel, dann kommt die Polizei und schickt ihn zurück nach China, und wir zahlen Strafe! Liu hatte Schwindelanfälle, ihm wurde übel, er bekam Fieber und war fast zwei Wochen krank. Der Onkel zog ihm am Ende des Monats die Tage vom Lohn ab.

Liu lebte in Österreich, Liu lebte beinahe so weit von Österreich entfernt wie zuvor in China. Liu war unsichtbar, Liu existierte nicht. Es war kein Leben, doch das wusste er damals nicht. Trotzdem war es ein Schock, als der Onkel ihm eines Tages eröffnete, dass das Restaurant geschlossen und die Familie nach Amsterdam ziehen würde. Für Liu gelte das nicht, denn er könne ja nicht auf legalem Weg nach Holland gelangen, das Risiko sei für alle zu groß, und überhaupt könne man ihn dort nicht gebrauchen.

Liu fand Arbeit in anderen Chinarestaurants, doch er wurde schlecht bezahlt und noch schlechter behandelt als zuvor. Eines Tages wurde er wieder krank, er konnte den rechten Arm nicht mehr bewegen. Doch er hatte Glück, der Chef des Restaurants kannte eine Ärztin, sie sprach Chinesisch, sie war freundlich, sie verlangte kein Geld und keine Papiere. Sie war es auch, die ihm von der Möglichkeit des Asyls erzählte. Dann musst du dich nicht mehr verstecken, dann bist du wieder ein Mensch, lautete ihre Verheißung, und sie erklärte ihm, was er zu tun habe. Liu log und verstellte sich ungern, andererseits hatte er auch genug vom ewigen Versteckspiel, und so suchte er also um Asyl an. Vor dem schlechten Gewissen, das ihn fortan plagen würde, weil er nun nicht mehr arbeiten und seine Eltern unterstützen konnte, hatte ihn allerdings niemand gewarnt.

8

Beim Frühstück am nächsten Tag verbreitet sich die frohe Kunde, dass Lius Geld wieder aufgetaucht sei. Des Oheims Moralpredigt, Tuet Buße, meine Schäfchen, zeigt euch als reuige Sünder, um nicht der ewigen Verdammnis anheimzufallen, scheint also ihre Wirkung gezeigt zu haben. Tatsächlich hat Liu jedoch nur vierhundert Euro zurückbekommen. Heute früh hab' ich sie auf meinem Bett gefunden, erzählt er, als ich ihm am Vormittag über den Weg laufe. Ganz so schlecht scheint das Gewissen des reuigen Sünders also doch nicht gewesen zu sein, der Dieb oder die Diebin hat den Finderlohn zur Sicherheit gleich einbehalten … Liu ist trotzdem froh, und ich freue mich mit ihm. Doch das Schicksal fährt mit ihm in diesen Tagen Achterbahn, vorgestern riss es ihn in die Tiefe, heute früh katapultierte es ihn gen Himmel, zu Mittag geht es wieder pfeilschnell hinab Richtung Orkus: Als Dessert bekommt er einen negativen Asylbescheid zweiter Instanz serviert, das Bundesasylverhinderungsamt wünscht Gesegneten Appetit.

Wir alle sitzen heute in der Achterbahn, denn während für Liu die Alarmglocken läuten, gibt es anderswo Entwarnung: Nicoleta ist wieder da. Während Hans und Mira und der Onkel über Lius Zukunft grübeln, wird sie freudig begrüßt: Endlich du bist wieder da, freut sich Djamila. Hallo, Nicoleta, grüßt Tomo. Gibt keine Sonne, sagt er und deutet auf ihre dunkle Brille. Alles okay, sagt sie, ohne auf seine Bemerkung einzugehen, ist alles okay. Tatsächlich aber ist Nicoleta in der einen Woche ihrer Abwesenheit noch dünner und durchsichtiger geworden, und unter der billigen Brille blüht ein vielfarbiges Veilchen.

Sie habe ihren Bruder getroffen, erzählt sie, er sei für eine Woche in Österreich gewesen, sie habe ihn schon Jahre nicht mehr gesehen, er sei der beste Bruder der Welt. Sie erzählt und erzählt, hastig, fahrig, nervös, sonst ist es die Mutter, von der sie so gerne berichtet, diesmal steht der Bruder im Mittelpunkt. Mein Bruder ist Businessmann, erzählt sie Djamila, ist sehr erfolgreich, verkauft Uhren. Er arbeitet für Bank, erzählt sie Afrim wenig später. Er verkauft Elektronik, erzählt sie Tomo beim Abendessen. Ich dachte, er arbeitet für eine Bank, werfe ich ein. Neinnein, von Bank kommt Geld, korrigiert sie mich rasch. Auch über das blaue Auge verstrickt sich Nicoleta bald in Widersprüche. Sie sei gestürzt, heißt es zuerst, ihr Bruder und sie wären überfallen worden, erzählt sie am nächsten Tag, sie sei gegen einen Pfosten gelaufen, lautet Version Nummer drei. Losst's die Nicoleta in Ruah, sagt Hans, als Djamila sie auf die Widersprüche hinweist, doch es ist Nicoleta, die *uns* nicht in Ruhe lässt, denn sie erzählt wieder und wieder vom besten Bruder der Welt und von der Mutter, die dem Bruder einen Brief für sie mitgegeben habe. Da, sagt sie, während wir beim Abendessen sitzen, und hält triumphierend ein gelbes Kuvert in die Höhe, meine Mutter schreibt, dass sie vermisst mir. Die anderen essen schweigend weiter, Nicoleta lässt langsam den Arm heruntersinken und beginnt zu schluchzen.

Ich will auch ein Brief von meine Mutter, sagt Djamila plötzlich. Und dann bricht auch bei ihr der Damm, der Tränenfluss lässt sich nicht mehr aufhalten und bahnt sich unerbittlich seinen Weg ins Wangental. Amal, die zwischen Djamila und Nicoleta sitzt, erwacht aus ihrer Lethargie und versucht, die kleine Schwester zu trösten, rund um mich müssen einige schlucken, ich sehe, wie sie hart kämpfen, um nicht auch in Tränen auszubrechen. Die starre Maske, hinter der sich manche zu ihrem eigenen Schutz verbergen, sie ist plötzlich verrutscht, und darunter kommen die verletzlichen Menschen zum Vorschein, die sie tatsächlich sind, halbe Kinder noch, Kinder fern von Heimat und Familie. Und ich, ich merke wieder einmal, dass ich so ganz anders als die anderen bin, und bekomme plötzlich rasende Kopfschmerzen.

Des Nachts, ich verlasse gerade das Zimmer auf der Suche nach dem verlorenen Schlaf, zerreißt ein Schrei die nächtliche Stille. Er scheint aus der Küche zu kommen, und ich beschleunige meinen Schritt. Kurz bevor ich die Küchentür erreiche, kommt mir Gjergi entgegen. Was ist los, frage ich ihn. Er scheint etwas erwidern zu wollen, doch dann drängt er sich wortlos an mir vorbei und humpelt rasch zum Treppenhaus.

Ich stoße die halb geöffnete Küchentür auf und werfe einen Blick in den großen Raum. Die beiden Tische sind leer, die Stühle stehen auf beiden Seiten in Reih und Glied, Kamal hatte Küchendienst, er nimmt das Putzen immer sehr ernst und macht seine Sache überaus ordentlich. Es ist niemand zu sehen, erst als ich die Mitte des Raumes erreiche, entdecke ich Nicoleta. Sie sitzt zusammengekauert auf dem Boden und blickt mich mit vor Schreck geweiteten Augen an. Was ist los, frage ich sie auf Rumänisch. Sie antwortet nicht, ich merke, dass sie am ganzen Körper zittert. Hab' keine Angst, versuche ich sie zu beruhigen, es ist alles okay.

Wos is denn do los, höre ich plötzlich Hans' Stimme hinter mir. Er tritt neben mich und hat Fabian, unseren Zivildiener, im Schlepptau. Wos host'n du geton, Ali, ruft er vorwurfsvoll aus. Einen Augenblick lang bin ich zu perplex, um zu antworten. Gar nichts, bringe ich schließlich hervor, *ich* hab' gar nichts gemacht. Hans hockt sich vor Nicoleta hin, sie schlägt die Hände vors Gesicht. Geh' weg, ruft sie aus. Hans wendet mir sein unrasiertes Antlitz zu. Wos woar denn los, fragt er mit strengem Gesichtsausdruck, und auch sein Diener meint, mich mit einem wichtigtuerischen Alles-was-Sie-von-jetzt-an-sagen-kann-gegen-Sie-verwendet-werden-Blick bedenken zu müssen. Ich erzähle von Nicoletas Schrei und von Gjergi, doch das Misstrauen in beider Blick weicht nicht. Hans wendet sich erneut Nicoleta zu und redet auf sie ein. Ich hab' nichts getan, wiederhole ich. Gehst du jetz bitte in dei Zimma, fordert er mich auf, ohne sich zu mir umzudrehen. Ich bin kein ungezogenes Kind, mit dem man so sprechen kann, begehre ich auf, gebe aber schließlich um Nicoletas willen nach.

Ich bleibe natürlich auf dem Gang vor der Küchentür stehen, von hier aus kann ich die drei zwar nicht sehen, aber weiterhin hören. Hot dir der Ali wos geton, fragt Hans. Nein, kommt Nicoletas Antwort nach einigem Zögern, nicht Ali. Und der Gjergi? Nicoleta schweigt. Hans wiederholt die Frage. Nein, antwortet sie, Gjergi nicht. Ihre Stimme zittert noch immer. Wos woar denn donn los? Nichts. Oba wieso host'n donn gschriean? Wieder langes Schweigen. Weiß nicht, antwortet Nicoleta schließlich mit kaum hörbarer Stimme. Komm, sagt Hans. Ich höre Schritte, dann Stühlerücken, ich selbst rücke noch etwas weiter von der Tür weg in die Dunkelheit des Ganges. Hans redet weiterhin beruhigend auf Nicoleta ein, Fabian oder er bringen ihr etwas zu trinken, ich verlasse bald darauf meinen Horchposten, denn Nicoleta sagt schließlich gar nichts mehr.

Was hattest du gestern Nacht bei uns oben zu suchen, stelle ich Gjergi am nächsten Tag zur Rede. Ich weiß nicht, ob Hans oder der Onkel schon mit ihm gesprochen haben, ich treffe ihn jedenfalls bei Pitra, wo er gerade laut schlürfend seine Suppe isst. Was meinst du, gibt er verwundert zurück. Tu nicht so scheinheilig, du weißt genau, was ich meine. Ich weiß nicht, wovon du sprichst, beharrt er und stellt seinen Suppenteller auf dem Boden ab. Willst du mir vielleicht einreden, du hättest ausgerechnet gestern Nacht geschlafen und warst gar nicht im vierten Stock? Neinnein, geschlafen hab' ich nicht, entgegnet er hastig, als wäre Schlafen eine schwere Verfehlung, die man unter keinen Umständen zugeben durfte. Er weicht meinem bohrenden Blick aus, fasst mit der rechten Hand nach seinem Stock und streicht mit langsamen Bewegungen über das dunkle Holz. Noch einmal: Was hattest du in unserer Küche bei Nicoleta zu suchen? Die Streichelbewegungen hören auf, Gjergi blickt auf und schaut mich mit seltsam entrücktem Ausdruck an. Wer ist Nicoleta?

Pitras Zimmer ist heute voll, zu meiner Rechten fällt gerade das Wort Amulett, Manu, Manu aus Guinea-Bissau, verwendet es im Gespräch mit Pitra, er erzählt von seinem Bruder. Ich lasse von Gjergi ab, hier ist, so scheint es, nichts zu holen, doch ich werde ihn in Zukunft im Auge behalten. Sein Bruder, erzählt Manu, habe das Amulett von der Großmutter bekommen. Du darfst es nie abnehmen, hörst du, dann wird es dich immer vor dem Bösen schützen, schärfte ihm die Großmutter ein. Es habe ihm tatsächlich zumindest ein Mal das Leben gerettet, vier andere seien bei einem Autounfall gestorben, nur sein Bruder habe überlebt. Aber nun wisse er nicht, ob sein Bruder noch am Leben sei oder nicht, er habe schon so lange nichts mehr von ihm gehört, er hoffe und bete, dass das Amulett ihn weiterhin beschützen und irgendwann vielleicht auch nach Österreich bringen werde. Und Pitra streicht ein paar Mal gedankenverloren über Manus Hand.

O Mira, o Göttin, o Madonna im Deckengebirge! Sie reckt, sie streckt, sie räkelt sich im warmen Schein der Nachttischlampe, die Decke, sie wahrt eifersüchtig das darunter verborgene Geheimnis. Doch jetzt, jetzt wird sie zur Seite geschoben, wird abgestreift, um den Blick freizugeben auf göttliches Ebenmaß. Mira liegt auf der Seite, den Kopf auf die rechte Hand gestützt, das rötliche Zausehaar fällt halblang auf Hand und Schultern herab, und in den tiefgrünen Augen verliert sich mein Blick, verliert sich sogar der Zorn über ihren Verrat. Über den schlanken Hals gleitet der Blick weiter, wird magisch angezogen von zwei wohlgeformten Hügeln und der zartesten Andeutung eines Bäuchleins, folgt der Steilkurve der Hüfte, um endlich anzukommen am Ursprung allen Lebens, im himmlischen Dreieckshain, wo Venus auf waldigen Hügeln verehrt wird.

Ein Bildnis, bezaubernd schön und doch nicht ohne Makel: Eine Hand schiebt sich von rechts ins Bild, eine Hand, die über Miras Hüfte streicht und von der Flanke aufwärts strebt zu den

Brüsten und weiter zum Hals, um schließlich mit spielerischen Fingern bei ihren Lippen zu verweilen. Und diese Hand, und darin offenbart sich das Hässliche und Gottlose dieses Bildes, ist nicht die meine, es ist keine wohlgeformte, kräftige, sehnige, samtschwarze Mohrenhand, sondern die bleiche, teigige Möchtegernverführerhand von Lukas Liederlich Neuner, seines Zeichens Deutschlehrer an unserer Anstalt.

Der Hand folgt ein bleicher, teigiger Möchtegernverführerkörper, der sich hinter Mira in Stellung bringt, ein bleicher, teigiger Möchtegernminiaturverführerpenis hängt schlapp zu Tal, wo er doch hoch erhobenen Hauptes seiner Göttin Tribut zollen sollte, doch dazu fehlt ihm das Rückgrat. Mira dreht sich zum Herrn Lehrer um, kehrt mir den Rücken zu, sie kichert, wahrscheinlich angesichts des bleichen, teigigen Möchtegernminiaturverführerpenisses, ihre schlanken Engelsfinger beginnen den bleichen, teigigen Möchtegernverführerkörper zu liebkosen, sein bleicher, teigiger Möchtegernminiaturverführerpenis regt sich, reckt sich, streckt sich, und es kommt, wie es kommen muss. Kommen Sie, Herr Lehrer, lädt Mira ihn mit weit geöffneten Beinen ein, und der Herr Lehrer kommt, nachdem er seinen bleichen, teigigen Möchtegernminiaturverführerpenis fünfmal in Miras Mitte versenkt hat.

Wie ich das alles sehen kann? Man frage mich nicht, ich darf es nicht sagen. Ich bin Mira und ihrem lover boy gefolgt, als sie, Alenka im Schlepptau, gemeinsam ihren Arbeitsplatz verließen, Mutter und Tochter staksten im Partnerlook mit orange-grünen Plastikschuhen durch den Sommerabend, fehlte nur noch, dass auch der Lehrer als Dritter im Bunde dabei mittat. Man bummelte zu einem nahe gelegenen Kino-Center, Madagascar war der Film ihrer Wahl, nach einigem Zögern entschloss ich mich, mehr als ein Fünftel meines monatlichen Taschengeldes für eine Kinokarte auszugeben, um die drei in dem Freitagabendgetümmel nicht aus den Augen zu verlieren. Nach dem Kino steuerten sie zielstrebig ein Lokal an, ich wartete draußen, während sich Alenka und Lukas kalten Fisch auf Reisbällchen und Mira warmen Fisch ohne Reisbällchen servieren ließen, danach gab es noch Eis vom Italiener. Und dann wurde es Zeit, nach Hause zu gehen. Zu dir oder zu mir, diese Frage stellte sich nicht, das Kind musste ja ins Bett gebracht werden, und so landeten die drei in Miras Wohnung mit mir als unsichtbarem vierten Rad am Wagen. Alenka wurde abserviert, Mira und Lukas observiert, doch ich bin nicht zum Vergnügen hier, o nein, ich tue nur meine Pflicht, ich erzähle, ich berichte, ich lege Zeugnis ab.

Der Lehrer rollt sich zur Seite, sein Rohrstäbchen ist eingerollt, er stützt seinen Kopf auf die Hand und betrachtet Mira. Warum bezeichnest du dich eigentlich selber noch immer als Jugoslawin, will er plötzlich wissen. Sie erwidert seinen Blick nicht, sondern starrt zur Decke. Weil in meinem Kopf Jugoslawien noch immer existiert, antwortet sie ernst wie immer, wenn sie über ihre ehemalige Heimat spricht. Mein Vater kam aus Bosnien, meine Mutter war Kroatin mit mazedonischen Vorfahren, mein Ehemann ein Serbe, ich habe in Beograd, Zagreb und Sarajevo gelebt – was bin ich sonst, wenn nicht Jugoslawin? Des Lehrers Finger streichen durch Miras Haar. Es gibt einen schönen Text von Handke, sagt er, er macht darin nichts anderes, als zwei, drei Seiten lang die verschiedenen Kopfbedeckungen zu beschreiben, die an einer belebten Kreuzung irgendwo in Mazedonien zu sehen sind – Kopftücher, Hüte, Mützen, Kappen auf den Köpfen von Muslimen und Katholiken, von Orthodoxen und Juden, von alten Bäuerinnen und jungen Städtern. Das war in Sarajevo genauso, gibt Mira zurück, und ihr Blick geht wieder zur Decke, durchstößt sie und bohrt sich in den nächtlichen Himmel, um dort das Sarajevo vergangener Tage zu schauen. Der Nationalstaat ist wirklich eine der dümmsten Erfindungen der Geschichte, bricht es plötzlich aus ihr hervor, ich meine … ich verstehe einfach nicht, warum so viele Menschen nur mit denen zusammenleben wollen, die die gleiche Sprache sprechen, die gleiche Geschichte und die gleiche Hautfarbe haben wie sie selbst. Die Leute haben einfach Angst vor allem, was sie nicht kennen, meint der Lehrer. Das stimmt schon, kontert Mira, aber in Jugoslawien haben sich die Leute sehr gut gekannt, waren jahrzehntelang Nachbarn, Kollegen, Ehepartner. Natürlich gab es auch damals Konflikte, aber meistens hat das Miteinander oder Nebeneinander funktioniert. Sie streicht sich die Haare aus der Stirn. Versteh' mich nicht falsch, sagt sie, ich möchte natürlich nicht zur Tito-Zeit zurückkehren – aber man hätte den Staat ja nicht zerschlagen müssen, um ihn zu demokratisieren.

Mira hört zu sprechen auf, der Lehrer schweigt, und bald beginnt wieder das gegenseitige Liebkosen. Die Schülerin legt Hand an des Lehrers läppischen Luststengel, Aaaaaah, seufzt er theatralisch und befleckt mit seiner Hand Miras makellose Mitte. Nicht so laut, sagt sie und legt einen Finger auf seine schmalen Lippen, Alenka muss nicht alles hören, was wir hier so treiben. Das Vorspiel zum zweiten Akt klingt aus, der Vorhang hebt sich, gibt den Blick frei auf die Bettbühne, Mira schwingt sich in den Sattel: Bitte, Herr Lehrer, machen Sie mir den Hengst, lautet ihr erster Einsatz. Der Hengst, er bringt sein Ohngemächt in Stellung, wertes Publikum, es darf gewiehert werden, jawoll, Mira setzt sich rittlings auf den Ritter von der traurigen Gestalt, sie bewegt sich vier Zentimeter auf und ab und auf und wieder ab, und diesmal braucht es neun Stöße, bis der Mann zum Höhepunkt kommt, und der Vorhang fällt unter magerem Applaus.

Wie war das eigentlich während des Krieges – warst du in Sarajevo? Miras Blick geht wieder zur Decke. Ihr Körper liegt zwar weiterhin neben dem von Lukas Neuner, doch ihre Gedanken verlassen den Raum, machen sich auf den weiten Weg in ein Land, das nicht mehr existiert. Und warst du … warst du direkt betroffen vom Krieg? O ihr Götter, ist der Mann dämlich, denke ich mir. Jeder war vom Krieg betroffen, gibt Mira zurück. Mein Mann musste zum Militär, noch bevor es richtig losgegangen ist. Er hat versucht, nach Slowenien zu kommen, doch das ist ihm nicht gelungen. Er wurde … wie sagt man, gezogen? Eingezogen. Als dann in Sarajevo die Kämpfe begannen, wurde die Schule zerstört, in der ich unterrichtete. Eine Zeit lang haben wir in anderen Gebäuden unterrichtet, dann gab es gar keine Schule mehr. Unsere Wohnung wurde von einer Granate getroffen, ich war zum Glück nicht zu Hause. Auch mein Bruder wurde eingezogen; er hatte bald nur noch einen Arm und durfte wieder nach Hause. Meine Mutter starb nicht lange danach, weil man sie im Spital nicht richtig behandeln konnte. Und dann … Sie bricht ab, dreht sich zu Lukas Neuner und blickt ihm in die Augen. Ja, meint sie nach einer kurzen Pause, man kann sagen, dass ich betroffen war.

Nun ist es an Lukas Neuner, betroffen zu sein, was jedoch nicht allzu lange währt, der Mann hat nicht nur kein Rückgrat, sondern auch keinerlei Taktgefühl, denn bald folgt ein dritter Durchgang, diesmal braucht es zwölfmaliges Rein und Raus und Raus und Rein, bis der Lehrer sein letztes bisschen Buttermilch aus sich herausquetscht. Und dein Mann, fragt er nach getaner Arbeit. Mira kehrt mir wieder den Rücken zu, der Kopf verdeckt die Lampe, die einen Strahlenkranz um ihre rötlichen Locken zaubert. Vermisst, sagt sie leise und ohne Lukas anzusehen. Und du hast ihn nie … man hat ihn nie gefunden? Mira schüttelt den Kopf.

Moment, Moment, Frau Obranović, hier muss ich mich einschalten, so geht's nicht! Frau Obranović Mirela, im Folgenden Antragstellerin (Ast.) genannt, verwickelt sich bei der Einvernahme in Widersprüche. Bezüglich Verbleib ihres Ehegatten bekräftigte sie am 26.5. d. J. gegenüber ihrer Tochter: Du *hast* einen Vater. Heute, den 28.6. d. J., scheint die Ast. über den Tod des Ehegatten keinen Zweifel mehr zu hegen und stellt solcherart die Glaubwürdigkeit ihrer früheren Aussagen in Zweifel. Womit wieder einmal das Vorurteil bestätigt wäre, dass alle Asylwerber Lügner sind, Punkt, aus, Ende.

Die unglaubwürdige Ast. räkelt sich einstweilen in ihrem unglaubwürdigen Ast.-Bett, sie gähnt und täuscht in völlig unglaubwürdiger Weise Müdigkeit vor, der Lehrer glaubt ihr trotzdem, die Nachttischlampe wird ausgemacht, und Dunkelheit und Schweigen breiten sich über die Ast. und ihre unglaubwürdige Geschichte.

9

Summertime, and the livin' is easy… Nach einem kühlen Juni betritt pünktlich zu Ferienbeginn der Sommer die Bühne: Hallo, Leute, hier bin ich, ruft er selbstbewusst ins gleißende Sonnenscheinwerferlicht, Pack die Badehose ein, raunt er launig ins Mikrofon, Summertime, singt er, and the fish are jumping, sie springen aus der Donau und glotzen Spaziergänger und Radfahrer und Jogger aus wässrigen Augen an. And the cotton is high, und die Baumwolle im Marchfeld, sie schießt prächtig in den global erwärmten Himmel zwischen Korneuburg und Kyoto, die Straßen schmelzen dahin vor Hitze, genervte Eltern stecken ihre Quengelkinder in voll gepackte Autos, bunte Blechschlangen winden sich Richtung Mittag und Nachmittag. Ganze Bezirke stehen leer und werden zu Geisterstädten, nur in der Innenstadt, da, wo der Kaiser zu Hause ist in Rot und Gold und Glanz und Abglanz, da drängen sich die Massen, blökende Herden durchstreifen die engen Gassen, heften sich ängstlich an die Fersen vielsprachiger Hirten: In diesem Haus schrieb Mozart im Jahr 1793 seine berühmte Neunte Symphonie, ta-ta-ta-taaaa, ta-ta-ta-taaaa, Aaah! und Oooh! macht es, es blökt und es blickt, und die Herden trotteln weiter. Eine davon verirrt sich auch zu unserem Haus: Hier sehen Sie ein Flüchtlingsheim, spricht die schönäugige Schäferin, der Staat versorgt in diesem Haus hundertdreißig Menschen aus mehr als dreißig Ländern, sie warten jahrelang auf ihre Asylbescheide, man lässt sie nicht arbeiten, man vergeudet ihre Talente, und viele werden letztendlich gegen ihren Willen in ihre Heimatländer zurückgebracht, wo manche den Tod finden. Ratlos und stumm blicken die Schäflein an der eingerüsteten Fassade nach oben, Mähähähäääá, sagt eines schließlich, Mähähähäääá, antworten die anderen, eine Taube, nein, es ist der Heilige Geist, flattert vorbei, und aus gießt er die grünweiße Glücksbotschaft über die lieben Schäflein.

Summertime, and your mamma's good-looking, und die Frauen und ihre Töchter, sie lassen die Kleider zu Hause, und die Mädchen und ihre Mütter, sie gehen nur mit dem Notwendigsten drapiert auf die Straße, auf der Donauinsel lassen einige sogar die allerletzten Feigenblätter fallen. Das Paradies auf Erden, es ist nur zwei U-Bahn-Stationen entfernt, and praised be the Lord für das Fernglas, das der gute Onkel sein Eigen nennt, zumindest in manchen Fällen, in anderen wieder scheinen die Götter beweisen zu wollen, dass es sie nicht gibt, denn welcher Schöpfer sollte *so etwas* hervorbringen: Okular auf Südsüdwest, ein aus aufgeblähten Weißwürsten zusammengefügtes, vielleicht, vielleicht aber auch nicht der Gattung Homo sapiens zuzurechnendes Subjekt weiblichen Geschlechts sitzt auf dem Landungssteg und sprengt beinahe die Linse, auch ID, Intelligent Design also, kann hier keine Rolle gespielt haben, höchstens DD, Dumb Design, doch nein, hier haben wir es sicherlich mit der guten alten, gottlosen Evolution zu tun: Und hier, meine Damen und Herren, dürfen wir Ihnen The Missing Link präsentieren!

In anderen Teilen besagter Insel geht es nicht so gott- und hüllen- und sittenlos zu, da sind männliche und weibliche Schätze brav verpackt, man sieht sogar viele völlig verhüllte Frauen, oder vielmehr, man sieht sie nicht, sondern nur ihre mehr oder weniger verlockenden Gesichter. Der Rest ist unter wallenden schwarzen oder grauen Tüchern verborgen, selbst beim Baden werden selbige nicht abgelegt, die meisten der grauschwarz Betuchten meiden aber ohnehin das Wasser, sie sitzen brav an der Seite ihrer Männer oder Väter oder Onkel oder Brüder, die mehr oder weniger fachmännisch Fleisch zu Tode grillen. Ganze Abschnitte der Insel sind in Rauchschwaden gehüllt, man riecht es bis hierher, meist handelt es sich um Lammfleisch, manchmal riecht es auch süßlich-verdächtig, man sagt, es wären kleine Christenkinder, doch das kann ich nicht bestätigen.

Summertime, and the 'fugees are coming. Ja, auch bei uns im Haus ist der Sommer nicht zu übersehen, auch hier sind Betreuerinnen wie Flüchtlinginnen in sommerlich-leichte Textilien gehüllt, der Sommer dringt ein durch offene Fenster und Türen, er trägt noch mehr Lärm und Staub von den Bauarbeiten in alle Winkel des Hauses, er quält uns an manchen Tagen mit brütender Hitze, entlässt Betreuerinnen und Betreuer in den mehr oder weniger verdienten Urlaub, vor allem aber tut er in seiner unendlichen Weisheit eines: Er beendet das nach ihm benannte Semester und damit das unwürdige Schauspiel der Deutsch-, EDV-, Alphabetisierungs-, Hauptschulabschluss- und sonstigen Kurse, das Sommersemester ist tot, lang lebe der Sommer! Endlich beginnt der Morgen nicht mit dem üblichen Grauen, endlich kann man tun und lassen, was man möchte, ohne ständig des Onkels Odem, Du musst dieses, oder den unserer furiosen Betreu-Erinnyen, Du musst jenes, im Nacken zu spüren, endlich gibt es Zeit für das Dolce far niente, Zeit für La dolce vita, wobei ich auf Anita Ekberg durchaus verzichten kann, mir wäre lieber, Audrey Tautou, Rachel Weisz oder Gwyneth Paltrow würden, einzeln oder auch zu dritt, dem Trevi-Brunnen entsteigen.

Mehr Zeit heißt allerdings auch mehr Zeit für Dummheiten. Afrim wird vor einem Wettcafé in eine Rauferei verwickelt und vorübergehend festgenommen, wird aber zum Glück von Zeugen entlastet, man kann ihm auch nicht nachweisen, dass er – als Minderjähriger – das Café betreten hat. Nino gerät zwar nicht mit der Polizei, dafür aber mit Hans und dem Onkel in Konflikt. Wir sind hier kein Hotel, in dem man kommen und gehen kann, wann man möchte, redet der Häuptling im Büro auf sie ein, als sie zum wiederholten Mal die Nacht unerlaubterweise außer Haus verbringt. Ich bin keine kleine Kind, gibt Nino wahrheitsgemäß, wenn auch grammatikalisch ein wenig eigenwillig zu Protokoll, ich bin fünfzehn! Eben, seufzt Hans, eben! Er fasst Nino an der

Hand. Komm, sagt er, Rotkäppchen folgt ihm wider-, ich bereitwillig auf den Gang, wo er auf das Schwarze Brett zusteuert. Do, sagt er und deutet auf ein buntes Plakat mit den Jugendschutzbestimmungen, du waaßt sehr guat, wos do steht. Ich habe Brille vergessen, antwortet Nino rotzig. So ist's gut, mein Mädchen, lass' dir nichts gefallen von diesen Nazis! Hans zeigt ein müdes Lächeln. Das Jugendschutzgesetz, liest er laut vor, bestimmt nicht nur deine Rechte und Pflichten als junger Mensch, es bestimmt auch die Verantwortlichkeit von Eltern und Erziehungsberechtigten. Und sigst du, Nino, genau darum geht's: Wonn dir wos passiert, donn host nit nur du a Problem, sondern a mir.

Kamal das Kamel schießt jedoch wie immer den Vogel ab: Er stürzt beim Fensterln vom Gerüst. Ich weiß nicht, sind es Ninos neckische Nippel oder Amals afrikanische Ammeneuter, die ihn aus der Bahn werfen, jedenfalls verliert er das Gleichgewicht, rutscht ab – und hat enormes Glück: Er verfängt sich zwischen Gerüst und vorgespanntem Netz und schlägt mit dem Kinn auf einer Eisenstange auf. Fazit: 1 Arm, gebrochen, 1 Zungenspitze, beinahe abgetrennt und wieder angenäht. Kurz- und mittelfristige Folgen: eine Woche flüssige Nahrung für Kamal sowie allabendliche akribische Kontrollen des Baugerüstes durch unsere Gefängniswärter.

Es bleibt aber nicht nur mehr Zeit für Dummheiten, sondern auch für Konflikte: Die Streitereien um die beiden Fernseher und das DVD-Gerät sind nun nicht allein auf Abende und Wochenenden beschränkt, sondern beginnen schon an den Vormittagen, das Gleiche gilt für Computer, Spiele und andere Gemeinschaftsgüter. Auch in den einzelnen Zimmern kommt es vermehrt zu Reibereien, weil viele nun einen großen Teil ihrer Zeit dort verbringen.

Bei uns im Haus kann man übrigens wunderbar im Kleinen beobachten, was draußen in der großen weiten Welt zu bewaffneten Auseinandersetzungen und Kriegen führt. Soziologinnen und Soziologen, Psychologinnen und Psychologen, Konfliktforscherinnen und Konfliktforscher, Mediatorinnen und Mediatoren, vor allem aber Politikerinnen und Politiker, kommt zu uns ins Leo, um hier eine Lektion zu lernen. Nehmt Platz in diesem schönen Theater, macht es euch bequem in rotem Plüsch und wartet, bis das Licht ausgegangen ist, der Vorhang sich öffnet und den Blick freigibt auf die Bühne. Drei Computer stehen da nebeneinander, Djamila, Amal und Murad sitzen davor. Djamila bewegt sich im Rhythmus zu den irakischen Musikstücken, die sie aus dem Internet saugt, O mother, the handsome man tortures me, säuselt es aus den Lautsprechern, Djamila zirpt die arabische Antwort im Duett mit ihrer Lieblingssängerin. Amal, eben erst dem Bette entstiegen, sitzt daneben und möchte in Ruhe E-Mails schreiben. Can you not turn off this shit, faucht sie, die sonst kein böses Wort über die kleine Schwester kommen lässt, entnervt. Doch Djamila hört nichts, sie schwebt auf virtuellen Wolken. Hey, sagt Amal und berührt sie ein wenig unsanft am Oberarm, turn it down! Murad, der bisher schweigend vor dem dritten Computer gesessen und auf einschlägigen Seiten seine religiöse Bildung vertieft hat, springt auf. Lass' Djamila, ruft er aus. Erst jetzt blickt Djamila auf, fällt von ihrer Wolke herab und sieht Murad und Amal entgeistert an. The music is too loud, wiederholt Amal. Okay, okay, sagt Djamila, ich mach' leise, doch zu spät, zu spät! Afrikaner macht auch laute Musik, laute Fernsehen, ereifert sich Murad. Stimmt nicht, kontert Amal, du bist immer gegen Afrikaner! Auftritt Adolphe: Er sieht zwei Moslems im Konflikt mit einer Schwarzafrikanerin und fühlt sich natürlich bemüßigt, seine schwarze Schwester zu unterstützen. Muslim macht überall Problem, fordert er Murad heraus. Yaya kommt hinzu, die Spirale, sie dreht sich munter und fröhlich, es ist längst vergessen, worum es eigentlich ging. Yaya und Adolphe wissen es nicht einmal, denn es wird nicht mehr über die Lautstärke der Musik gestritten, sondern über Herkunft, Hautfarbe oder Religion des jeweils anderen. So, liebe Zuschauerinnen und Zuschauer, wird aus einem Streit um die gemeinsame Nutzung von Ressourcen hastenichjesehn ein ethnischer Konflikt, und hätte Hans nicht eingegriffen, so wäre der Konflikt wohl bald von der verbalen auf die physische Ebene übergegangen. Der Vorhang fällt, das Stück ist aus, Applaus, Applaus im Puppenhaus …

Mehr Zeit zu haben bedeutet für einige meiner Mitbewohner leider auch Langeweile und Leerlauf – Langeweile ist Zeit für schwarze Gedanken, sagt man da, wo ich herkomme. Bei manchen hier im Haus, ob nun oben bei uns im Leo oder unten bei den Erwachsenen, ziehen dem strahlenden Sommersonnenschein zum Trotz mehr und mehr finstere Wolken auf, das jahrelange Warten und die staatlich verordnete Untätigkeit lasten im Sommer besonders schwer auf Schultern und Häuptern. Ich will endlich meinen Asylbescheid, hört man Nuriddin Tserendorj rufen, egal ob positiv oder negativ! Nuriddin, Journalist und Autor aus der Mongolei, ist seit sechs Jahren in Österreich und spricht mittlerweile besser Deutsch als so mancher Eingeborene, und seine Stimme ist im ganzen Haus zu hören, als würde sie aus unsichtbaren Lautsprechern übertragen. Kurs, fragt Magomaz der Muskelmann, dem man einen weiteren EDV-Kurs für den Herbst in Aussicht gestellt hat, ich will keine Kurs, ich will Arbeit! Arbeit, hallt es im ganzen Haus wider, Arbeit, klingt es aus allen Winkeln, und der ostdeutsche Bauarbeiter, der gerade auf dem Gerüst vor unserem Wohnzimmer steht, kratzt sich am Kopf und blickt verunsichert um sich. Und Gülertan Dolas, aus einem kleinen kurdischen Dorf im Osten der Türkei stammend, schlägt zum wiederholten Mal seine elfjährige Tochter, eine Mischung aus Wut, Verzweiflung und Scham führt ihm die Hand dabei. Seine Frau Halima hat als eine von ganz wenigen Asylwerberinnen einen Job erhalten und bringt, wenn auch nur vorübergehend, Geld nach Hause, während er als Mann und Familienoberhaupt zur Untätigkeit verdammt ist. Die Tochter, die immer wieder für den Vater dolmetschen muss, hat begonnen, seine Autorität infrage zu stellen. Und die Hand, die sich gegen die Tochter erhob, erhebt sich nun gegen ihn selbst, zur Bestrafung schlägt sich Gülertan Dolas mit aller Kraft auf die eigene Wange. Noch Minuten später ist der Abdruck der Hand zu sehen, und weinend vor Scham bittet er seine Tochter um Verzeihung. Die drei kleinen Geschwister verfolgen ängstlich die Szene, ohne zu verstehen, was vorgeht, die Tochter schweigt und blickt voller Verachtung auf das Gesicht des Vaters, auf die Tränen, die den Schnurrbart, den stolzen, benetzen.

Doch die Rettung naht, zumindest für uns Jugendliche, die Rettung heißt Sommercamp und soll vierzehn Jugendlichen aus aller Welt die Schönheiten der österreichischen Alpen nahebringen. Eines schönen Tages im Juli steht zu nachtschlafener Zeit ein klappriger gelber Bus vor dem Haus. Hektische Vorbereitungen waren dem Tag der Abfahrt vorausgegangen, es hatte einiges an Überredungskunst, sanftem Zwang und unverhohlenen Drohungen gebraucht, um auch Nino, Adolphe und Afrim mit ins Busboot zu bekommen. Meine Freunde braucht mich in Wien, lautete Afrims Ausrede, Die Kühe auf die Wiese sind auch ohne mir glücklich, rotzte Rotkäppchen dem Onkel entgegen, Das ist wie Gefängnis, so wehrte sich Adolphe, doch letztendlich sitzen alle brav im Bus, als er eine halbe Stunde verspätet – Kamal, natürlich Kamal, er hat nichts gepackt, weil er dachte, wir machten nur einen Tagesausflug – seinem Ziel entgegenrattert: vierzehn Übelgelaunte Manisch-Depressive Fremdlinge, fünf Betreuer sowie eine Praktikantin, die Anfang Juli ihren Dienst angetreten hat und bis jetzt von mir sträflich vernachlässigt wurde, was ich jedoch sehr, sehr bald wiedergutzumachen gedenke, meine schöne Sibel, o ja!

Einsteigen, Türen schließen, Bus fährt ab! Wir reihen uns ein in die bunte Blechkarawane Richtung Süden, doch nicht gen Italien führt unser Weg, sondern in den schönen Freistaat an den Gestaden des Wörthersees, in Hans Pogatschniggs Heimat also. Seine Familie besitzt ein großes Forsthaus in einem stillen Seitental der Karawanken, dort soll unsere illustre Runde Bekanntschaft mit der österreichischen Bergwelt schließen.

Doch zuerst einmal heißt es hinkommen. Nach zwei Stunden haben wir die ersten fünfzig Kilometer bereits hinter uns gebracht, was will man mehr? Im Frühstau zu Berge wir ziehen, fallera, singe ich munter, während wir im Schritttempo dahinrollen, gefolgt von Hoch auf dem gelben Wagen, sitz' ich beim Onkel vorn, denn der hat auf dem Reiseleitersitz Platz genommen, ich sitze ihm im Nacken. Alfred, der Mann am Steuer, ist ein jovialer und durchaus nicht wortkarger Mann, der Onkel erfährt von ihm alles, was er garantiert nie wissen wollte, und auch die ersten drei oder vier Reihen hören mit, ob sie nun wollen oder nicht. Der Onkel mimt in seiner wohlerzogenen Art den aufmerksamen Zuhörer: Ach, tatsächlich, Is nich wahr, Nee, wirklich? Schau da den Scheiß-Pollacken an, schimpft Alfred über einen Autofahrer, der sich vor ihm in die mittlere Spur zwängt. Na, aber hallo, reagiert der Onkel ganz politisch korrekt, ob das n' Pole ist oder n' Österreicher oder n' Deutscher, ist doch völlich unerheblich, Mann, doch Alfred hört ihm nicht zu, denn im selben Augenblick läutet sein Telefon. Ja hallo, Schatzimausi, wo bist'n grad?

Eine halbe Stunde später, nachdem Schatzimausi aufgelegt hat, widmet Alfred sich wieder voll und ganz seinem Sitznachbarn. A Freind von mir, beginnt er zu erzählen, offensichtlich inspiriert von so vielen exotischen Gesichtern, der woa amoi mit ana Negerin zsamm, i waaß eh, des sagt ma net, aber i bin da net so haglich. Liab woas jedenfois, fesch woas und a Figur wiera Ansa. Und beim Tanzen, i sag das, wannst dera zuagschaut hast... waaßt eh, die ham des anfoch im Bluat. Owa mei Hawara, noch zwaa Monat woar der fertig, total fertig woa der. Waaßt warum? Nein, entgegnet der Onkel, aber es interessiert mich auch nich'. Doch Alfred interessiert wiederum des Onkels fehlendes Interesse nicht. Weu die Oide anfoch net zum davögeln war, fährt er ungebremst fort. No amoi, Schatzi, hat's zum Hawara gsagt, no amoi, du machst des sooo super, dreimoi, viermoi, fünfmoi, bis von eam nix mehr da woa, gar nix mehr. Der hat ausgschaut zum Schluss, bist du gelähmt! Ringe unter die Augen, eingfallene Wangen, zehn Kilo weniger, wia der Itzig nach drei Jahr in Auschwitz. Aus, hat er gsagt, Schluss, und sie hat gwaant, oba a Wochen späda hots scho an neichn Hawara ghobt, waaßt eh, wias san.

Bei den Pausen, die wir auf hoffnungslos überfüllten Raststätten einlegen, erweist sich Alfred dann als echter Gentleman der alten

Schule und hilft den Damen, sowohl den erwachsenen als auch den jugendlichen, aus dem Bus. Djamila schenkt ihm ein glückliches Lächeln, Nino ein misstrauisches Stirnrunzeln, Sibel, meine schöne Sibel, telefoniert gerade und nimmt keine Notiz von Alfreds feuchter Fetthand, Amal schließlich wird von ihm besonders zuvorkommend behandelt. Bitteschön, gnädiges Fräulein, fasst er nach ihrem gut gepolsterten Händchen, ich bin natürlich wieder der Einzige, der bemerkt, dass sie unter der schwarzen Miene knallrot wird, doch Alfreds Blick, der speicheltriefend an Amals Achterdeck hängen bleibt, entgeht auch Mira und Tony nicht.

Die Weiterfahrt wird zur Prüfung für den armen Mann. Der Onkel hat sich in eine der hinteren Reihen zurückgezogen, Alfred ist also seines direkten Ansprechpartners verlustig gegangen. Das scheint ihn anfangs nicht zu stören, denn er kramt für die vordersten Reihen munter weitere Anekdoten aus einem schier unerschöpflichen Fundus hervor und geizt auch keineswegs mit rassistischen Witzen. Iss Ihnen eigentlich kloar, doss kana zualost, fasst sich Hans schließlich ein Herz, als wir gerade die mit Blut geschriebene Grenze zu seinem herrlich' Heimatland passieren. Zunächst einmal, man glaubt es kaum, ist Alfred ein paar Sekunden still. Bitte, sagt er dann, i muass ja net reden, i kriag ja net fias Reden zoit, sondern fias Foan. Ob i red oder net, die Marie is die gleiche, oba i bin halt a höflicher Mensch. Small Talk, durchs Reden kumman d'Leit zsamm, hat mei Mutter immer gsagt. Owa bitte, muass ja net sein, ma wü ja eh net mit alle Leit zsammkumman. Dann schweigt er tatsächlich.

Als wir bei Völkermarkt schließlich von der Autobahn abfahren und bald danach die ersten harmlosen Kurven passieren, hat er dafür umso mehr zu sagen: Djamila kotzt nämlich den Großteil ihres Lunchpakets auf Sitz und Gang. Alfreds Repertoire an Flüchen ist beeindruckend. Auf der Weiterfahrt schweigt er jedoch wieder, während Hans ihn in zunehmend hohlere Gassen hineindirigiert.

Es beginnt zu regnen, während wir auf eine Schotterstraße abzweigen, Alfred lässt wieder einige schöne Flüche hören. Als

Hans schließlich auf eine schmale Straße linker Hand deutet, verweigert er. Aus, i foa kan Meter mehr, des san ja kane Straßen, des san Wanderwege! Es is nur noch a gonz klaanes Stickl, versucht Hans mit ihm zu handeln, dreihundert Meter vielleicht. Na, dann kennts ja eh z'Fuaß gehen, lautet die Antwort. Bei dem Regen? Mitn gonzn Gepäck? Hättma doch dos Auto gnommen, klagt Hans, doch zu spät: Haluk kommt erst am nächsten Tag mit seinem Wagen, unsere braven Betreuerinnen und Betreuer haben sich aus Umweltschutzgründen dagegen entschieden, einen weiteren Privat-Pkw mitzunehmen. Der Onkel taucht aus den Tiefen des Busses auf und versucht's mit Geld, doch nicht einmal das kann Herrn Alfred umstimmen. Des geht vielleicht mit an VW-Bus, oba net mit an Zwölf-Meter-Auto, schimpft er. Die Straße, um die es sich handelt, sieht tatsächlich sehr schmal und außerdem steil aus, man kann es ihm also nicht wirklich verübeln. Hans zückt sein Telefon und ruft zwei verschiedene Nummern an, doch vergebens.

Nun, unser erster Eindruck von der österreichischen Bergwelt ist ein feuchter. Statt dreihundert sind es, wie der Onkel zwei Tage später mittels Schrittzähler ermitteln wird, beinahe tausenddreihundert Meter, die uns noch bis zum Haus fehlen. Wir alle haben nicht allzu viel Gepäck, doch es sind vor allem Lebensmittel, Geschirr, Sportartikel, Spiele und andere Utensilien, die zum Haus getragen werden wollen. Es dauert mehr als eine Stunde, bis alle Schäfchen im Trockenen sind und deren Futter in Sicherheit gebracht ist. Zwar haben wir Juli, doch das Haus liegt auf über tausend Meter Seehöhe (1094, so der Onkel mit preußischer Genauigkeit), durch den Regen ist es stark abgekühlt. Djamila und Nicoleta und Murad sitzen zitternd auf der Ofenbank, Hans, der ganz gebeugt vor schlechtem Gewissen durchs Haus schleicht und sich bei jedem Einzelnen immer wieder entschuldigt, macht ihnen Feuer hinterm Hintern. Der Widerschein der rasch auflodernden Flammen tanzt über die Gesichter der Umstehenden, und Sibels Gesicht, o Cybele, o flammende Göttin, lässt alle anderen verblassen.

Sibel also. Sibel Gündüz, zweiundzwanzig Jahre alt und die schönste Frau zwischen Wien und Wladiwostok, Scheibbs und Schenectady, Mistelbach und Manila, Sibel, meine Göttin. Ihre Eltern stammen aus dem Wilden Osten der Türkei, sie selbst erblickte in Wien das Licht dieser schönen Welt, was sie jedoch keineswegs zur Österreicherin macht, denn es fließt ja fremdes Blut in ihren Adern bis ans Ende aller Tage. Ich sollte eigentlich mit achtzehn die Staatsbürgerschaft bekommen, erzählt sie mir, als wir beim Abendessen nebeneinandersitzen, doch da war ich ein Jahr in Berlin zum Studieren, und jetzt muss ich wieder ein paar Jahre darauf warten. Sie studiert Ethnologie und Soziologie und macht ein zweimonatiges Praktikum bei uns, wir sind sozusagen Versuchskarnickel für sie, und wenn es nach mir geht, Frau Doktor in spe, dann bin ich für jedes Experiment zu haben, bei uns gibt es echte Neger zum Anfassen, und bitte fassen Sie nur recht kräftig zu, Frau Doktor, Ali mag das!

Der Regen bleibt uns auch am nächsten Tag treu, es regnet Katzen und Hunde, wie der Englischmann zu sagen pflegt. Wir sind gekommen, um ehrfürchtig staunend vor erhabenen Bergriesen zu stehen, doch wir haben die Rechnung ohne den Wirt gemacht: Die Bergriesen, es gibt sie nicht, oder sie machen Urlaub an der Adria, jedenfalls zeigen sie sich nicht, wahrscheinlich sind Kärntner Berge für Menschen mit deutscher Muttersprache reserviert.

Das Tiefdruckwetter draußen findet seine Entsprechung auf dem Stimmungsbarometer im Inneren des Hauses. Der Onkel und sein Team sind nicht zu beneiden, sie versuchen, uns mit allerlei Spielen und Aufgaben bei Laune zu halten. Das Haus, ehemals Sitz des Herrn Oberförsters und der Frau Oberförstersgattin, ist zwar groß, für mehr als zwanzig Personen aber wiederum eher klein, vor allem dann, wenn man aufgrund des schlechten Wetters eingesperrt ist – es gibt also genug Gelegenheiten, sich gegenseitig auf die Hühneraugen zu treten, mehr noch als bei uns im Leo. Darüber hinaus haben wir die Ehre, mit unseren Betreuerinnen und Betreuern im selbem Zimmer zu schlafen: Im oberen Stockwerk befinden sich zwei große Räume mit Matratzenlagern, der eine ist für die Herren, der andere für die Damen der Schöpfung reserviert, und in beiden, sowohl im herrlichen als auch im dämlichen, wird nächtens um die Wette gesägt. Um die wenigen Badezimmer und Toiletten entbrennt ein täglicher Streit, obwohl sich nicht alle an diesem Konflikt beteiligen. Der fehlende Komfort, die Beengtheit, die Einfachheit, die Kamin- und Lagerfeuerromantik, all das wird bestenfalls von jenen geschätzt, die dreihundertfünfzig Tage im Jahr ihr eigenes Bad und Klo in den eigenen, komfortablen vier Wänden benutzen – von unseren lieben Aufpasserinnen und Aufpassern also. Für die meisten meiner Schicksalsgenossen ist der mangelnde Komfort jedoch schlicht und einfach uncool. Und Undankbare Mieselsüchtige Frustbeulen wie Nino oder Afrim lassen natürlich keine Gelegenheit aus, dieser Unzufriedenheit auch lautstark Ausdruck zu verleihen.

Einzig und allein Oma sorgt für ein wenig Abwechslung, sie äußert nämlich beim sonntäglichen Frühstück den dringenden Wunsch, das Haus zu verlassen, und ist durch nichts von diesem Vorhaben abzubringen. Sie ist, wie jeder von uns mittlerweile weiß, strengstgläubige Katholikin, die Religion, die ihr auf der Flucht Halt und Heimat geboten hat, geht ihr über alles, sie *muss* zum sonntäglichen Hochamt. Dos Dorf is fost a Stund entfernt, wendet Hans ein, und da Haluk kummt erst am Nochmittog mitm Auto. Es regnet doch wie verrückt, assistiert der Onkel. Doch es ist zwecklos: Die sonst so sanfte und stille Oma bleibt bei ihrem Entschluss. I find way, sagt sie. Ich gehe mit, mischt sich Nicoleta plötzlich ein. Hans greift sich an den unfrisierten Kopf, ihm schwant Böses, er kann die Mädchen schließlich nicht alleine gehen lassen, er fügt sich also in sein Schicksal und macht sich, Regen hin, Regen her, mit den beiden auf den Weg zum Dorf. Zwar bin ich nicht dabei, aber das ist auch gar nicht nötig, ich sehe die drei trotzdem deutlich vor mir. Hans ist die Situation peinlich, man kennt ihn im Dorf, obwohl von seiner Familie niemand mehr hier lebt, er galt immer schon als Außenseiter. Nun steht er plötzlich völlig durchnässt mit zwei jungen Mädchen, eines davon rabenschwarz, auf dem Hauptplatz, manche Kirchgänger erkennen und grüßen ihn, andere beäugen die drei Fremdkörper mit misstrauischen, ungläubigen Blicken. I hol' eich nochand wieder ob, versucht Hans sich möglichst rasch davonzustehlen. Er nimmt seine mit Regentropfen übersäte Brille ab und wischt sich eine nasse Haarsträhne aus der Stirn. Oma, immer besorgt um das Seelenheil ihrer Brüder und Schwestern, möchte ihn zum Mitkommen überreden, eines Tages werde er sicher bereuen, nicht zur Messe gegangen zu sein, doch Hans bleibt standhaft, er hat keine Angst vor dem Fegefeuer.

Als der Gottesdienst vorbei ist, lässt es sich der Vizebürgermeister nicht nehmen, die drei mit seinem eigenen Wagen zurückzubringen. Hans kann ihn nicht leiden, er steht für all das, was ihn aus seinem Heimatort fortgetrieben hat, im Haus wird der Würdenträger trotzdem mit Kaffee und Kuchen bewirtet. Alkohol haben wir leider keinen, entschuldigt sich der Onkel. Der Mann mit dem Trachtenanzug versucht sich den Anschein zu geben, er habe tagtäglich Kontakt mit georgischen, kongolesischen, tschetschenischen, irakischen und liberianischen Menschen, er gibt vor, nichts lieber zu tun, als sich mit afghanischen, nigerianischen, albanischen, serbischen und gambianischen Menschen zu unterhalten, doch sein verkrampftes, seelenloses Lächeln verrät ihn. Wir singen ihm trotzdem ein vierstimmiges Kärntnerlied, das ich meinen Mitbewohnern beigebracht habe, mit Tränen der Rührung in den Augen verabschiedet er sich schließlich und segelt in seinem schwarz glänzenden Mercedesschiff hinaus in den verregneten Sonntagnachmittag, Ahoi, and may the Force be with you.

Am nächsten Tage aber, wie es die Propheten von hoher Warte aus verkündet haben, sind die Wolken verschwunden, schon im Morgengrauen blasen Hans und der Onkel zum Aufbruch und schieben gnadenlos die Vorhänge zur Seite. Nach dem Frühstück folgen hektische Vorbereitungen für die Besteigung eines nahe gelegenen Berges mit dem urgermanischen Namen Kosmatitza, sagenhafte

1758 Meter hoch und, geht man nach den Pfarrbüchern der zuständigen Gemeinde Windisch Bleiberg/Slovenji Plajberk, zwar im Jahr 1878 erstmals von zwei französischen Alpinisten bezwungen, aber mit an Sicherheit grenzender Wahrscheinlichkeit noch nie von georgischen, albanischen, tschetschenischen oder afghanischen Schweißfüßen betreten. Seile und Karabiner liegen bereit, Pickel und Steigeisen sind gewetzt, die Sauerstoffflaschen gefüllt, und mit Peitschenknallen und warnenden Zurufen dirigieren uns unsere Sklaventreiber den Berg hinan.

Nun, es ist – abgesehen von Sibel natürlich – eine traurige Karawane, die da zu Berge zieht: schwitzende, japsende, keuchende, quengelnde Jugendliche, Unternehmungsunlustige Missgelaunte Faulpelze, die den Sinn der Übung nicht erfassen. Wozu macht das, fragt Adolphe, schon nach einer halben Stunde schweißgebadet. Was denn, fragt der Onkel, nachdem der Tross zum Stehen gekommen ist. Na, Berg hinaufgehen, keucht Adolphe. Damit ma von oben die schene Aussicht genießen konn, gibt Hans fröhlich zurück. Um sich n' gemeinsames Ziel zu setzen, lautet des Onkels pädagogischer Ansatz. Bewegung tut gut, antwortet der sportliche Tony. Oben es wird euch bestimmt gefallen, kommt es ermutigend von Zakia. Nur Haluk, dessen sonst so perfekter Scheitel ein wenig in Unordnung geraten ist, schweigt keuchend, Mira keucht schweigend.

Der Berg ruft, als wir weitermarschieren, und ich rufe zurück, und der Berg ruft wieder, und ich singe dem Berg ein Lied: Ich wandre fremd von Land zu Land, so heimatlos, so unbekannt, Berg auf, Berg ab, Wald ein, Wald aus, doch bin ich nirgendwo zu Haus. Und hinan, hinan führt uns der Weg, und als wir schließlich den Gipfel erreichen und der Blick sich auftut auf Berge und Täler und Wiesen und Wälder, da sind dann doch einige meiner lieben Mitbewohnerinnen und -bewohner beeindruckt von der Schönheit der Natur. Der Onkel holt das Gipfelbuch aus seinem Metallbehältnis, notiert mit deutscher Gründlichkeit Datum und genaue Uhrzeit und listet alle vertretenen Nationalitäten auf, auf dass die Erinnerung an diesen historischen Moment auch für kommende Generationen erhalten bleibe. Andere Wanderer erreichen bald nach uns den Gipfel, es sind Eingeborene, sie mustern uns mit staunenden Blicken. Wir kommen vom Mond, flüstere ich einem von ihnen zu. Ach so, antwortet er.

Für den Abstieg wählen wir einen anderen Weg, wir kommen bald an eine Weggabelung. Ist das denn meine Straße, o Bächlein, sprich, wohin, singe ich, doch das Bächlein, das munter neben uns dahinplätschert, es spricht nicht mit mir, vielleicht schreckt es sich ob meines dunklen Teints. Nach Kartenstudium und eingehenden Beratungen fällt die Entscheidung für den rechten Weg. Das ist würdig und recht, gebe ich meinen Segen dazu. Der Weg führt stetig bergab, auch das ist würdig und recht, der Wald wird immer dichter und dichter, das Grün feuchter und üppiger. Ach, Grün, du böse Farbe du, was siehst mich immer an, so stolz, so keck, so schadenfroh, mich armen, armen schwarzen Mann? Über dem Wald tauchen zu beiden Seiten Felswände auf, das Tal wird enger und enger, Mira und der Onkel äußern Zweifel ob des Weges. Meine Stimme hallt wider von den Wänden: In die tiefsten Felsengründe lockte mich ein Irrlicht hin, wie ich … Ali, unterbricht mich Hans entnervt, konnst du nit endlich mitn Singen aufhearn! Ja, bitte, schließt sich die verräterische Mira an. Okay, okay, gebe ich mich der geballten Ignoranz geschlagen. Schweigend zieht die Karawane weiter, vorn kein Reiter, hint' kein zweiter, und endlich, endlich taucht ein Wegweiser vor uns auf: Einen Weiser seh' ich stehen, unverrückt vor meinem Blick, eine Straße muss ich gehen, die noch keiner … Ali, bitte, unterbricht diesmal der Onkel meinen Gesang, und bald darauf hat uns das Haus wieder, und die vorher geschmähte Einfachheit unserer Unterkunft ist mit einem Mal allen lieb und teuer.

Das Postkartenwetter bleibt uns hold, es folgen weitere Wanderungen zu höheren Gipfeln und Ehren. Wann immer wir anderen Wanderern begegnen, werden wir bestaunt, wie man im Tiergarten Schabrackentapire oder Koboldmakis bestaunt, und wenn wir dabei auch noch Kärntner Lieder zum Besten geben, dann wirft man uns sogar ein paar Leckerbissen über den unsichtbaren Zaun, der uns von den Eingeborenen trennt, auch wenn ein großes Füttern-verboten-Schild dran hängt. Abends wird gemeinsam gekocht, danach in der Stube oder draußen am Lagerfeuer gespielt und gesungen, es werden mittels Hansens Teleskop die Sternbilder und am Ende des Tages die Fenster des Frauenzimmers studiert. Doch ich sehe nur Schatten, nichts als graue, unscharfe Konturen, erst als Sibel auftritt, ward es Licht, jetzt, jetzt zieht sie das T-Shirt über den Kopf, doch im selben Moment verstellt mir die eifersüchtige Mira den Blick, gönnt mir nichts, nicht das kleinste bisschen von Sibels Samt- und Seidenhaut. Afrim drängt mich zur Seite, auch er möchte sich mit Brüsten in dreihundertfacher Vergrößerung den Schlaf versüßen. Dreihundertmal nichts ist immer noch nichts, wirft er sich in Bezug auf Nicoleta in Machopose. Das gilt auch für den Intelligenzquotienten mancher Kosovo-Albaner, gebe ich zu bedenken, worauf er mir einen Mittelfinger mit angekautem Nagel entgegenstreckt.

Die Rechnung unserer werten Wärterinnen und Wärter geht tatsächlich auf: Die meisten ihrer Schützlinge scheinen den Aufenthalt in den Bergen nach anfänglicher Skepsis zu genießen. Ich sehe, wie sich die Gesichter entspannen, die Körper aufrichten, die ungewisse Zukunft und die unschöne Vergangenheit, die sonst zentnerschwer auf Schultern und Nacken drücken, sie werden von einer unbeschwerten Gegenwart verdrängt; manche schweben einige Meter über dem Erdboden – Unbekannte Minderjährige Flugobjekte über Kärnten gesichtet –, als wäre die Schwerkraft aufgehoben. Die Gesichter werden weicher, als hätte Meister Hamilton seine Filterfinger im Spiel, es wird mehr gelächelt, selbst von Menschen wie Amal oder Oma, ja, sogar Yaya, viel aufmerksamer und wacher als sonst, kann sich hin und wieder eines Lächelns nicht erwehren. Oma bringt eines Abends zum Ausdruck, was so mancher in unserer Runde denkt und fühlt: Während wir den Tag am Lagerfeuer fröhlich ausklingen lassen, beginnt sie plötzlich leise zu weinen. Das ist nichts Ungewöhnliches, jeder von uns hat Oma schon oft in Tränen gesehen, auch in dieser Woche hat sie wegen der Dunkelheit im Matratzenlager welche vergossen. Jetzt lässt der Feuerschein ihre Tränen aufblitzen, Zakia setzt sich neben sie, legt ihr den Arm um die Schultern. Was ist los, fragt sie, warum weinst du? Normalerweise gibt Oma keine Antwort auf diese Frage, wahrscheinlich weiß sie selbst nicht immer den Grund für ihre Tränen, doch diesmal ist es anders. Weil ist schön da, sagt sie, und ein Lächeln schummelt sich zwischen die Tränen, ist schön mit alle.

Fast könnte man also glauben, wir wären ganz normale Jugendliche, die hier einen ganz normalen Wanderurlaub verbringen. Aber eben nur fast. Wenn von dem Fang der Jäger lustig zieht nach Haus, da steckt kein sittsam' Kind den Kopf zum Fenster 'naus, singe ich warnend, als am nächsten Tag unweit des Hauses zwei grüne Weidmänner auftauchen. Die beiden Jäger kommen langsam die Straße herauf, sie unterhalten sich, dann bleiben sie stehen, um Yaya und vier oder fünf weiteren Jugendlichen beim Fußballspielen zuzuschauen. Die Weidmänner grüßen, die sittsamen Fußballer grüßen zurück. Yaya hält inne und blickt irritiert auf die Gewehre, die anderen setzen ihr Spiel fort. Ich sitze auf der Bank neben dem Eingang, mein Rücken lehnt an der Hauswand und freut sich an der im Holz gespeicherten Wärme, mein Blick geht hin und her zwischen Yaya, den grünen Männchen, den Fußballern und Sibel, die sich ein paar Schritte von mir entfernt im Liegestuhl räkelt und die milden Strahlen der Spätnachmittagssonne genießt. Wäre ich zum reinen Vergnügen in dieser Welt, ich würde nie und nimmer den Blick von Sibel wenden, Tag und Nacht würde ich demutsvoll und freudig das erste Gebot heiligen, Du sollst neben mir keine anderen Göttinnen haben, und weder Weid- noch Ballermänner könnten mich davon abhalten. Doch ich bin nun einmal hier, um Bericht zu erstatten, und in dieser meiner Funktion befällt mich eine plötzliche Vorahnung. Kurze Zeit später fliegt der Ball in Richtung der beiden Jäger, Afrim läuft hinterher, erwischt ihn, der

Jüngere der beiden nimmt das Gewehr von der Schulter, und im selben Augenblick landet Yaya mit vollem Gewicht auf Mann und Gewehr. Man hört einen Schrei, ich weiß nicht, von wem. Yaya ringt mit dem Mann am Boden, der andere versucht, die beiden zu trennen, Adolphe und Afrim und Tomo und Djaafar kommen hinzu. Als ich kurze Zeit später mit dem Onkel im Schlepptau aus dem Haus trete, ist der Jägersmann bereits wieder auf den Beinen und putzt sich ab, der andere hält beide Gewehre in der Hand und wirft Yaya wüste Schimpfwörter an den Kopf. Was ist passiert, fragt der Onkel, und sechs oder sieben Leute legen gleichzeitig los. Der junge Jäger und Yaya sind die Einzigen, die schweigen, der eine scheint zu verdattert zum Sprechen, der andere, immer noch von Adolphe und Djaafar festgehalten, wirkt, als wäre alles Leben aus ihm gewichen.

Der Ältere droht mit der Polizei, der Jüngere wiegelt ab, der Onkel entschuldigt sich zum wiederholten Mal. Es war ein Missverständnis, sagt er, er erwähnt Yayas psychische Probleme. Gemeingefährliche Irre seien das, ereifert sich der Ältere, solche Leute gehörten eingesperrt, sein Kollege habe noch nie mit der Waffe auf Menschen gezielt und würde das auch nie tun, er selbst natürlich auch nicht, er habe nichts gegen Ausländer, aber so etwas dürfe nicht passieren, wenn jemand krank sei, dann gehöre er in eine Anstalt.

Nachdem die beiden endlich abgezogen sind, versammelt der Onkel sein Team im Haus. Er schickt Hans und Mira mit Yaya in die Küche, ich folge ihnen. Er wollte Afrim schießen, murmelt Yaya vor sich hin, er wollte Afrim totmachen. Mehr ist aus ihm nicht herauszubekommen. Der Onkel und die anderen Betreuer haben unterdessen die Stube okkupiert. Ich suche mir einen Horchposten, doch leider sind die Stimmen nur sehr gedämpft zu vernehmen. Der Mann könnte uns verklagen, höre ich den Onkel sagen, dann haben wir ’n Problem, ’n großes Problem. Tony versucht, seinen Schützling zu verteidigen, doch der Onkel spricht von Gefahr, von Gefahr für andere, Gefahr für Yaya selbst, Gefahr aber vor allem für den Seelenfrieden der anderen Jugendlichen, wie er blumig formuliert. Sie diskutieren, was jetzt und hier mit Yaya zu tun sei, anschließend führt Tony ein langes Telefongespräch mit Dr. Davidovych, bei dem Yaya seit Monaten in Behandlung ist, dann ist von einem vorübergehenden Aufenthalt in einer psychiatrischen Klinik in Wien die Rede. Abends am Lagerfeuer finde ich schließlich heraus, dass Yaya seine Medikamente in Wien vergessen hat – deshalb also der wache Eindruck, den er in den vergangenen Tagen machte, deshalb aber auch die plötzliche Aggression. Später dann, das Feuer ist zusammengesunken, die meisten sind im Haus verschwunden, nur Haluk, Djaafar, Nino, Yaya und ich sitzen noch im Freien, beginnt Yaya zu sprechen. Ich hab' sie getötet, sagt er leise und blickt zu Boden, seine rechte Hand spielt mit dem Amulett. Neinnein, du hast sie nicht getötet, niemand ist gestorben, versucht Haluk ihn zu beruhigen. Yaya beharrt darauf: Ich habe sie getötet. Haluk legt ihm eine Hand auf die Schulter und spricht beruhigend auf ihn ein. Komm, sagt er schließlich, gehen wir hinein. Yaya steht langsam auf und lässt sich ins Haus bringen. Vergesst bitte nicht, das Feuer zu löschen, wendet sich Haluk zu uns um, und wir nicken stumm. Jeder schaut gedankenverloren in die Flammen oder blickt den Funken nach, die in den Himmel steigen und zu neuen Sternbildern werden, und es ist gar nicht nötig, das Feuer zu löschen, denn wir bleiben sitzen, bis es von selbst erloschen ist.

Die Unbeschwertheit der letzten Tage ist dahin, vorbei ist die Zeit der Schwerelosigkeit, die Erde zieht die Schwebenden wieder mit rasselnden Ketten zu Boden und zwingt sie in die Fußeisen, die wartenden. Dazu passt es, dass Tomo und Afrim, ausgelöst durch einen Radiobeitrag über den Kosovo, einander in die Haare geraten, es passt dazu, dass Yaya in der Nacht gleich zweimal schreiend aufwacht, und mit ihm das ganze Haus, dass Murad Nino wegen ihrer bauchfreien T-Shirts als Hure bezeichnet, dass Kamal ihm daraufhin eine Ohrfeige verpasst. Kamals Reaktion stößt auf Verwunderung und Belustigung, niemand hätte ihm so etwas zugetraut. Du bist Bodyguard von Nino, fragt Afrim beinahe anerkennend. Er ist verknallt zu Nino, kräht Djamila fröhlich, worauf das Kamel natürlich knallrot wird.

Nicht nur Kamal straft Murad für seine Äußerung, auch die Götter zeigen ihre Missbilligung: Als wir nach dem Frühstück zu Berge ziehen, stolpert Murad und landet punktgenau in einer frischfeuchten Kuhflade. Die zugehörige Kuh, eine fahlbraune Dorfschönheit, blickt Murad aus einigen Metern Entfernung durch lange Kajalwimpern an, das Gelächter unserer Gruppe, das nicht enden will, ist ihr allerdings ein wenig ungeheuer. Es gibt also doch noch Gerechtigkeit auf dieser Welt, und ihr Götter, die ihr die Schritte von Menschen und die Verdauung von Kühen lenkt, wenn ihr schon dabei seid, bestraft doch bitte gleich alle selbst ernannten Moralapostel, religiösen Fanatiker und Fundamentalisten auf solche oder ähnliche Art, die Welt, sie wäre gewiss ein friedlicherer Ort!

Am darauffolgenden Tag wird klar, warum ausgerechnet Kamal zu Ninos Verteidigung angetreten ist. Wir sind von unserer Wanderung zurückgekehrt, im Haus wird eifrig gekocht, nachdem ich keinen Küchendienst habe, möchte ich mir vor dem vorletzten Abendmahl noch ein wenig die Beine vertreten. Ich steuere auf ein kleines Waldstück in der Nähe des Hauses zu, ich erfreue mich an den Düften der Natur, pflücke ein paar Erdbeeren am Wegesrand, lausche den munteren Waldvögelein, der weiche Boden federt bei jedem Schritt, und ich stolpere beinahe über Rotkäppchen. Sie räkelt sich im Moosbett, die schlanken Beine weit und breit geöffnet, doch sie liegt nicht alleine, die Waldnymphe, nein, und nicht der Böse Wolf ist ihr Begleiter, sondern Kamal das Kamel. Mit raschen Stößen versenkt er seinen Hirtenstab in der heiligen Nino Schoß, in den Händen des Engels sieht sie einen langen goldenen Pfeil, es kommt ihr vor, als durchbohrte er mit dem Pfeil ihr Herz, und wenn er den Pfeil wieder herauszieht, ist ihr, als zöge er den innersten Teil ihres Herzens mit heraus, und der Schmerz ist so scharf, dass er sie zu vielen Seufzern treibt, und so groß ist die Süßigkeit dieser Qual, dass sie niemals wünschen kann, sie zu verlieren, und Ninos Lockenhaupt ist ein Kranz aus gleißendem

Licht, und Kamal schließt geblendet die Augen, als er auffährt in den Himmel über Karantanien.

Die heilige Nino… Ich wusste ja, dass sie schamlos ist. Zuerst verdreht sie Lukas Neuner den Kopf, dann treibt sie sich nachtaus, nachtein mit wissen die Götter wem herum, nun also muss sogar das Kamel herhalten, denn Ninos Schamloslippenmund hat einen unstillbaren Hunger nach Frischfleisch. Jetzt hab' ich Hunger, sagt sie, wir müssen gehen zu Abendessen. Kamal nickt, ein wenig benommen noch, sie schubst ihn sanft, aber bestimmt von sich herunter, er rollt seinen Hirtenstab ein, streift die Gummimitra ab und lässt sie achtlos ins Gras fallen. Man glaube nicht, dass es mich stört, wenn Nino sich im Wald wie ein Tier vergnügt, nein, Fräulein Bakuradze soll sich ihre Geschlechtskrankheiten holen, wo und von wem sie möchte. Ich bin nicht ihr Arzt und nicht ihr Beichtvater und nicht ihr Bruder, ich bin nicht Murad, ich bin nicht an ihren Reizen interessiert, ich stehe über solchen Dingen, und außerdem gibt es für mich ja ohnehin nur Sibel, ihr allein gehören mein Herz und meine Seele.

Die beiden stehen auf. Nino lässt sich Zeit mit dem Anziehen und geizt nicht mit tiefen Einblicken, Nino schamlos, Nino schamhaarlos, sie frisiert sich das Haar mit schlanken Fingern, zupft Moosfäden aus den Locken, Nino die Waldnymphe. Nein, nicht, dass es mich stören würde – ABER WARUM MUSS SIE SICH AUSGERECHNET VON ABU-BAKR AL KAMAL BESPRINGEN LASSEN, WENN SIE DOCH GANZ ANDERE MÄNNER HABEN KÖNNTE???!!! Kamal der Satyr mit den Bocksfüßen, auch er ist noch immer nackt, sein Bockshorn, es regt sich aufs Neue, er legt seine Hände an der Nymphe Hinterhüfte, doch sie stößt ihn weg. Wir müssen gehen, Dummkopf, sagt sie, und der Satyr grinst schafisch und trottet brav hinter ihr her, als sie kurz darauf das Wäldchen verlassen.

Sibel, meine Göttin. Ich sollte Gedichte schreiben für sie. Wer ist sie, die hervorbricht wie die Morgenröte, schön wie der Mond, klar wie die Sonne, gewaltig wie ein Heer? Ich bin hinabgegangen in den Nussgarten, zu schauen die Knospen im Tal, zu schauen, ob der Weinstock sprosst, ob die Granatbäume blühen, und ohne dass ich's merkte, trieb mich mein Verlangen zu der Tochter eines Fürsten. O Gastarbeiterfürstentochter aus fernem Land, wende dich hin, wende dich her, dass ich dich schaue: Sibel am Morgen mit heiserer Stimme, die die Nacht noch in sich trägt; Sibel mit kurzen Hosen, abmarschbereit für die Wanderung; Sibel mit verschwitztem T-Shirt und wehendem Haar auf dem Gipfel; Sibel in den Strahlen der untergehenden Sonne oder im Widerschein des Lagerfeuers; Sibel im fahlen Licht des Mondes und im Gelichter meiner Träume; und Sibel bei unserer letzten Wanderung, die auf mein lange, viel zu lange hinausgezögertes Liebesgeständnis, Du liebes Kind, komm, geh' mit mir, gar schöne Spiele spiel' ich mit dir, mit peinlich berührter Miene reagiert. Ich mag dich auch gern, du bist lieb, Ali, ABER, und überhaupt, ich hab' ja einen Freund, und wie zum Beweis klingelt das Telefon: Hallo, flötet sie, das Antlitz von Freude überschwemmt, du bist schon zurück?

Was bleibt mir anderes übrig, als Trost in der Natur zu suchen, wenn auf die Menschen kein Verlass ist? Seid umschlungen, ihr unverrückbaren Felsen, seid geküsst, ihr zartblättrigen Blümelein, in stiller Andacht lasst mich streifen durch diesen frischen grünen Hain. Doch auch die Natur hat heute keinen Trost für mich, zeigt böse Farben nur: Fremd bin ich eingezogen, fremd zieh ich wieder aus, aus aus aus, geben die Felswände höhnisch zurück. Alles ist aus, ich renne, um zu vergessen, ich stürme und dränge, und plötzlich merke ich, dass ich nicht alleine bin, andere ziehen mit mir, ich kenne ihre Gesichter nicht, doch ich weiß, dass es Brüder und Schwestern sind, gleichen Willens und nämlichen Sinns. Und nun werden gemeinsam die Gipfel gestürmt, die Kreuze, bald brennen sie lichterloh, weithin sichtbar sollen sie verkünden, dass nun andere Zeiten anbrechen. Zwei Mal sind unsere Väter vor Wien gescheitert, wir aber sind gescheiter, unsere Strategie ist geschickter, wir kommen von innen, wir sind schon drinnen, wir haben die Unterwanderstiefel angezogen, wir tragen eine weiße

Weste am Leib, doch unsere Seele ist schwarz wie die Nacht, und unser Herz schlägt nicht für Österreich, nein, und nichts und niemand kann uns aufhalten, heute gehört uns Kärnten und morgen die ganze Welt. Wir stellen neue Ortsschilder auf, fort mit den widerlichen deutschen Namen, fremd muss es klingen, sonst hat es keinen Bestand, und die Welt sieht ohnmächtig zu, sie kann nichts tun, denn nichts und niemand kann uns aufhalten, heute gehört uns Kärnten und morgen die ganze Welt. Und alles dreht sich um uns, die Berge drehen sich, die Kärntner Mädchen drehen sich, die Wolken drehen sich – – – Ali, was ist los, Ali, was hast du? Ich liege im Gras, rund um mich drehen sich die Gesichter, da, da ist Sibels Gesicht, ich spüre ihre Hand auf meiner Schulter, Was hat er, warum verdreht er die Augen so, die Gesichter drehen sich langsamer, Er hat ja Schaum vor dem Mund, das Drehen hört schließlich ganz auf. Was denn, was denn, es ist nichts, sage ich, es war nur ein Scherz, versichere ich, und das Gras ist so schön weich hier. Die anderen schweigen betreten, bald danach steigen wir zum letzten Mal vom Berg hinab ins Tal, am Tag darauf kehren wir nach Wien zurück, Fremd bin ich eingezogen, fremd zieh' ich wieder aus, und nicht einen Mohr im Hemd hab' ich in zehn Tagen in diesen ungastlichen Gefilden bekommen.

10

Der Juli ist zu Ende, doch der Sommer geht weiter. Für den August haben sich unsere Wärterinnen und Wärter etwas Neues einfallen lassen: Es gibt Workshops für Film, Fotografie, Theater und Malerei, die nicht nur uns im Leo, sondern auch den anderen Jugendlichen im Haus offenstehen. Für Film und Fotografie gibt es natürlich die meisten Interessenten, für Malerei sind es schon nicht mehr so viele, im Theaterworkshop gibt es außer mir nur vier weitere Teilnehmer, Nicoleta, Adolphe, Nino und Anandyn Tserendorj, Sohn von Nuriddin und Namuna aus der Mongolei. Fünf Leute sind nicht viel, sagt Lydia, unsere Workshopleiterin, sichtlich enttäuscht, aber wir werden versuchen, das Beste daraus zu machen. Der Beginn ist mühsam, meinen Genossinnen und Genossen fehlt die Inspiration, Lydia fehlt nicht nur die Inspiration, sondern auch der Plan. Ihre Vorstellungen vom Theater sind höchst bürgerlich, sie will mit uns einzelne Szenen aus klassischen Dramen erarbeiten, o edle Einfalt, Ihr könnt mit euren eigenen Worten sprechen, wenn ihr wollt, sagt Lydia, o stille Größe, es geht darum, eure eigenen Erfahrungen einzubringen. Das ist doch Theater für Bürger des 19. Jahrhunderts, schalte ich mich ein, doch wir leben im 21. Jahrhundert, und wir sind keine Bürger, wir sind Randfiguren der Gesellschaft ohne bürgerliche Rechte, das sollten wir thematisieren. Okay, sagt Lydia, das klingt spannend, aber welche Stücke möchtest du dafür verwenden? Stücke, wer braucht denn Stücke? Wir brauchen ein paar Szenen, und die überlegen wir uns selbst. Und du glaubst, das reicht für die Bühne? Bühne, noch so ein Konzept des 19. Jahrhunderts, wir brauchen keine Bühne! Und wo sollen wir dann auftreten? Ich stehe auf.

Kommt mit, sage ich und gehe zur Tür. Zögernd folgen mir Lydia und die anderen hinaus auf den Gang. Hier, sage ich, das ist unsere Bühne. Ungläubige, verständnislose Blicke. Und wo ist Publikum, will Anandyn wissen. Wir sind unser eigenes Publikum, jeder, der vorbeikommt, ist Publikum, und hier, ich deute auf die Kamera, die über unseren Köpfen den Gang im Glasauge behält, auch hier sitzt das Publikum. Lydia blickt nachdenklich nach oben. Wer kontrolliert die Kamera, will sie wissen. Es gibt Kameras im ganzen Haus, erkläre ich, die Leitungen laufen alle in der Portierloge zusammen, und die ist Tag und Nacht mit einem von drei Zivildienstleistenden besetzt. Die Blicke bleiben skeptisch, doch nach einem halbstündigen Plädoyer – ich spreche von Überwachungsstaat, von Überwachung als Unterdrückung, von der Notwendigkeit, aus der uns zugedachten Opferrolle herauszutreten, ich fordere Selbstbestimmung und Eigenermächtigung und trete für ein Theater ein, das die Realität nicht nur interpretiert, sondern sie zu verändern sucht – habe ich Lydia schließlich überzeugt.

Meine Genossinnen und Genossen haben natürlich nichts von alldem verstanden. Um auch sie zu überzeugen, beginnen wir zum Aufwärmen mit ein paar harmlos-kindischen Spielchen: Wir postieren uns vor der Kamera und geben vor, zu trinken, zu rauchen – Der ist aber nicht echt, oder, fragt Lydia mit Blick auf einen mittelgroßen, wohlgefüllten Joint, Neinnein, natürlich nicht, beeilen wir uns zu versichern – oder zu vögeln, wobei Letzteres, Diese Sendung ist für Zuschauerinnen und Zuschauer aller Altersstufen geeignet, von Nino und mir nur durch einige höchst keusche Bewegungen angedeutet wird.

Beim zweiten Streich wenden wir uns direkt an unsere Überwacher, an diesem schönen Sommertag handelt es sich dabei um den Zivildiener Hans-Jörg Bittermann. Der Titel unserer Aktion lautet Theater für einen zivilen Diener oder Bring Me the Head of HJB. Wir haben uns durch schwarze Strumpfmasken unkenntlich gemacht, haben Transparente vorbereitet, Überwacht die Überwacher, Die Revolution hat begonnen, HJB, wir holen dich, wir halten die Transparente vor die verschiedenen Kameras und dringen, im letzten Stockwerk beginnend, immer weiter Richtung Erdgeschoss und Portierloge vor. Andere Heimbewohner weichen entsetzt zur Seite, man kann Hans-Jörgs volle Hosen schon riechen, bevor wir schließlich die Tür mit einer Stange Dynamit aus den Angeln heben, Kaaawwwummmmm steht auf dem letzten Transparent zu lesen. Herr Bittermann bettelt auf Knien um sein lausiges Leben, Das ist bitter, Mann, Aber er hat sich den Job doch nicht ausgesucht, sucht die herzensgute Nicoleta in ihrer Muttersprache fürzusprechen, doch jetzt ist nicht die Zeit für Gnadenakte, jetzt ist die Zeit für Revolutionen, Du hast dir dein Schicksal ja auch nicht ausgesucht, gebe ich zurück. Nino hingegen kennt keine Zweifel nicht, auf die heilige Nino ist Verlass, sie führt ein Schwert, ein klingendes, da hat ihn unser Gott durch Weibeshand erschlagen, und in Ermangelung eines Silbertabletts trägt sie den Kopf des Zivildieners auf einem Papierteller in den gleißenden Sommernachmittag.

Für den dritten Streich bedarf es einiger Vorbereitungen, von denen Lydia allerdings nichts mitbekommt. Gemeinsam mit Jakob nehme ich nämlich ein paar kleine Manipulationen am Überwachungssystem des Hauses vor. Auch Jakob leistet Zivildienst in dieser Anstalt, auch er ist einer unserer Überwacher, ist jedoch im Gegensatz zu Hans-Jörg von praktischem Nutzen für uns, weil er ein paar Semester Nachrichtentechnik und Informatik studiert hat. Jakob stellt zwei kleine Kameras zur Verfügung, die wir unbemerkt in den beiden Aufenthaltsräumen unserer Gefängniswärter – einer im Erdgeschoss, einer bei uns im Leo – anbringen. Dann hängen wir Zettel im ganzen Haus auf: Heute um 18 Uhr beginnt die Revolution, schaltet eure Fernsehgeräte ein, heißt es da in mehreren Sprachen. Um Punkt 18 Uhr postiere ich mich in der Portierloge, von Jakob stammt das Headset mit Mikrofon, das ich trage. Das Wichtigste: Er hat das System dahingehend manipuliert, dass von allen Fernsehgeräten im Haus die Bilder der Überwachungskameras empfangen werden können. Das Ende der Unterdrückung naht, beginne ich meine Ansprache, wehrt euch gegen die Ausbeuter, überwacht die Überwacher, lasst euch diese Bevormundung nicht länger gefallen, undsoweiterundsofort, wie eben Revolutionen so eingeleitet zu werden pflegen. Dazu gibt es Bilder aus den Aufenthaltsräumen, zuerst von jenem im Leo, nichts ahnend sitzen Haluk, Mira und der Onkel beim Kaffee- und Teeplausch, Hier sind sie, eure Gefängniswärter, Genossinnen und Genossen, dann ist der Aufenthaltsraum im Erdgeschoss zu sehen. Es findet gerade eine Sitzung statt, und während ich spreche, betritt Ewad, einer der Erwachsenenbetreuer, den Raum. Er sagt etwas, alle Blicke richten sich auf ihn, er dreht sich zur Tür um, wo in einem Regal die Kamera versteckt ist, einige seiner Kollegen treten näher, einer zeigt auf die Kamera, ein anderer holt einen Sessel, schließlich ist Ewads Gesicht direkt vor der Kamera zu sehen, das Weitwinkelobjektiv verzerrt es ins Groteske. Seht sie euch genau an, eure Überwacher, prägt euch die Gesichter ein, achtet auf jede ihrer Bewegungen, Tag und Nacht, seid immer bereit, schon beim geringsten Verdacht solltet ihr einschreiten et cetera, et cetera …

Wozu sollte das gut sein, fragt der Onkel am nächsten Tag. Wir sitzen im trauten Kreise zusammen, der Mann aus Castrop-Rauxel, Mira-mein-Täubchen, die Schöne Helena und ich, von Jakobs Beteiligung habe ich nichts verraten. Wozu soll die Überwachung gut sein, kontere ich. Lenk mal nich' ab, insistiert der böse Onkel, Aus Sicherheitsgründen, antwortet zur selben Zeit die Schöne Helena. Die Schöne Helena ist eigentlich weder schön, noch heißt sie Helena. Sie ist Leiterin dieser Anstalt und steht als solche, man möchte es kaum glauben, in der Hierarchie noch über unserem geliebten Onkel. Ihr bürgerlicher Name lautet Helene Schlagnitweit-Manastiris, der ihres Ehemannes Georgios Menelaos Manastiris. Es geht die Kunde, er warte schon seit Jahren auf ihre Entführung, doch Paris ziert sich noch und verschiebt den Trojanischen Krieg auf eine möglichst ferne Zukunft; man kann es dem guten Mann nicht wirklich verübeln, denn die Schöne Helena hat Schweißfüße, ein äußerst schroffes Auftreten und trägt mehr Bart als so mancher männliche Bewohner dieses Hauses. Unter dieser rauen Schale verbirgt sich jedoch ein weicher Kern, denn das Herz der Schönen Helena ist größer als das Haus, in dem sie arbeitet, und bietet Bett und Tisch für nahezu jeden Heimatlosen in dieser Stadt. Aus Sicherheitsgründen? Habt ihr denn Angst, dass wir euch mit dem Buschmesser die Kehle durchschneiden? Es ist in allen Flüchtlingsheimen Vorschrift, beharrt die Chefaufseherin. Vorschrift, aha, es wird also nach guter alter Tradition nur die Pflicht erfüllt? Werd nicht frech, schaltet Mira-mein-Täubchen sich ein. Es ist doch alles nur Theater, versteht ihr denn nicht, gehe ich in die Offensive. Lehnt euch entspannt zurück und genießt die Vorstellung, sie sei kostenlos. Doch die drei wollen mich nicht verstehen, haben kein Interesse an Gratistheater. Um die Sache abzukürzen: Ich bekomme eine ernsthafte Ermahnung, gehe sozusagen auf Bewährung frei, ich gebe mich geknickt und zerknirscht, streue mir Asche aufs Kräuselhaupt und gelobe, den Theaterworkshop nicht mehr für politische Manifestationen zu nutzen, gelobt sei der Herr und auch die Dame und ihr Neffe, doch nun zu Wichtigerem.

Zwei oder drei Tage später, wir verlassen gerade den Kursraum nach einer langweiligen Improvisationsreihe, werde ich Zeuge einer Szene, die neues Licht auf Nicoletas Geschichte wirft. Sie wartet im vierten Stock auf den Lift, die Tür öffnet sich, ein etwa fünfundvierzigjähriger Mann steigt aus, ich habe ihn schon das eine oder andere Mal im Haus gesehen. Nicoleta schreckt zurück, als sie ihn sieht, er grüßt sie mit schmierigem Grinsen und hält ihr ein Blatt Papier entgegen. Nicoleta streckt die Hand aus, der Mann zieht das Papier weg, sie versucht ein paar Mal, es zu erhaschen, doch jedes Mal weicht er wieder aus und lacht dabei. Nicoleta gibt auf, dreht sich um und läuft Richtung Zimmer davon. Ich komme wieder, ruft ihr der Mann auf Russisch nach, dann wendet er sich, ein zufriedenes Grinsen auf seinem Gesicht, zur Treppe. Doch halt, mein Freundchen, so nicht! Ich halte ihn auf. Was hast du da in der Hand, frage ich ihn auf Russisch. Er bleibt stehen, misst mich von oben bis unten. Na so was, ein Nigger, der Russisch spricht!

Ich hole schon zum Schlag aus, besinne mich aber eines Besseren. Was willst du von Nicoleta, herrsche ich ihn an. Er knipst wieder sein schäbiges Grinsen an. Nicoleta heißt die kleine Nutte also. Ist sie deine Braut? Diesmal schlage ich doch zu, aber nur ganz leicht, Euer Ehren, nur ganz leicht und aus rein pädagogischen Gründen. Er blickt mich völlig verdattert an, fasst sich dann vorsichtig ans linke Auge, zuckt vor Schmerz zusammen. Ich … ich … wollte nicht …, beginnt er zu stottern, und im selben Augenblick schnappe ich mir das Blatt Papier aus seiner Rechten.

Es handelt sich dabei um den Computerausdruck eines Fotos. Ein Mann ist darauf abgebildet, sein Gemächt hängt ihm halbstark aus der Hose, Nicoleta kniet vor ihm und blickt mit leicht geöffnetem Mund und unsicherem Lächeln in die Kamera, eine Hand liegt am linken Oberschenkel des Mannes, mit der anderen streicht sie sich das Haar aus der Stirn. Sie hat außer silbrig glänzenden Stöckelschuhen nichts an. Zwar wirkt sie auf dem Foto nicht ganz so dünn wie jetzt, zwar hat sie rote und nicht blonde Haare, doch es handelt sich ganz zweifelsfrei um Nicoleta. Woher hast du das, herrsche ich ihn an. Ich hab's durch Zufall entdeckt, das Internet ist voll mit Bildern von ihr. Und warum belästigst du sie damit? Ich wollte ja nur wissen, wie viel sie für ein Mal Blasen verlangt, verteidigt er sich, als wäre das das unschuldigste und selbstverständlichste Ansinnen der Welt. Willst du ein zweites blaues Auge, frage ich ihn und richte mich zu voller Größe auf. Er weicht zurück, doch die Wand lässt ihm keinen Raum. Neinnein, winselt er und duckt sich, nicht noch mal schlagen! Dann komm nie wieder, hörst du, komm nie wieder auch nur in die Nähe von Nicoleta! Ich lasse ihn gehen, er läuft die Treppe hinunter und verschwindet in den Tiefen des Hauses.

Nicoleta lässt sich an diesem Tag nicht mehr blicken, und auch an den beiden nächsten, es sind die letzten des Theaterworkshops, bleibt sie verschwunden. Ist wieder weg mit Reisetasche, meldet Nino dem Betreuerteam. Unser Workshop läuft im Gegensatz zu den anderen sang- und klanglos aus, ohne abschließende Aufführung oder sonstige Veran- oder -unstaltung. Im Rahmen des Filmworkshops ist ein Film über den Alltag im Leo entstanden, die Academy-Award-Nominierung wird sicher nicht lange auf sich warten lassen. Die Foto- und die Malereigruppe präsentieren ihre Elaborate – unbeholfene Zeichnungen und Gemälde von Blümchen und Menschen, Dutzendfotos von Menschen und Blümchen – in einer gemeinsamen Ausstellung, bei der geladene Gäste zwischen den Bildern herumwandern und sich wunderbar politisch korrekt dabei fühlen. Einzig und allein Yayas Bilder sind es wert, erwähnt zu werden. Yaya hat Talent, keiner hätte ihm das zugetraut, mit hellen Farben und luftigen, leichten Strichen hat er fünf Porträts auf Papier gezaubert, auf allen ist das gleiche junge Mädchen zu sehen, sie hat ein schönes, ausdrucksvolles Gesicht, sie lächelt, doch es ist ein trauriges, irgendwie entrücktes Lächeln. Das ist ja Oma, piepst Djamila. Nein, widerspricht Nino, Oma ist doch anders. Yaya ist verknallt zu Oma, beharrt Djamila unbeirrt und muss kichern, dann eilt sie davon, um auch den Rest der Welt über diese sensationelle Neuigkeit in Kenntnis zu setzen. Yaya sagt nichts dazu. Er ist erst kurz vor Beginn des Workshops aus der psychiatrischen Klinik zurückgekehrt, in die er nach unserem Kärnten-Aufenthalt eingeliefert wurde, er ist schweigsam und in sich gekehrt wie eh und je. Ein Ausstellungsbesucher möchte die fünf Bilder kaufen, doch Yaya lehnt ab. Der Mann erhöht den Preis, doch Yaya bleibt standhaft. Du spinnst, sagt Afrim, der zufällig danebensteht, was du kannst kaufen mit diese Geld!

Nachts träume ich. Ich sitze auf meinem Lieblingsplatz in der Astgabel des Affenbrotbaumes hinter dem Haus. Es ist Nachmittag, es ist still im Dorf, nur die Zikaden sind zu hören, ein paar Bienen oder Wespen summen um mich herum, irgendwo in der Ferne auf den Feldern bellt ein Hund. Es riecht nach Hitze, nach den Schweinen, die unter dem Baum im Staub wühlen, nach den Bohnen, die meine Mutter in der Küche zubereitet, und da ist noch dieser andere Geruch, ich weiß nicht, woher er kommt, ich weiß nicht, ob er mir gefällt oder nicht, ob es ein Duft ist oder ein Gestank. Meine Ohren sind fein, trotzdem höre ich die Soldaten nicht, erst als meine Mutter plötzlich aufschreit, weiß ich, dass sie da sind. Ich springe vom Baum, laufe am Haus entlang bis zur Ecke und spähe vorsichtig Richtung Eingang. Ein groß gewachsener Soldat steht breitbeinig davor, das Gewehr in beiden Händen. Drinnen höre ich meine Mutter und meine Schwestern schreien, ich höre das Lachen der Soldaten, meine Mutter bettelt und fleht, der Soldat am Eingang bohrt mit Daumen und Zeigefinger in der Nase. Ich blicke mich um, werfe einen Blick auf die Fenster an der Seite des Hauses, doch ich weiß, sie sind zu klein, um durchzuklettern. Der einzige Weg ins Haus führt durch die Tür. Vielleicht könnte ich den Soldaten ablenken, überlege ich, doch was dann? Was kann ich gegen die anderen bewaffneten Männer ausrichten? Ich stehe wie gelähmt an der Ecke, plötzlich, vielleicht durch irgendein Geräusch aufgeschreckt, blickt der Soldat in meine Richtung. Ich ziehe den Kopf zurück, doch zu spät, er hat mich gesehen. Ich drehe mich um, renne auf den hölzernen Schuppen hinter dem Haus zu, ich höre den Soldaten hinter mir, es fällt ein Schuss – – – und ich wache auf.

Es ist kurz nach vier Uhr morgens, Djaafar schnarcht leise, ansonsten ist es ruhig im Zimmer. Ich stehe auf, gehe in die Küche, hole mir etwas zu trinken, und es dauert lange, bis ich danach wieder einschlafen kann.

Nicoleta kehrt auch am nächsten Tag nicht zurück, doch die Besorgnis hält sich diesmal in Grenzen. Sie kommt sicher bald wieder, genauso wie letztes Mal, versucht Zakia beim Abendessen Djamila und auch sich selbst zu beruhigen. Sie weiß allerdings nicht, was ich weiß, und mir lässt die Geschichte mit dem räudigen Russen keine Ruhe. Nachdem alle inklusive Zakia sich auf ihre nächtlichen Traumpfade begeben haben, setze ich mich an den Computer und gebe die Internetadresse ein, die auf dem Blatt mit Nicoletas Foto am unteren Rand zu lesen ist. Nachts ist die Benutzung der Computer eigentlich nicht erlaubt, nachts ist außer schlafen, und das allein und mit Keuschheitsgürtel, eigentlich gar nichts erlaubt, doch wenn man nur leise genug ist, dann sind der Freiheit kaum Grenzen gesetzt. Websites mit pornografischen Inhalten sind selbstverständlich gesperrt, aber natürlich ist es für mich ein Leichtes, diese Sperre zu umgehen. Und der räudige Russe hatte recht – es gibt nicht nur ein Bild von Nicoleta, sondern mindestens zwanzig oder fünfundzwanzig, gratis und in gar nicht so übler Auflösung. Nicoleta in allen möglichen und unmöglichen Posen, Nicoleta allein, Nicoleta mit verschiedenen ungustiösen bis widerlichen Männern, Nicoleta mit Spermaspuren im Gesicht, Nicoleta mit einem Gesichtsausdruck, in dem sich Angst, Benommenheit, Traurigkeit und erzwungene Fröhlichkeit, aber nicht die geringste Erotik mischen. Ach, Nicoleta, mein armes Kind, wo bist du da hineingeraten!

Am nächsten Tag will ich mir erneut den Russen vorknöpfen, der in Wahrheit natürlich ein Tschetschene ist, kann ihn aber im ganzen Haus nicht finden. Ich versuche es auch an den folgenden Tagen, doch er scheint aus Angst vor mir das Weite gesucht und auch gefunden zu haben. Nicoleta ist hingegen zwei Tage später wieder da. Hast du wieder Bruder getroffen, fragt Afrim beim Mittagessen. Nicoleta schüttelt den Kopf. Und Brief von Mama hast du auch mit, stochert er weiter. Nicoleta, die gedankenverloren an einem Stück Brot kaut, schüttelt wieder den Kopf. Zum Glück läutet in diesem Augenblick Afrims Telefon, zum Glück für Nicoleta, zum Glück aber auch für ihn selbst, sonst hätte ich wohl wieder meine Rechte zu pädagogischen Zwecken in Anschlag bringen müssen. Komme gleich, bellt er mit vollem Mund in den Hörer, lässt den üblichen Saustall auf dem Tisch zurück und verschwindet.

Ein paar Tage später kommt mir dann der Zufall zu Hilfe. Ich bin im Betreuerbüro und unterhalte mich mit Haluk, als ich auf dem zweiten, gerade unbesetzten Schreibtisch Nicoletas Akte liegen sehe. Ich reagiere blitzschnell und bitte Haluk um einen neuen Schreibblock. Der alte ist schon voll mit Vokabeln und Übungen, lüge ich wie gedruckt. Sehr fleißig, lobt mich der Halunke und dreht sich um, öffnet die Tür zu einem der Schränke, und schon greife ich mit schwarzen Langfingern nach der Akte. Zum Glück habe ich ein Buch und eine Zeitung dabei, zwischen denen ich die gelbe Mappe verbergen kann. Ich bedanke mich artig für den Notizblock und verlasse mit einem munteren Lied auf den Lippen den Tatort.

Auf einer Parkbank unweit des Hauses mache ich es mir bequem und öffne den Ordner. Maria Nicoleta Cubreacov also, geboren am 23. März 1989 in Chisinau, damals Sowjetunion, heute Republik Moldau, Mutter Krankenschwester, Vater unbekannt. Seit 1992 wohnhaft in Tiraspol, Transnistrien, sechs Jahre Schule in Tiraspol, kein Schulabschluss, Sprachen Rumänisch und Russisch, keine Vorkenntnisse der deutschen Sprache. Fluchtgründe laut eigenen Aussagen: Seit etwa 2001 systematische Benachteiligung der rumänischsprachigen Bevölkerung Transnistriens, der Unterricht an den rumänischsprachigen Schulen wird immer wieder ausgesetzt, die Schulen zeitweise geschlossen, die Schüler schikaniert. Die Mutter verliert ihren Job als Krankenschwester und in Folge dessen auch die Wohnung. Nicoleta und ihr Bruder werden bedroht und eingeschüchtert, die Familie versucht, nach Russland oder Rumänien auszuwandern, doch das misslingt. Mutter und Bruder kommen für einige Zeit wegen angeblich staatsfeindlicher Betätigung in Haft, auch Nicoleta soll verhaftet werden, kann aber rechtzeitig das Land verlassen. Erreicht Österreich mithilfe von Schleppern, stellt im Januar 2004 Antrag auf Asyl, kommt im März desselben Jahres ins Leo, der Antrag wird im Februar 2005 in erster Instanz abgelehnt, zurzeit läuft ein Berufungsverfahren.

Enttäuscht lasse ich die Mappe sinken. Nach eingehender Lektüre von Stammdatenblatt, Einvernehmungsprotokoll, ablehnendem Asylbescheid und weiteren Papieren habe ich kaum Neues erfahren, und es gibt nichts, gar nichts, was Auskunft geben würde über die fürchterlichen Fotos. Ich schlendere zurück zum Haus, lege die Akte X wieder an ihren Ort Y, verwische meine Spuren und verlasse das Büro, und niemand hat's gesehen und keiner ist's gewesen. Doch in den Akten, so tröste ich mich selbst, ist ja ohnehin nur die halbe und nichts als die halbe Wahrheit zu finden.

11

In den letzten Augusttagen fällt die Temperatur in den Keller, und wir packen die Nerzmäntel aus und die Badehosen ein. Für Nino und Kamal geht der Sommer jedoch weiter. Hand in Hand wandeln sie über blühende Wiesen, ewigen Frühsommer im Herzen, herzen und küssen sie einander, und jeder ist erstaunt, denn niemand hätte gedacht, dass Ninos Interesse an Kamal länger als eine Woche anhalten würde. Einzig und allein Murad ist nicht erstaunt, sondern entrüstet. Wie kannst du mit Kamal schlafen, wenn du nicht mit ihm verheiratet bist, wirft er Nino auf Russisch vor. Diesmal hütet er sich jedoch, das Wort Hure in den Mund zu nehmen, seine Wange hat Kamals Ohrfeige noch nicht vergessen, er spricht nur von Ehre, die beschmutzt, von Unschuld, die verloren wurde. Niemand wird dich heiraten wollen, prophezeit er der heiligen Nino, doch die tippt sich nur an die Stirn.

Kamal teilt diesmal zwar keine Ohrfeigen aus, muss jedoch welche einstecken – Tomo erwischt die beiden nämlich, als sie auf seinem Bett dem Höhepunkt entgegenrammeln, und verpasst Kamal eine ordentliche Tracht Prügel. Wie kommt ihr dazu, Tomos Bett zu benutzen, fragt der erboste Onkel, vor dem die drei wenig später halbwegs angezogen und durchwegs betreten antreten. Wos hobt's eich denn dabei gedocht, assistiert Hans. Meine Zimmer war besetzt, antwortet Nino nach längerem Schweigen. In meine Zimmer war Djaafar, gibt das Kamel zu Protokoll. Aha, und da habt ihr euch gedacht, versauen wir einfach 'n anderes Bett. Kamal nickt. Die Strafe für die drei: Jeder, auch Tomo, bekommt zwölf Stockschläge auf die Fußsohlen. Das ist unfair, protestiert Letzterer, doch es nützt ihm nichts. Es geschieht Tomo ja auch irgendwie recht, denn ich weiß, dass Kamal die Prügel nicht nur wegen der Benutzung und Beschmutzung von Tomos Bett abbekommen hat, sondern auch aus Eifersucht: Auch Herr Tomislav Nikolić würde nämlich nur zu gerne sein Ringelschwänzlein in Rotkäppchens rosarotem Röslein versenken … Die Strafe für alle: Ab sofort ist das Schuster- und Naglergewerbe im Leo verboten. Geht auf die Donauinsel oder findet 'ne andere Möglichkeit, wenn ihr schon unbedingt Sex haben müsst, sagt der Onkel, hier im Haus schafft das nur Unfrieden. Von nun an kann man Nino mit ihrem Kamel an der Leine durch die unteren Stockwerke des Hauses streifen sehen; dem wachen Auge des Oheims und seiner Büttel entzogen, suchen sie leer stehende, unverschlossene Räume, und irgendwo findet sich immer irgendein Zimmer, und sei es nur eine Abstellkammer, in der die beiden schnell ihren Hunger stillen.

Mira ist heute wieder einmal unseres Kerkers manierliche Meisterin, zusammen mit Tony versieht sie ihren Dienst. Abends jedoch lässt Tony sie im Stich, sie bleibt allein mit ihren Schützlingen, unterstützt nur von unserem Zivildiener Fabian. Doch kaum hat Tony das Büro verlassen, steckt Lukas Liederlich Neuner seinen Kopf zur Tür herein, nicht ohne seinen Körper hinterherzuziehen. Die beiden fühlen sich unbeobachtet, und schon geht das Geschmuse los. Hier muss ich natürlich einschreiten, denn es geht nicht an, dass sich Mira auf Kosten der österreichischen Steuerzahlerinnen und -zahler während der Dienstzeit verlustiert. Ich verlasse also mein Versteck und betrete, mich im letzten Augenblick räuspernd, das Büro unter einem fadenscheinigen Vorwand. Ei, da springt es auf, hui, da wird es rot im Gesicht, so ist's recht, habt nur ein schlechtes Gewissen!

Der Lehrer ist hartnäckig. Er bleibt bei Mira im Büro, er isst mit uns zu Abend. Es wird spät, Husch, husch ins Körbchen, heißt es dann. Mira erzählt schnell noch jedem eine Gutenachtgeschichte, den Gutenachtkuss gibt es leider nur von Lukas, und dann werden brav überall die Kerzen ausgeblasen.

Ich warte eine Viertelstunde, bald wird links gesägt, dann wird rechts gesägt, ich verlasse Bett und Zimmer. Das Betreuerzimmer hat keine Löcher in der Wand, man muss also das Ohr ganz klassisch an die Tür legen. Natürlich ist dahinter des Lehrers Stimme zu vernehmen, er ist noch immer im Haus, er hat offensichtlich vor, die Nacht mit Mira zu verbringen, hat vor, sie von ihren Pflichten abzuhalten. Da predigt man uns Jugendlichen Enthaltsamkeit, verbietet uns den Verkehr im Haus, und was tun die Erwachsenen? Ich möchte nicht mit schlechtem Beispiel vorgehen, sagt Mira gerade. Vorangehen, verbessert Lukas sie. Dann hört man eine Weile nichts, wahrscheinlich hat Lukas ihr mit Lüsterzunge den Erdbeermund gestopft. Aber, Herr Lehrer, heißt es nach einer Weile entrüstet, Sie sind ja ein ganz Schlimmer. Aber ich will ja nur dein Bestes, antwortet der parthenophile Pädagoge. So, sagt Mira dann ein wenig später, und es klingt, als richtete sie sich auf und streifte sich den Rock zurecht.

Sie unterhalten sich eine Weile über geplante Verschärfungen im Asyl- und Fremdenrecht, über eine Kollegin von Lukas und schließlich über Nicoleta. Um Nicoleta mach' ich mir große Sorgen, sagt Mira, sie isst immer weniger und raucht dafür immer mehr. Sie wirkt ziemlich zerstreut, bestätigt Lukas. Dann schweigen beide. Im Krieg hab' ich übrigens auch zu rauchen begonnen, sagt Mira dann, an dem Tag, an dem unsere Wohnung von einer Granate getroffen wurde. Da hätt' ich wahrscheinlich auch zu rauchen angefangen, antwortet der Lehrer. Hast du nie geraucht? Herr Neuner schüttelt anscheinend den Kopf. Und wann hast du aufgehört, will er wissen. Als ich mit Alenka schwanger war. In Österreich hab' ich aber wieder angefangen, erst vor vier Jahren hab' ich dann ganz aufgehört.

Sie schweigen eine Weile. Wie war das eigentlich, als du nach Österreich gekommen bist, fragt Lukas dann. Wo hast du gewohnt, wie war das mit Arbeit, wie war das mit Alenka? Es war ziemlich beschissen, antwortet Mira nach einigem Zögern. Die ersten paar Monate war ich mit Alenka in einem improvisierten Flüchtlingslager im fünften Bezirk, in einer ehemaligen Fabrik. Da gab es keine Wohnungen oder Zimmer wie hier, sondern einen riesigen Raum auf jedem Stockwerk, der durch Vorhänge und Decken und Schränke abgeteilt wurde. Man hat jedes Schnarchen und Husten, jedes Kindergeschrei gehört, und wenn Paare miteinander Sex hatten, dann hat es oft das ganze Stockwerk mitbekommen. Täglich gab's Streitereien und manchmal auch Schlägereien zwischen Kroaten, Serben und Moslems, die Leute haben den Krieg im Gepäck mit nach Wien genommen und hier ausgepackt und weitergemacht, es war einfach nicht auszuhalten. Aber ich hatte Glück: Einer der Betreuer besaß so ein kleines Haus mit Garten in Hütteldorf, so einen ... wie sagt man ... Schreibergarten? Schrebergarten, verbessert der Lehrer. Genau, und er hat mir angeboten, mit Alenka dort einige Monate zu wohnen. Das war natürlich angenehmer und ruhiger als im Flüchtlingsheim, aber es wurde mir bald zu ruhig. Wieso? Ich musste einfach raus. Am liebsten waren mir möglichst belebte Orte: Fußgängerzonen, Einkaufszentren, U-Bahn-Stationen und so weiter. Ich war allein und trotzdem unter Leuten, es gab viel zu sehen, und ich musste nicht nachdenken. Irgendwann musste ich aber doch nach Hause, und abends und nachts blieb immer noch viel zu viel Zeit zum Nachdenken – und das war das Schlimmste.

Und wie hast du Arbeit gefunden, will Lukas wissen. Du bist ziemlich neugierig, neckt sie ihn. Stimmt, gibt er zu. Ich hab' versucht, Arbeit als Lehrerin zu bekommen, erzählt sie weiter, aber meine Diplome wurden nicht anerkannt. Ich hätte fast das gesamte Studium wiederholen müssen, und das mit einem kleinen Kind, ohne irgendeine Unterstützung. Mit Germanistik hatte ich keine Aussicht auf Arbeit, noch dazu hab' ich das Studium nicht abgeschlossen; ich bin also wie alle anderen Flüchtlingsfrauen putzen gegangen. Echt? Ja, echt, antwortet Mira mit einem leichten Anflug von Ärger, und frag' jetzt bitte nicht, wie es war, die Scheiße von anderen Leuten von der Klomuschel zu kratzen. Meine Karriere als Putzfrau hat aber nicht lange gedauert, denn ich hab' bald Arbeit als Dolmetscherin und Übersetzerin bekommen. Zum Glück durften wir ja damals arbeiten … Davon kann man heute leider nur träumen, sagt der Lehrer seufzend, und Mira gibt ihm recht. Weißt du übrigens, wer das Flüchtlingslager im fünften Bezirk geleitet hat? Der Lehrer weiß es natürlich nicht. Heli, die Schöne Helena, klärt die Schülerin ihn auf. Sie war unglaublich, sie war praktisch Tag und Nacht im Heim. Chefica, haben sie die Leute genannt, manche haben auch Frau General zu ihr gesagt und sich ein bisschen vor ihr gefürchtet, sogar die ärgsten Kriegshelden sind vor ihr klein geworden. Der Lehrer lacht. Das kann ich mir gut vorstellen.

Es folgt wieder Schweigen, dann hört man ein schmatzendes Geräusch und Gekicher von Mira. Hör auf, du weißt, wo das hinführt, versucht sie den offenbar völlig enthemmten Herrn Neuner auf den Pfad der Tugend zurückzubringen. Erzähl' mir lieber was von dir, etwas aus deinem Leben. Da gibt's nicht viel zu erzählen, antwortet der Lehrer, und ich bin sicher, er hat recht. Blödsinn, widerspricht Mira. Ich hab' nichts erlebt im Vergleich zu dir, zu irgendjemandem hier im Haus, gar nichts. Vielleicht hast du weniger *er*lebt, dafür aber mehr *ge*lebt? Vielleicht, aber da gibt es nichts oder nur wenig, das erzählenswert wäre. Möchtest du gerne tauschen? Nein, danke, sicher nicht. Es ist nur … es gibt einfach keine großen Geschichten zu erzählen, wenn man das Glück hat, ohne Krieg, politische Verfolgung, Armut und ähnliche Grauslichkeiten aufgewachsen zu sein. Es ist ein Privileg, aber es heißt auch, dass man ein ziemlich ereignisloses, eben geschichtenloses Leben führt. Aber wer weiß, fügt er nach einer kurzen Pause hinzu, wenn die Entwicklung so weitergeht wie in den letzten Jahren, dann werden wir vielleicht bald mehr erleben, als uns lieb ist. Wie meinst du das, fragt Mira, doch die Antwort des Lehrers höre ich nicht mehr, denn im selben Augenblick ertönt hinter mir ein Geräusch. Ich drehe mich um, es ist Yaya, der die Zimmertür hinter sich schließt und auf die Küche zusteuert. Was machst du, fragt er mich. Ich löse mein Ohr von der Tür, mache ein paar schnelle Schritte Richtung Küche. Nichts, sage ich leise, und was machst du hier? Ich kann nicht schlafen, sagt er. Ich auch nicht, ich auch nicht.

Später, Lukas hat das Haus verlassen und Mira sich in ihre nunmehr keusche Kemenate eingeschlossen, setze ich mich noch einmal an den Computer. Nicoletas Geschichte lässt mir keine Ruhe, noch einmal studiere ich ihre Fotos im Internet, nicht Lüsternheit treibt mich dazu, nein, sondern Sorge um meine Mitbewohnerin. Mit kühlem Blick betrachte ich ihren Körper, wie ein routinierter Frauenarzt, der angesichts von mammae und vaginae längst keine erotischen Gefühle mehr empfindet, und ebenso kühl studiere ich die Details im Bildhintergrund, die auf ein billiges Hotelzimmer schließen lassen. Auf einem der Fotos – Nicoleta, in aufreizender Pose an eine Tür gelehnt – bestätigt sich diese Vermutung: An der Tür hängt ein Schild, das mir beim ersten Mal entgangen ist, ein Fluchtplan wird sichtbar, als ich das Foto vergrößere, darunter sind Angaben zum Verhalten im Falle eines Feuers aufgelistet. Ich vergrößere das Bild noch weiter, zwar wird es unschärfer, doch es ist deutlich zu erkennen, dass die ersten Zeilen in kyrillischer Schrift wiedergegeben sind. Wie allgemein bekannt, werden ja für das Rumänische in Transnistrien kyrillische Lettern verwendet, ganz im Gegensatz zu Moldawien, wo man sich hauptsächlich des lateinischen Alphabets bedient, allerdings, so stelle ich schon nach wenigen Sekunden fest, ist der Text nicht in rumänischer, sondern in serbischer Sprache abgefasst. Nun ist also zumindest geklärt, wo die Fotos entstanden, nämlich nicht in Wien, sondern irgendwo in den Schluchten des Balkans, und es ist auch klar, wann sie aufgenommen wurden, nämlich nicht erst vor Kurzem, sondern schon vor Nicoletas Einreise nach Österreich. Aber was bedeutet das? Heißt es, dass Nicoleta nicht wirklich aus Transnistrien, sondern aus dem ehemaligen Jugoslawien stammt? Aber warum dann diese Scharade? Welchen Vorteil hätte Nicoleta davon? Ich schalte den Computer aus. Hier bedarf es weiterer Ermittlungen, so viel ist klar, doch letztlich gibt es ohnehin nichts, das sich auf Dauer vor mir verbergen ließe.

Als ich am nächsten Tag bei Pitra vorbeischaue, ist ihr Zimmer voller Menschen. Ungefähr fünfzehn Leute sitzen, hocken oder stehen herum und reden aufgeregt mit- und durcheinander. Die Schwarze Köchin thront in der Mitte des Raumes auf dem Boden, sie hat ihren dicken Arm um Salvas Frau Ana gelegt, Anas Kinder hängen an der Mutter, alle sind in Tränen aufgelöst. Ana versucht etwas zu erzählen, doch vor lauter Schluchzen versteht man kaum ein Wort. Was ist los, frage ich die hochschwangere Anunu, die neben der Tür sitzt, auf Ogoni. Hast du's noch nicht gehört? Was denn? Salva ist tot, sagt sie leise. Er ist ganz plötzlich gestorben, fügt Nuriddin hinzu, in der Schubhaft. Angeblich an Herzversagen.

Ich lasse mich neben den beiden auf den Boden sinken und schließe die Augen. Salva ist also tot, Salva ist also einem Herzversagen erlegen. Ich sehe ihn vor mir, jung, gesund, kraftstrotzend, ich sehe ihn mit den beiden Kindern spielen, ich erinnere mich an seine Verhaftung vor einigen Monaten. Und dann sehe ich ihn in der Gefängniszelle sitzen und warten, Tag für Tag beteuert er seine Unschuld und sehnt sich nach seinen Kindern und manchmal auch nach seiner Frau. Ich sehe Ana zu Besuch im Gefängnis, Schluss jetzt, bellt der Wärter, einer nach dem anderen verabschiedet sich, auch Ana und Salva nehmen Abschied und wissen nicht, dass es das letzte Mal sein wird. Der Wärter treibt die Häftlinge vor sich her, Salva ist der letzte in der Reihe, der Wärter beschimpft ihn, er rempelt ihn von hinten an, Dalli, dalli, du Affe. Salva geht schweigend weiter, doch dann spricht der Wärter mit obszönen Worten über Ana, er versetzt Salva einen weiteren Stoß, und da schlägt Salva zurück. Der Wärter ruft nach seinen Kollegen, helfende Hände greifen ein, der Afrikaner ist ja ein wildes Tier, es dauert eine Weile, bis es niedergerungen ist, man drückt es ein bisschen zu Boden, man stellt sich ein wenig auf es drauf, man stopft ihm halt das Maul, damit es nicht so laut brüllt, oje, jetzt atmet es nicht mehr. Wir können nichts dafür, Euer Ehren, wir sind für solche Fälle leider überhaupt nicht geschult, Euer Ehren, Herzversagen aufgrund einer angeborenen Herzschwäche, wird es im Gutachten heißen, die Sachlage ist völlig klar, das Urteil, ich sehe es ganz deutlich vor mir, wird eine Woche Hausarrest für die drei Beamten lauten. Das ist ja unerhört, protestieren sie, das ist völlig unverhältnismäßig, wir sind Justizopfer, ihre Anwälte legen Berufung ein, das Urteil wird schließlich auf drei Tage bedingtes In-der-Ecke-Stehen herabgesetzt. Ich lasse mir meine Beamten nicht schlechtreden, sagt die Bundesabschiebeministerin, als eine Zeitung das Urteil als milde bezeichnet, meine Beamten haben nach bestem Wissen und Gewissen gehandelt, Punkt, aus, Ende.

Punkt, aus, Ende, Salva ist tot. Er floh aus dem Sudan, um dem Tod durch mordende Milizen zu entgehen, in Österreich hat ihn der Tod eingeholt. Die Uniformen sind andere, doch das Ergebnis ist das Gleiche. Tot ist tot ist tot. Gestorben ist Salva übrigens schon vor einigen Tagen, Ana hat jedoch erst heute davon erfahren, als sie ihren Mann im Gefängnis besuchen wollte. Salva Minnawi, hamma net. Achso, warten's, des ist doch der, der gstorbn is, oder? Ich möchte gerne Worte des Trostes für Ana finden, doch ich suche vergebens. Pitra hält sie weiter im Arm, Pitra schafft es schließlich auch, sie zum Essen zu überreden, danach wird Ana ruhiger.

Das Begräbnis findet eine Woche später auf dem Zentralfriedhof statt. Mindestens zweihundert Leute sind gekommen, die meisten davon aus unserem Haus, andere kommen von außerhalb, sind Vertreter verschiedener Organisationen, auch ein paar Zeitungen haben ihre Blitzlichtgewittermacher geschickt, zwei Fernsehkameras richten ihren durchdringenden Blick auf die Gesichter Anas und ihrer Kinder, sie heften sich auch an Manus Tränen. Keiner kann sich seine heftige Reaktion erklären, er war nicht mit Salva befreundet, er kannte ihn kaum, trotzdem braucht er Dutzende Taschentücher, um seiner Tränen wieder Herr zu werden. Die Ministerin, deren Beamte so vorschriftsmäßig gehandelt haben, sieht keine Veranlassung, zum Begräbnis zu kommen, auch die anderen Regierungsmitglieder haben natürlich Wichtigeres zu tun, hier will dringend ein Band durchschnitten, dort eine Eröffnungsrede gehalten werden. Aus den Zeitungen erfährt man dann auch, dass die Staatsanwaltschaft Salvas Zellennachbarn als Zeugen befragen wollte, doch der wurde zwei Tage nach Salvas Tod nach Gambia abgeschoben. Die Abschiebung des betreffenden Asylwerbers war schon lange geplant und hat rein gar nichts mit dem Tod von Salva Minnawi zu tun, sagt ein Sprecher des Abschiebeministeriums, aber natürlich nicht, wer würde so etwas auch nur vermuten!

Ein Unglück kommt selten allein, und diesmal ereilt es Afrim. Neinnein, es ist nicht der Sensenmann, der gerade eben nach Salva gegriffen hat, doch mit einem Mal enthüllt sich das Geheimnis hinter Lederjacke, Telefon und anderen teuren Anschaffungen: Afrim wird von Haluk in der Nähe des Hauses beim Verkauf von Drogen erwischt. Geklärt sind damit auch die ständigen Anrufe, sein übliches: Ich komme gleich. Des Onkels erste Reaktion: Dir ist klar, dass wir nun die Polizei einschalten müssen. Ich kann Afrim aus meinem Versteck heraus zwar nicht sehen, doch man kann ihn erbleichen hören, nachdem er bis dahin die übliche Großmäuligkeit an den Tag gelegt hat. Aber … aber … war nur ganz wenig, was ich hab' verkaufen, nur ein Mal, beginnt er zu stammeln, Geld war für mein Familie in Kosovo. Oder für Telefone und Lederjacken und MP3-Player, wirft Haluk von links ein. Aber meiste für Familie, verteidigt sich Afrim. Ich dachte, es war nur ganz wenig, stößt der Onkel in die rechte Flanke, und so geht es eine Weile hin und her, der Onkel und Haluk nehmen Afrim in die Zange, wie ein Pingpongball fliegt ihr armes Opfer über den Tisch hin und her und her und hin. Dass du andere Menschen mit dem Rauschgift kaputt machst, das scheint dir egal zu sein. Neinnein, beeilt sich Afrim zu versichern, aber Flüchtling darf nicht arbeiten, wie soll ich Geld machen, wenn nicht kann arbeiten.

Es gibt eine kurze Pause. Bitte nicht, höre ich Afrim plötzlich flehen, bitte nicht Polizei! Anscheinend hat der Onkel zum Telefon gegriffen. Wir machen uns strafbar, wenn wir dich nicht anzeigen, sagt er. Du bringst das ganze Haus in Gefahr, assistiert

Haluk. Du bestätigst genau die Vorurteile, die viele Österreicher über Asylwerber haben, sagt der Onkel. Afrim sinkt hörbar in sich zusammen. Er wird sein Leben dort fortsetzen, wo Salva das seine beendet hat, im Gefängnis nämlich. Die Aussicht auf Asyl ist damit zunichtegemacht, vom Gefängnis geht es dann wohl auf direktem Weg zurück in den Kosovo, zurück an den Start, die drei Damen singen Leb wohl, leb wohl, auf Wiedersehen, doch ein solches wird es nicht geben.

Tony stößt zu den dreien dazu, der Onkel lässt das Telefon scheinbar wieder sinken. Afrim wird noch eine Weile in die Mangel genommen und schließlich hinausgeschickt, ohne dass die Polizei eingeschaltet worden wäre. Der Onkel berät sich kurz mit den beiden Betreuern, sie vereinbaren eine Krisensitzung mit dem gesamten Team plus Helene Schlagnitweit für den nächsten Tag.

In den Fernsehnachrichten sind an diesem Abend nach längerer Zeit wieder einmal Bilder aus dem Kosovo zu sehen, fünfzehn erst kürzlich zurückgekehrte Serben und Roma seien bei einer Serie von Anschlägen in einer kleinen Stadt im Westen des Landes ums Leben gekommen. Der ganz normale tägliche Wahnsinn im Kosovo ist schon lange kein Thema mehr für die Medien, ein oder zwei Tote sind zu wenig, dafür schickt man keinen Berichterstatter vor Ort in den hintersten Kosovo, für fünfzehn sieht die Sache schon wieder anders aus. Selber schuld, wenn sie zurückkommen, grummelt Afrim auf Albanisch, Kosovo gehört den Albanern.

Leider bin ich am nächsten Tag bei der Sitzung nicht dabei. Man braucht mich im Deutschkurs, der soeben wieder begonnen hat, denn Lukas Neuner hat nur noch Mira im Junggesellenkopf. Ich muss ihm tatkräftig unter die Arme greifen, damit die Sache nicht ganz aus dem Ruder läuft, und so erfahre ich erst am Nachmittag von Afrim selbst das Ergebnis: Von einer Anzeige wird trotz des Risikos für das Haus und die Betreuer Abstand genommen, doch Afrim muss unsere Einrichtung verlassen, es wird für ihn anderswo ein Platz gesucht.

12

Nachdem der Sommer schon im August temperaturmäßig von der Bühne gegangen ist, wird ihm im September auch mit bürokratischen Mitteln auf den erkalteten Leib gerückt: Die Ferien sind zu Ende, das Wintersemester hat begonnen, der Ernst des Lebens, Ernesto de la Vida, nuestro Máximo Líder, streckt ungeduldig seine Hände nach uns aus, I want you, you, and you!

Vor ein paar Monaten, es war kurz nach meiner Ankunft im Haus, gab es einen Versuch Miras, mich in ein Gymnasium zu stecken, was ich natürlich ablehnte. Ich habe wirklich Besseres zu tun, außerdem braucht man mich hier im Haus, so lauteten damals meine Argumente. Nun unternehmen Mira und der Onkel einen neuerlichen Anlauf, in meine Bildungslaufbahn einzugreifen. Es gibt da im Oktober und November 'nen neuen Kurs, lässt sich der Onkel vernehmen, 'ne Art Schnupperkurs, bei dem du dich über mehrere Berufe informieren und Verschiedenes ausprobieren kannst. Mirela meinte, das wäre vielleicht das Richtige für dich. Der Oheim ist übrigens der Einzige im Haus, der Mira bei ihrem vollen Namen nennt, das nenn' ich preußische Korrektheit. Bleibt mir vom Leib mit solchen Kursen, wehre ich ab, für so was hab' ich wirklich keine Zeit und Geduld. Aber es wäre sicher gut, um deine Integration in Österreich voranzutreiben und sie auch offiziell gegenüber den Asylbehörden belegen zu können, versucht es der Onkel weiter. Ach, die sollen sich doch selber integrieren, die Damen und Herren vom Bundesabschiebeamt! Nino wird auch den Kurs besuchen, versucht Mira mich zu ködern. Ich weiß nicht, wie sie auf die Idee kommt, Fräulein Bakuradze könnte mich auch nur irgendwie hinter irgendwelchen Öfen hervorlocken, jedenfalls aber bleibe ich standhaft bei meiner Ablehnung.

Am nächsten Tag überlege ich es mir anders, als ich erfahre, dass nicht nur Nino, sondern auch Nicoleta an dem Kurs im Oktober teilnehmen wird. Vielleicht ist das ja keine schlechte Gelegenheit, an Fräulein Cubreacu und ihrer Geschichte dranzubleiben. Du hast recht, sage ich reuevoll zu Mira, es ist sicher gut, Integrationswillen zu beweisen. Sie lobt mich und lächelt mir zu, doch ich weise beides schroff zurück.

Der September ist nicht nur ein Monat des Neubeginns, sondern auch einer des Abschieds, und zwar nicht nur vom Sommer, sondern auch von Sibel und Afrim. Sibels zweimonatiges Praktikum ist vergangene Woche zu Ende gegangen, Sibel Gündüz weilt und wirkt und wandelt nicht mehr unter uns, sie verschwindet aus unseren Köpfen und unserem Leben, wie auch wir verschwinden aus ihrem Leben und ihrem Kopf. Ganz und gar und mit Haut und Haar wird sie sich wieder ihrem Studium widmen, wird zurückkehren zu ihrem jämmerlichen Freund, und in zehn Jahren wird sie fett und stumpfäugig sein, sie wird ihren jämmerlichen Ehemann hassen, und dann, dann erst wird sie zurückdenken an Kärnten, dann erst wird sie verstehen, was sie sich hat entgehen lassen. Doch es wird längst, längst wird es zu spät sein. Uns bleibt immer noch Kärnten, wird sie denken, doch sie irrt sich, denn in meiner Erinnerung wird es kein Kärnten und keine Sibel Gündüz mehr geben, schon jetzt ist der vergangene Sommer beinahe aus meinem Gedächtnis getilgt, Kärnten, Sibel, bitte wer, was, wie, wann?

Afrim hat uns gestern verlassen, er hat seine Sachen gepackt, doch dieses Flüchtlingspack hat ohnehin nicht viel zu packen. Man hat für ihn einen Platz in einem Heim im siebenten Bezirk gefunden, die Betreuung dort ist weniger intensiv als hier im Leo. Ach, Afrim, ich hoffe, dass du dadurch nicht noch mehr auf die schiefe Drogenbahn gerätst und eines Tages im Abgeschiebe landest. Auch wenn du oft ein Schmerz im Nacken warst und ein Großmaul, so wirst du uns trotzdem fehlen! Wer wird beim Mittagessen das große Wort führen, wer wird uns mit den neuesten Klingeltönen beglücken, wer den Esstisch versauen und wer mit Tomo streiten? Auch Letzterer ist nämlich niedergeschlagen, denn bei allen Reibereien, die es zwischen ihm und Afrim gab, konnten sich doch beide darauf verlassen, im anderen tagtäglich Widerspruch zu finden, und beide fanden darin Halt und Sicherheit. Aber so ist das eben in einer Wartehalle – es herrscht ein Kommen und Gehen, und jeder kommt und geht irgendwann zum Zug, um seine Reise fortzusetzen. Ich komme besuchen, sagte Afrim, als er sich gestern verabschiedete, und vom Lift her grinste er ein letztes Mal den Zurückbleibenden zu.

Beim Mittagessen ist es merklich stiller, noch dazu hat Chin heute Küchendienst, ich lasse also die Finger von ihrem sogenannten Gulasch. Kamal scheint es zu schmecken, er bedient sich ein zweites und ein drittes Mal, doch Kamal dem Kamel dem Hausschwein schmeckt sowieso alles.

Auf dem Weg zu Pitra klopfe ich an Manus Tür. Seit Salvas Begräbnis habe ich ihn ein paar Mal besucht. Es scheint ihm nicht gut zu gehen, wahrscheinlich ist er schon zu lange hier und hält das Warten nicht mehr aus. Sein Mitbewohner öffnet mir. Manu ist nicht da, sagt er und wirkt genervt; er hat sich erst kürzlich bei seinem Betreuer darüber beschwert, dass Manu immer öfter auch nachts in seinem Zimmer auf und ab geht und dabei Selbstgespräche führt.

Pitra hat einen Gemüseeintopf mit vielen Tomaten zubereitet. Ich muss lächeln. Wusstet ihr, meine Lieben, dass das Agrarkommissariat der EU den heutigen Tag zum Tag der Tomate erklärt hat? Sie wussten es natürlich nicht, die Lieben. Ich hole mir zu essen und setze mich zu den anderen auf den Boden. Anunu erzählt gerade von einer Ziege, in der ein verzauberter Prinz steckt, Nuriddin malt danach einmal mehr mit Worten wunderschöne Bilder aus den Weiten der Wüste Gobi. Gjergi erzählt, wenn auch ein wenig unzusammenhängend, von jenen schönen Zeiten vor dem Krieg, als er noch mit Frau und Tochter in einem kleinen Haus in den Bergen seiner Heimat lebte.

Da kommt Oma zur Tür herein. Als sie entdeckt, dass auch Tony da ist, zögert sie einen Augenblick lang. Doch nein, nicht Oma zögert, es sind ihre Beine, die den Bruchteil einer Sekunde zu überlegen scheinen, ob sie die Bewegung fortsetzen und Omas Körper näher an Tony herantragen sollen oder nicht. Der Augenblick, von den anderen unbeachtet, für mich aber und wahrscheinlich auch für Tony allzu deutlich sichtbar, geht vorüber. Oma findet einen Platz auf einem der Sitzkissen, Pitra überreicht ihr eine Schüssel mit Tomateneintopf.

Du bist dran, sagt die Schwarze Köchin dann zu Tony. Erzähl' etwas aus Nigeria, bitte ich ihn, von den Ogoni, vom Niger-Delta. Oma horcht auf, Tony wirft mir einen prüfenden Blick zu: Was willst du von mir, scheint dieser Blick zu fragen. Lieber nicht, winkt er ab und erzählt stattdessen die Geschichte eines Flüchtlings aus Gambia, den er vor Jahren in London kennenlernte und der zum hoch bezahlten Fußballstar wurde.

Dann bin ich wieder mal an der Reihe. Heute ist der Tag der Tomate, beginne ich, welche Geschichte würde heute also besser passen als die von Manu dem Tomatenpflücker? Manu war nicht immer Tomatenpflücker. In seiner Heimat Guinea-Bissau gibt es keine Tomaten, denn die Cashewbäume nehmen ihnen den ganzen Platz weg. Sie wachsen im Dienste fremder Herren in den Himmel und werfen profitable Nüsse in deren Taschen ab, während ringsum die Menschen verhungern. Manu besitzt die Frechheit, nicht verhungern zu wollen. Er will nach Spanien, Spanien liegt in Europa, in Europa sind die Menschen reich, sie wohnen in großen Häusern, haben teure Autos und genug Geld für alles, was sie brauchen, Manu weiß das aus dem Fernsehen. In Spanien braucht man Tomatenpflücker, auch das weiß er aus dem Fernsehen, die Tomaten warten schon auf ihn, Wo bleibst du, flüstern sie. Manu macht sich auf den Weg durch die Wüste, doch das kostet Zeit, es ist nicht ganz ungefährlich, nicht jeder überlebt es, manche bleiben auch irgendwo hängen. Manu schafft es, er erreicht das Meer, das mittlere, er blickt nach Norden, Richtung Europa, Europa ist ein schmaler Streifen am Horizont, es sieht nicht so beeindruckend aus, wie er sich das vorgestellt hat. Wo bleibst du, Manu, rufen die Tomaten, nun schon ganz ungeduldig, doch Manu muss erst einen Weg finden, wie er das Meer überqueren kann. Es kostet Geld, es ist nicht ganz ungefährlich, nicht jeder überlebt es, manche gehen auch irgendwo unter.

Das Boot, mit dem Manu das Meer überquert, ist winzig, es ist voll gepfercht mit Menschen, die wie er alles daransetzen, nach Europa zu gelangen. Das Meer ist aufgewühlt, das Boot schaukelt bedrohlich, Manu kann genauso wie die meisten anderen nicht schwimmen. Er sitzt ziemlich weit hinten, es ist Nacht, man kann nicht viel sehen, weiter vorne, dort, wo ein schönes junges Mädchen sitzt, das Manu schon vor der Abfahrt aufgefallen ist, wird es unruhig, man sieht schemenhafte Bewegungen, man hört erstickte Schreie, die halb vom Fahrtwind überdeckt werden. Hört auf, ruft Manu nach vorne, er ruft ein zweites Mal, doch dann fühlt er plötzlich ein Stück Metall im Rücken. Sei still, schnauzt ihn einer der drei Schlepper an, und Manu ist still, und sie fahren an einigen im Wasser treibenden Leichen vorbei.

Manu schafft es, er erreicht das Gelobte Land. Von jetzt an wird alles gut, denn von jetzt an ist Manu Tomatenpflücker. Dreihundertfünfzig Kilo pro Stunde, das ist das Minimum, wer das nicht schafft, der kann gleich wieder gehen, sagt der Vorarbeiter. Manu erntet vierhundert Kilo, denn er möchte nicht gleich wieder gehen. Es ist heiß und stickig in den Gewächshäusern, der Rücken schmerzt, die Augen tränen von dem Gift, das in der Luft liegt, das an den Tomaten klebt, das Gift schleicht sich in die Lunge und ins Blut, aber die Europäer brauchen ja ihre Tomaten. Europa ist reich, in Europa leben alle im Überfluss, Manu lebt zusammen mit anderen Tomaten- und Gurken- und Erdbeerpflückern unter einem Dach aus Plastikplanen. Es gibt viele solche Hütten aus Holz und Plastik und Blech hier, sie bilden eine ganze Siedlung mit zwei-

oder dreihundert Einwohnern, nebenan liegen ein Schrottplatz und ein Friedhof.

Manu pflückt Tomaten von sechs Uhr morgens bis sechs Uhr abends, jeden Tag muss er sich erneut um Arbeit anstellen, arbeitet fünf, sechs, manchmal auch sieben Tage die Woche, meistens gibt es weniger Geld als vereinbart, manchmal auch gar keins. Beschwer' dich doch, sagt der Mann, der ihm das Geld verweigert, beschwer' dich nur, wiederholt er und lacht, und Manu pflückt weiter Tomaten, denn er ist Tomatenpflücker, und die Europäer brauchen billige Tomaten.

Eines Tages steigt er vom Tomatenpflücker zum Tomatenzerstücker auf, Gestückte Tomaten ist auf den Konservendosen zu lesen, die von einer riesigen, lauten Maschine befüllt werden. Es steht in verschiedenen Sprachen angeschrieben, auch auf Portugiesisch, Manu kann es lesen, wenn auch nur mit Mühe. Manu der Tomatenzerstücker weiß nicht, dass die Dosen auch in seine Heimat exportiert und dort für teures Geld verkauft werden, in Guinea gibt es ja keine Tomaten, denn dort, wo Tomaten wachsen könnten, stehen Cashewbäume. Er verliert die Arbeit bald wieder, auch dort bleibt man ihm Lohn schuldig, und er wird wieder zum Tomatenpflücker.

Eines Tages kommen Leute aus der nahe gelegenen Stadt in die Siedlung, sie sind wütend, Manu weiß nicht warum, denn er versteht ihre Sprache nicht. Sie sprechen aber ohnehin kaum, sie reißen und trampeln die Hütten nieder, schlagen wie wild auf Manus Nachbarn ein, einige davon sterben, manche gleich, andere erst Tage später im Krankenhaus. Manu hat sich rechtzeitig in Sicherheit gebracht, in vorläufige Sicherheit, in trügerische Sicherheit, Manu weiß, sie wird nicht lange währen. Zusammen mit den anderen baut er die Hütten wieder auf, doch ein paar Tage später schlagen die Stadtbewohner erneut zu, und da beschließt Manu, der Tomatenpflücker, Spanien zu verlassen. Und irgendwie, irgendwann landet er schließlich in Österreich, in einem Land, von dem er noch nie gehört hat, in einem Land, in dem er so friert wie nie zuvor. In Österreich, das weiß Manu zu diesem Zeitpunkt noch nicht, wird er keine Tomaten pflücken, und er wird auch sonst keiner Arbeit nachgehen, denn wie ihr alle wisst, will der Staat diese Arbeit nicht. Doch auch in Österreich, so schließe ich meine Erzählung, isst man gerne spanische Tomaten, denn spanische Tomaten sind billiger als österreichische Paradeiser. Und nun, liebe Mitbewohnerinnen und -bewohner, lasst euch die Tomaten schmecken, ich verabschiede mich heute von euch mit einem kleinen Lied: Zehn kleine Negerlein, die tanzten Ringelreih'n, sie tanzten durch die Sahara, da waren's nur noch neun. Neun kleine Negerlein, man sah sie nicht bei Nacht, sie fuhren über's Mittelmeer, da waren's nur noch acht. Acht kleine Negerlein, die war'n nun also drüben, doch eines, das ist krank gewor'n, da waren's nur noch sieben. Sieben kleine Negerlein, die trafen Kommissar Rex, der Kommissar fraß eines auf, da waren's nur noch sechs. Sechs kleine Negerlein, die stahlen ein Paar Strümpf', doch eines ward dabei erwischt, da waren's nur noch fünf. Fünf kleine Negerlein, die blieben gerne hier, doch eines wurde abgeschob'n, da waren's nur noch vier. Vier kleine Negerlein, die fühlten sich so frei, doch eines wurde eingesperrt, da waren's nur noch drei. Drei kleine Negerlein, die kauften sich ein Ei, es reichte nicht für alle aus, da waren's nur noch zwei. Zwei kleine Negerlein, die waren sich uneins, das eine schlug das andere tot, da gab es nur noch eins. Ein kleines Negerlein, das fiel hinein in' Dreck, keiner hat die Hand gereicht, da war es plötzlich weg.

Küss' die Hand, Fräulein Obranović, begrüße ich Miras Tochter auf dem Weg nach oben im Lift und lüpfe meinen imaginären Hut. Fräulein gibt's keins, sagt sie streng, hält mir aber trotzdem mit selbstverständlicher Eleganz die zarte Pranke zur Beleckung hin. Mit ebensolcher Eleganz entledige ich mich meiner Pflicht, zur Kür füge ich noch ein paar angedeutete Küsse auf den Unterarm hinzu. Das genügt für heute, entlässt sie mich schließlich huldvoll. Im vierten Stock angelangt macht sie sich auf die Suche nach ihrer Rabenmutter, die jedoch nirgendwo zu finden ist, und so setzt sich das arme, unbemutterte Kind in die Küche und erledigt seine Hausaufgaben. Ich bereite Tee zu. Möchten Sie auch Tee, Fräulein Obranović? Nein, danke, lehnt sie ab, und Fräulein gibt's noch immer keins. Brauchen Sie Hilfe, Fräulein Obranović, frage ich sie, als der Tee fertig ist. Nein, danke, Herrlein Idaulambo, lautet des frechen Kindes Antwort. Ach, es gibt keinen Respekt mehr vor älteren Menschen in dieser Welt, klage ich laut. Ich setze mich mit meiner Teetasse auf die andere Seite des Tisches, und ein paar Minuten später wird Alenka klar, wie es ja auch den meisten anderen in meiner Umgebung früher oder später klar wird, dass es doch nicht ganz ohne Ali geht. Wie schreibt man eigentlich das Wort perfekt, möchte sie wissen, mit k oder mit ck? Ach, mein Schatz, schreibst du über mich? Nein, denn wie man bescheuert schreibt, weiß ich. Und außerdem bin ich nicht dein Schatz. Okay, okay, also ohne c. Und Frustration, fragt sie kurz darauf, schreibt man das mit zwei s? Kommt drauf an, wie frustriert du bist, gebe ich zurück, sie zeigt mir ein spitziges Zünglein, und ich verlasse die Küche.

Später, als die ersten Ungeduldigen schon beim Abendessen sitzen, taucht Lukas der Lehrer auf. Hallo, Schatz, grüßt er Alenka. Ich bin nicht dein Schatz, widerspricht sie. Ich hab' ja auch nicht *mein* Schatz gesagt, rudert er zurück, sichtlich gekränkt. Ein paar Minuten später schmiegt sie sich dann aber doch zärtlich an den Lehrer, als er verspricht, mit ihr und Mira ins Kino zu gehen. Jaja, so leicht kann man Menschen kaufen, stelle ich kopfschüttelnd fest und frage mich, was er wohl Mira versprochen hat, um sie für sich zu gewinnen. Die Welt ist schlecht, die Welt ist ein großer Supermarkt, in dem alles, alles käuflich ist für die, die das nötige Kleingeld haben …

Natürlich folge ich den dreien, als sie kurz darauf das Haus verlassen, es ist nun einmal meine Pflicht. Diesmal gehe ich spazieren, während sich das Trio Ice Age 2 ansieht, und als sie danach in vaterlandsverräterischer Weise eine Pizzeria besuchen, bestelle ich zum Beweis meines unbändigen Integrationswillens in einer nahe gelegenen Konditorei einen kleinen Schwarzen und einen

Mohren im Hemd. Mein Teint harmoniert auf das Wunderbarste mit dem des Mohren, sein Hemd mit dem meinigen, dieses schöne Bild zieht natürlich auch die Aufmerksamkeit der beiden jungen Kellnerinnen auf sich. In – wie passend, wie passend – schwarze Kleidchen und weiße Schürzchen verpackt, so lehnen sie an der Theke, sie unterhalten sich flüsternd, und immer wieder wandern ihre Blicke verschämt zu mir herüber. Nachdem der Mohr seine Arbeit und Schuldigkeit getan hat, kann er gehen, er geht zu Mira und nimmt wieder seinen Beobachtungsposten ein.

Für das Kind gibt es bald einen negativen Bescheid aus dem Mutteramt: Ausweisung aus dem Wohnzimmer, Abschiebung ins Kinderzimmer, die Sicherheit des Landes ist bedroht, es war daher spruchgemäß zu entscheiden, und da hilft kein Schreien und kein Weinen und kein Strampeln mit den Beinen. Als schwachen Trost gibt es einen mütterlichen Kuss, und als der Lehrer unentschlossen danebensteht, wie es eben seine Art ist, danebenzustehen, streckt ihm das Kind die Hand zum Kusse hin, oja, das Fräulein Fräulein-gibt's-keins hat es fäustlingsdick hinter den Elfenohren!

Sie lässt sich ohne weiteren Widerstand gegen die Staatsgewalt abschieben, doch kaum sind Mira und Lukas im Schlafzimmer verschwunden, entsteigt Alenka ihrem Backfischbettlein, trippelt auf Zehenspitzlein durchs dunkle Wohnzimmer und hängt ihr Ohr an die Schlafzimmertür. Du hast vorgestern Nacht im Schlaf gesprochen, behauptet der Lehrer gerade. Was hab' ich denn erzählt, fragt Mira mit hochgezogener Braue. Ich weiß es nicht, es war offensichtlich serbokroatisch. Glück gehabt, gibt sie schnippisch zurück, dann hast du also keine Geheimnisse von mir erfahren. Vielleicht doch – wer ist Mladko? Miras Gesichtsausdruck verändert sich mit einem Schlag. Es ist der Visier-runter-Zugbrücke-hoch-Reflex, den man so oft bei uns im Heim bei allzu aufdringlichen Fragen beobachten kann. Wieso, fragt sie gedehnt. Weil du den Namen drei Mal gerufen hast, antwortet der Lehrer.

Mira, bis jetzt auf den Ellbogen gestützt und Lukas und mir zugewandt, lässt sich zurücksinken, sodass ihr Gesicht nur noch im Profil zu sehen ist. Auch bei Alenka hat der Name Mladko eine deutliche Reaktion ausgelöst, sie hat ihre Position verändert, um nur ja kein Wort zu versäumen. Mira wirft einen kurzen Blick zur Tür, als würde sie Alenkas Anwesenheit spüren. Mladko, so heißt mein Mann, sagt sie schließlich, so hieß mein Mann. Du weißt, er ist während des Krieges verschwunden. I am sorry, entschuldigt sich Lukas, ich wusste nicht …, stammelt er. Dann streckt er den Arm aus, will tröstend über ihre Wange streichen, doch sie weicht seiner Bewegung aus.

Dieser idiotische Krieg, bricht es plötzlich aus Mira hervor, hätte es diesen blöden Krieg nicht gegeben, wäre ich heute noch in Sarajevo, und ich wäre wahrscheinlich immer noch mit Mladko verheiratet. Wir kannten uns, seit wir beide zwölf waren, mit sechzehn waren wir ein Paar, mit zwanzig haben wir geheiratet. Er war der einzige Mann in meinem Leben, wir haben alles gemeinsam gemacht, alles geteilt. Und dann kam dieser Krieg. Mladko wurde eingezogen und durfte nur selten nach Hause, irgendwann kam er gar nicht mehr. Ich fragte bei der Armee nach, und es hieß, dass er seit einem bestimmten Kampf in der Nähe von Bihać vermisst wurde. Und das war's dann. Ich klammerte mich an die Hoffnung, dass er desertiert war und sich irgendwo versteckt hielt. Aber er tauchte auch nach dem Krieg nicht auf, und irgendwann hab' ich die Hoffnung aufgegeben.

Sie legt die Hand auf die Stirn, als könnte sie sich damit vor der Vergangenheit und auch vor Lukas' Blick und Fragen schützen. Sie öffnet den Mund, als wollte sie noch etwas sagen, doch dann schweigt sie. Meine Großmutter, lässt sich der Lehrer nach einer Weile vernehmen, hat mir oft erzählt, wie sie noch Jahre nach dem Ende des Krieges jeden Heimkehrerzug auf dem Bahnhof abpasste in der Hoffnung, dass ihr Mann eines Tages doch noch zurückkehren würde. Ich hab' mir das immer furchtbar vorgestellt: jedes Mal die Hoffnung auf dem Weg zum Bahnhof, jedes Mal wieder die Enttäuschung, wenn sie allein nach Hause gehen musste. Mira nickt langsam, doch man merkt ihr an, dass des Lehrers Worte nicht wirklich bei ihr angekommen sind. Ich hatte viele Jahre lang immer den gleichen Traum, erzählt sie: Das Telefon läutet, meine Mutter ist am Apparat. Dein Mann ist tot, teilt sie mir mit ungerührter Stimme mit. Ich breche in Schluchzen aus, woher weiß meine Mutter, dass er gefallen ist, frage ich mich, wieso weiß ich das noch nicht? Wann kommst du zu uns zurück, fragt sie mich. Aber du bist doch selbst schon tot, und Papa auch, will ich sagen, doch ich bringe kein Wort heraus. Meine Mutter stellt immer wieder dieselbe Frage, bis ich irgendwann aufwache.

Mira hört zu sprechen auf, dann dreht sie sich langsam zur Seite und blickt Lukas an. Herr Neuner fasst nach ihrer Hand und drückt einen zärtlichen Kuss darauf, sie lässt es geschehen. Und der Traum, den du vorgestern Nacht hattest, war das der gleiche? Keine Ahnung, ich kann mich nicht mehr daran erinnern, sagt sie schroff. Dann wünschen die beiden einander Gute Nacht. Alenka wartet noch eine Weile, steht leise auf, rafft ihre Decke zusammen und schlurft vorsichtig davon.

13

Manu ist auch am nächsten Tag nicht da. Seit vier Tagen hat ihn niemand gesehen, weder Nachbarn noch Betreuer, bei denen sich jeder Bewohner täglich melden sollte. Ich weiß nicht, wo ist er, sagt John, der mit ihm die Wohnung teilt, zur Schönen Helena. Sie steht mit zwei Betreuern im vorderen der beiden Räume, ich habe mich so auf dem Gang postiert, dass ich alles mitverfolgen kann, ohne gesehen zu werden. Der vordere Raum ist ein Durchgangszimmer, in dem sich Johns Bett, die Kochnische und ein Waschbecken befinden. Daneben liegt ein kleinerer Raum, der von Manu bewohnt wird. Die Tür zu diesem Raum ist versperrt. Manu sonst nicht macht Türe zu, sagt John. Versuch noch mal, ihn anzurufen, befiehlt die Generalin einem der beiden Betreuer. Der Befehl wird ausgeführt, und nach ein paar Sekunden hört man eine arabisch anmutende Melodie aus Manus Zimmer. Läutet ganze Tag, sagt John genervt, und auch Nacht. Scheiße, entfährt es der Generalin, Sir, yes, Sir, lautet die korrekte Antwort der beiden Offiziere, und als der Befehl zum Aufbrechen erteilt wird, stürzen sie sich mit Schraubenziehern bewaffnet der Tür entgegen. Wäre das Ganze zwei Wochen früher geschehen, so hätte man vom Baugerüst aus zumindest einen Blick in das Zimmer werfen können, doch das Gerüst wurde vor wenigen Tagen abgebaut. Das Schloss muss also dran glauben, und als es geknackt und geknickt ist und die Schöne Helena, John und die beiden Betreuer in Manus Zimmer treten, schleiche ich mich leise in den vorderen Raum. Ich weiß, die vier denken an einen ehemaligen Bewohner aus Äthiopien, der sich im vergangenen Jahr in seinem Zimmer erhängt hat, weil er das Warten nicht länger ertragen konnte.

Hilf mir mal, höre ich einen der beiden Betreuer zum anderen sagen. Ich schleiche mich näher an die Tür heran, sehe das leere, ungemachte Bett und das Fenster, doch die beiden Betreuer scheinen hinter der Tür zu Gange zu sein. Ich trete noch näher, doch da bin ich schon im Augenwinkel der Schönen Helena angelangt. Was machst du hier, bellt sie mich an. Je cherche Manu, mon Général, melde ich gehorsamst, und bevor sie mich fortschicken kann, bin ich schon in Manus Zimmer getreten. Die beiden Betreuer kommen gerade aus dem toten Gewinkel hinter der Tür hervor. Manu ist verschwunden, stellt einer der beiden mit kriminalistischem Scharfsinn fest und wischt sich die staubig gewordenen Hände an den Hosenbeinen ab, und bevor mir Frau Schlagnitweit-Manastiris in ihrer bekannt charmanten Art ebenfalls das Verschwinden nahelegt, entferne ich mich.

Wieder einmal sitze ich auf meinem Lieblingsplatz in der Astgabel des Affenbrotbaumes hinter dem Haus. Es ist Nachmittag, es ist still im Dorf, und trotzdem höre ich die Soldaten nicht kommen. Erst, als meine Mutter und meine Schwestern aufschreien, weiß ich, dass sie da sind. Eines Tages mussten sie ja auch zu uns kommen, ich wusste es, es war unvermeidlich. Ich springe vom Baum und laufe zum Eingang. Der groß gewachsene Soldat steht davor, das Gewehr in beiden Händen. Drinnen höre ich meine Mutter und meine Schwestern schreien, ich höre das Lachen der Soldaten. Ich verschwinde um die Ecke. Eines der Fenster an der Seite des Hauses gehört zur Küche. Ganz langsam richte ich mich auf, um durch das staubige, an zwei Stellen durchlöcherte Fliegengitter hindurchzuspähen. Nur zwei oder drei Meter von mir entfernt sehe ich zwei Soldaten, die meine ältere Schwester festhalten, ein dritter vergeht sich gerade an ihr, ein vierter versucht meine Mutter zu bändigen und ihre Schreie zu ersticken. Ich stehe wie gelähmt da, ich weiß nicht, was ich tun soll. Mein Vater und mein Bruder sind in die Stadt gefahren, die meisten Nachbarn sind auf den Feldern, ich kann nirgendwo Hilfe holen, allein kann ich nichts ausrichten gegen mehrere bewaffnete Männer. Plötzlich höre ich schwere Schritte, dann taucht der Soldat, der vorher vor dem Eingang stand, an der Ecke auf, er erblickt mich, ich will weglaufen, kann mich aber nicht bewegen, es fällt ein Schuss – – – und ich wache auf.

Du hast geschreit gestern Nacht, sagt Yaya am nächsten Morgen zu mir. Du musst dich irren, antworte ich ihm, ich schreie nicht im Schlaf, das hast du sicher nur geträumt.

Manu ist wieder da, erzählt mir Namuna zwei Tage später im Lift, als ich gerade auf dem Weg zum EDV-Kurs bin. Warum er fort war, weiß sie nicht, sie hat ihn selbst noch nicht gesehen, sondern nur durch John von seiner Rückkehr erfahren, doch Hauptsache, er ist wieder da und wohlauf. Wohlan, das sollte gefeiert werden, doch ich muss ja zum Kurs, nach dem Kurs vergesse ich Manu, fahre wieder in den letzten Stock, das Mittagessen ist ebenfalls zum Vergessen, und anschließend sorgt Yaya dafür, dass Manu auch für den Rest des Tages in oblivio verbleibt. Als ich nämlich nach dem Essen ins Zimmer trete, ist er gerade dabei, die fünf schönen Aquarelle, die seit dem sommerlichen Malkurs über seinem Bett hingen, von der Wand zu reißen. Eines nach dem anderen gleitet zu Boden, dann hebt er das erste auf, zieht ein Feuerzeug aus der Hosentasche und zündet eine Ecke des Papiers an. Was machst du mit den schönen Porträts, frage ich ihn bestürzt, während gefräßige Zungen das Papier verzehren. Sie zerstören das Gesicht des Mädchens, lecken gierig an Yayas Hand, doch Yaya scheint keinen Schmerz zu spüren, lässt erst im allerletzten Augenblick den kläglichen Rest des Blattes fallen. Ich hab' sie getötet, sagt er leise auf Krahn. Er bückt sich, um das nächste Blatt aufzuheben, doch da falle ich ihm sanft in den Arm. Aber hast du sie nicht in den Bildern wieder zum Leben erweckt? Ich hab' sie getötet, wiederholt er unbeirrt und fasst nach dem nächsten Aquarell. Und jetzt willst du sie ein zweites Mal umbringen? Da hält Yaya inne, die Hand bleibt in der Luft, und ich nutze die Pause, um einzugreifen. Ich nehme Yaya das Feuerzeug aus der einen, das Bild aus der anderen Hand und ziehe ihn neben mir aufs Bett. Er lässt es mit sich geschehen, doch während ich beruhigend auf ihn einspreche, wiederholt er immer nur den einen Satz: Ich hab' sie getötet, und er streicht dabei abwechselnd mit der einen und dann wieder mit der anderen Hand über sein Amulett. Willst du mehr darüber erzählen, frage ich ihn. Er schüttelt den Kopf. Irgendwann beruhigt er sich, ich schlage vor, die Bilder in meinem Spind aufzubewahren, und bin erstaunt, als er tatsächlich einwilligt. Wann immer du sie zurückhaben oder ansehen möchtest, musst du es nur sagen, versichere ich ihm, und er nickt.

Zwar nehme ich Yayas Bilder in den nächsten Tagen immer wieder zur Hand, breite sie auf dem Bett aus und versuche, im Gesicht des Mädchens zu lesen wie in den Gesichtern meiner Mitbewohner, doch vergebens. Auch lasse ich Yaya selbst nicht aus den Augen, aber natürlich warten noch zahlreiche andere Aufgaben auf mich, die gelöst werden wollen. Zu den besonders dringenden gehört sicherlich der Fall Cubreacu.

Cu-bra-cu, Nicoleta, buchstäbelt der Administrant mühselig. Cubreacu, korrigiert Nicoleta ihn mit dünner Stimme, ja, hier. Baka … Buka … Bakuradze, unterbricht Nino den Mann ungeduldig, jaja. Nikolić, Tomislav, verliest er fehlerfrei und voller Enthusiasmus, sichtlich froh, endlich einen vertraut klingenden Namen auf der Liste zu haben. Ali Idaulambo ist mein Name, und ich bin auch hier, lasse ich ihn wissen, bevor er sich auch an meinen Buchstaben vergreifen kann.

Es sind zehn Jugendliche, die sich für den Berufsschnupperkurs angemeldet haben, die Hälfte von ihnen stammt aus unserem Haus, die andere Hälfte aus anderen Etablissements. Es gibt einen einleitenden Vortrag eines gewissen Dr. Wurst, nicht Hans, nein, Franz heißt die Kanaille, klobassenbraunes Sakko, korrekt gebundene rindszungenrosa Krawatte, der versucht, uns über Sinn und Zweck und Aufbau dieses Kurses zu informieren. Es ist für Asylwerber fast unmöglich, Arbeit zu finden, erklärt er, ich bedaure das, der Gesetzgeber sieht es leider so vor, aber hin und wieder schafft man es doch, für den einen oder anderen eine Stelle aufzutreiben. Damit Sie für diesen Fall gerüstet sind, damit Sie schon jetzt ein paar Erfahrungen sammeln können – dafür gibt es diesen Kurs. Außerdem ist davon auszugehen, dass zumindest einige von Ihnen tatsächlich Asyl bekommen werden, und dann steht Ihnen natürlich das Berufsspektrum in seiner ganzen wunderbaren Breite zur Verfügung. Die Berufe, mit denen Sie im Rahmen dieses Kurses konfrontiert werden, sind also zum Teil solche, denen Sie mit etwas Glück bereits jetzt nachgehen können, andere wiederum sind anerkannten Flüchtlingen vorbehalten. Hinzufügen möchte ich aber noch, dass sich die Gesetzeslage ab kommendem Jahr wahrscheinlich ändern wird, dass also die Zugangsbestimmungen für manche Berufsgruppen andere sein könnten. Applaus, Applaus, und Abtritt Dr. Wurst.

Der erste Beruf, den Dr. Wurst oder der Gesetzgeber oder vielleicht auch eine andere, möglicherweise noch höhere Macht für uns ausgewählt hat, ist der des Straßenkehrers, ein weiser Entschluss, gibt es doch überall auf der Welt zu bekehrende Straßen, zudem benötigt man weniger Sprach- und sonstige Vorkenntnisse als in vielen anderen Sparten, obwohl nicht verschwiegen werden soll, dass sich in den letzten Jahren auch immer mehr Akademiker frohen Herzens und freien Stückes für diese zukunftsträchtige Karriere entschieden haben. Die Tage eins bis drei sind den theoretisch-philosophischen Grundlagen des Straßenkehrens gewidmet; am vierten Tag, alles ist schon gespannt und freudig erregt, dürfen wir zum ersten Mal die schneidige orangefarbene Uniform des Straßenkehrers tragen, dürfen zum ersten Mal selbst den Besen zur Hand nehmen. Zwar hat jeder von uns schon in diversen Heimen Kehrerfahrung gesammelt, doch diesmal geht es nicht um den doch so eng begrenzten Raum eines Asylwerberheims, sondern um den unendlich größeren und vor Geschichte strotzenden öffentlichen Raum; diesmal handelt es sich nicht um einen gemeinen Hausbesen, sondern um ein Werkzeug, das ein aktives Eingreifen in die Geschichte erlaubt, ein kostbares Instrument der Selbstermächtigung also, und die paar Stunden, in denen wir eingreifen, vergehen wie im Sturzflug.

Auch am fünften Tag sollen wir die Freiheit der Straße genießen, sollen Seite an Seite mit erfahrenen Veteranen den ganzen Tag draußen verbringen dürfen, doch die Wettergöttinnen und -götter haben anderes mit uns im Sinn oder Unsinn: An diesem Tag, es ist der 14. Oktober, gibt es den ersten Schnee. Für Gloria und Anandu, zwei junge Afrikanerinnen, ist es der erste ihres Lebens, sie lachen wie Kinder, versuchen die Schneeflocken einzufangen und lassen sie auf der Zunge zergehen. Zwar bleiben die dicken Flocken nicht liegen, und das Gestöber geht schon bald in Dauerregen über, doch an ein Weitermachen ist unter solchen Bedingungen nicht zu denken; statt der Straße reinigen wir also unter fachkundiger Anleitung eines Praktikers – Na, net so, du Bleampl, hobt's es bei eich daham kane Besen – die riesige Halle eines ehemaligen Schlachthofes. Heast Madl, iss was Gscheit's, du bist ja dünner ois wia da Besen, gibt der erwähnte Praktiker Nicoleta, die ich die ganze Woche nicht aus den Augen ließ, mit auf den Lebensweg. Dann werden wir vor der Zeit entlassen, wenn auch nicht fristlos, denn nach dem Wochenende wartet ja schon das nächste fröhliche Berufsgeschnupper auf uns.

Ermittlungsmäßig war diese Woche, ich muss es gestehen, ein mäßiger Erfolg, es gibt kaum etwas Neues über den Fall Cubreacu zu berichten. Die einzige, wenig erfreuliche Neuigkeit: Als Nicoleta bei der Arbeit die Ärmel aufkrempelt, entdecke ich mehrere Schnittwunden an ihrem linken Unterarm, und mein Gefühl sagt mir, dass sie sich selbige vorsätzlich zugefügt hat.

Und eines Tages, Yaya hat sich gerade auf den Weg in Dr. Davidovychs Gummizelle gemacht, ich kann also in Ruhe seine Aquarelle studieren, eines Tages spricht das Mädchen auf den Bildern zu mir. Ich heiße Adjoua, beginnt sie endlich zu erzählen, die montags Geborene. Sie kommt aus Goualé, einem kleinen Dorf im Landesinneren von Côte d'Ivoire. Adjoua ist vierzehn, als der Krieg ausbricht. Worum es in diesem Krieg eigentlich geht, das weiß niemand so genau. Es gibt Rebellen, die gegen die Regierung kämpfen, es gibt Rebellen, die auf der Seite der Regierung gegen andere Rebellen kämpfen, und dann gibt es noch Soldaten mit blauen Helmen, die die anderen am Kämpfen hindern sollen. Goualé liegt genau mittendrin zwischen allen Fronten. Männer in verschiedenen Uniformen kommen von Zeit zu Zeit ins Dorf und rauben, was sie brauchen, Geld, Lebensmittel, Hühner, Ziegen, Kühe, manchmal nehmen sie auch junge Männer, Mädchen oder Frauen mit.

Yaya – als er jetzt ins Zimmer zurückkommt, ist auch sein Gesicht mit einem Mal ein offenes Buch für mich – gehört zu einer Rebellengruppe, die aufseiten der Regierung kämpft. Er ist zwölf oder dreizehn, so genau weiß er es selbst nicht, die Soldaten haben ihn ein paar Wochen zuvor in seinem Dorf rekrutiert. Sie haben dem Chief mit Waffengewalt gedroht, der ließ alle Burschen ab zehn Jahren auf dem Dorfplatz antreten. Sie boten Geld, es war nicht wenig Geld, zusätzlich zum Sold versprachen sie freie Verpflegung, ein verlockendes Angebot, auf das einige im Dorf eingingen. Aber selbst jene, die wie Yaya das Angebot ablehnten, wurden schließlich gegen ihren Willen im Morgengrauen aus den Betten gejagt, ein Vater, der gar zu eifrig seinen Sohn zu verteidigen versuchte, wurde erschossen.

Yaya wird mitgenommen in ein Lager bei einer ehemaligen Plantage. Die Uniform, die er bekommt, ist ein wenig zu groß, sie hat ein Loch in der rechten Brusttasche, dort, wo ein Vorgänger tödlich getroffen wurde. Sie drücken ihm eine Waffe in die Hand, sie lehren ihn, wie man sie auch im Dunkeln auseinandernimmt und wieder zusammensetzt, sie beschimpfen und schinden und schlagen ihn, sie bringen ihm bei, Befehle auszuführen und zu gehorchen und mit seiner Waffe auf Menschen zu schießen. Wenn ihr das tragt, dann kann euch nichts passieren, hört ihr, sagt der Kommandant in der dritten oder vierten Woche und überreicht jedem der Neulinge einen dunkelgrünen Stein, der an einem Lederband befestigt ist. Vor jedem Kampf gibt es außerdem für alle, ob jung oder alt, einen Schluck aus der blauen Zauberflasche: Trinkt das, das macht euch unverwundbar. Das Zeug brennt in der Kehle, die Augen tränen, doch es wirkt, und Yaya hat schon mehrere schwere Kämpfe ohne den kleinsten Kratzer überstanden. Trotzdem, er gehört noch nicht richtig dazu, er ist noch kein Soldat, denn dafür muss er genauso wie jeder Neue erst eine Reihe von Mutproben bestehen.

Die ersten drei Mutproben haben Yaya und die anderen Neulinge bald hinter sich gebracht. Nun ist es Zeit für die vierte und letzte. Die Kompanie braucht neue Vorräte, es ist wieder einmal Zeit für einen Besuch in Goualé. Yaya war schon bei einem Überfall auf das Dorf dabei, dabei begegneten er und Adjoua einander das erste Mal: Yaya, der Kommandant und zwei weitere Soldaten stürmten damals Adjouas Elternhaus. Man nahm der Familie Geld ab, raubte ihnen Getreide und ein paar Ziegen, der Kommandant schoss dem Vater ins Bein, einfach so, zum Spaß, die anderen Familienmitglieder, die Mutter, Adjoua und ihre drei jüngeren Brüder, mussten tatenlos dabei zusehen. Gefällt sie dir, fragte der Kommandant und deutete mit dem Kopf auf das junge Mädchen. Yaya nickte. Dann nimm sie doch mit. Yaya blickte abwechselnd auf den Kommandanten und auf Adjoua, er wusste nicht, ob das Angebot ernst gemeint war oder nicht. Der Kommandant begann zu lachen. Wenn du noch lange zögerst, dann nehm' ich sie, drohte er. Er griff nach Adjouas Rock, zog ihn hoch, sodass ihre Scham sichtbar wurde. Da, sagte er und lachte noch lauter, damit du weißt, was dir entgeht. Dann ließ er den Rock los und befahl den Soldaten, mit dem geraubten Gut abzuziehen. Seither war kein Tag vergangen, an dem Yaya nicht an Adjoua gedacht hätte, an ihr Gesicht, noch mehr aber an das behaarte Dreieck zwischen ihren Beinen.

Jetzt ist es drei Uhr morgens, die Kompanie ist zum Aufbruch bereit. Heute ist Zeit für die letzte Mutprobe, sagt der Kommandant zu den Frischlingen, wenn ihr die besteht, gehört ihr zu uns, wenn nicht, dann darf jeder Soldat mit euch machen, was er will. Die Soldaten grölen. Keiner der Neuen traut sich zu fragen, woraus die letzte Mutprobe bestehen würde. Die Truppe bricht auf, eine halbe Stunde später ist Goualé erreicht, jedem Neuling werden fünf oder sechs Soldaten zugeteilt.

Während ringsum die ersten Schüsse fallen, befiehlt der Kommandant Yaya und vier erwachsenen Soldaten, ihm zu folgen. Yayas Herz klopft laut, er hat Angst. Wir haben was Schönes für dich ausgesucht, sagt der Kommandant, dann stehen sie vor dem Haus, in dem Adjoua wohnt. Kein Licht ist zu sehen, kein Laut zu hören. Einer der Soldaten tritt die Tür ein, mit Taschenlampen und entsicherten Waffen stürmen die vier das Haus. Nach Ihnen, sagt der Kommandant mit gespielter Höflichkeit und lässt Yaya den Vortritt.

Die Männer haben schon alle Familienmitglieder in der Küche zusammengetrieben. Wir haben nichts mehr, was ihr uns wegnehmen könntet, sagt der Vater mit zitternder Stimme. Doch, doch, antwortet der Kommandant. Er packt Adjoua am Arm und zieht sie mit einer schnellen Bewegung zu sich. Wie heißt du, mein schönes Kind, fragt er, und sie nennt kaum hörbar ihren Namen. Er reißt ihr den Rock herunter, dann das T-Shirt, jetzt stößt er sie brutal zu Boden. Der Vater versucht, sich auf ihn zu stürzen, doch die Maschinengewehre hindern ihn daran. So, sagt der Kommandant nicht unfreundlich zu Yaya, jetzt nimm sie dir endlich, du kleiner Scheißer. Das ist der erste Teil der Mutprobe, das wirst du ja wohl noch schaffen, oder? Oder bist du eine Schwuchtel? Yaya weiß zwar nicht genau, was das Wort bedeutet, aber er schüttelt den Kopf. Denk dran, wenn du zu feig' bist, dann gehörst du der Kompanie, erinnert ihn der Kommandant. Obwohl Yaya ein schlechtes Gewissen hat, merkt er, wie sich seine Männlichkeit aufrichtet: Es ist Krieg, versucht er seinen Kopf zu beruhigen, ich bin nicht freiwillig hier, und so tut er, wie ihm befohlen wird. Sein Geist sträubt sich, während sein Körper in das Mädchen eindringt. Er hat sich das erste Mal anders vorgestellt, doch der Körper kennt keine Skrupel, Yaya fühlt das Glückshormon in sich hochsteigen, es lässt sich nicht verhindern. So, und jetzt machst du sie tot, verstanden, befiehlt der Kommandant plötzlich. Die Eltern schreien beide gleichzeitig auf. Sie versuchen, aus der Reichweite ihrer Bewacher zu entkommen, doch vergeblich. Sie bitten und betteln, der Kommandant lacht nur. Bring sie endlich um, du Feigling, brüllt er dann, scheinbar enttäuscht von seinem Schützling, der mit erschlafftem Glied über dem Mädchen kauert. Jetzt dreh der kleinen Hure schon den Hals um! Yaya denkt an die Drohungen des Kommandanten und der Soldaten, er weiß, dass es keine leeren Drohungen sind, jeder weiß von den zehn- oder elf- oder zwölfjährigen Burschen, die vergewaltigt und erschlagen wurden, und langsam legen sich seine Hände um den Hals des Mädchens. Adjoua blickt ihn mit weit aufgerissenen Augen an, Todesangst im Blick, mehr aber noch ein ungläubiges Staunen: Du kannst so etwas doch nicht tun, scheinen diese Augen zu sagen, du bist doch kein schlechter Mensch. Man hört die Schreie der Eltern, auch von draußen sind Schreie und Schüsse zu hören, doch Adjoua gibt keinen Laut von sich. Yayas Hände drücken fester und fester, Adjoua wehrt sich. Schwächling, ruft einer der Soldaten, die anderen fallen ein, Schwächling, Schwächling! Ich glaub', er braucht eine Pistole, feixt einer, sonst schafft er's nicht. Kommt nicht infrage, lehnt der Kommandant ab. Er bückt sich, neben der Tür zum angrenzenden Raum liegt ein großer Stein, die Tür fällt zu, als er ihn aufhebt. Da, sagt er und überreicht ihn Yaya. Yaya zögert nur kurz, dann beginnt er mit dem Stein auf Adjouas Kopf einzuschlagen. Blut schießt hervor, der Körper des Mädchens bäumt sich auf, nach einigen Schlägen wird der Blick leer, der Körper bewegungslos, doch Yaya schlägt immer wieder zu. Der Kopf ist nur noch eine blutige Masse. Jetzt reicht's, sagt der Kommandant. Yaya hört ihn nicht, seine Hand bewegt sich mechanisch und mit großer Kraft auf und ab. Hör auf, du Arschloch, sie ist schon tot, brüllt der Kommandant, doch es braucht zwei kräftige Männer, um Yaya schließlich von dem blutüberströmten Körper loszureißen. Die Soldaten führen ihn hinaus. Jetzt mach' dir mal die Hose zu, sagt einer, was sollen denn da die Damen denken, wenn sie dich sehen. Die anderen lachen, Yaya gehorcht automatisch. Jetzt bist du einer von uns, sagen sie und klopfen ihm auf die Schulter. Im Lager gibt es später ein Fest, alle bis auf einen haben die letzte Mutprobe bestanden. Der geschundene Körper des einen, eines Dreizehnjährigen aus Yayas Dorf, taucht ein paar Tage später zwischen Goualé und dem Lager auf, Yaya und die anderen Neulinge müssen ihn begraben.

Ich lasse Yayas Aquarelle aufs Bett sinken, ich schiebe sie von mir fort, damit meine Tränen nicht die Farben verwischen. Was ist, fragt Yaya. Nichts, antworte ich, gar nichts. Gar nichts, wiederhole ich auch für Djaafar, der kurz darauf ins Zimmer kommt und mir einen fragenden Blick zuwirft. Er dringt nicht weiter in mich, sondern bedeutet mir mitzukommen. Schweigend fahren wir mit dem Lift ins Erdgeschoss und spazieren zu einem kleinen Park in der Nähe des Hauses, schweigend sitzen wir nebeneinander, während Djaafar einen Ofen für uns beide bastelt. Ich spüre, wie sich das Kraut allmählich in meinem Kopf ausbreitet, und mit dem Rauch, den ich in die Luft blase, steigt Adjouas und Yayas Geschichte langsam auf und verteilt sich im Himmel über Wien.

14

Ein weiterer Beruf, der sich bei Ausländern in Österreich schon seit Langem großer Beliebtheit erfreut, ist der des Zeitungsverkäufers, weshalb die zweite Woche unseres Schnupperkurses ebendiesem Berufsstand gewidmet ist. Mein Name ist Dietmar Jäger, aber meine Freunde nennen mich DJ, stellt sich der Vertreter eines großen Medienkonzerns vor. Nachdem ich hier nur Freunde sehe, bin ich auch für euch und für Ali einfach nur der DJ. Mit Ali meint er nicht mich, sondern einen Namensvetter aus Pakistan: hellbrauner Turban, gelb-rote Uniformjacke, ergrauter Vollbart, halb versteckt darin ein schüchtern-serviles Lächeln. Ja, Mista Didschei, bestätigt er. Der Beruf des Zeitungsverkäufers bietet gute Verdienstmöglichkeiten, flexible Arbeitszeiten, ein gutes Betriebsklima und beste Aufstiegschancen, erklärt DJ, vor allem aber ermöglicht er jungen, dynamischen Menschen einen Einstieg in die Selbstständigkeit, und das ist heutzutage *der* Weg in die berufliche Zukunft. Unser Konzern holt sich sein Menschenmaterial meistens direkt aus dem Ausland – Indien und Pakistan sind die zwei wichtigsten Märkte für uns –, aber wir sind natürlich gerne bereit, uns hin und wieder auch auf dem österreichischen Markt zu bedienen. Der Medienmann gießt ein wohlwollendes Lächeln über die zehnköpfige Jungschar, die Jungschar antwortet mit mehr oder weniger interessierten Blicken. Die heilige Nino macht ihm schöne Augen, doch er scheint keine Notiz davon zu nehmen, worauf sie mit ihrem Nachbarn Anandyn zu turteln beginnt. Der eifersüchtige Tomo versucht daraufhin, Ninos Aufmerksamkeit zu erregen, doch vergebens. Prinzipiell gibt es bei uns Arbeit in zwei Bereichen, fährt DJ fort, einerseits in der Hauszustellung, andererseits im Straßenverkauf. Diese Woche wollen wir uns dem Straßenverkauf widmen, deshalb habe ich Ali mitgebracht, einen unserer erfahrensten Verkäufer. Ein gönnerhaftes Schulterklopfen für Ali, ein kleines bisschen Rampenlicht für Ali, Applaus, Applaus für Ali, dann steht wieder da Didschei im Mittelpunkt des Geschehens. Unsere Welt ist eine Medienwelt, predigt er, se medium is se message, verkündet er, es ist aufregend, mittendrin zu sein und die Nachrichten zum Menschen zu bringen, schürt er unsere Begeisterung. Nicht wahr, Ali, heißt es alle paar Minuten, Gell, Ali, Stimmt's, Ali, und Ali knipst das Lächeln an und nickt so geflissentlich, dass ihm beinahe der Turban vom Kopf rutscht. Yes, Mista Didschei!

Mit Ali gehen wir nach einem Tag Theorie auch auf die Straße. Sein Arbeitstag beginnt kurz vor fünf Uhr früh mit der Zeitungsausgabe, wir warten mit ihm und anderen halb schlafenden Verkäufern an diesem kalten Oktobermorgen, die Zeitungen werden wie so oft verspätet ausgeliefert. Ali fährt mit dem Fahrrad zu seinem Standplatz an einer belebten Kreuzung in Meidling, wir werden mit einem Kleinbus hingekarrt. Und dann stehen wir auf der Straße und schauen Ali beim Arbeiten auf die Finger, mit Ausnahme von Nicoleta, Nicoleta sieht nämlich lieber den Kunden des Würstelstandes gegenüber beim Essen zu.

Eine Minute und fünf Sekunden dauert die Rotphase. Rot ist gut, Rot bedeutet Geschäft, Rot heißt aus dem Fenster gestreckte Arme, Rot verspricht metallisches Klingeln in der Jackentasche. Manchmal bleibt Letzteres aus, manchmal schnappt sich die Hand die Zeitung, der Fuß gibt Gas, der Mund verzieht sich zu einem triumphierenden Grinsen, das Ali aus dem Rückspiegel grüßt.

Der Verkehr verdichtet sich, wird zum Stau, Stau ist noch besser fürs Geschäft, bei Stau muss sich Ali nicht so hetzen. Nach neun löst sich der Stau zu seinem Leidwesen wieder auf, um zehn Uhr packt Ali seine Sachen und schwingt sich aufs Fahrrad. Er fährt nach Hause, sein Zuhause ist ein Zimmer mit vier Stockbetten, acht Männer aus Indien und Pakistan teilen sich das Zimmer, eine schmutzige Küche, eine desolate Dusche und eine Toilette auf dem Gang. Auch wir fahren nach Hause, Zuhause ist ein Zimmer mit zwei oder drei oder vier Betten, dort werden die nächsten Stunden verbracht, bevor wir um fünf Uhr nachmittags wieder mit Ali zusammentreffen, um die Abendschicht bis halb elf mitzuerleben.

Die Nacht ist kurz. Am nächsten Tag sind wir wieder um fünf Uhr früh bei der Zeitungsausgabe dabei, diesmal allerdings nicht nur als Zuschauer, diesmal dürfen wir auch mitmischen. Wir tragen die gleichen gelb-roten Jacken wie Ali, wir atmen dieselbe bleigeschwängerte Luft, wir leiden unter derselben Kälte, wir tanzen wie er zwischen den Autos herum. Der einzige Unterschied: Wir dürfen erst dann auf die Fahrbahn, wenn die Autos zum Stehen gekommen sind und müssen zurück auf den Gehsteig, bevor sie sich wieder in Bewegung setzen. Und so hopsen also zehn jugendliche und ein erwachsener Nicht-Österreicher zwischen tausend österreichischen Autos umher und verkaufen eine Zeitung, deren greiser Chef, wie jeder weiß, tagtäglich ein kleines, gut mariniertes Türkenkind zum Frühstück verspeist, während ein Dutzend erwachsener Fremdlinge in die Papierarena getrieben und dort vor einem ungeduldig wartenden Millionenpublikum von eigens abgerichteten Hyänen zerfleischt wird. Für Nino muss eine georgische Einbrecherbande in den Sand beißen, für Nicoleta vier moldawische Schlepper, Tomo ist ein Aufmacher über serbische Trickbetrüger gewidmet, uns allen eine Schlagzeile über die Zeitbombe Multikultigesellschaft. Kaufen Sie, solange Sie noch können, lesen Sie, bevor es zu spät ist, preise ich lautstark die Zeitung an, die Bombe tickt, rufe ich, das Ende naht! Die Hände recken sich mir entgegen, die Zeitungen gehen weg wie des Kaisers warme Semmeln. So macht man das, mein lieber Vetter, rufe ich dem staunenden Ali zu, und schon um sechs Uhr morgens kommt es zum Stau, weil die Autofahrer auch bei Grün noch vor der Kreuzung stehen, um ja ein Exemplar zu ergattern. Fahren Sie schnell nach Hause zu ihren Liebsten, warne ich eine besorgt dreinblickende Hausfrau, Sie wissen schon, wegen der Bombe! Sie gibt Gas, obwohl das SUV-

Schlachtschiff vor ihr noch nicht Segel gesetzt hat, es scheppert ein wenig, doch nicht sehr, es ist nur eine kleine Delle, der Spengler ihres Vertrauens wird von der Reparatur keine zwei Wochen leben können.

Es beginnt zu regnen, es wird kälter, der Wind weht durchs Wiental, doch ich trotze der Natur. Ich rufe weiter die Schlagzeilen aus, Ausländerkriminalität explodiert, Jeder zweite Asylwerber kriminell, Asylwerber läuft Amok, Nigerianischer Drogenring gesprengt, ich tanze zwischen den Autos, ich tanze auf den Autos, ich tanze Yankadi, Bamboula und Nightclub Two Step, auch Nino und Nicoleta und Tomo und Anandyn und die anderen tanzen mit. Ich bin ein schwarzer Neger, ich bin nicht sehr integer, warne ich einen Autofahrer, ich bin zum Schein nur Asylant, das ist der Zeitung auch bekannt, beichte ich einem Autopfarrer, ich bin ein Ausländer, ich hab' 'nen Dauerständer, raune ich einer Beifahrerin ins feine Klunkerohr, ich riech' nach Elefantendung und sorge jetzt für Umvolkung, schreie ich in die Welt hinaus, ich bin ein schlimmer Flüchteling, ich arbeit' für 'nen Drogenring, so muss ich zugeben. Es gibt ein bisschen Stau, es gibt ein bisschen Panik, es gibt ein paar kleinere Auffahrunfälle, doch es ist nichts Ernstes, und bald löst sich alles wieder in Wohlgefallen auf.

Diesmal wird allerdings keine Rücksicht auf unsere Gesundheit genommen, trotz Regen und Kälte bleiben wir bis Dienstschluss, wir verabschieden uns gegen halb elf von Ali, er fährt nach Hause für vier Stunden Schlaf, wir fahren nach Hause für vier Stunden Schlaf, und es folgen zwei weitere Tage auf den Straßen dieser schönen Stadt. Nur Nicoleta ist nicht mehr dabei, Nicoleta ist die Kälte nicht gut bekommen, zum Ausgleich ist ihre Körpertemperatur nun so hoch wie unser lieber Hans Pogatschnigg alt ist, nämlich neununddreißig. Auch mein Namensvetter Ali bekommt Fieber, seine Abwehrkräfte sind geschwächt, da er wegen des Ramadans tagsüber fastet, trotzdem muss er am nächsten Tag arbeiten. Ali ist sechsundvierzig Jahre alt, Ali sieht aus wie sechzig, doch so alt wird er wahrscheinlich nie werden.

In der Woche darauf lernen wir nach einer erneuten Begegnung mit Herrn DJ Herrn Yussuf kennen, der den Beruf des Hauszustellers ausübt. Ausländische Hauszusteller sorgen dafür, dass die Österreicherinnen und Österreicher, ohne selbst das Haus verlassen zu müssen, schon beim Frühstücksei oder -brei wissen, dass die Multikultigesellschaft eine Zeitbombe ist, exklusiv und explosiv und bumm! Yussuf führt uns treppauf, treppab, von Tür zu Tür, liftauf, liftab, von dort nach hier, die Stadt schläft, während Yussuf arbeitet, um zwei Uhr morgens müssen die Zeitungen abgeholt werden, spätestens um sechs müssen sie vor den Türen liegen. Wenn Redaktion oder Druckerei länger brauchen und die Zeitung später ausgeliefert wird, dann muss Yussuf umso schneller sein, denn wenn er sie nach sechs Uhr verteilt, dann gibt es Ärger und weniger Geld, also nimmt Yussuf, obwohl auch er wegen des Ramadans geschwächt ist, lieber zwei Stufen auf einmal, und wir mit ihm. Für uns endet das Gerenne nach ein paar Tagen, Yussuf wird noch viele Jahre weiterlaufen und Stufe um Stufe erklimmen bis zu dem Tag, an dem er umfallen wird in irgendeinem Treppenhaus in Ottakring oder Favoriten, und die Zeitung, die er all die Jahre zu den Menschen gebracht hat, wird darüber kein Wort verlieren.

Zwar sind meine Augen und Ohren überall, doch vom Leben im Heim bekommen sie wenig mit in diesen Wochen, in denen uns das heitere Berufsgeschnupper in die verschiedenen Stadtteile Wiens verschlägt. Nur sporadisch kann ich nach dem Rechten und auch dem Linken sehen, in aller Eile muss ich den Stand der Dinge erfassen und neue Entwicklungen zu Protokoll bringen, um nicht die Übersicht zu verlieren in diesem Tollhaus.

Ad Miram: Mira bekomme ich kaum zu Gesicht, wahrscheinlich hat sie ihre Dienste absichtlich so eingeteilt, dass sie hier ist, wenn ich nicht da bin. Wenn ich sie sehe, dann sieht sie mich nicht, nimmt mich nicht wahr, kümmert sich nicht um mich, ich werde mal mit dem Onkel ein ernstes Wort reden müssen. Sie hat nur Augen für den Lehrer, auch Alenka wird vernachlässigt, mutter- und vaterseelenallein muss das arme Kind durchs Leben gehen, während sich ihre Rabenmutter mit ihrem Lieblingslüstling verlustiert.

Ad Zakiam: Zakia geht es nicht gut. Verdacht auf Burnout, lautet Dr. Idaulambos Diagnose, doch Zakia will nicht hören auf ärztlichen Rat, wird also wohl oder übel übel fühlen müssen. Die Supervisionstante warnt, auch der Onkel versucht ihr ein Leisertreten nahezulegen, doch sie nimmt lautstark davon Abstand. Es gibt so viel zu tun, wer soll die Arbeit machen, antwortet sie den beiden. Sie hat recht, denn es gibt immer mehr als genug Arbeit im Haus, und sie hat unrecht, denn Entspannung wäre dringend vonnöten. Vielleicht, so mein Verdacht, verbringt sie aber auch deshalb so viel Zeit mit und bei und für uns, weil ihre langjährige Beziehung in eine Sackgasse geraten ist, weil sich der Kinderwunsch, mit dem sie jahrelang schwanger ging, nie erfüllt hat, weil sie sich zu Hause fremd und bei uns Fremden zu Hause fühlt.

Ad Adolphum et Amalum: Es ist wie Gefängnis, beklagt sich Adolphe nicht zum ersten Mal. Nein, widerspricht Tony, sein Betreuer, weil du kannst gehen, wenn es dir bei uns nicht gefällt. Adolphe wurde wieder einmal beim Trinken erwischt, wieder einmal wurde sein Alkoholvorrat beschlagnahmt, wieder einmal muss er die Moralpredigten des Betreuerteams über sich ergehen lassen. Alles ist verbotet, klagt Adolphe, wir sind kein freie Menschen. Auch unter freien Menschen muss es gewisse Regeln geben, kontert der Onkel, wenn dir die Regeln bei uns zu streng sind, dann musst du dir eben 'ne andere Bleibe suchen. Aber das wirst du ohnehin bald tun müssen, fügt er hinzu: In ein paar Monaten wird Adolphe nämlich – genauso wie Amal – offiziell achtzehn, dann muss er unsere geschützte Werkstätte verlassen. In Wirklichkeit und Wahrheit aber hat er, wie der Onkel und Tony und ich längst wissen, genauso wie Amal diesen achtzehnten Geburtstag schon seit geraumer Zeit hinter sich, in Wahrheit und Wirklichkeit sind sie beide zwanzig oder älter, beide haben sich dazu entschlossen, die Uhr ein wenig zurückzudrehen. Wir müssen langsam beginnen, einen Platz für dich zu suchen, sagt Tony, unten bei den Erwachsenen oder in einem anderen Heim.

Ad Muradem: Ein Onkel sei von der gefürchteten Miliz des tschetschenischen Präsidenten, den Kadirovtsy, entführt worden, erfährt Murad bei einem seiner seltenen und selten erfolgreichen Telefonate mit der Heimat, vor ein paar Tagen habe man seine Leiche aus einem Fluss gezogen. Ich weiß noch nicht, ob man Murad Glauben schenken oder auch nur leihen kann, doch er wirkt verstört und scheint ehrlich besorgt. Er möchte versuchen, seine Mutter und seine Schwester, die einzigen Familienmitglieder, die der jahrelange Bürgerkrieg seinen Angaben zufolge am Leben gelassen hat, nach Österreich zu bringen. Um Allah für seine Sache gnädig zu stimmen, hält sich Murad noch strenger als sonst an das Fastengebot für den Ramadan.

Ad Kamalum: Kamal ist wieder einmal der Ärmste, Kamal stürzt wieder einmal ab, diesmal nicht im buchstäblichen, sondern im übertragenen Sinne. Die Verletzungen, die er davonträgt, sind in diesem Fall nicht physischer, sondern psychischer Natur: Nino hat ihn verlassen. Nach drei Monaten wurde es Zeit für Frischfleisch, mit wölfischem Appetit begab sich Rotkäppchen auf die Jagd und fand, nachdem sich Anandyn Tserendorj als unbrauchbar erwies, das nächste Opfer im Schnupperkurs. Ninos Neuer heißt Nahum, was so viel wie Tröster bedeutet, obwohl eigentlich nicht Nino, sondern Kamal des Trostes bedürfte. Die vergangenen drei Monate haben ihm gutgetan, ein bisschen von Rotkäppchens Geist und Witz und Chuzpe haben in dieser Zeit auf ihn abgefärbt, bei der Trennung hat sie jedoch, und das ist ihr gutes Recht, die in die Beziehung eingebrachten geistigen Güter wieder eingefordert und an sich genommen, und Al-Kamál, der arme Tor, er ist so klug als wie zuvor. Aber es musste ja so kommen, denn wer sich mit Rotkäppchen einlässt, geht unweigerlich vor die Wölfe … Und trotzdem dauert mich Kamal, der, aus rosa Wattewolken gefallen, mit dumpfem Schafsblick nun nichts als graue Eintönigkeit zu sehen meint. Ich bringe mich um, sagt er, ein kleiner Geist, der große Worte kreißt. Blödsinn, schreibt Djaafar, der sich rührend des kleinen afghanischen Bruders annimmt und ihn zu trösten versucht, auf seinen Notizblock, es gibt noch viele andere Mädchen auf der Welt! Kamal schüttelt den Kopf. Es gibt nur die eine, soll die Bewegung sagen, und er will auch nichts hören oder lesen vom baldigen Verblassen der Erinnerung, das Djaafar ihm prophezeit. Er isst nichts, er geht nicht in den Deutschkurs, er wäscht sich nicht. Kamal, du stinkst, sagt Haluk, und ich muss ihm leider recht geben, und eines Tages wird Abu-Bakr al Kamal von Mira dabei erwischt, wie er sich, es hat ihn wirklich schwer erwischt, mit verzücktem Gesichtsausdruck in Ninos leerem Bett wälzt.

Zwar wird Kamal rundum bedauert, doch bei manchen hält sich das Mitgefühl in Grenzen. Mir persönlich ist es einerlei, in wessen Bett Fräulein Bakuradze sich tummelt, ich bin, wie man weiß, über solche Dinge erhaben. Tomo, der seine Eifersucht auf Kamal nur schlecht verhehlen konnte, ist nicht unglücklich, dass er nun nicht mehr tagtäglich das Geturtel der beiden miterleben muss, denn Ninos neue Beziehung spielt sich ja nun außerhalb des Hauses ab. Murad, oberster Sittenwächter im Hause, dankt Allah, dass er in seiner unendlichen Weisheit und Gerechtigkeit diese schändliche Verbindung endlich gelöst hat, was Nino außerhalb seines Gesichtskreises treibt, scheint ihn weniger zu interessieren. Auch unsere Wärter sind froh, dass der heimliche hausinterne Verkehr nun nicht mehr für Hormonstau bei den anderen Jugendlichen sorgt, doch sie freuen sich zu früh: Ninos Leben spielt sich nämlich nun fast zur Gänze außer Haus ab. Wir sind kein Hotel, kommt bald wieder, so der unvermeidliche Spruch des Onkels, zweimal pro Woche vorbeizuschauen ist zu wenig, du musst dir überlegen, ob hier bei uns der richtige Platz für dich ist oder nicht.

Miscellanea: Bei Familie Dolas ist das nächste Kind unterwegs. Während das eine noch an Halima Dolasens Busen hängt, wölbt das nächste ihr schon den Bauch, statt drei Tage pro Woche geht sie jetzt nur noch zwei Tage arbeiten und wird bald ganz aufhören,

Herr Dolas ist darüber gar nicht unglücklich. Hier werden künftige Steuerzahler in die Welt gesetzt, doch Österreich weiß mit diesem Beitrag nichts anzufangen, Österreich scheint diese Steuern nicht zu wollen, zumindest hat Gülertan Dolas einen negativen Asylbescheid zweiter Instanz zugestellt bekommen, mithilfe seiner Betreuer wirft er nun den letzten Rettungsanker aus und legt Beschwerde gegen den Bescheid ein.

Bei Gjergi gibt es keinen Nachwuchs, nicht nur, weil Gjergi Frau oder Geliebte fehlen, sondern auch, weil sein Körper durch jahrelangen Schlafentzug geschwächt und frühzeitig gealtert ist. Er hat seinen Beitrag schon geleistet, in früheren, glücklicheren Jahren, doch die einzige Tochter, die ihm und seiner Frau beschieden war, sie schläft längst mit der Mutter im Wolkengrab, nur Gjergi schläft nicht, er streift auch nicht mehr durchs Haus, nur noch selten jedenfalls, er liegt die meiste Zeit im Bett und starrt mit weit geöffneten Augen an die Decke. Komm, gehen wir spazieren, sage ich zu ihm, als ich auf dem Weg zu Pitra bei ihm anklopfe, doch er schüttelt den Kopf. Bin zu müde, sagt er. Schon mehrmals haben seine Betreuer versucht, ihn zu einer Therapie zu überreden, doch vergebens. Er lebt nicht hier bei uns im Haus, sagt Pitra. Wie meinst du das, frage ich, doch sie wiederholt nur das Gesagte. Den Stock hat er neben sich im Bett liegen, als müsse er sich auch im Liegen darauf stützen. Wahrscheinlich unternimmt er die langen Wanderungen durchs Haus nun in seinen Tagträumen, vielleicht lebt er nur noch in diesen Träumen, vielleicht ist es das, was Pitra meint.

Ich jedenfalls nehme seine Träume und die der anderen mit in mein Zimmer, in meine Träume, und auch am nächsten Tag, als wir wieder gemeinsam mit Yussuf Zeitungen austragen, verfolgen sie mich und lassen mir keine Ruhe.

15

Der November wirft den Oktober aus dem Kalender, der Ramadan geht mit dem sehnsüchtigst erwarteten Zuckerfest zu Ende, die vierte Woche unseres Schnupperkurses bricht an. Wieder sollen wir einen der raren Berufe kennenlernen, die Asylwerbern zumindest nach der derzeitigen Gesetzeslage offenstehen, diesmal ist es das älteste Gewerbe der Welt, gerne auch das horizontale genannt – der Staat, der Asylwerbern kaum Arbeitsmöglichkeiten bietet, räumt Asylwerberinnen nämlich großzügigerweise die Freiheit ein, die Freier in diesem Land zu beglücken. Da wir im Zeitalter der politisch korrekten Geschlechtshauptströmungsformung, von manchen Gendermainstreaming genannt, leben, richtet sich das Kursangebot auch an Männer, auch sie sollen von Profis lernen, wie sie ihren Körper möglichst professionell verkaufen können.

Wir absolvieren natürlich zuerst den üblichen Trockenschwimmkurs, bevor wir ins kalte Wasser der Praxis geworfen werden. Anbraten für Anfänger, so lautet der Titel eines von mehreren Einführungsvorträgen. Frau Helga und Herr Toni haben die ungeteilte Aufmerksamkeit der Zuhörerinnen und Zuhörer, doch plötzlich wird es unruhig in den vorderen Reihen. Es ist Gloria, eine junge Frau aus Uganda, sie spricht auf Nicoleta ein, während Frau Helga und Herr Toni gerade von der Wahl der richtigen Arbeitskleidung erzählen. Nicoleta lehnt sich an ihre Nachbarin. Hilfe, sagt Gloria plötzlich, sie ist … sie ist krank. Frau Helga wendet sich den beiden Mädchen zu, irritiert zuerst, dann besorgt. Sie ist …, setzt Gloria wieder an, doch es fehlt ihr das richtige Wort. Die Kleine ist ja ohnmächtig, spricht Frau Helga das fehlende Wort aus. Und dann sind plötzlich alle um Nicoleta versammelt, ihr Gesicht, das auch unter normalen Umständen keine gesunde Farbe hat, ist totenbleich, Gloria und Frau Helga und Herr Toni versuchen, sie zum Leben zu erwecken. Man öffnet ihre Weste und Bluse. Wasser, wir brauchen Wasser, ruft Toni. Macht das Fenster auf, befiehlt Helga, und dann schlägt Nicoleta die Augen wieder auf. Mit panischem Ausdruck mustert sie ein Gesicht nach dem anderen, sie blickt um sich, als wäre sie gerade von einem fremden Stern auf die Erde gefallen und hätte den ersten Kontakt mit der Gattung Homo sapiens aufgenommen. Erst nach und nach kommt sie wieder zu sich und zu uns. Hey, Nicoleta, fragt Nino, geht wieder besser, und Nicoleta nickt langsam und vorsichtig mit dem Kopf.

Die Kleine ist schwanger, sagt Frau Helga mit Kennerinnenblick, hundertprozentig. Nino blickt überrascht auf, ihr Blick geht ein paar Mal zwischen Nicoleta und Frau Helga hin und her, wird nachdenklich und auch ein wenig skeptisch. Nicoleta, gerade erst ins Leben zurückgekehrt, reagiert nicht darauf. Ist das – wenn es denn stimmt – Nicoletas Geheimnis oder jedenfalls ein Teil davon?

Die Farbe kehrt in ihr Gesicht zurück, die anderen nehmen ihre Plätze wieder ein. Wo waren wir stehen geblieben, versucht Frau Helga den Faden wiederaufzunehmen. Nino und ich begleiten Nicoleta hinaus, wir setzen uns auf schäbige Plastikstühle in einer Raucherecke, mit fahrigen Bewegungen fingert Nicoleta eine Zigarette aus ihrer Handtasche und zündet sie an. Wir sprechen nicht über das, was geschehen ist, wir reden über belanglose Dinge, selbst Nino beteiligt sich Nicoleta zuliebe an dem sanft dahinplätschernden Kleingespräch. Nino, die Gespräche mit Personen weiblichen Geschlechts normalerweise als Zeitverschwendung empfindet – wo es doch so viele Männer auf der Welt gibt –, Nino, deren Mitgefühl ansonsten an der eigenen Haustür endet, Nino kann also, wenn sie nur will. Allzu lange will sie dann aber doch nicht, Nahum, der Mann ihrer derzeitigen Träume, wartet ja im Kursraum, Nicoleta geht es ohnehin wieder besser, sie lässt uns beide also allein zurück, endlich, endlich.

Nicoleta zündet sich die nächste Zigarette an und nimmt einen tiefen Zug. Jetzt ist die Stunde der Wahrheit gekommen, jetzt gibt es kein Entkommen mehr, Frau Cubreacu. Ich muss sie überfallen, sie mit der richtigen Frage überraschen, jetzt, da sie noch ein wenig benommen ist von ihrem Ohnmachtsanfall. Bist du wirklich schwanger, das ist die erste Frage, die mir in den Sinn kommt, doch mein Instinkt rät mir davon ab. Und dann hab' ich sie, die richtige Frage, die Frage, die Licht ins Dunkel bringen und der Wahrheit zum Durchbruch verhelfen wird: Wie lange hast du eigentlich in Serbien gelebt? Nicoleta überlegt nicht lange. Ungefähr acht Monate, antwortet sie in ihrer Muttersprache, und dann greift sie sich erschrocken an die Lippen. Doch zu spät, Frau Cubreacu, zu spät, die Falle ist zugeschnappt. Woher weißt du das, fragt sie, und dann bricht plötzlich der Damm unter der Last viel zu langen Schweigens und Versteckens. Tränen stürzen aus ihren Augen, Worte strömen aus ihrem Mund, chaotische, ungeordnete Worte, die hierhin und dorthin springen, und es dauert eine ganze Weile, bis es mir gelingt, durch beruhigende Einwürfe und geschickte Fragen die Wortkaskade zu verlangsamen, in geordnete Bahnen zu lenken und umzuwandeln in einen breit dahinströmenden Erzählfluss. Dort, wo Nicoleta etwas auslässt, ergänze ich, denn jetzt, da sie zu erzählen begonnen hat, ist ihr die ganze Geschichte – und sie widerspricht natürlich in vielen Punkten der offiziellen, in den Akten verzeichneten – ohnehin deutlich am blässlichen Gesicht abzulesen.

Es stimmt, dass Nicoleta in Chisinau geboren wurde, dass sie in Tiraspol einen Großteil ihres Lebens verbrachte, dass ihre Mutter den Beruf der Krankenschwester ausübte. Was Nicoleta jedoch bisher verschwiegen hat: dass die Mutter durch eigene Schuld den Job, die Dienstwohnung und schließlich sich selbst im Alkohol verlor. Nicoleta ist zu diesem Zeitpunkt ungefähr fünf Jahre alt, der Vater ist längst nur noch eine blasse Erinnerung, die Mutter vernachlässigt sich selbst und ihre beiden Kinder mehr und mehr. Die Fürsorge tritt auf den Plan, schließlich werden Nicoleta und ihr Bruder in zwei verschiedene Heime gesteckt. Anfangs sehen sie sich einmal im Monat, dann wird der Bruder in ein anderes Heim verlegt, der Kontakt bricht ab. Die Mutter kommt zuerst noch in unregelmäßigen Abständen zu Besuch, dann hört Nicoleta auch von ihr nichts mehr. Die Versuche der Heimleitung und verschiedener staatlicher Stellen, sie aufzuspüren, schlagen fehl, irgendwann wird sie für tot erklärt.

Als reale Person verschwindet die Mutter aus Nicoletas Leben, als Geist, als Chimäre, als Wunschbild kehrt sie zurück. Meine Mutter macht dies, meine Mutter macht jenes, erzählt sie Kindern und Erziehern, und nach und nach erfindet sie sich die Mutter, die sie nie hatte, lebenslustig, liebevoll, fürsorglich, eine Mutter, die aus beruflichen Gründen vorübergehend nicht imstande ist, sich um ihre Kinder zu kümmern, die sie aber eines nicht allzu fernen Tages selbstverständlich wieder zu sich nehmen wird. Am Anfang glauben einige noch an Nicoletas Erzählungen, doch bald wird allen klar, dass die Mutter und auch der Bruder nur mehr in ihrer Fantasie existieren. Je skeptischer die anderen werden, desto mehr klammert sich Nicoleta an ihre Fantasiewelt. Irgendwann beginnt sie, sich selbst Briefe zu schicken und sie den anderen triumphierend als Lebenszeichen der Mutter zu präsentieren. Trotzdem wird sie bald als Spinnerin abgestempelt, als eine, die nicht ganz richtig im Kopf ist, sie wird gehänselt und gequält und gedemütigt und erniedrigt, meist aber einfach nur gemieden. Die Betreuer sind machtlos oder machen mit, und mehr als ein Mal denkt Nicoleta darüber nach, aus dem Heim zu flüchten.

Vor dem Heim lungern immer wieder Männer herum, sie sprechen die älteren Mädchen aus dem Haus an, sie bieten Arbeit, Arbeit als Kellnerin, als Reinigungskraft, als Au-pair- oder Zimmermädchen, Arbeit in Deutschland, Italien oder Spanien. Und manche Mädchen nehmen das Angebot an, man sieht sie nicht wieder, sie scheinen tatsächlich im Ausland gelandet zu sein, dürften wirklich Arbeit bekommen haben. Auch Nicoleta wird angesprochen, als sie fünfzehn ist, auch sie nimmt das Angebot an und verlässt eines Tages mit den wenigen Dingen, die sie besitzt, das Haus, das nie ein Zuhause war.

Zwei Wochen dauert es, bis alle Papiere besorgt, alle Formalitäten erledigt sind, zwei Wochen, die sie zusammen mit einem anderen Mädchen bei einer Frau verbringt, die wortreich die Segnungen des Westens und des Euros preist. Dann geht die Fahrt los, von Aufenthalten unterbrochen, dauert sie ungefähr eine Woche. Mit wechselnden Autos und Fahrern geht es über mehrere Grenzen hinweg, manche Fahrer sind schweigsam, manche gesprächig, einige nett, andere brutal, doch schließlich landen Nicoleta und Timea unbeschadet an ihrem Ziel, in Italien, wo sie als Kellnerinnen arbeiten sollen.

In dem Haus, in dem man die beiden unterbringt, gibt es tatsächlich ein Restaurant und eine Bar. Es ist ein zweistöckiges Gebäude an einer Ausfallstraße am Rand einer größeren Stadt. Es gibt ein paar Hotelzimmer, das Restaurant scheint gut zu gehen, die Bar noch besser, auf dem Parkplatz stehen nicht wenige teure Autos. Das kleine Dachzimmer, das man Nicoleta und Timea zuweist, ist schäbig, doch sie sind zufrieden und freuen sich auf ihr neues Leben in einem neuen Land.

Das neue Leben beginnt noch am selben Abend. Sie bekommen ihre Arbeitskleidung, die Stöckelschuhe, der Minirock und das glitzernde Oberteil kommen Nicoleta etwas seltsam vor, dann werden sie ins Büro gebracht, dort gibt es kurze Anweisungen von dem Mann, der hier der Chef zu sein scheint. Eine Frau ist dabei, der Chef nennt sie Bianca, drei Männer lungern herum, keiner davon wirkt vertrauenerweckend. Sie sollen sich unter die Leute mischen und nett zu den männlichen Gästen sein, erklärt der Chef auf Russisch, sie sollen sich auf möglichst teure Getränke einladen lassen und alles tun, was man von ihnen verlangt. Wenn einer der Männer mit ihnen allein sein möchte, dann sollen sie sich von Bianca einen Zimmerschlüssel holen, hundertfünfzig Euro seien im Voraus an Bianca zu bezahlen, der Anteil der Mädchen würde auf ein für sie eingerichtetes Konto gehen. Was die Preise für Extras betraf, sollten sie sich ebenfalls an Bianca wenden, die wüsste über alles Bescheid. Nicoleta versteht nicht wirklich, wovon er spricht, und als Timea mit dünner Stimme einwendet, dass sie doch als Kellnerinnen arbeiten sollten, beginnt der Chef plötzlich zu brüllen. Bianca und die drei Männer hören schweigend zu, doch auf ein Zeichen ihres Chefs stürzen sich die Männer auf die Mädchen, zuerst gibt es Prügel, dann geschieht den beiden das, was ihnen in den kommenden Monaten noch Hunderte Male von Hunderten Männern angetan werden würde.

Die Illusion ist dahin, und es dauert noch einige Tage, bis den Mädchen klar wird, dass sie auch nicht im ersehnten Italien, sondern in Niš in Serbien gelandet sind. Die Männer, die um die insgesamt fünf Mädchen oder Frauen mit ihrer Brieftasche freien, kommen aus der Stadt und der näheren und weiteren Umgebung, es sind Geschäftsleute und leitende Angestellte, höhere Polizei- und Zollbeamte, Lokalpolitiker und -prominenz, Offiziere und Unteroffiziere aus einer nahe gelegenen Kaserne, manchmal auch Fernfahrer aus den unterschiedlichsten Ländern. Manche von ihnen sind Junggesellen, die meisten jedoch Familienväter, gesprochen wird Russisch, Englisch oder eine Art Balkan-Esperanto.

Das Konto, von dem die Rede war, gibt es nicht. Und wer, glaubst du, hat eure Reise bezahlt, eure Papiere, die Fahrer, die Übernachtungen, wer übernimmt das Risiko, brüllt der Chef, als Nicoleta ihn darauf anspricht, wer zahlt hier für Unterkunft und Essen und Arbeitskleidung? Das muss alles erst einmal beglichen werden, dann reden wir weiter.

Vom ersten Tag an denkt Nicoleta an Flucht, jede der jungen Frauen denkt daran. Tanja und Irina, die schon seit einigen Monaten hier sind, haben es versucht, beide sind nicht weit gekommen, die Leibwächter des Chefs haben sie halb totgeprügelt. Nicoleta weiß, dass der Chef alle Reisepässe im Tresor aufbewahrt; als sie ihn einmal darauf anspricht, wird sie einfach ausgelacht. Trotz der Warnung von Zsuzsa, der Ältesten, wendet sie sich eines Tages an einen Polizeibeamten, der mit ihr aufs Zimmer geht. Sei still, befiehlt er ihr, als sie von ihrem Leid zu erzählen beginnt. Als sie weiterspricht und ihn anfleht, schlägt er sie so heftig ins Gesicht, dass ihre Nase zu bluten beginnt und lange nicht aufhört. Eine halbe Stunde später holt der Chef sie zu sich und verprügelt sie persönlich.

Das Spiel wiederholt sich mit einem Geschäftsmann, der ihr sympathisch erscheint, es wiederholt sich mit dem Vizebürgermeister, der ihr verspricht, etwas für sie zu tun, aber gleich anschließend den Chef informiert. Eines Tages kommt ein junger Fotograf ins Haus, an drei Tagen hintereinander fotografiert er die Mädchen in den verschiedensten Positionen, allein, zu zweit, zu dritt, mit männlichen oder weiblichen Partnern, er ist ruhig, er ist höflich, trotz Angst vor weiterer Prügel fleht Nicoleta ihn in einem unbeobachteten Moment um Hilfe an. Er müsse nachdenken, sagt er, und er tut es vielleicht auch, doch dem Denken folgt kein Handeln, Nicoleta hört nie wieder von ihm.

Und dann taucht eines Tages Kurt auf. Kurt ist Fernfahrer aus Oberösterreich, er ist mit fünfundzwanzig Tonnen Textilien unterwegs von Istanbul nach Wien. Kurt feiert an diesem Tag seinen dreiundvierzigsten Geburtstag, seine Frau und seine Mutter und zwei Freunde haben ihm schon gratuliert, er war bisher schnell unterwegs, zur Belohnung gönnt er sich nun eine Pause. Nach dem Essen und einem kurzen Abstecher an die Bar verschwindet er mit Zsuzsa im ersten Stock, er kennt sie bereits von einem früheren Aufenthalt, sie ist genauso alt wie er. Als er bald darauf mit zufriedenem Gesichtsausdruck wieder an die Bar tritt, ist Nicoletas Augenblick gekommen. Sie hat zuvor ein paar Worte mit ihm gewechselt, Worte in einem Gemisch aus Deutsch, Englisch, Russisch und Rumänisch, gut gelaunte Worte, denn Kurt ist in Feierlaune, nun zieht sie ihn im Flur in eine Ecke und spricht auf ihn ein, bittet, fleht – und Kurt sagt Ja. Ich habe kein Geld, sagt Nicoleta. Na, dann zahlst eben in Naturalien, lautet seine joviale Antwort, und Nicoleta versteht und nickt. Ein paar Minuten später sind sie in Kurts Sattelschlepper, Kurt fährt, Nicoleta liegt in der Schlafkabine hinter ihm. Du bist mei Geburtstagsgeschenk, sagt er ein paar Mal und lacht hell auf, erst nach mehr als einer Stunde erlaubt er ihr, sich auf den Beifahrersitz zu setzen, und seine Blicke in den Rückspiegel werden seltener und entspannter.

Kurt spricht und versteht sogar ein paar Brocken Rumänisch, seine erste Frau – mittlerweile ist er bei der dritten angelangt – war Rumänin. Sie haben nicht vereinbart, bis wohin Nicoleta mitfahren würde, nur weg aus ihrem Gefängnis, möglichst weit weg, das war alles, was zählte. Als sie sich nun der Grenze zwischen Serbien und Ungarn nähern, fragt Kurt nach ihrem Reisepass, als sie antwortet, sie habe keinen, steigt er plötzlich auf die Bremse und lässt den Lkw am Straßenrand ausrollen. Er fängt zu fluchen an. Nicoleta bettelt und fleht erneut. Ich bezahle, verspricht sie, ich bezahle. Kurt macht eine wegwerfende Handbewegung. I geh' doch net ins Gfängnis wegen dir, empört er sich, doch dann stößt er plötzlich einen großen Seufzer aus. I waaß net, warum i ma des antua, murmelt er vor sich hin, während er das Handschuhfach aushängt und mit einem Schraubenzieher einen Teil der Verkleidung entfernt. Zwischen Armaturenbrett und Vorderfront wird ein enger, lang gestreckter Hohlraum sichtbar. Kurt hat darin ungefähr dreißig oder vierzig Stangen Zigaretten und ein paar Flaschen Whisky gelagert, die er nun anders verteilt. Da, sagt er und deutet auf die Lüftungsklappe, nachdem er Nicoleta geholfen hat, ihr Versteck einzunehmen, da ist Luft. Nicoleta nickt, und Kurt schließt die Verkleidung.

Sie erreichen die serbische Seite der Grenze, es ist spät, es sind kaum Pkws unterwegs und nur ein Lkw vor Kurt. Er kennt die beiden diensthabenden Zöllner, er begrüßt sie wie alte Bekannte, scherzt und lacht mit ihnen, reicht ihnen ein paar Bierdosen aus dem Kühlschrank, im Reisepass liegt, ich sehe es deutlich vor mir, diskret ein Fünfzig-Euro-Schein, und nach ein paar Alibikontrollen öffnen die Zöllner den Grenzbalken. Doch dann geht es auf die ungarische Seite, und hier helfen weder Scherze noch Bierdosen, das Geld wird schroff zurückgewiesen, die Kontrolle umso genauer durchgeführt. Alle Papiere werden einer peniblen Prüfung unterzogen, Kurt muss den Frachtraum öffnen, und alles, alles wird durcheinandergeworfen und auseinandergenommen. Schließlich ist das Fahrerhaus an der Reihe, die Zöllner durchstöbern Schlafkabine, Kühlschrank und diverse Laden und Fächer. Und dann wird das Handschuhfach inspiziert. Der Zöllner will von jedem Gegenstand, und sei er auch noch so alt, Kaufpreis, -datum und -ort wissen, dann zückt er einen Schraubenzieher und beginnt, die Abdeckung des Armaturenbretts aufzuschrauben. Ein Kollege ruft ihn, er unterbricht seine Tätigkeit, der Kollege bringt Kurts Papiere, Kurt, der trotz Kälte ins Schwitzen geraten ist, darf einsteigen und abfahren. Nach ein paar Hundert Metern stößt er plötzlich einen Tarzanschrei aus, trommelt sich wie wild auf die Brust. Mir ham's gschafft, mir ham's den Idioten zeigt! Zehn Minuten no, zehn Minuten, Mäderl, dann kannst raus. Nicoleta reagiert nicht. He, Mäderl, is' alles okay? Wieder keine Antwort. Bei der nächsten Möglichkeit bleibt Kurt stehen. Alles okay, fragt er immer wieder besorgt, während er mit ungeduldigen Händen den Zugang zu Nicoletas Versteck freilegt. Ja, alles okay, antwortet Nicoleta schließlich und reibt sich verschlafen die Augen.

Kurt hilft ihr heraus, sie fahren noch ein Stück und bleiben dann bei einer Raststätte stehen. Beide gehen ins Gebäude, als Nicoleta zurückkommt, hat sich Kurt schon in seine Schlafkabine zurückgezogen, auf der Fahrerbank liegt eine Decke. Ich bezahle, sagt Nicoleta. Er steckt den Kopf aus der Kabine. Mäderl, sagt er, du bist so oid wia mei Tochter, i bin ja ka Kinderschänder. Dann legt er sich hin, kurze Zeit später hört Nicoleta regelmäßiges Schnarchen.

Am nächsten Tag durchqueren sie Ungarn, Kurt ist gut gelaunt, er spricht und spricht und spricht, erzählt seine ganze Lebensgeschichte. Nicoleta versteht nicht viel davon, doch sie ist glücklich. Kurz vor der österreichischen Grenze muss sie wieder in ihr Versteck. Beide haben Glück, die Kontrollen sind nicht besonders genau, und so erreicht Nicoleta Österreich.

Kurt wird noch oft von dem besonderen Geschenk sprechen, das er zu seinem dreiundvierzigsten Geburtstag bekommen hat, und er wird immer wieder von dieser Fahrt träumen. Auch Nicoleta träumt von Zeit zu Zeit davon, viel öfter jedoch von den

Monaten, die der Flucht vorausgingen. Und nun, da ich Nicoletas Geschichte kenne, nehme ich auch ihre Träume zusammen mit jenen von Gjergi, Yaya, Mira und all den anderen mit in die Nacht, und sie durchdringen meine eigenen.

Ich sitze auf dem Affenbrotbaum hinter dem Haus. Es ist ein heißer, schwüler Nachmittag, über den Bergen im Westen hängen Wolken, sie kommen sicher bald zu uns, man kann den Regen schon riechen. Es ist still im Dorf, seltsam still, denn sogar die Zikaden und die Bienen und alle anderen Insekten sind verstummt, nur das Bellen eines Hundes ist zu hören. Ich weiß, was passieren wird, gleich werden die Soldaten kommen, gleich werden meine Mutter und meine Schwestern aufschreien, und ich weiß auch, dass ich nichts, gar nichts dagegen werde tun können. Es würde nichts helfen, jetzt schon ins Haus zu gehen und die beiden vorzuwarnen, sie zu verstecken, ich weiß, die Soldaten würden sie trotzdem finden. Ich warte daher, ich warte auf die Schreie, zwar kommen sie später, als ich glaube, aber sie kommen. Ich springe vom Baum und laufe zum Haus. Ich höre die Schreie aus der Küche, ich weiß zwar, was ich gleich sehen werde, wenn ich von außen hineinschaue, trotzdem kann ich nicht anders, als mich langsam und vorsichtig vor dem Fenster aufzurichten. Drinnen sehe ich meine Mutter und meine Schwestern, ich sehe die Soldaten, die ihnen Gewalt antun, ich sehe aber auch mich selbst, wie ich durch das Fenster spähe, dann sind plötzlich die Soldaten weg, ich könnte jetzt ins Haus gehen, doch ich hocke immer noch vor dem Fenster. Drinnen sind mein Onkel und meine Tante und einige Nachbarn, ich erkenne auch Yaya, Gjergi und Liu, auch Nicoleta ist da und blickt mich vorwurfsvoll an, die kleine Küche ist voller Menschen, alle reden durcheinander, meine Mutter fragt nach mir, ich will nicht, dass sie mich am Fenster sieht, sie soll nicht wissen, dass ich Zeuge war, sie ruft nach mir, immer wieder ruft sie – – – und ich wache auf und blicke verschlafen in Kamals Kamelaugen. Aufstehen, Ali, ruft er und rüttelt mich am Arm, neun Uhr ist.

16

Der Berufsschnupperkurs ist zu Ende, meine Aufmerksamkeit gilt wieder dem Haus und seinen Bewohnern, und es gibt, die Götter seien gepriesen, eine neue Frau in meinem Leben: Es ist belle, belle Isabel, und sie ist, ihr Göttinnen seid bedankt, ohne jegliches Gezweifel die schönste Frau auf diesem Planeten! Vor ein paar Tagen ist sie zum ersten Mal hier erschienen, ist mir zum ersten Mal erschienen, im Träumen oder im Wachen, ich könnt' es nicht sagen, schwebenden Schrittes und wehenden Haares ist sie in mein Leben getreten und erfüllt es seither mit stillem Glanz. Offiziell ist sie hier, um Amal zwei Mal pro Woche Nachhilfe in Mathematik zu erteilen, tatsächlich kommt sie natürlich nur wegen mir ins Haus.

Schon beim ersten Mal, als ich sie mit Amal in einem der Kursräume sitzen sehe, stolpere ich beinahe über die Schwelle, geblendet nähere ich mich der strahlenden Göttin, abgeschirmten Auges und voll der Ehrfurcht. Sie spricht in Zahlen, sie singt sich mit Glockenstimme quer durchs Einmaleins, ein Mal eins ist zwei Mal drei, x ist vier und y zwei. Ich brauche auch Nachhilfe, sage ich, nachdem ich drei Minuten oder drei Jahre andächtig gelauscht, sie schenkt mir ein unsicheres und doch so einladendes Lächeln. Gerne, antwortet sie mir, aber wir sollten zuerst mal Tony fragen. Das mach' ich schon, das mach' ich schon, Frau Professor, versichere ich, und so schnell wie das himmlische Kind sause ich davon, sause kreuz und quer und auf und ab, bis ich Herrn Azibaola endlich gefunden habe. Hilfe, stoße ich atemlos hervor, und Tony blickt überrascht von seiner Arbeit auf, nicht nur Amal, auch ich brauche Nachhilfe, Abhilfe, Beihilfe, brauche Rettung vor der mathematischen Ignoranz! Da musst du mit Mira sprechen, gibt er mir zur Antwort und mustert mich mit verwundertem Blick. Mira ist nicht da, ich weiß, dass sie erst in zwei Tagen ihren nächsten Dienst hat, so lange kann ich Isabel natürlich nicht warten lassen, ich kehre also zurück und nehme, atemlos und pochenden Herzens, zu meiner Liebsten Linken Platz. Tony ist einverstanden, berichte ich, und sie heißt mich willkommen im Zahlenparadies, nimmt mich auf im Schoße der Arithmetik und führt mich ein in die Geheimnisse der Geometrie.

Amal gibt mir vom ersten Tag an mit säuerlichen Blicken zu verstehen, dass ich ihr nicht willkommen bin, doch in Wahrheit ist natürlich sie der störende Klotz am Bein, sie ist es, die die Vollkommenheit unserer Kreise stört. Wäre Amal nicht, ich weiß es, ich fühle es, würden Isabel und ich natürlich sofort übereinander herfallen, würden ineinander versinken, weil wir füreinander geschaffen sind. Die wunderbare Welt der Zahlen ist ja doch mein heimliches Zuhause, Arithmetik und Geometrie waren mir immer schon die liebsten unter den septem artes liberales, und das umso mehr, wenn man von so schönen doctorae unterwiesen wird.

Isabel hat als junges Mädchen zwei Jahre in Gambia verbracht, ihr Vater arbeitete dort im deutschen diplomatischen Dienst, sie hat schöne Erinnerungen an jene Zeit und teilt sie gerne mit Amal. Doch Amal, die ja nach eigenen Angaben aus Gambia stammt, schweigt zu Isabels Erzählungen, und wenn sie einer Frage nicht ausweichen kann, sind ihre Antworten kurz und vage. Liegt es daran, dass Isabel in der Hauptstadt Banjul, Amal hingegen in einem kleinen Dorf im Osten des Landes gelebt hat? Daran, dass es zwischen der Welt eines Diplomatenkindes und derjenigen einer Durchschnittsafrikanerin zu wenige Berührungspunkte gibt? Verbindet Amal so schlimme Erinnerungen mit Gambia, dass sie nicht darüber sprechen will oder kann? Oder bestätigt sich, was ich schon zuvor vermutet habe, dass nämlich Amal gar nicht aus Gambia, sondern aus einem anderen afrikanischen Land kommt? Sie spricht Mandinka, und das ist, wie jeder weiß, die am weitesten verbreitete Sprache in Gambia, doch das beweist gar nichts, denn Mandinka wird auch in einigen anderen Ländern Westafrikas gesprochen. Ich denke an Yaya, ich weiß auch von anderen, denen man geraten hat, ihre Dokumente zu vernichten oder zu verstecken und sich eine andere Herkunft zu erfinden, um im Asylpoker, Einsatz: 1 Menschenleben, wenigstens etwas bessere Karten zu haben. Doch genug, genug von Amal, um sie geht es hier ja gar nicht, denn es wäre nicht rechtens, über Amal zu sprechen, wenn es doch gilt, Isabel zu lobpreisen: Sprichst du von Hypothenusen, pocht mir das Herz im Busen, denn Sinus, Tangens, Kosinus sind für mich niemals Überdruss, drum schick' ich dir per Boten ein Sträußlein Asymptoten und werde dir aus Primzahlen ein Bildnis deiner selbst malen.

Im Minnedienst vergeht der November wie im Flug, und schon beginnt sie, die stillste Zeit im Jahr, die selige, gnadenbringende Weihnachtszeit. Kling Glöckchen, klingelingeling, singen wir gemeinsam mit Tony am ersten Adventsonntag. Tony ist ein begnadeter Sänger, in den zehn Jahren, die er nun in diesem Land lebt, hat er sich ein beträchtliches Repertoire an deutschsprachigen Liedern für jede Gelegenheit angeeignet, sogar solche in den verschiedenen österreichischen Dialekten kommen ihm über die wulstigen Lippen. Wenn Herr Azibaola Es wird scho glei dumpa anstimmt, dann vergessen wir Kinderln unsern Kumma, unser Load, besser geht's nicht, das ist Integration in höchster Vollendung! Und über Tonys profundem Bass und dem armseligen Gequäke meiner Mitbewohner schwebt Isabels Engelssopran, hört nur, wie lieblich es schallt! Als Nächstes folgt Leise rieselt der Schnee, wir denken dabei natürlich an Afrim, und Djaafar und ich lassen den festlichen Tag zwar nicht mit Schnee, dafür aber mit Gras ausklingen: Denn alles Fleisch, es ist wie Gras, singen wir bei unserer ganz privaten Adventfeier, gefolgt von The Green, Green Grass of Home.

Wer klopfet an, stimmen wir am zweiten Adventsonntag mit verteilten Rollen an, Ein paar gar arme Leut', antwortet der Chor, Was wollt ihr dann, heißt es weiter, O gebt uns Herberg heut', lautet der Antrag, der natürlich mit einem ablehnenden Bescheid abgeschmettert wird. Ihr Kinderlein kommet, ist unser nächstes Lied, doch es muss sich dabei um einen gröberen Druckfehler handeln, mache ich Tony aufmerksam, es sollte wohl heißen Ihr Kinderlein gehet, o gehet doch all, so bleibt doch woanders auf diesem Erdball, ob Hunger, ob Krieg, ob ein böser Tyrann, lasst uns doch in Frieden, das geht uns nichts an.

Die stillste Zeit im Jahr, ach ja. Unsere Wärterinnen und Wärter hetzen wie die anderen Eingeborenen von Geschäft zu Geschäft, Jingle Bells am Vormittag, Rudolph the Red-Nosed Reindeer am Nachmittag, Still, still, still, weil's Kindlein schlafen will, singe ich fürsorglich für Hans, der eine anstrengende Weihnachtsfeier mit seinen Jazzplattenbrüdern hinter sich hat und sich seufzend durch den Tag schiebt. Jaja, die fortschreitende geistige Umweihnachtung, sie fordert ihre Opfer …

Zwar singen wir mit Tony Weihnachtslieder, backen mit Mira Weihnachtskekse und basteln mit Zakia Weihnachtsschmuck, fröhliche Weihnacht überall also, doch abgesehen davon geht es im Haus nicht gerade besinnlich zu. Zwei Wochen vor dem Friedensfest bekommt Gülertan Dolas ein amtliches Schreiben zugestellt, die Beschwerde gegen den negativen Asylbescheid wurde abgewiesen, das dritte und letzte Leben ist verwirkt, er kann also von nun an jederzeit abgeschoben, die Familie dadurch zerrissen werden. Am Tag darauf wird Zakia plötzlich ohnmächtig, der Onkel, Nino und ich sind zufällig Zeugen, als sie auf dem Gang vor dem Büro zu schwanken beginnt und nach zwei, drei Schritten zusammmensackt. Der Onkel und ich helfen ihr auf, als sie Sekunden später wieder zu sich findet. Ich habe plötzlich schwarz vor Augen gehabt, sagt sie, sie setzt sich auf eines der Sofas im Wohnzimmer, Nino bringt ihr ein Glas Wasser. Der Onkel, der nach sechs Semestern Medizinstudium den Arztmantel gegen die Sozialarbeiterzwangsjacke tauschte, fühlt Zakia den Puls. Hast du gefrühstückt, fragt er streng. War keine Zeit, antwortet die bleiche Patientin. Der Onkel-Doktor verschwindet und kommt kurz darauf mit einer Tafel Schokolade wieder. Drei Mal täglich zwei Rippen und außerdem Schongang bei der Arbeit, verschreibt er, und mit einer mündlichen Überweisung zur gründlichen Untersuchung lässt er die Patientin zurück. Am gleichen Tag gibt es noch einen weiteren Schwäche- beziehungsweise Krankheitsfall: Nicoleta übergibt sich in ihrem Zimmer, sie schafft es nicht mehr rechtzeitig auf die Toilette, am Tag darauf passiert ihr das Gleiche noch einmal. Ich muss wieder an ihren Ohnmachtsanfall beim Kurs denken und auch an Frau Helgas Worte: Die Kleine ist schwanger, hundertprozentig. Hat sie recht? Nicoleta sagt Nein, meint Nino, die ihre Zimmergenossin darauf angesprochen hat, von wem denn auch, setzt sie ein wenig abschätzig hinzu. Nachdem an den nächsten beiden Tagen weitere Übelkeitsanfälle folgen, begleitet Zakia Nicoleta ins Krankenhaus. Ich mache auch gleich eine Untersuchung, sagt sie zum Onkel. Bei Zakia kommt zum Glück außer erhöhten Cholesterin- und Blutdruckwerten nichts Schlimmes ans Tageslicht. Aber du solltest trotzdem leisertreten, tritt ihr der Onkel erneut auf die Zehen. Jaja, antwortet sie wenig überzeugend. Nicoleta muss einige Tage im Krankenhaus bleiben, nicht Schwangerschaft, sondern bulimische Anorexie lautet schließlich die Diagnose, die Dr. Idaulambo natürlich schon längst gestellt hat, sie bekommt bunte Pillen verschrieben und wird zum Stammgast in der hauseigenen Gummizelle.

Und ein weiterer Mitbewohner muss ins Krankenhaus: Gjergi. Die letzten Wochen hat er hauptsächlich im Bett verbracht, ohne jedoch Erlösung im Schlaf zu finden, und mittlerweile ist er so geschwächt, dass er nicht mehr alleine aufstehen kann. Trotzdem wehrt er sich, als er abgeholt werden soll. Ich bin nicht krank, sagt er immer wieder auf Albanisch. Wir können dich hier nicht gesund pflegen, redet Betreuerin Bojana auf Serbisch an ihm vorbei. Im Krankenhaus, wo ich ihn besuche, bekommt er Infusionen, bei den Untersuchungen bestätigt sich jedoch, was er selbst behauptet hat: Herr Halimi ist gesund, meinen die Ärzte, es fehlt ihm nichts. Doch, widerspricht Dr. Idaulambo, was Herrn Halimi fehlt, geschätzte Kolleginnen und Kollegen, ist der Lebenswille.

Am Tag von Gjergis Rückkehr aus dem Krankenhaus hat Mira Dienst. Draußen stürmt und schneit es, drinnen scheint die Sonne, doch nicht etwa Miras wegen, denn meine Gefühle für sie sind schon lange, sehr lange schon erkaltet, nein, es ist natürlich Isabel, deren Anwesenheit mir Herz und Seele wärmt. Führ mich ein in die Mysterien der Mathematik, du Neunmaldreimalkluge, meine Begierde nach Wissen kennt keine Grenzen, Tochter der eulenäugigen Göttin, du! Wir durchmessen Kreise, umfangen Ellipsen, wir werfen einander Zahlen zu, hin und her und her und hin, wir jonglieren damit, während wir auf dem Trapez hoch droben im Zirkus der zauberlichen Zahlen schaukeln. Von Zeit zu Zeit stelle ich artige Fragen, heuchle Unwissenheit, um den Schein zu wahren, dass ich der Nachhilfe bedürfe, wo mein Begehr doch einzig und allein und ausschließlich und nichts als die Liebe ist.

Ich habe gelernt, Amals Anwesenheit bei diesen sogenannten Nachhilfestunden völlig zu ignorieren. Von außen betrachtet sind wir zu dritt, in Wahrheit kann jedoch nichts und niemand unsere traute Zweisamkeit stören. Wir sitzen in der Küche, weil die anderen Kursräume besetzt sind, Und wie berechnet man den Umfang des Kreises, fragt Isabel gerade. Ich setze zu einer Antwort an, die Zahl π mit den ersten Hundert Kommastellen liegt auf meiner Zunge bereit, plötzlich kommt ein Mann herein und fragt nach Mira. Unwillig blicke ich auf. Ich habe den Mann noch nie gesehen, wenn er unten wohnt, dann muss er neu im Haus sein. Ich will ihn möglichst rasch wieder loswerden, um mich ungehindert meiner Rechenkönigin widmen zu können. Ist sie nicht im Büro, frage ich kühl, doch er blickt nur fragend zurück. Irgendetwas in seinem harten, zugleich aber verlorenen Blick, etwas in seinem gebrochenen, südslawisch gefärbten Deutsch lässt mich aufschauen, aufhorchen, schließlich aufstehen. Ich gehe mit ihm hinüber zum Büro, klopfe an und öffne die Tür. Mira steht gerade an der Kaffeemaschine, ganz kurz und schwarz und ohne Zucker, so pflegt Frau

Obranović ihren Espresso zu trinken, manchmal aber, wenn die Zeit es zulässt, bereitet sie türkischen Kaffee zu und schlürft dann nachdenklich das Sarajevo vergangener Tage in sich hinein, den Zerstücklern und Zerstörern ihrer Heimat zum Trotz. Mira, sage ich, der Mann hier will zu dir. Sie blickt auf, und von da an passiert alles in Zeitlupe. Ihre Augen weiten sich, die Kaffeetasse entgleitet ihren Händen, der Kaffee zeichnet braune Schlieren in die Luft, die Tasse dreht sich, schlägt auf dem Boden auf und zerbricht in mehrere Teile, die Kaffeeschlieren ergießen sich über Miras Hose. Mladko, sagt sie tonlos, Mladko, dann geht sie ganz langsam auf ihn zu, auch er macht zwei oder drei Schritte vorwärts, sie stehen einander gegenüber, Mira legt zuerst die Hand auf seine Schulter, als wollte sie sich vergewissern, dass es sich nicht um eine Erscheinung, eine Halluzination handelt, dann, zögerlich, vorsichtig, mit steifen Bewegungen, umarmen sie einander.

Trotz großer Versuchung lasse ich sie allein in ihrer Umarmung, der Anstand gebietet Abstand, ich schließe die Tür hinter mir. Eine halbe Stunde bleibt sie geschlossen, dann treten die beiden heraus, Mira mit geröteten Augen, Mladko mit verschlossenem Gesichtsausdruck, beim Mittagessen, das sie gemeinsam mit uns einnehmen, wechseln sie kaum ein Wort miteinander. Mladko verabschiedet sich, kommt allerdings ein paar Stunden später mit einer Reisetasche wieder. Miras Mann ist zurück, tönt es bald in verschiedenen Sprachen durchs Haus, Miras Mann ist wieder da, weiß schon nach kürzester Zeit jeder, der es wissen will, Hast du schon von Miras Mann gehört, werden aber auch jene gefragt, die weder Mira noch ihre Geschichte kennen.

Mladko Obranović, hinabgestiegen in das Reich des Todes, im zwölften Jahre auferstanden von den Toten, kehrt er nun zurück, um zu richten die Lebenden und die Toten? Ich folge ihm und Mira, als sie abends gemeinsam das Haus verlassen und Miras Wohnung ansteuern. Mira hat sich, so erwähnte sie einmal Lukas gegenüber, nie dazu überwinden können, Mladko für tot erklären zu lassen, offiziell sind sie also immer noch Mann und Frau. Die Frau sperrt auf, der Mann tritt hinter ihr ins Vorzimmer, stellt die Tasche ab, zieht die Schuhe aus, dann folgt er Mira ins Wohnzimmer, blickt sich verunsichert um. Auch Mira ist unsicher, sie sind einander vertraut und doch fremd, sind Mann und Frau und gleichzeitig irgendein Mann, irgendeine Frau, und auch die Wohnung, seit Jahren gewohnte Umgebung für Mira und ihre Tochter, erscheint ihr, wie ich deutlich bemerke, mit einem Mal in fremdem Licht.

Möchtest du etwas trinken, behilft sich Mira mit unverfänglichen Gastgeberfragen. Mladko verneint. Willst du duschen? Er nickt, sie zeigt ihm das Badezimmer. Es ist winzig, sagt sie entschuldigend und reicht ihm ein Handtuch. Ich mache währenddessen etwas zu essen, ich habe von gestern noch Djuveč, das ist … das war … das ist doch eine deiner Lieblingsspeisen, oder? Mladko nickt. Als hätte ich gewusst, dass du kommst, sagt sie mit verlegenem Lächeln. Später sind beide in der Küche, Mira sucht und findet eine Flasche Plavac, sie öffnet sie mit ungeübten Bewegungen. Ich trinke nicht oft zu Hause, sagt sie. Die beiden setzen sich an den Küchentisch, prosten einander zu, Mladko lobt Essen und Wein, wie es jeder höfliche Gast tun würde. Familie und Freunde sind das Gesprächsthema. Dein Vater lebt noch, sagtest du? Mladko nickt. Aber es geht ihm ziemlich schlecht, er hatte vor zwei Jahren einen Schlaganfall, von dem hat er sich nicht wirklich erholt. Und deine Eltern, will er wissen, und Mira berichtet. Manchen gemeinsamen Bekannten geht es gut, einige sind ums Leben gekommen, andere verschollen, die meisten leben nicht mehr in der Heimat, die Jahrhundertflut des Krieges, sie hat sie entwurzelt, fortgerissen und als Strandgut an fremde Gestade gespült. Als das Thema erschöpft ist, hört man eine Weile nur das Klappern des Bestecks und das Ticken der Uhr über dem Küchentisch, und jeder kaut schweigend an seinen eigenen Gedanken.

Du hast eine Tochter, fragt Mladko dann. Mira nickt. Sie ist übers Wochenende bei einer Freundin. Ist sie das? Er deutet auf ein Foto an der Wand hinter Mira. Sie nickt, ohne sich umzuwenden. Sie heißt Alenka. Alenka … Mladko probiert den Namen, wie man einen Schluck Wein probiert. Und wie alt ist sie? Sie ist vor Kurzem elf geworden. Wann? Im Oktober. Mladko scheint in Gedanken nachzurechnen. Am wievielten, möchte er wissen. In Miras Gesichtsausdruck schleicht sich etwas Abwehrendes. Am vierzehnten, gibt sie kühl zu Protokoll. Was willst du eigentlich von mir, bricht es plötzlich ungewöhnlich heftig aus ihr hervor, du hast dich mehr als elf Jahre um nichts, um gar nichts gekümmert, es war dir egal, ob ich lebe oder nicht, es war dir egal, ob es mir gut geht oder nicht – und jetzt kommst du und fängst plötzlich an, Fragen zu stellen? Mladko wirkt bestürzt über ihren Ausbruch. Ich … ich … wollte dich sehen, stammelt er, ich musste dich sehen. Mira schweigt. Freust du dich nicht, fragt Mladko. Natürlich freu' ich mich, ich freu' mich unglaublich, dass du lebst! Aber warum hast du mich so lange im Glauben gelassen, du wärst tot? Ich … ich konnte nicht. Konnte nicht was? Ich konnte nicht zurückkommen, das hab' ich dir doch heute schon gesagt. Er senkt den Blick. Es war Krieg, ich bin desertiert, ich musste mich verstecken. Mladko, der Krieg, von dem du sprichst, ist seit mehr als zehn Jahren vorbei. Mladko schüttelt den Kopf. Nicht für mich, für mich war der Krieg nicht vorbei. Und jetzt, jetzt ist er vorbei? Mladko blickt zu Boden. Ich weiß es nicht, sagt er leise. Mira stellt das Weinglas ab und richtet sich auf. Mladko, sagt sie, und sie klingt dabei sehr müde, dieser Krieg war schrecklich für uns alle, aber irgendwann muss jeder sich … muss jeder wieder in den Alltag zurückkehren, wieder zu leben beginnen. Auch Mladko stellt sein Glas ab, dann stützt er die Ellbogen auf den Tisch und lässt den Kopf in die Hände sinken. Ich habe Dinge erlebt, murmelt er, Dinge, nach denen es keinen Alltag mehr gibt. Möchtest du darüber reden, über diese … Dinge? Mladko schüttelt den Kopf, ohne aufzublicken.

Wo hast du gelebt, fragt Mira dann. Ach, hier und dort, bleibt Mladko vage, ich bin nirgendwo lange geblieben. Und warum hast du nicht wenigstens angerufen? Oder geschrieben? Ich wollte, beteuert er, ich hab' es mir immer wieder vorgenommen, ich hab' auch ein paar Briefe begonnen. Aber es … es ging einfach nicht. Was ging nicht?

Statt zu antworten, steht Mladko auf und geht um den Tisch und um Mira herum zu Alenkas Foto. Sie sieht mir nicht ähnlich, stellt er fest, nachdem er das Bild eingehend betrachtet hat. Mira dreht sich halb zu Mladko um und atmet tief durch, bevor sie antwortet. Die Mundpartie schon, sagt sie. Wenn du Alenka siehst, wirst du es bemerken. Gab es einen anderen Mann, fragt Mladko plötzlich. Du … du hast kein Recht, solche Fragen zu stellen, antwortet Mira scharf. Gab es einen anderen Mann, beharrt Mladko auf seiner Frage. Deshalb bist du also nach Österreich gekommen? Um mir nach elf Jahren diese Frage zu stellen? Während Mladko wieder auf die andere Seite des Tisches zurückkehrt, sinkt Mira plötzlich in sich zusammen und beginnt zu schluchzen. Ich weiß es nicht, sagt sie, ich weiß es einfach nicht. Was heißt, du weißt es nicht? Heißt das, es gab einen anderen Mann, und du weißt nicht, ob das Kind von ihm oder von mir ist? Mira nickt langsam, und dieses Ja scheint Mladko mitten ins Herz zu treffen. Wer … wer …, setzt er an, doch dann hält er inne. Mira, meine Mira, beschwört er die Vergangenheit, wir haben uns doch so geliebt! Mira schluchzt auf. Mladko nimmt seinen Stuhl und stellt ihn neben den ihren, fasst sie an der Schulter, nimmt ihre Hand, und sie lässt es mit sich geschehen.

Ich bin immer und überall, wo es nottut, doch nicht einmal ich kann alle Menschen in diesem Haus Tag und Nacht im Auge behalten. Das wäre auch nicht wirklich sinnvoll, viel wichtiger ist es, zu wissen, wann, wo und von wem man gerade gebraucht wird. Es gibt jedoch Zeiten, da hat es die Gegenwart besonders eilig, zur Vergangenheit zu werden, und da kann es selbst mir passieren, dass ich nicht rechtzeitig am Ort des Geschehens eintreffe, dass ich nicht alle wichtigen Vorkommnisse mit eigenen Augen und Ohren erfasse.

Ich bin am nächsten Nachmittag zur Stelle, als Mladko einen Entschuldigungsversuch unternimmt. Er habe bis heute gebraucht, um alles im Krieg Erlebte zu verarbeiten, sagt er, sie sollten es noch einmal miteinander versuchen, darauf läuft die Entschuldigung hinaus, er mache einen Vaterschaftstest, erbietet sich der Möchtegernvater, aber es sei ihm egal, von wem das Kind ist. Mira schweigt. Vielleicht will sie die Wahrheit gar nicht wissen, vielleicht zweifelt sie daran, dass Mladko die Vergangenheit tatsächlich hinter sich gelassen hat. Wir haben uns doch so geliebt, beschwört Mladko erneut glücklichere Zeiten, doch diesmal ist Mira nicht bereit, mitzutanzen auf dem glatten Parkett der Erinnerungen. Ja, aber es war nicht der Krieg, der uns auseinandergebracht hat, kontert sie. Sondern? War es der andere Mann? Hör' auf, warnt Mira, doch Mladko hört nicht auf. Nein, du warst es, bricht der Zorn wieder aus ihr hervor, du warst es, der sich schon lange vor dem Krieg aus unserer Beziehung zurückgezogen hat wie in ein Schneckenhaus!

Ich bin zur Stelle, als Lukas, der ein paar Tage aus beruflichen Gründen in Deutschland unterwegs war, vom Auftauchen des Totgeglaubten erfährt. Jahrelang hab' ich mich selbst belogen und den Zerfall Jugoslawiens und den Krieg für das Ende unserer Beziehung verantwortlich gemacht, gesteht Mira ihm, aber das war eine bequeme Ausrede, es stimmte einfach nicht. Die große Liebe, die gab es in den ersten Jahren, ja, aber die Ernüchterung, die kam schon vor dem Krieg, und wir selbst und nicht die politische Situation waren dran schuld. Immer öfter hatte ich das Gefühl, da liegt ein Fremder in meinem Bett, immer mehr baute er eine Mauer um sich herum, da ging nichts hinein, und nichts kam heraus. Wahrscheinlich waren wir zu jung, als wir geheiratet haben, wahrscheinlich haben wir zu wenig voneinander gewusst. Und vielleicht war es auch … Mira bricht ab. Lukas wartet, ich warte. Wir wollten Kinder, sagt Mira schließlich leise, aber es hat irgendwie nicht geklappt. Einmal, ganz am Anfang unserer Ehe, hatte ich eine … Aborta … wie sagt man das? Eine Fehlgeburt. Genau, eine Fehlgeburt, danach kam gar nichts mehr. Ich weiß nicht, an wem oder woran es lag, wir haben uns nicht untersuchen lassen, wir haben gehofft, dass es eines Tages doch noch klappen würde. Und dann kam der Krieg. Als Mladko zur Armee musste, war das ein Schock. Krieg, das war immer etwas weit Entferntes, völlig Unvorstellbares gewesen, und nun waren wir selber mittendrin. In den ersten Monaten hab' ich Mladko trotz der Probleme, die wir vorher hatten, fürchterlich vermisst, wir waren ja seit unserem sechzehnten Lebensjahr praktisch Tag und Nacht zusammen gewesen. Bald bin ich aber draufgekommen, dass es mir eigentlich besser ging, dass ich mehr ich selber sein konnte, zum ersten Mal in meinem Leben. Das war ein tolles Gefühl, aber gleichzeitig hatte ich ein schlechtes Gewissen, es war … wie ein Verrat an Mladko. In den paar Tagen Urlaub, die er bekam, war er unnahbar, er wollte nichts erzählen. Du willst es gar nicht wissen, sagte er, so schlimm ist es. Normale, alltägliche Dinge erschienen ihm plötzlich völlig unwichtig, auch über die konnte und wollte er nicht sprechen. Wenn ich irgendetwas erzählte, hörte er mir nicht wirklich zu, und so saßen wir meistens schweigend beisammen. Und wenn er wieder weg war, kehrte die Angst zurück. Als ich dann später die Möglichkeit hatte, nach Österreich zu gehen, hatte ich trotz allem das Gefühl, ihn im Stich zu lassen.

Lukas schweigt eine Weile. Aber du konntest ja nicht wissen, dass er noch am Leben ist, versucht er ihre Schuldgefühle zu vertreiben, *er* hätte sich ja melden müssen. Mira gibt keine Antwort. Warum hast du eigentlich Mladkos Nachnamen behalten, will Lukas wissen. Mira nimmt sich Zeit für die Antwort. Ich habe … wie sagt man das … den Kopf in den Sand gehalten? Gesteckt, korrigiert der Lehrer. In den Sand gesteckt, ja, ich wollte nichts mit Ämtern, mit Behörden zu tun haben, ich habe so getan, als wäre Mladko noch am Leben. Und das hat funktioniert? Durch das Chaos nach dem Krieg und dem Zerfall Jugoslawiens hat es funktioniert, ja. Und irgendwie … irgendwie war es vielleicht auch kindlicher Aberglaube – solange ich den Namen behalte, solange bleibt Mladko am Leben. Scheint jedenfalls funktioniert zu haben, wirft Lukas nicht ohne Sarkasmus ein. Und wie war das mit …, setzt er zu einer weiteren Frage an, doch dann bricht er ab. Wie war was? Nichts, blockt er ab, und ein wenig Trotz schwingt in seiner Stimme mit.

Leider bin ich nicht dabei, als Mladko Alenka kennenlernt, doch als ich die beiden zusammen sehe, hält sie sich auf große Distanz, antwortet einsilbig auf seine Fragen, weicht instinktiv aus, als er ihr über den Kopf streichen will, auch aus ein paar Metern Entfernung kann ich die Enttäuschung, die Kränkung in seinen Augen erkennen.

Ich bin auch nicht dabei, als Mira und Alenka zum ersten Mal über Mladko sprechen, ich weiß nicht, was Alenka weiß und was nicht. Ist er jetzt mein Vater oder nicht, fragt sie jedenfalls kurz vor Weihnachten. Sie sitzt zu Hause am Küchentisch, Mira steht am Herd und rührt mit konzentrierten Bewegungen in einer Pfanne. Sie sind allein in der Wohnung, Mladko ist unterwegs, um einen Freund zu besuchen. Ich weiß es nicht mit Sicherheit, antwortet Mira auf Serbokroatisch, ohne ihre Tochter anzusehen. Da kann man doch heute Tests machen, oder, schaltet auch die Tochter auf die Muttersprache um. Ach, kann man das? Du hast mich belogen, schreit Alenka plötzlich, du hast immer so getan, als wäre Mladko mein Vater, jetzt, wo er da ist, bist du auf einmal nicht mehr sicher. Ich hab' dir doch gesagt, es gibt zwei Möglichkeiten, sagt Mira leise. Bist du sicher, dass es nur zwei sind und nicht fünf oder zehn? Ich halte den Atem an. Schon lässt Mira den Kochlöffel sinken, und bevor sie noch denken kann, dreht sie sich um, legt rasch die zwei oder drei Schritte zwischen Herd und Küchentisch zurück und verpasst ihrer Tochter eine Ohrfeige. Es dauert ein paar Sekunden, bevor Alenka erfasst, was geschehen ist, noch nie wurde sie von ihrer Mutter geschlagen, ihre großen Augen füllen sich mit Tränen, sie steht auf, geht aus der Küche, und man hört, wie sich die Badezimmertür öffnet und lautstark wieder schließt. Mira macht ein paar Schritte, um Alenka zu folgen, doch dann lässt sie sich auf einen Stuhl in der Küche sinken, und nun sind es ihre Wangen, die von Tränen benetzt werden. Als sie ein paar Minuten später vor der Tür zum Badezimmer steht und Alenka zum Öffnen auffordert, schreit es ihr nur entgegen: Lass' mich in Ruhe, ich hasse dich! Mira entschuldigt sich für die Ohrfeige. Das wollte ich nicht, ich wollte dir nicht wehtun. Hast du aber, tönt es hasserfüllt zurück. Wer ist der andere, lässt Alenka nicht locker, und wo ist er, fragt sie, plötzlich wieder ins Deutsche verfallend. Ich möchte ihn sehen, ich hab' genug von … von Geistervätern! Mira lehnt an der Tür, als brauchte sie eine Stütze. Ich weiß nicht, ob er … wo er heute lebt, sagt sie schwach. Na wunderbar, das ist das Gleiche, was ich schon seit Jahren höre: Ich weiß nicht, wo dein Vater ist, äfft Alenka ihre Mutter nach. Alenka, sagt Mira flehentlich, nun ebenfalls auf Deutsch, kannst du dir nicht vorstellen, dass es für mich … dass das auch für mich furchtbar schwer ist? Doch Alenka will keine Versöhnung, jedenfalls noch nicht. Wenn du damals besser aufgepasst hättest, schreit sie, dann wär's heute nicht so schwer für dich! Mira gibt weinend auf, geht zurück in die Küche, wo mittlerweile die Sauce angebrannt ist.

17

Das Weihnachtsfest rückt näher, bevor wir aber geputzt und gestriegelt dazu antreten, morgen, Kinder, wird's was geben, morgen werden wir uns freun, muss noch kurz von weniger Erfreulichem die Rede sein. Am Tag vor Weihnachten fängt Djamila nämlich am Mittagstisch plötzlich zu heulen an. Ich will nach Hause, schluchzt sie, an Amals Schulter gelehnt. Zu Hause, das ist für Djamila wie für so manche meiner Mitbewohner keine Stadt und kein Land, die auf irgendeiner Landkarte zu finden wären, sondern nur noch ein Ort in jenem entferntesten aller Länder, dem Land der Erinnerung – Grund genug also, von Zeit zu Zeit in Tränen auszubrechen. Wenn dann auch noch Chin für das Mittagessen zuständig ist, dann gibt es erst recht nichts zu lachen. Doch ich merke bald, dass in diesem konkreten Fall andere Ereignisse den Tränenfluss in Gang gesetzt haben: Djamila, so wird bald klar, wurde wieder einmal in der Schule beschimpft und gedemütigt. Diesmal hat man ihr nicht nur das Kopftuch heruntergerissen, man hat ihr auch eine Haarsträhne abgeschnitten. Drei Burschen und zwei Mädchen, die sie schon vom ersten Tag an drangsalierten, waren die Täter, zwanzig weitere gaben die mehr oder weniger gleichgültigen Zuschauer, ihre Freundin Julia und ein gewisser Deepak kamen ihr als Einzige zu Hilfe, doch vergebens: Deepak wurde verprügelt, Julia hat man mit Filzstift das Wort Veräterin auf die Stirn gemalt. Die Idioten wissen nicht, dass man schreibt mit zwei R, schimpft Djamila und hört darüber sogar zu weinen auf. Trotteln, erklärt sich Rotkäppchen solidarisch, obwohl auch sie orthografisch gesehen eher hinter den sieben Zwergenbergen zu Hause ist.

Wo haben sie geschnitten, fragt Amal. Djamila deutet auf den Haaransatz. Die fehlenden ebenso wie die vorhandenen Haare sind jedoch wieder vom Kopftuch bedeckt, die Schmach unter grünen und blauen Blümchen verborgen. Zakia, die ein wenig verspätet zu uns stößt, verspricht Djamila, mit dem Klassenvorstand und der Direktorin zu telefonieren, ich verspreche, die Sache im neuen Jahr auf meine Weise zu regeln, denn so, meine Damen und Herren, so kann es nicht weitergehen.

Bald ist Heilige Nacht, Chor der Engel erwacht, hört nur, wie lieblich es schallt, freuet euch, Ali kommt bald, singe ich, nachdem ich mich mit drei Tellern von Pitras köstlicher Yamssuppe gestärkt habe. Der Applaus ist groß, ich fahre fort: Macht hoch die Tür, die Tor' macht weit, es kommt der Herr der Herrlichkeit; ich ernte Bewunderung und bedanke mich mit weiteren Liedern. Schließlich lege ich die Leier zur Seite. Heute, meine Lieben, möchte ich euch eine Weihnachtsgeschichte erzählen, ich hab' sie der Heldin der Geschichte, sie hört auf den Namen Djamila, von der Stirn abgelesen.

Djamila wuchs auf in einem der besseren Vororte Bagdads. Ihr Vater war Arzt, und auch die Mutter studierte Medizin, gab das Studium aber nach der Geburt der ersten Tochter auf. Djamila ist die Zweitgeborene, sie erlebt, zumindest im Vergleich mit Millionen anderen in ihrem Land, eine Kindheit ohne Mangel. Als Mangel empfindet ihr Vater höchstens das Ausbleiben von männlichem Nachwuchs, nach der dritten Tochter gibt er ein wenig resigniert auf, mehr Kinder wollen er und seine Frau sich nicht leisten. Sie leben in einem Haus mit kleinem Garten, sie haben genug zu essen, sie besitzen ein Auto, man lässt sie in Frieden leben, auch wenn das Land keine Demokratie kennt. Doch als eines Tages fremde Truppen ins Land kommen und der Diktator gestürzt wird, ist es vorbei mit der Ruhe. Wasser und Strom gibt es bald nur noch sporadisch, das Krankenhaus, in dem Djamilas Vater arbeitet, wird zerstört, das Geld ist von Tag zu Tag weniger wert. Und dann beginnen die Bombenanschläge. Jeder Tag bringt neue Opfer, die Anhänger von Mohammeds Schwiegersohn töten die Anhänger von Mohammeds Schwiegervater und umgekehrt. Häuser und Geschäfte werden geplündert, Menschen aus ihren Wohnungen vertrieben, ganze Stadtteile und Ortschaften wechseln von einem Tag auf den anderen ihre Bewohner, viele verlieren dabei ihr Leben. Djamilas Familie kann Hals und Kopf, nicht aber Hab und Gut retten. Aus einer gut situierten Familie wird über Nacht eine fünfköpfige Flüchtlingsschar, die nur mit dem Nötigsten bepackt per Auto Richtung Westen flieht. Kurz vor der Grenze kommen sie zu einer Straßensperre, die Angehörigen einer Miliztruppe wollen Geld. Wir haben nichts, sagt der Vater, man hat uns schon alles genommen. Sie glauben ihm nicht, sie durchsuchen ihn, als sie nichts finden, schlagen sie ihn, dann lassen sie alle aussteigen, werfen das Gepäck auf die Straße, ein Mann steigt in das Auto, zwei weitere zerren den Vater hinein. Wartet nicht auf mich, geht nach Damaskus, ruft er seiner Frau zu, dann fahren sie davon. Drei Tage und Nächte wartet die Mutter mit ihren Töchtern in einem nahe gelegenen Dorf, dann gibt sie auf. Zu Fuß erreichen sie die Grenze zu Syrien, ein Lkw-Fahrer erbarmt sich ihrer und nimmt sie bis kurz vor Damaskus mit, dort finden sie Aufnahme in einem überfüllten Flüchtlingslager.

Das Lager, ein Stacheldrahtviereck auf nacktem Feld, ist nur eine erste Aufnahmestelle. Nach einem Monat müssen sie fort, von da an teilen sie sich mit einer sechsköpfigen Familie eine schäbige Wohnung in einem Vorort von Damaskus. Viele Bewohner des heruntergekommenen Viertels sind Flüchtlinge, viele hatten früher Häuser, Autos und gute Jobs, denn die, die nichts hatten, sind erst gar nicht bis hierher gekommen. Die meisten leben von ihren Ersparnissen, doch bei den wenigsten reichen sie länger als ein paar Monate. Syrien hat kein Geld für die Hunderttausenden gestrandeten Menschen, Arbeit gibt es für die wenigsten, die einzige Hoffnung sind Geldsendungen von Verwandten oder Freunden aus dem Ausland. Wenn alle Geldquellen versiegt sind, bleibt manchen Frauen in ihrer Verzweiflung und ihrem Hunger nichts anderes übrig, als die eigenen Körper oder die ihrer Töchter zu verkaufen. Aziza, die sechzehnjährige Tochter der Nachbarn, ist eine jener Unglücklichen.

Djamilas Familie hat Glück: Sie bekommt Geld von zwei Brüdern der Mutter im Irak und von einem Bruder des Vaters in Schweden. Djamilas Mutter findet bald Arbeit als Hilfskrankenschwester. Sie arbeitet und arbeitet, sie opfert sich auf, sie verkauft, die letzten Reserven aufbietend, Schmuck von ihrer verstorbenen Mutter, um ihren Kindern eine Zukunft schenken zu können, eine Zukunft bei der Familie des Onkels in einem Vorort von Stockholm. Für mehr als ein Kind reicht das zusammengesparte Geld jedoch auch nach mehrmaligem Umdrehen nicht, die Mutter muss wählen. Subaia, die Jüngste, kommt mit ihren sieben Jahren nicht infrage, die logische Wahl wäre Khalisa, die Älteste, doch die Mutter entscheidet sich für Djamila. Warum Djamila und nicht ich, fragt Khalisa unter Tränen. Ich brauche dich hier, entgegnet die Mutter, ich brauche dich für Subaia, ich brauche dich, damit wir gemeinsam euren Vater wiederfinden. Aber ich will nicht hier bleiben, schluchzt Khalisa, ich will nicht enden wie Aziza. Hör auf mit solchen Dingen, entgegnet die Mutter, wir werden uns alle in Schweden wiedersehen, alle fünf werden wir bald dort sein. Doch Khalisa lässt sich nicht beruhigen. Ich bin die Älteste, ruft sie zornig. Und die Mutter weiß selbst, dass sie nicht die ganze Wahrheit sagt. Sie braucht Khalisa, ja, aber sie weiß auch, dass Djamila immer ihr Herzenskind war und sein wird, und dass, wenn der Zauberteppich nur einen Menschen forttragen kann, dieser eine Mensch Djamila sein soll.

Und dann ist der Tag der Abreise gekommen, es ist ein kalter Februartag, am Abend soll es losgehen, das Wenige, was Djamila mitnehmen kann, steht bereit, alle sind aufgeregt, die Tränen fließen reichlich. Und dann beginnt es plötzlich zu schneien, weiße Kristalle tanzen vor dem Fenster. Es regnet, sagt Subaia. Khalisa blickt auf und tritt ans Fenster. Das ist kein Regen, das ist Schnee, korrigiert sie ihre kleine Schwester. Die drei Mädchen stehen dicht aneinandergedrängt und blicken staunend in den grauen Himmel, dann eilen sie hinaus, die Mutter kommt hinterher mit Jacken und Mützen. Sie sind nicht die Einzigen, aus vielen Häusern und Wohnungen strömen die Leute auf die Straße, Kinder aller Altersstufen, aber auch zahlreiche Erwachsene, und alle blicken zum Himmel auf, aus dem still und weich das gefrorene Wasser fällt. Jeder streckt die Arme aus, versucht die Flocken einzufangen, sie voller Staunen zu betrachten, bevor sie auf der Haut oder der Kleidung zerschmelzen, denn aus Bagdad kennen die meisten nur den Sommer. Und egal wie groß die Sorgenlast dem Einzelnen noch vor wenigen Minuten erschien, in diesem Augenblick ist sie aufgehoben, von den Schultern genommen, und selbst auf gramzerfurchten Gesichtern ist plötzlich ein kindliches Lächeln zu sehen. Djamilas Angst vor dem Abschied und der bevorstehenden Reise ist für kurze Zeit vergessen, Khalisas Enttäuschung über das Zurückbleiben fortgeblasen, die Müdigkeit und die Sorgen der Mutter sind weggeschmolzen, nur Subaias kindliches Gemüt kennt keine Sorgen, die es zu verdrängen gälte.

Es schneit noch immer, als Djamila am Abend am vereinbarten Treffpunkt in das schwarze Auto steigt. Sie weint, durch einen Tränenschleier blickt sie zurück und winkt lange der Mutter und den Schwestern, dann dreht sie sich nach vorne. Eine Weile betrachtet sie die Flocken, die wild durchs Scheinwerferlicht wirbeln, bald schläft sie ein und träumt von ihrem Vater, der sich durch das Schneegestöber kämpft. Djamila und die Schwestern und die Mutter rufen ihm zu, doch er sieht und hört sie nicht. Er scheint nur ein paar Meter entfernt zu sein, doch je mehr sie sich ihm nähern, desto mehr verschwindet er. Dann sitzt Djamila in einem Auto, rundherum versinkt alles im Schnee. Sie hat Angst vor den Schneemassen, sie hat Angst vor dem Fahrer, dessen Gesicht sie nicht sehen kann, erst als er sich umdreht, erkennt sie erleichtert den Vater. Wohin fahren wir, fragt sie. Wir fahren nach Hause, antwortet er. Wo sind die anderen, Mama, Khalisa, Subaia? Wir fahren nach Hause, wiederholt er mit seltsam kalter Stimme, da gibt es keinen Platz für die anderen.

Als Djamila aufwacht, schaut sie verstohlen nach vorne, auf ein Wunder hoffend sucht sie das Gesicht des Vaters in der Dunkelheit, doch das Wunder bleibt aus. Schlafend und träumend gelangt Djamila nach Europa, der Zauberteppich trägt sie fort, doch unterwegs verliert er seine Wirkung, bringt sie nicht bis Södertälje, sondern nur bis Wien. Es beginnt gerade zu schneien, als sie in Wien ankommt, sie fühlt die Schneeflocken im Gesicht und auf den Händen, sie streckt die Zunge heraus, sie kennt den Geschmack schon, sie verbindet damit Abschied, aber auch Heimat, es liegen darin die Umarmung der Mutter, das sorglose Lachen Subaias, die Tränen Khalisas und die Hoffnung, dass der Vater bald aus dem Schneegestöber herausfinden wird.

Der Tag der Tage, endlich bricht er an. Bisher, so heißt es, wurde das Weihnachtsfest im Leo immer am 23. Dezember gefeiert, damit unsere Hirtinnen und Hirten den Tag darauf zu Hause bei den eigenen Schäfchen verbringen konnten. In diesem Jahr hat der Oberhirte vorgeschlagen, das Fest am 24. zu feiern, jeder solle doch Partner, Kinder, Omas, Opas, Freunde, Wellensittiche und Meerschweinchen mitbringen. Zakia war natürlich sofort dafür, Hans und Tony stimmten anfangs dagegen, sie wollten Berufliches und Privates lieber trennen, ließen sich aber schließlich überreden. Und so ist also der 24. Dezember für uns alle ein Tag der fieberhaften Vorbereitungen, denn insgesamt wollen fast vierzig Mäuler gestopft sein.

Die Einkäufe für la grande bouffe hat Hans mit einigen von uns schon am Tag davor erledigt, vier Karpfen wurden geangelt, drei Gänsen der Hals umgedreht, dazu noch die Ingredienzien für die verschiedensten afrikanischen und asiatischen Gerichte besorgt. Am Morgen des 24. beginnt nun das große Geschneide und Gewürze und Gerühre: Der Onkel geht den Karpfen an den Schuppenkragen, Hans hat mit den Gänsen ein Hühnchen zu rupfen, Meister Liu richtet ein großes Gemüsemassaker an, auch Tony und Haluk mischen mit. Wir anderen verrichten die zahlreichen niederen Dienste, wieder andere schmücken einstweilen mit Mira und Zakia das Refektorium für das Weihnachtsgelage, während an der Wohnzimmertür ein großes Betreten-verboten-Schild prangt.

Weihnachtston, Weihnachtsbaum, Weihnachtsduft in jedem Raum, besinge ich die Gänseschar, Freue dich, o Christenheit, schmettere ich in die Küchenrunde. Ich bin keine Christ, murrt Murad, für Muslim gibt kein Weihnachten. Mit sichtlichem Widerwillen führt Mr. Taliban die Tätigkeiten aus, die ihm unsere Betreuer auftragen. Ich bin auch Moslem, kontert Djamila, die schon ein Weihnachtsfest in Österreich erlebt hat, aber Weihnachten ist schön. Tony meint, dass auch viele Nicht-Christen Weihnachten feierten und das Fest unabhängig vom religiösen Ursprung ein wichtiger Bestandteil der westlichen Kultur sei. Und außerdem isses 'ne schöne Gelegenheit, so der Onkel, gemeinsam 'n schönes Fest zu feiern.

Und dann ist es so weit, nach und nach trudeln die Gäste ein, Nicoleta und ich sind das Begrüßungskomitee. Zur Feier des Tages gibt es sogar Alkohol, wenn auch nur für jene, die das sechzehnte Jahr schon überschritten haben, und auch für sie nur in Maßen, nicht in Massen. Adolphe ist glücklich, endlich darf er, und das noch dazu ganz offiziell und ohne das eigene Taschengeld opfern zu müssen. Doch Orthografie und Grammatik sind seine Stärken nicht, die Maß oder das Maß, wer soll sich da auskennen, wenn Worte mit zweierlei Maß gemessen werden, und obwohl er sich Mühe gibt, verwechselt er Maß und Masse. Und macht, dass ihr wegkommt, verscheucht der Onkel ihn und Nino von der Hopfenquelle. Das ist nicht gut, beklagt Murad den Sittenverfall, sein Talibanbart reicht an diesem christlichen Freudentag bis zum Boden und zittert vor Empörung. Wenn du nicht willst, du musst nicht trinken, macht die heilige Nino sich über ihn lustig und tritt ihm, ohne es zu bemerken, auf den Bart. Rotkäppchen ist zwar noch keine sechzehn, zweigt jedoch im Laufe des Abends so manchen Schluck aus der für Großmuttern bestimmten Flasche ab. Soll die

Oma eben stattdessen Kuchen essen, denkt sich das schlimme Kind, Weihnachten kommt schließlich so schnell nicht wieder. Lasst uns froh und munter sein, aber nicht ins Bettchen spein, singe ich meinen Mitbewohnern ins Stammbuch, während ich brav meinen Orangensaft trinke.

Nach Sekt und kleinen Häppchen geht es zu Tisch. Das Refektorium ist nach Miras und Zakias Arbeit kaum wiederzuerkennen. Die zwei ohnehin langen Tische wurden zu festlichen Tafeln mit blütenweißen Tischtüchern verlängert, überall gibt es Tannenreisig, Strohsterne, anderen Schmuck und viele, viele Kerzen. Der Onkel klopft mit einem Löffel an sein Glas, ich fürchte schon, er will eine Rede halten, hört, hört, doch er verkündet nur, dass jeder sich hinsetzen möge, wo er wolle, er erklärt das Buffet für eröffnet und gibt den Löffel wieder ab. Alles geht also auf die Jagd nach Essbarem und auf die Suche nach einem Ort, um die erlegte Beute in Ruhe zu verzehren. Murad hätte mir beinahe den Platz neben Isabel weggeschnappt, doch nicht mit mir, Herr Magomazov, mit mir nicht! Und so sitze ich denn zur Rechten meiner Göttin, Kerzenlicht rötet ihr die Wangen, aus ihren Augen blitzt es mit tausend Feuern, und ich hänge an den Lippen, den rosigen und harre der Worte, die sie gebären. Sie erzählt von ihrer Kindheit, ihrer Jugend, erzählt von Reisen, von Städten auf verschiedenen Kontinenten, von Singapur, São Paulo, Banjul, Berlin, Städte, in denen ihr Vater als Diplomat oder Geschäftsmann tätig war und sie selbst zur Schule ging, heranwuchs, Freunde traf, erste Lieben erlebte. Und wie bist du nach Wien gekommen, fragt des Onkels Gemahlin, sitzend zur Linken der Göttin, auch mit deinen Eltern? Das Schicksal hat sie nach Wien geführt, komme ich Isabel zuvor, es hat sie zur rechten Zeit an den rechten Ort gebracht, in meine Arme nämlich. Die Onkelin lacht mit Petersilienzähnen. Du musst Ali sein, sagt sie, Odo hat mir von dir erzählt. Isabel setzt ein mildes Lächeln auf und schweigt, dann fühlt sie sich aber doch bemüßigt, der Tante eine andere Version aufzutischen, wie sie ja überhaupt schon die ganze Zeit so tut, als wendete sie sich an sie, wo sie doch in Wahrheit für mich und für niemand anderen singt und spricht und ist. Die Ehe ihrer Eltern sei vor ein paar Jahren auseinandergebrochen, ihr Vater blieb auf seinem Botschafterposten in Singapur, sie selbst kehrte mit ihrer Mutter nach Deutschland zurück, nach zwei Jahren in Berlin kam sie dann zum Studieren nach Wien, wo sie schon als Jugendliche gelebt und sich wohlgefühlt hatte. Und, wirst du hierbleiben, fragt die Tante. Natürlich wird sie bleiben, sie wird nie wieder von meiner Seite weichen, antworte ich für Isabel, doch Isabel selbst zuckt mit den Schultern. Ich weiß es nicht, bis jetzt fühl' ich mich wohl – aber ich bin nun mal 'ne Zigeunerin … Ach, Carmen, ich bin's, dein José, o Esmeralda, lass mich dir Phoebus und Quasimodo zugleich sein! Doch ich habe keine Zeit, mich voll und ganz meiner blonden Zigeunerdiplomatentochter zu widmen, denn die Glocken rufen uns. Es sind nicht jene von Notre-Dame, nein, es ist Mira, die uns mit hellem Geläute zur Bescherung ruft, Jingle bells, jingle bells, jingle all the way, und wir folgen ihr, wenn auch nicht in a one-horse open sleigh, ins Wohnzimmer zur Bescherung.

Manche meiner Genossinnen und Genossen haben bereits ein oder zwei Weihnachtsfeste in Österreich hinter sich, für sie bietet der heutige Abend also wenig Neues; ich selbst habe ohnehin schon so ziemlich alles erlebt. Für die meisten ist es aber doch nox prima und nach Jahren der Entbehrung ein wahrhaftes Weihnachtswunder. Die Überraschung ist groß, als sie des stattlichen, festlich geschmückten Baumes in der guten Stube ansichtig werden. Mira und Zakia haben ihn mit selbst gebastelten Strohsternen, Äpfeln, Süßigkeiten in rotem Raschelpapier und honigduftenden Kerzen geschmückt, unter dem Baum liegen große und kleine Päckchen in den verschiedensten Farben. Augen weiten sich, füllen sich mit Tränen, in den Tränen spiegelt sich das Licht der Kerzen, und als wir dann unter Tonys kompetenter Leitung unsere einstudierten Weihnachtslieder zum Allerbesten geben, werden reihum die Taschentücher gezückt.

Mit neugierigen, ungeduldigen, nervösen Fingern geht es dann ans Ausziehen der Geschenke, zum Vorschein kommt, was die

Betreuerinnen und Betreuer für ihre jeweiligen Schützlinge, die Schützlinge für ihre Betreuerinnen und Betreuer, die Mitbewohnerinnen und Mitbewohner für ihre Mitbewohner und Mitbewohnerinnen gebastelt, gemalt, gebacken, gekocht, gekauft oder gestohlen haben: Haluk schenkt Chefkoch Liu ein neues Keramikmesser, weil jenes vom letzten Weihnachtsfest zerbrochen ist. Amal, die größte Lang- und Verschläferin des Hauses, bekommt von Tony einen Wecker, sie grinst und versteht den Wink mit dem Zaunpfahl. Oma hat für alle Heiligenbildchen besorgt und diese in selbst gebastelte und individuell bemalte Weihnachtskarten eingeklebt, für Zakia hat sie gleich einen ganzen Kalender zusammengestellt. Kamal, das gute Kamel, wer hätte das gedacht, schenkt allen Frauen und Mädchen eine rote Rose, er muss den Großteil seines Dezember-Taschengeldes dafür ausgegeben haben, und ich bin gerührt, weil Mira einen überdimensionalen Mohr im Hemd für mich gebacken hat. Ich habe für jeden und jede in unserer Runde ein Gedicht in der Tradition japanischer Haikus geschrieben, natürlich liefere ich gleich die Simultanübersetzung in die jeweilige Muttersprache dazu. Deine Neffen und Nichten / Sie strömen an dir vorbei / Wie der Fluss an seinem Ufer, dichte ich für den Onkel. Schutz bietest du / Und brauchst ihn doch selber / Vor den Geistern vergangener Zeiten, so schreibe ich für Mira. Feuer im Haar und im Herzen / Wirst du alle besiegen / Außer dich selbst, besinge ich Nino. So viel möchtest du geben / Doch vergib nicht / Dich selbst, lautet mein besorgter Beitrag für Zakia. Verletzt, aber nicht gebrochen / Beschenkst du alle / Mit deinem tapferen Lächeln, bestärke ich Nicoleta. Ich bekomme viel Applaus, aber auch so manchen ernsten, nachdenklichen oder gerührten Blick. Odo hat mir gar nicht erzählt, dass du auch ein Dichter bist, gratuliert mir die Onkelin. Von Isabel kommt schüchternes, ein wenig unsicheres Lob, für Isabel, die es doch am allermeisten verdiente, habe ich kein Gedicht geschrieben, für sie habe ich nämlich ein ganz besonderes Geschenk vorbereitet, doch mit dessen Überreichung lasse ich mir noch ein wenig Zeit.

Wir haben eine Überraschung für euch, verkündet der Onkel dann, es gibt noch ein Geschenk für alle. Er führt uns auf den Gang, wir trotten brav hinterdrein, er sperrt die Tür zu einem Raum auf, der erst bei den Bauarbeiten dem verschwenderisch breiten Gang abgetrotzt wurde. Noch steht er leer bis auf ein großes, in buntes Geschenkpapier eingeschlagenes Etwas. Nach und nach sind alle in den Raum getreten, das Etwas wird umrundet. Na, will niemand das Geschenk auspacken, spornt Tony uns an. Djamila und Nicoleta und Kamal sind die Mutigsten oder die Neugierigsten, schließlich entpuppt sich das Etwas als Tischfußballtisch. Der ist von allen für alle, sagt der Onkel feierlich. Es gibt Jubel von den meisten, Enttäuschung bei einigen wenigen, Ratlosigkeit bei anderen. Was ist das, fragt Oma leise, und ich erkläre es ihr, während zahlreiche Hände helfen, das Geschenk ganz auszupacken.

Ich blicke in die Runde, als wir wieder beim Essen sitzen. Zu meiner Linken unterhält sich Isabel, diesmal mit Haluks Frau Barbara, rechts von mir ist Djamila ins Gespräch mit unserem Zivildiener vertieft. Auch die meisten anderen sind in mehr oder weniger angeregte Unterhaltungen verstrickt, wenn sie auch manchmal aus sprachlichen Gründen ins Stocken geraten mögen. Die Atmosphäre ist gelöst und entspannt, jeder scheint es an diesem Abend geschafft zu haben, die Sorgen abzuschütteln oder im Spind einzusperren.

Es wäre schön, könnte ich dieses Bild einfrieren und die Szene an dieser Stelle anhalten, doch ich muss nun einmal Zeugnis ablegen, ob mir das zu Berichtende Freude bereitet oder nicht. Von diesem Moment an geht es nämlich mit der Weihnachtsfeier steil bergab. Als ich mich innerlich gerade darauf vorbereite, Isabel mein Geschenk zu überreichen, bricht Oma plötzlich in lautes Schluchzen aus. Zakia, die Unermüdliche, ist gleich zur Stelle, zuerst denke ich noch, es handelt sich um Glückstränen, wie sie auch zuvor schon bei der Bescherung geflossen sind, doch das heftige Schluchzen nimmt diesmal kein Ende. Zakia steht auf und geleitet Oma behutsam wie eine Kranke hinaus. Djamila wird nach kurzer Inkubationszeit ebenfalls vom Tränenfieber angesteckt, Zakias Schulter ist schon besetzt, doch Amal leiht ihre der kleinen Schwester und schafft es, sie bald wieder zu beruhigen. Djaafar, Adolphe, Yaya und Kamal nutzen die Gelegenheit, um sich zum Tischfußballtisch fortzustehlen. Zu allem Überdruss wird es dann auch noch Nicoleta übel, ob von zu viel oder zu wenig Essen, ich weiß es nicht, jedenfalls erreicht sie gerade noch rechtzeitig die Toilette. Mira eilt hinterher und begleitet sie bald darauf ins Zimmer.

Frau Obranović war schon den ganzen Abend in einer heiklen Position: Sie steht zwischen zwei Männern, beide sind anwesend, sie hätte es nicht übers Herz gebracht, einen der beiden aus- oder gar nicht erst einzuladen. Während sie sich um Nicoleta kümmert, versucht Mladko, ein Gespräch mit Alenka anzuknüpfen, doch wie üblich fallen ihre Antworten äußerst einsilbig aus. Mladko ist nicht mehr ganz nüchtern, ich kann den Weindunst in seinem Atem über zwei Tische hinweg riechen, ich kann verstehen, dass Alenka schon allein deshalb zurückweicht, als sein Kopf beim Sprechen dem ihren immer näher kommt, dass sie schließlich aufspringt, als er die Hand ausstreckt, um ihr übers Haar zu streichen. Sie geht aus dem Zimmer, nach ein paar Minuten kommt sie an Miras Arm zurück.

Die beiden setzen sich. Mladko steht auf, flucht lautstark, als er stolpert, und baut sich schwankend vor Mira auf. Erzähl' uns, wer der Vater deines Kindes ist, schreit er sie plötzlich in ihrer gemeinsamen Muttersprache an, erzähl' es uns, es sollen alle wissen, alle! Die Gespräche ringsum verstummen, alle Blicke wenden sich den beiden zu. Mira setzt zu einer Entgegnung an, doch dann schweigt sie. Alenka springt auf und läuft aus dem Zimmer. Lukas hat sich erhoben, er kommt langsam näher. Ich hab' dir schon gesagt, ich weiß es nicht, antwortet Mira leise und mit niedergeschlagenem Blick. Du weißt es doch, beharrt Mladko, natürlich weißt du es! Mira schüttelt den Kopf. Mladko blickt kurz zur Seite, als Lukas neben ihm auftaucht. Er wirft ihm einen hasserfüllten Blick zu, er ballt die Faust. Ich stehe auf, Hans erhebt sich, doch dann drängt Mladko sich an Lukas und Mira vorbei und eilt zum Ausgang.

Außer Mira, Hans, Tomo und mir hat wahrscheinlich niemand seine Worte verstanden, der Sinn, der dahintersteckt, dürfte aber auch einigen anderen klar geworden sein. Bald sind alle wieder zu Essen und Unterhaltung zurückgekehrt, doch die Stimmung ist dahin. In Miras Gesicht kann ich Ärger, aber auch die Besorgnis erkennen, Mladko könnte sich etwas antun. In den Gesichtern der anderen ist die Fröhlichkeit nur noch eine Maske, und jeder vermeidet es, Mira anzusehen.

All diese unschönen Vorkommnisse haben mich davon abgehalten, Isabel mein Geschenk zu überreichen, doch nun kann und darf ich ihr selbiges nicht länger vorenthalten. Ich nehme ein Glas in die Linke, einen Löffel in die Rechte, um mir Gehör zu verschaffen. Ihr werdet euch sicher gefragt haben, warum ich ausgerechnet für Isabel kein Gedicht verfasst habe, beginne ich, und es kehrt langsam Ruhe ein. Nun, ich habe beschlossen, ihr ein viel größeres Geschenk zu machen. Ich knie vor Isabel nieder, fasse nach ihrer Hand, sie wirft mir ein verunsichertes Lächeln zu, doch diesmal bin ich meiner Sache sicher. Ich habe beschlossen, setze ich fort, mich selbst zum Geschenk zu machen. Meine schönste Isabel, willst du dieses Geschenk annehmen und meine Frau werden? Das Lächeln auf ihrem Gesicht ist plötzlich erloschen, ich fühle, wie sie ihre Hand zurückzuziehen versucht. Hinter ihr lacht die Onkelin laut auf. Also dieser Ali, wiehert sie, andere stimmen etwas unsicher ein. Ich sehe, wie sich auch Isabels schön geschwungene Lippen kräuseln, das Lächeln halb zurückkehrt, und es wird mir klar, dass ich der Sache größeren Nachdruck verleihen muss. Es ist mir ernst damit, sage ich laut und deutlich, so ernst wie noch nie in meinem Leben. Doch ich merke, dass mir die Situation entgleitet, ich habe zu lange gewartet, habe mich durch die unvorhergesehenen Ereignisse der letzten halben Stunde ablenken lassen und den richtigen Moment verpasst. Während ich auf Isabels Antwort warte, nehme ich die Reaktionen der anderen mit halbem Auge und Ohr wahr. Der spinnt, sagt Nino und tippt sich an die Stirn, Du bist zu jung für heiraten, sagt Djamila, Mira schüttelt traurig den Kopf,

Hans erklärt Zakias Freund, dass eine Heirat mit einem EU-Bürger für viele Asylwerber der letzte Rettungsanker sei. Ich spüre eine Hand auf meiner Schulter und erkenne Djaafar an meiner Seite. Aber Aaaaliii, sagt Isabel gedehnt und entwindet mir ihre Hand, es ist nichts als Mitleid in ihren Augen, und in diesem Augenblick beginnt sich alles zu drehen. Isabel, der Onkel, Djaafar, Mira, der Raum, das Haus mit seinen Bewohnern, alles beginnt um mich zu kreisen. Ich sehe uns plötzlich alle auf einem Karussell sitzen, wir reiten auf schwarzen, weißen oder bunt gescheckten Pferden, das Karussell dreht sich, schwungvolle Musik tönt aus den Lautsprechern, wir winken einander zu, sind fröhlich und ausgelassen, die Sonne scheint. Runde um Runde reiten wir, der Wind zerzaust unsere Haare, der Himmel ist blau und wolkenlos, das Karussell dreht sich und dreht sich. Irgendwann habe ich jedoch genug, auch die anderen scheinen langsam die Lust am Rundendrehen zu verlieren und warten darauf, dass das Karussell zum Stillstand kommt. Ich winke dem Mann an der Kasse und rufe ihm zu, er möge die Fahrt beenden, doch er scheint mich nicht zu verstehen, er lacht nur und winkt zurück. Er legt einen Hebel um, und statt stehen zu bleiben wird das Karussell schneller, auch die Musik beschleunigt sich mehr und mehr, wird lauter und lauter, der Mann an der Kasse lacht dröhnend. Ich umschlinge den Hals meines Rappens, ich sehe die angsterfüllten Gesichter der anderen, die sich an ihre Pferde klammern, doch irgendwann ist die Fliehkraft zu groß. Liu ist der Erste, dessen Hände sich von der Mähne seines Pferdes lösen, er wird hinausgeschleudert und verschwindet aus meinem Blickfeld, Pitra ist die Nächste, gefolgt von Amal und Djaafar. Einer nach dem anderen fliegt davon, ich halte mich am längsten, doch schließlich werde auch ich hinausgeschleudert, nicht seitlich, sondern nach oben, ich steige in den blauen Himmel auf, rasend schnell zunächst, doch nach und nach verlangsamt sich der Aufstieg, ich sehe das Karussell weit unter mir, die Musik ist immer noch zu hören, es beginnt zu regnen, und der Regen schmeckt nach Zuckerwatte.

18

Das alte Jahr endet mit einem weiteren Fest. Wieder wird gemeinsam eingekauft, vorbereitet, gekocht und gegessen, wenn auch mit weniger Aufwand als eine Woche zuvor. Stimmungsmäßig herrscht allerdings von Anfang an Tiefdruckwetter, das unschöne Ende der Weihnachtsfeier wirkt nach, es sitzt manchem in den Knochen wie Rheumatismus an feuchtkalten Tagen. Die letzten Stunden des Jahres schleppen sich dahin, die Minuten lassen sich Zeit, als wollten sie das Unvermeidliche vermeiden, als fürchteten sie sich vor dem Sprung im Kalender. Endlich ist es so weit, der Countdown beginnt, auch die Sekunden haben es nicht eilig, zehn, und auch ich fürchte das neue Jahr, neun, und nichts wird mehr so sein, wie es war, acht, und alles geht den Bach runter, sieben, man wird uns einsperren, sechs, man wird uns fortschicken, fünf, es wird nie wieder eine Frau in meinem Leben geben, vier, ich werde Mönch, drei, warum kann man die Zeit nicht zurückdrehen, zwei, kann es überhaupt noch schlimmer werden, eins, es kann, es kann, es kann!

Das Läuten der Pummerin begrüßt die Österreicherinnen und Österreicher im neuen Jahr des Herrn. Doch ihr Herz schlägt nicht für uns, nein, für uns läuten die Alarmglocken, doch keiner will hören. Feuer fällt vom Himmel, ein weiteres, untrügliches Zeichen, wir sehen es vom Dach unseres Hauses, der Himmel gleißt rot und gelb und grün und blau, der ohrenbetäubende Lärm, der manche gerade erst dem Krieg Entflohenen in Schrecken und Angst versetzt, vertreibt das alte Jahr, wo er doch lieber das neue zum Teufel schicken sollte. Wieso bist du so pessimistisch, fragt Nino. Ich bin noch viel zu optimistisch, antworte ich, und Nino tippt sich wieder einmal an die Stirn, an der schon eine deutliche Delle zu sehen ist. Auch der Donauwalzer erklingt nicht für uns, zwar hängt er wie eine Wolke über der ganzen Stadt und ist für alle zu hören, doch wer nicht hier geboren ist, den drückt er zu Boden mit bleiernem Ton.

Auch am nächsten Vormittag geht es ganz österreichisch weiter, mit philharmonischer Fernsehwalzerseligkeit zunächst, bis Adolphe, des Dreivierteltaktes überdrüssig, auf einen Sportsender umschaltet, anschließend spricht der Bundespräsident zu den lieben Österreicherinnen und Österreichern, wir sind nicht lieb, uns hat er nichts zu sagen, auch die Neujahrswünsche anderer Politiker in den Zeitungen gelten nicht für uns Unerwünschte Minderwärtige Fremdkörper. Doch den Wettlauf um die Erstgeburt im neuen Jahr gewinnen wir, die wir keine lieben Österreicherinnen und Österreicher sind, WIR SIND NEUJAHRSBABY, oder vielmehr Babys, denn es handelt sich natürlich um Drillinge, die jungen Herren, deren Erster zwei Minuten nach Mitternacht Licht am Ende des Tunnels erblickt, hören auf die Namen Deniz, Mehmet und Bülent, weitermachen, meine Herren, weitermachen!

Für Mira beginnt das neue Jahr dort, wo das alte geendet hat: zwischen zwei Männern. Nach dem Weihnachtsfest war Mladko ein paar Tage verschwunden, Tage, in denen Mira zwischen Sorge und Wut schwankte, Sorge, er könnte sich etwas angetan haben, Wut, weil er ihr das antat. Kurz vor dem Jahreswechsel tauchte er wieder hier im Haus auf und machte nicht nur einen verwahrlosten, sondern auch leicht verwirrten Eindruck. Mira saß gerade mit uns beim Mittagessen, er kam auf sie zu, kniete vor ihr nieder und nahm ihre Hand. Steh' auf, sagte Mira auf Serbokroatisch zu ihm, komm, gehen wir ins Büro. Sie selbst erhob sich, man konnte sehen, dass ihr die Situation peinlich war. Nein, sagte er, so viel Zeit habe ich nicht. Er zog sie wieder auf den Sessel und bat sie um Verzeihung, er würde nie wieder nachfragen, wer nun der Vater ihres Kindes sei, es sei ihm egal, Hauptsache, sie seien wieder zusammen.

Mira gab keine Antwort, schließlich gelang es ihr doch, Mladko zum Aufstehen zu bewegen und ins Büro zu schleifen, dort blieben sie auch eine Weile.

Und jetzt, das neue Jahr ist gerade ein paar Tage jung, sitzen sie wieder einmal in Miras Wohnung am Küchentisch, Alenka schläft, ich bin auf meinem üblichen Beobachtungsposten. Du hast mich ja nie … nie für tot erklären lassen, oder, will Mladko wissen. Mira schüttelt den Kopf. Warum eigentlich nicht? Sie zuckt mit den Schultern. Ich hab' gewartet, sagt sie dann und vermeidet es, Mladko dabei anzusehen, ich habe lange Zeit geglaubt, du kommst zurück. Und dann kam ich nach Österreich und wollte neu anfangen, wollte mit … mit der ganzen Sache nichts mehr zu tun haben. Du hättest eine Witwenpension bekommen können. Mira zuckt wieder mit den Schultern. Die paar Groschen hätten mir nicht weitergeholfen. Mladko setzt ein verschrobenes Lächeln auf. Rein rechtlich gesehen sind wir also immer noch verheiratet, meint er. Und, was willst du damit sagen? Mladkos Ausdruck wird wieder ernst. Ich möchte in Österreich bleiben, weißt du, ich möchte hier arbeiten. Ich möchte nicht wieder zurück … ich … ich kann nicht mehr zurück. Mira richtet sich auf, ihr ganzer Körper ist plötzlich auf Abwehr eingestellt, sie schüttelt den Kopf. Nein, Mladko, neinnein. Warum nicht, fragt er ganz bestürzt, als hätte er nicht mit Ablehnung gerechnet. Mladko, du warst mehr als zehn Jahre weg, du hast mich im Glauben gelassen, du wärst tot – und jetzt sollen wir von heute auf morgen wieder ein Ehepaar sein? Es geht mir nur um den Aufenthalt, beteuert Mladko, um die Möglichkeit, in Österreich zu bleiben. Aha, vor ein paar Tagen sagtest du noch: Hauptsache, wir sind zusammen.

Mira steht auf, räumt schweigend den Tisch ab und stellt Teller und Besteck in die Spüle, dann setzt sie sich wieder. Mladko fasst nach ihrer Hand, doch sie zieht sie zurück. Ich … ich werde dir bestimmt nicht auf … dir bestimmt nicht zur Last fallen, sagt er, ich verspreche es. Aber kannst du mir nicht eine Chance geben? Die Chance, mir hier in Österreich ein neues Leben aufzubauen –

so, wie du selbst das getan hast? Mira steht wieder auf und geht zum Fenster, sie blickt hinaus auf den kahlen Götterbaum im Hof, dessen Äste im Wind schwanken. Lass mich ein paar Tage drüber nachdenken, sagt sie dann.

Ein paar Tage später spricht sie mit Lukas über das Thema. Glaubst du wirklich, dass es ihm nur um den Aufenthaltsstatus beziehungsweise um die Staatsbürgerschaft geht, fragt er. Mira gibt keine Antwort. Ich kann weder sie noch Lukas sehen, die beiden sind im Betreuerzimmer, die Tür ist geschlossen, doch ich habe das Ohr wie immer an der richtigen Stelle. Vielleicht denkt er, dass du dich wieder an ihn … gewöhnen würdest, wenn ihr erst wieder zusammen seid. Ich hab' dir doch schon gesagt, dass ich nicht mit ihm zusammenleben will, antwortet Mira gereizt. Aber du wirst vielleicht so tun müssen, als ob, zumindest für gewisse Zeit – du weißt genau, dass die Fremdenpolizei schnüffeln kommt, wenn es um Ehen mit Drittstaatsangehörigen geht. Das weiß ich, aber unsere »Ehe« – die Anführungszeichen sind auch durch die Wände hindurch deutlich zu hören – besteht ja schon seit mehr als fünfzehn Jahren, und für eine Scheinehe wäre das doch ein bisschen lang. Du musst dich erkundigen, sagt Lukas, ich habe keine Ahnung, wie die Behörden mit solchen Fällen umgehen. Die wahrscheinlich auch nicht, gibt Mira zurück, denn so etwas wird wohl nicht alle Tage vorkommen.

Sie wechseln das Thema, sprechen über die Probleme einzelner Schützlinge, über andere Hausinterna, dann kehrt die Unterhaltung wieder zum Ausgangspunkt zurück. Wie willst du das Wohnproblem lösen, fragt Lukas. Ich hab' Mladko schon gesagt, dass er nicht bei mir wohnen kann, schon allein wegen Alenka nicht. Vielleicht gibt's als Übergangslösung hier im Haus irgendein Zimmer für ihn, meint Lukas, unten bei den Erwachsenen, nicht hier im Leo. Ja, ich hab' schon mit Heli gesprochen, das wird zumindest für ein paar Wochen möglich sein.

Der Lehrer scheint wieder einmal nicht an sich halten zu können und seine Schülerin überfallen zu wollen. Bitte, hör' auf, du weißt, wohin das führt, wehrt sie ihn ab, hab' noch ein bisschen Geduld. Mladko wird bald übersiedeln, dann ist meine Wohnung wieder frei. Und dann? Dann bist du verheiratet, und wir begehen Ehebruch, meint der Lehrer. Den haben wir in den vergangenen Monaten auch begangen, gibt Mira zurück. Ja, aber ohne es zu wissen. Wir werden sehen, sagt sie dann. Kurz darauf verlässt Lukas das Büro und geht mit sichtlich enttäuschter Miene Richtung Treppenhaus davon.

Seit dem Neujahrstag fegt ein eisiger Wind über die Stadt, kein Mantel und keine Kopfbedeckung schützen davor, er dringt durch Kleidung und Haut bis auf die Knochen. Er weht von den griechischen Säulen des Parlaments herüber, man hat dort ein ganzes Paket an Gesetzen für uns geschnürt und es allen Fremden in diesem Land als verspätetes Weihnachtsgeschenk überreicht. Ich warne meine Genossinnen und Genossen davor, das Paket zu quittieren: Quidquid id est, timeo Danaos et dona ferentes, rufe ich ihnen entgegen, doch mein Ruf verhallt ungehört, die Tore werden geöffnet, das Geschenk in die Stadt gebracht. Wir schauen dem Gaul zwar nicht ins Maul, doch der Geruch, der Letzterem entströmt, verrät schon genug, und das neue Jahr ist noch keine drei Wochen alt, als die listenreichen Krieger dem danaum fatale munus entsteigen und in die schlafende Stadt eindringen.

Ich träume. Es ist sechs Uhr morgens, stille Nacht also, alles schläft, einsam wacht nur Hans-Jörg, der traute zivile Diener in der Portierloge, der die beiden Fremdenpolizisten in den vierten Stock schickt. Zwar versucht er sofort, unser Betreuerteam per Telefon zu warnen, doch vergebens, das Büro ist um diese Zeit noch nicht besetzt, der sonst so penible Haluk hat vergessen, das Mobiltelefon ins Betreuerzimmer mitzunehmen. Als er schließlich das Läuten des Telefons aus dem Büro hört und schlaftrunken auf den Gang hinaustritt, ist es schon zu spät. Wo finden wir Herrn … Liu … Xingjian, buchstabiert der ältere der beiden Polizisten mühsam. Der Schlaf entweicht mit einem Mal aus Haluks Körper. Wieso, was wollen Sie … was hat er …? Wir haben einen Schubhaftbefehl, unterbricht ihn der Beamte. Das kann nicht sein, das Verfahren läuft noch, protestiert Haluk, es gibt eine Beschwerde beim Verwaltungsgerichtshof, wir … Wir haben einen Schubhaftbefehl, wird er wieder unterbrochen, das ist alles, was für uns zählt. Das gibt's nicht, empört sich Haluk, man kann nicht Jugendliche einsperren zusammen mit Verbrechern …

Er schließt die Tür zum Büro auf, geht zum Schreibtisch und greift zum Telefon. Bitte warten Sie einen Moment, sagt er zu den Beamten, die ihm folgen, ich muss mit meinem Chef sprechen. Das wird auch nix ändern, meint der jüngere der beiden Männer mit süffisantem Lächeln. Das gibt's doch gar nicht, murmelt Haluk mehrmals vor sich hin, während er auf His Master's Voice am anderen Ende der Leitung wartet.

Ich wache auf. Es ist kurz vor sieben Uhr, draußen ist es noch finster, doch ich bin, ich weiß nicht warum, hellwach. Yaya und Kamal sind nicht im Zimmer, auch das ist für diese Uhrzeit ungewöhnlich, nur Djaafar schläft noch. Es ist still draußen, doch in der Luft liegt Unruhe. Ich stehe auf, öffne die Tür zum Gang, auf dem Weg zum Bad begegnet mir der Onkel, in Straßenkleidung und in sichtlicher Eile. Und im selben Augenblick wird mir klar, dass ich nicht geträumt habe.

Ich kehre um und folge dem Onkel. Vor der Tür zu Lius Zimmer steht der jüngere der beiden Polizisten, Kamal und Djamila versuchen, neugierig und ängstlich zugleich, an ihm vorbei einen Blick auf Liu zu erhaschen. Geht bitte auf eure Zimmer zurück, wendet sich der Onkel an die beiden. Sie machen zwar Platz, um den Onkel durchzulassen, aber keine Anstalten, ihren Logenplatz aufzugeben. Ich geselle mich zu ihnen, um diesen schlechten Traum auch im Wachen weiterverfolgen zu können.

Liu ist gerade dabei, seine sieben oder acht oder neun Sachen einzupacken, Haluk, Tomo und Adolphe, die beiden Letzteren im Pyjama, helfen ihm dabei. Was soll das, wendet sich der Oheim an den älteren Polizisten. Wir haben einen gültigen Schubhaftbefehl, hier, bitte sehr. Der Onkel wirft einen flüchtigen Blick auf das Papier, das ihm der Beamte unter die Nase hält. Das darf doch nicht wahr sein, empört er sich genauso wie vor ihm Haluk, einfach in ein laufendes Verfahren einzugreifen, und das noch dazu bei einem Minderjährigen! Der Beamte zuckt mit den Schultern. Erklären Sie das bitte nicht mir, sondern meinen Vorgesetzten, lässt er den Angriff an seiner Uniform abprallen, ich führe nur Anweisungen und Befehle aus. Der Onkel murmelt irgendetwas, ich verstehe nur das Wort Nazis, er schimpft noch weiter vor sich hin, doch er weiß genauso wie Haluk, dass er die Beamten nicht daran hindern kann, Liu mitzunehmen. Du kommst zurück, sagt Tomo aufmunternd zu ihm, als er schließlich von dem Polizisten aus dem Zimmer eskortiert wird, Adolphe klopft ihm auf die Schulter, ich winke wort- und sprach- und fassungslos, Liu nickt und verzieht die Lippen zu einem tapferen Grinsen. Nach einem kurzen Zwischenstopp im Büro wird er dann zum Lift geführt und verschwindet mit den beiden Beamten in der Tiefe, fährt hinab in das Reich des Todes.

Zwar schleppen sich schwarze, weiße und gelbe Körper wie üblich in diesen oder jenen Kurs und erfüllen ihre Anwesenheitspflicht, doch der Geist ist abwesend. Jeder ist in Gedanken bei Liu, jeder zittert mit ihm und hat Angst davor, selbst als Nächster abgeholt zu werden. Der Onkel und die Schöne Helena rufen für den Nachmittag eine Krisensitzung aller Betreuer ein, man debattiert, man spekuliert, man telefoniert mit der Fremdenpolizei, mit Rechtsanwälten, mit den Asylbehörden, man empört sich über die neuen Gesetze, Liu sitzt einstweilen mit gestreiften Kleidern und Ketten an den Füßen zwischen Raubmördern und Kinderschändern. Am nächsten Tag ist die Polizei erneut im Haus, wenn auch nicht bei uns im Leo, sondern unten bei den Erwachsenen. Diesmal trifft es Gülertan Dolas, der ja schon vor Weihnachten einen negativen Bescheid erhalten hat. Wieder schlagen die Beamten im Morgengrauen zu, reißen einen viereinhalbfachen Vater fort von seinen

Kindern, Mutter Dolas ist gar nicht da, sie muss früh aufbrechen an den Tagen, an denen sie zur Arbeit geht.

Rein äußerlich betrachtet geht das Leben im Haus seinen gewohnten Gang, the show must go on, doch in Wahrheit ist nichts mehr, wie es war. Auch bisher konnte jederzeit ein negativer Bescheid ins Haus flattern, auch bisher musste man damit rechnen, dass der Aufenthalt in diesem Haus, in diesem Land irgendwann zu Ende gehen würde, doch es ließ sich leben mit diesem Irgendwann, irgendwie gab es das Gefühl, dass unsere Bewacher gleichzeitig unsere Beschützer sein und das Ärgste zu verhindern wissen würden. Der vierte Stock wurde bisher von unangekündigten Besuchen der Fremdenpolizei verschont, er war tatsächlich eine Art Leo, ein Refugium, in dem man zumindest vorübergehend sicher war, in dem man verschnaufen und zu sich kommen konnte, bevor man sich wieder aufs Spielfeld wagte. Die Abholung Lius zeigt nun, dass dieses Leo nicht mehr respektiert wird, Liu weg, Leo weg, dass die Spielregeln missachtet oder vielmehr ohne gegenseitiges Übereinkommen geändert wurden. Und sie zeigt, dass unsere Bewacher ihrer Beschützerrolle nicht gerecht werden können oder – wie Adolphe mutmaßt – wollen. Ist egal für die, ob wir kriegen Asyl oder nicht, meint er beim Mittagessen, und einige pflichten ihm bei. Ich trete zur Verteidigung unserer Betreuer an, natürlich habe ich Djamila und Nicoleta und andere treue Seelen auf meiner Seite, doch das Vertrauen zu Onkel & Co., das bei einigen ohnehin nur sehr schwach ausgeprägt war, ist dahin oder zumindest ernsthaft angekratzt.

Trotzdem, ein Rest dieses Vertrauens ist bei allen da, das Vertrauen darauf, dass unser Betreuerteam, wenn es schon nicht das Schlimmste – die Schubhaft –, dann doch das Allerschlimmste – die Abschiebung – verhindern würde. Doch selbst die treuesten Seelen kommen kurz darauf ins Wanken. Sechs Tage sind seit Lius Abholung vergangen, sechs Tage, in denen vonseiten unserer Onkel und Tanten nichts unversucht blieb, ihn aus der Schubhaft zu befreien. Und an ebendiesem sechsten Tag wird Liu am Nachmittag zum Flughafen gebracht, auf dem Rollfeld steht die Fremdenpolizeikapelle und bläst dem Schübling zum Abschied gehörig den Marsch, er wird ins Flugzeug eskortiert, und obwohl ich nicht dabei bin, sehe ich deutlich die bösen, mitleidigen oder einfach nur gleichgültigen Blicke der anderen Passagiere. Ich sehe einen jungen Mann, der auf die Polizisten einredet, einspricht, Einspruch erhebt bei einer Flugbegleiterin, der vergeblich zum Piloten vorzudringen versucht: Haben Sie denn überhaupt kein Gewissen, fragt er die Beamten und die Flugbegleiterinnen. Die Kapelle unter der Leitung der Abschiebeministerin spielt Freut euch des Lebens, ich sehe Liu einen letzten Fluchtversuch unternehmen, doch ohne Erfolg, Freut euch vergebens. Und als die Türen geschlossen werden, spielt die Musi Muss i denn, muss i denn zum Städtele hinaus, das Flugzeug setzt sich in Bewegung, die Ministerin winkt Liu freundlich hinterher, und alles ist guter Laune, cause they *do* have a wooden heart, o yeah! Doch es ist ja ohnehin alles nur ein Spiel, Mensch ärgere dich nicht darüber, wer Pech hat, der fliegt eben raus aus Österreich. Nur einer kann bei der Reise nach Wien gewinnen, man muss schnell sein und braucht Glück und auch ein bisschen Ellbogen, die anderen bleiben auf der Strecke, es gibt einfach nicht genug Stühle in der Welt der Reichen, das Boot, wir bedauern es sehr, ist leider schon voll. Auch Völkerball ist übrigens ein lustiges Spiel, bei der hier gespielten Variante wird man nicht abgeschossen, sondern abgeschoben, auch da gibt es nur einen Gewinner, das ist ja der Sinn des Spiels, auszusieben, die Spreu vom Weizen zu trennen, die anderen, sie fallen, sie fallen durch den Rost. Das soll man nicht sagen, sagt man mir, das sei politisch nicht korrekt, klopft man mir auf die Finger, doch ich kann mich nicht um alles kümmern.

Wir haben eine neue Mitbewohnerin, und sie heißt Angst. Sie ist eingezogen in fünf Stockwerken, hat sich breitgemacht in allen Räumen, sie lauert hinter jeder Ecke und ist stets bereit, ihre Mitbewohner aus dem Hinterhalt anzufallen. Oma, die erst vor Kurzem gelernt hat, ihre Angst vor der Dunkelheit zu überwinden, schläft nun wieder bei eingeschalteter Nachttischlampe, sehr zum

Ärger von Amal. Amal ist noch reizbarer als sonst und explodiert beim kleinsten Anlass, zwischen den Explosionen ist sie dafür umso apathischer. Yaya, dessen Zustand sich in letzter Zeit deutlich gebessert hat, verfällt wieder in die übliche Starre, die Hände umklammern das Amulett und versuchen damit alles abzuwehren, was von außen kommt, egal, ob gut oder böse. Selbst Nino, die sich nicht so schnell aus der Ruhe bringen lässt, scheint unrund zu laufen, vielleicht liegt das in ihrem Fall aber daran, dass die Beziehung zu Nahum ihre Halbwertszeit längst überschritten hat.

Die Fremdenpolizisten sind zwar mit Liu in der Tiefe verschwunden und seither im Leo nicht wieder aufgetaucht, doch in Wahrheit sind sie immer noch im Haus. Sie haben sich sogar vermehrt, sie sitzen und stehen und lehnen an jeder Ecke, belauschen jedes Gespräch, sind bei allen Mahlzeiten anwesend, selbst in der Dusche und auf der Toilette sind sie dabei, nachts hocken sie wie Hunde oder Katzen auf den Beinen der Schlafenden und schleichen sich in deren Träume.

Die Angst, sie nagt mit kleinen spitzen Zähnen am Vertrauen und nährt gleichzeitig das Misstrauen, Misstrauen gegenüber dem Betreuerteam, aber auch gegenüber den Mitbewohnern, denn die wissen schließlich so manches, was die Asylbehörden lieber nicht wissen sollten. Die Angst, sie lähmt, und so sitzt mehr als ein Dutzend jugendlicher Karnickel herum und wartet auf den Biss der Schlange. Und weil auch unsere Wärter gelähmt scheinen, wenn auch vermutlich nicht aus Angst, sondern aus Ohnmacht, stehe ich eines Tages auf. So kann's nicht weitergehen, Genossinnen und Genossen, sage ich beim ersten Treffen des von mir einberufenen Revolutionskomitees. Das Treffen findet im Fußballzimmer statt, meine Mitbewohner sitzen auf dem Boden oder lehnen an der Wand, ich stehe, ich gehe auf und ab, ich spreche und gestikuliere und setze alles daran, sie von der Notwendigkeit des Handelns zu überzeugen. Wir dürften uns nicht länger gefallen lassen, dass man uns in Wartesäle sperre, versuche ich sie in mehreren Sprachen wachzurütteln, wir hätten Lius Abschiebung verhindern müssen, die Aktionen, die der Staat setzt, mögen geltendem Recht entsprechen, doch wir hätten das wahre Recht auf unserer Seite. Wir dürften uns nicht einfach zur Schlachtbank führen lassen, wir alle hätten Besseres verdient, als durch den Fleischwolf der Geschichte gedreht zu werden. Und wie sollen wir das tun, Herr Revolutionsführer, unterbricht Nino frech meine Brandrede. Rotkäppchen, natürlich, wie könnte es anders sein. Du solltest dich schämen für deine antirevolutionäre Gesinnung, Genossin Ninotschka, weise ich sie zurecht, sie tippt sich an die Stirn, doch sie schweigt, und ich setze meine Rede fort. Am Ende habe ich alle auf meine Seite gezogen, selbst Murad, und es ist mir sogar gelungen, Amal und Yaya ein wenig aus ihrer Lethargie zu holen. Nino schmollt noch, doch ich weiß, dass auch sie sich nicht ausschließen wird, wenn es darauf ankommt, ich weiß, dass in Ninotschka in Wirklichkeit eine gute Revolutionärin steckt. So, Genossinnen und Genossen, beende ich das Treffen, nun aber an die Arbeit! Noch ist es zu früh für den offenen Kampf – die Revolution, sie will erst im Stillen vorbereitet sein, bevor sie auf die Straße getragen wird. Noch sind wir zu wenige, um uns in die offene Schlacht zu wagen – aber für ein kleines Scharmützel reicht es allemal, und die Pferde für den Probegalopp sind gesattelt und aufgezäumt.

19

Ich habe Djamila vor Weihnachten versprochen, mich um die Probleme mit ihren Mitschülern zu kümmern. Die fünf Quälgeister haben zwar nach Zakias Intervention eine Verwarnung vom Schuldirektor bekommen, doch sie scheinen Djamila trotzdem nicht in Ruhe zu lassen. Mein Versprechen muss ich natürlich einlösen, und wer nicht hören will, muss fühlen.

Ich hole Djamila am nächsten Tag von der Schule ab, wir stellen uns hinter eine Säule in der Eingangshalle, ihre Mitschüler streben dem Ausgang zu, ganz unauffällig zeigt sie mir jedes der fünf Freundchen, die ihr von Beginn an das Leben schwer gemacht haben. Auch an den folgenden Tagen komme ich zurück und mache mich im Stillen mit dem Gebäude und den aus- und eingehenden Menschen vertraut. Der Schulwart, der gerne dem Reben- und Gerstensaft zuspricht und nach dem Genuss selbiger Substanzen die mediterrane Tradition der Siesta pflegt, legt bei seiner Arbeit nicht gerade die größte Sorgfalt an den Tag. Nicht jede Tür wird nach getaner Arbeit versperrt, und so kenne ich bald fast alle Räume des mehrstöckigen Gebäudes. Im Keller entdecke ich genau den richtigen Raum für unser Vorhaben, einen alten Kohlenkeller, der dem Augenschein nach schon lange nicht mehr verwendet wird. Auch bei uns im Leo laufen die Vorbereitungen auf Hochtouren, ich habe meine Genossinnen und Genossen in meinen Plan eingeweiht, habe die Rollen verteilt, wir proben fast jeden Tag für den Ernstfall, schließlich kommen alle mit in Djamilas Schule, um den zukünftigen Tatort auch mit eigenen Augen kennenzulernen.

Und dann ist der große Tag da: It's D-Day, it's V-Day, it's Heyday, it's Mayday, Letzteres natürlich nur für die Fünf Freunde, doch sie werden wohl vergeblich notrufen, they can call 911 as much as they want, hahaha, nobody will come to their rescue! Mit einem Lied auf den Lippen ziehen wir in den Kampf: Wir sind die Schnitter der kommenden Mahd, wir sind die Zukunft und wir sind die Tat, uns're Stärke, uns're Tugend ist die Solidarität, wir sind die Flüchtlingsjugend, die zusammensteht. Lautlos und unbemerkt dringen wir in das Gebäude ein, die Eingangshalle liegt still und leer vor uns, der Schulwart sitzt wie jeden Tag um diese Zeit beim Mittagessen. Wir nehmen unsere Plätze am oberen Absatz der Kellertreppe ein, gut verborgen vor den Blicken von Schülern und Lehrern, die bald aus den oberen Stockwerken ins Erdgeschoss herabsteigen und dem Ausgang zustreben werden, nur ich postiere mich ein paar Meter von der Kellertreppe entfernt in der Halle. Und dann läutet die Pausenglocke die Stunde der Wahrheit ein, den Schlägern schlägt die Stunde, und wir stehen bereit. Das Haus füllt sich mit Geräuschen und Stimmen, die ersten Eiligen laufen die Treppe herunter, Djamila ist eine von ihnen. Sie kommen gleich, japst sie atemlos vom Laufen, dann verlässt sie das Gebäude, um nicht mit mir zusammen gesehen zu werden. Und da sind sie schon, die ersten beiden Freundchen, sie schlendern langsam die Treppe herunter und unterhalten sich. Hey, ihr zwei Scheißkerle, kommt mal her, provoziere ich sie. Sie bleiben stehen, Überraschung im Blick, dann setzen beide das gleiche abschätzige Grinsen auf. Was willst du, du Scheißnigger, fragt der Größere der beiden. Der Nigger muss euch etwas zeigen. Ich mache eine einladende Handbewegung, drehe mich halb zur Kellertreppe um und gehe ein paar Schritte darauf zu. Sie zögern. Na, was ist, ihr Hosenscheißer, habt ihr Angst vor mir? Sie wechseln einen Blick, dann setzen sie sich in Bewegung. Und schon sind Yaya und Murad und Kamal und Djaafar zur Stelle, und schon haben Freundchen 1 – Markus – und Freundchen 2 – Thomas – schwarze Säcke über dem jeweiligen Hohlkopf, und gleich werden sie die Kellertreppe hinabgestoßen, und keiner hat's gesehen, und niemand war dabei.

Dieses war der erste Streich, und der zweite folgt sogleich. Freundinchen 3 und 4, Jessica und Gabi mit Namen, kommen plaudernd die Treppe herunter, blond die eine, braun die andere. Nicht Provokation, sondern Charme ist diesmal gefragt, die Sache ist also ein Heimspiel für mich. Ob blond, ob braun, ich liebe alle Frau'n, singe ich für die beiden, noch dazu, wenn sie so hübsch sind wie ihr, füge ich mit Honigstimme hinzu. Sie schmelzen natürlich dahin, wie könnte es anders sein. Markus und Kevin haben gebeten, dass ihr kurz auf sie wartet, belüge ich sie, sie kommen gleich wieder und haben eine Überraschung für euch. Während ich spreche, mache ich ein paar Schritte zur Kellertreppe hin, um aus der Sichtweite anderer Schüler zu gelangen, die beiden Mädchen folgen zögernd, und schon werden auch sie von starken Armen gepackt, auch ihnen stehen die schwarzen Säcke ganz ausgezeichnet, und auch mit ihnen geht es bergab.

Freundchen 5 lässt sich Zeit, ich fürchte schon, er ist uns entwischt oder gar nicht zur Schule gekommen, doch dann geht auch er uns in die Falle. Nino, Oma und ich eskortieren ihn hinunter ins Kellerverlies, wo die anderen uns schon erwarten. Die Entführungsopfer sind gefesselt, geknebelt und vorschriftsmäßig an die Heizungsrohre gebunden. Gute Arbeit, lobe ich meine Mitkämpferinnen und -kämpfer, während auch Nummer 5 mit dem schönen Namen Kevin angebunden wird. Sie lächeln stolz und halten sich brav an das vereinbarte Schweigegebot, um sich nicht durch stark akzentbeladenes Deutsch zu verraten. Ich bin der Einzige, der spricht, ich bin der Einzige, der keine Strumpfmaske und keine Handschuhe trägt, meinen schönen samtbraunen Teint sollen die Fünf Freunde ruhig sehen, meine Tarnung besteht nur aus einer Schirmkappe, einer Sonnenbrille und einem hübschen Clark-Gable-Bärtchen, das muss genügen, mir kann man ja ohnehin nichts anhaben.

Ihr fragt euch wahrscheinlich, was wir von euch wollen, trete ich auf die fünf Gefesselten zu. Allgemeines Kopfnicken. Und ihr würdet wohl gerne wissen, wer wir sind. Wieder zustimmendes

Genicke. Nun, wir sind die ETA, das steht für Extra-Terrestrische Aktionsgemeinschaft, jetzt wisst ihr es. Wir sind die RAF, soll heißen Ruchlose Ausländische Fieslinge, jetzt ist es draußen. Wir sind die al-Qaida, meine Süßen, und ich bin Osama bin Laden, ihr habt mich sicher schon im Fernsehen gesehen, aber dort trage ich immer lange Bärte und viel Make-up; doch so wie ich jetzt vor euch stehe, so sehe ich wirklich aus. Solltet ihr hier lebend rauskommen, könnt ihr euren Vätern und Müttern und später einmal euren Enkelkindern erzählen: Ich habe Osama bin Laden von Angesicht zu Angesicht gesehen, ich wurde von Osama bin Laden persönlich entführt. Das, meine Lieben, kann nicht jeder von sich behaupten.

Die Augen unserer Freunde werden größer und größer. Okay, okay, jetzt sage ich euch die Wahrheit. In Wahrheit sind wir nämlich die UMF, die Union des Misanthropes Fervents; da ihr aber wahrscheinlich des Französischen nicht mächtig seid, übersetze ich das für euch ins Deutsche: Wir sind die Unzufriedenen Missgelaunten Fremdenlegionäre, manchmal nennen wir uns aber auch Übelriechende Menschenfressende Fehlgeburten oder Unpässliche Menstruierende Fräuleins, je nach Anlass, Mondphase und Lust und Laune. Aber merkt euch einfach UMF, das schafft selbst ihr, denn solltet ihr den heutigen Tag überleben, dann werdet ihr in Zukunft vielleicht noch öfter von uns hören.

Es ist mir zwar nicht recht, dass ich allein die ganze Rederei erledigen soll, es entspricht nicht meinem Naturell, doch ich füge mich in mein Schicksal und spreche weiter. Ach ja, ihr wollt ja auch wissen, warum wir heute hier an diesem schönen Ort zusammengekommen sind. Ich ziehe eine Schere aus meiner Jackentasche, gedämpfte Entsetzensschreie kommen aus gestopften Mäulern, Augen weiten sich. Nun, zunächst einmal wollen wir euren Skalp, meine Lieben. Die Entsetzensschreie werden lauter, die Augen weiter, die Schere, sie kommt näher. Wir haben nämlich alle auch ein bisschen indianisches Blut in unseren Adern, müsst ihr wissen, das lässt sich einfach nicht unterdrücken, auch wenn man's noch so sehr versucht. Ich packe den Kopf von Gabi, der Blondschopf rüttelt und schüttelt sich, doch schon halte ich die erste Haarsträhne in der Hand. Seht ihr, meine Lieben, wir sind ja bescheiden, wir wollen ja gar nicht euren ganzen Skalp, sondern nur eine Locke von jedem. Ich schnappe mir Locken Nummer 2 und 3. Wir sind zwar vielleicht Misanthropen, aber wir haben doch ein weiches Herz, beruhige ich unsere werten Gefangenen, auch Locke Nummer 4 ist schon des daran fixierten Kopfes beraubt, nur Nummer 5 macht Schwierigkeiten, Kevin, natürlich, wer sonst, Kevin hat nämlich gar keine Locken, sondern ein blondes Stoppelfeld auf dem strohgefüllten Kopf. Mit kunstfertigen Scherenhänden schlage ich also zwei Schneisen in Form eines Hakenkreuzes in das Feld.

Ich rede noch eine Weile auf die Fünf Freunde ein, dann nehmen wir ihnen die Mobiltelefone ab, stellen jedem eine Wasserflasche mit Strohhalm hin, sodass sie auch ohne Zuhilfenahme der Hände trinken können, schließlich gebe ich das Signal zum Aufbruch. Seht ihr, wir sind ja keine Unmenschen, wir lassen euch Wasser hier. Ach ja, wenn ihr selber Wasser lassen wollt, dann lasst es einfach raus, ihr werdet sehen, das Gefühl ist ein ungemein Befreiendes. So, und nun wollen wir euch nicht länger stören, meine Lieben, ihr habt ja vielleicht heute noch Besseres vor, als euch mein Gerede anzuhören. Brüder, zur Sonne, zur Freiheit, Schwestern, zum Lichte empor, hell aus dem dunklen Vergang'nen leuchtet die Zukunft hervor, so singen wir, während wir die Kellertreppe nach oben fliegen.

Wir vertreiben uns die Zeit in einem Park in der Nähe der Schule. Es dauert nicht lange, bis die erste besorgte Mutter anruft, es ist natürlich Kevins Mutter. Wo bleibst du, will sie wissen. Hallo, hier spricht Karl-Heinz, melde ich mich, Kevin ist gerade auf dem Klo, deshalb kann er nicht ans Telefon. Er sollte schon längst zu Hause sein, das Essen wartet auf ihn, informiert mich die Mutter in ärgerlichem Ton. Aber wir lernen doch heute gemeinsam den ganzen Nachmittag, und dann gehen wir ins Kino, hat Kevin Ihnen das nicht gesagt? Was? Davon war überhaupt nicht die Rede. Kevin soll mich gleich zurückrufen. Ich werd's ihm ausrichten, natürlich, gerne, ich wünsche Ihnen noch einen schönen Tag, gnädige Frau.

Ganz ähnlich verlaufen die Gespräche mit anderen Müttern oder – im Fall von Jessica – Großmüttern. Kurz danach tippe ich in die Tasten der einzelnen Telefone: Komme erst nach dem Kino nach Hause; die neuerlichen Anrufe verärgerter Angehöriger werden schlicht und einfach ignoriert. Dafür werden die Mobiltelefone anderweitig verwendet: Sie werden von meinen kindischen Genossen bestaunt, die die verschiedenen Funktionen und Spiele ausprobieren, bis Nino schließlich auf die glorreiche Idee kommt, Nachrichten zu verschicken. Du bist ein großes Arschloch, wird also zum Beispiel an alle Kontakte in Markus' Adressbuch verschickt, nachdem ich Orthografie und Grammatik Korrektur gelesen habe. Ich will mit dir schlafen, ergeht als Einladung an Jessicas Bekannte, und ich muss gestehen, Rotkäppchens Idee ist gar nicht mal so schlecht, unsere lieben Gefangenen werden wohl auch in den nächsten Tagen viel Freude mit Freunden und Verwandten haben …

Wie schon erwähnt, sind wir ja keine Unmenschen, wir wollen unsere Freunde nicht zu lange warten lassen. Drei Stunden im finsteren Verlies sind genug, und so schleichen wir uns am Nachmittag erneut in den Keller des Schulhauses. Markus ist der Erste, dem wir Mobiltelefon und Freiheit wiederschenken. Es ist zugegebenermaßen eine etwas begrenzte Freiheit – doch unser aller Freiheit stößt nun einmal auf Grenzen –, er ist nämlich immer noch an den Händen gefesselt, als wir ihn aus der Schule werfen, um den Hals trägt er ein großes Schild mit der Aufschrift Kann ich Ihnen helfen? Wir warten ein paar Minuten, als Nächste ist Jessica an der Reihe, auf ihrem Schild heißt es Die Gedanken sind frei. Ich muss aufs Klo, geben wir Kevin mit auf den Weg, Gabi fragt Wer will mich, bei Thomas, dem fünften im Bunde, heißt es Ich liebe euch alle.

Ihr wart großartig, lobe ich meine Genossinnen und Genossen bei einer Nachbesprechung im Fußballzimmer. Was haben wir heute gelernt, frage ich dann in die Runde und warte die Antwort nicht ab. Wir haben gelernt, dass man sich nicht alles gefallen lassen muss. Dass man sich wehren kann. Dass man solchen Leuten Grenzen setzen muss. Und dass man Leuten, bei denen das rein verbale Grenzen-Setzen nichts nützt, eben auf die Finger klopfen muss. Außerdem haben wir erste Erfahrungen im revolutionären Kampf gesammelt, und diese Erfahrungen, das ist die wichtigste Lektion, werden uns in Zukunft nützen.

Ich hocke vor dem Küchenfenster, ich höre die erstickten Schreie meiner Mutter und meiner Schwestern, wenn ich mich vorsichtig aufrichte und durch das staubige Fliegengitter spähe, kann ich die Soldaten sehen, die ihnen Gewalt antun. Die ganze Küche ist verdreckt von ihren Fußabdrücken, ich denke daran, wie meine Mutter mit uns Kindern schimpfte, wenn wir das Haus mit schmutzigen Schuhen betraten. Jetzt schimpft sie nicht, jetzt schreit sie und versucht, sich der Soldaten zu erwehren, doch vergebens. Ich hocke vor dem Fenster, ich möchte den Frauen zu Hilfe kommen, doch ich kann mich nicht bewegen.

Plötzlich bin auch ich im Haus, es sind viele Leute da, ich erkenne Nino und Nicoleta, meinen Onkel, meine Tante, andere Verwandte und Nachbarn, aber auch die Soldaten. Meine Mutter bewirtet sie alle, sie lächelt den Soldaten freundlich zu, die lächeln zurück. Ich verstehe nicht, was hier vorgeht. Ich werfe einen Blick in die Küche, da sehe ich die Fußspuren auf dem Boden. Ich will meine Mutter zur Rede stellen, doch aus meinem Mund kommt kein Wort heraus. Ihr habt Schande über die Familie gebracht, sagt mein Onkel plötzlich laut. Schande über euch, stimmen die anderen mit ein, ihr könnt hier nicht bleiben. Aber das ist unser Haus, antwortet die Mutter weinend. Schick' mich nicht fort, wendet sie sich an mich. Ich sehe die Verzweiflung in ihren Augen, meine ältere Schwester klammert sich an mich. Du kannst uns nicht fortschicken, bettelt sie. Ich deute auf die Fußabdrücke in der Küche. Da ist der Beweis, sage ich. Wofür, fragt meine Mutter traurig, doch ich schüttle nur den Kopf. Dann ist ein Schuss zu hören, meine jüngere Schwester schreit auf – – – und ich wache auf.

Djaafars Nachttischlampe ist an. Alles in Ordnung, schreibt er auf seinen Notizblock und hält ihn mir hin. Jaja, natürlich, ich hab' mich noch nie besser gefühlt, wieso? Du hast geschrien, schreibt er. Ich? Neinnein, du verwechselst mich mit Yaya, Yaya schreit im Traum, nicht ich. Du hast in einer fremden Sprache gesprochen und um dich geschlagen, schreibt er. Ach, ich habe nur etwas ausprobiert für unsere nächste Aktion. Dann schlage ich die Decke zurück, stehe auf und gehe in die Küche.

Amal sitzt mit einem Buch und einer Tasse Tee an einem der beiden Tische und blickt auf, als ich den Raum betrete. Du hast geschreit, sagt sie. Ich schüttle verärgert den Kopf und beschließe, nicht weiter auf den lächerlichen Vorwurf einzugehen. Amal vertieft sich wieder in ihr Buch. Ich bereite Tee zu, dann setze ich mich zu ihr. Und, was bringt dich hierher? Ich wollte lesen und etwas trinken, antwortet sie. Und rauchen, sage ich und deute auf den kleinen, als Aschenbecher zweckentfremdeten Teller, den sie auf dem Stuhl neben sich abgestellt hat. Sie zuckt mit den Schultern und sagt weiter nichts.

Eine Weile sitzen wir einander schweigend gegenüber. Ich schlürfe meinen Tee und wärme mir die Hände an der Tasse, Amal liest. Es ist das erste Mal, dass ich sie mit einem Buch in der Hand sehe, ich kann den Titel nicht entziffern, aber das Umschlagbild, das kurz aufblitzt, lässt auf die Kategorie Liebesschnulze schließen. Als hätte Amal meine Gedanken gelesen, lässt sie plötzlich das Buch auf den Tisch sinken und greift nach der Zigarettenschachtel. Stranger In My Arms, by Rochelle Alers, lese ich auf dem Cover. Nun, die Auswahl an Fremden im Haus könnte größer nicht sein, der Erfüllung von Amals Sehnsüchten steht also nichts im Wege.

Wovon hast du eigentlich geträumt, fragt sie ganz unvermittelt. Ich habe nicht geträumt, will ich ganz automatisch abwehren, doch dann, ich weiß eigentlich nicht warum, entscheide ich mich anders. Ausgerechnet Amal, die sonst so sehr in ihren Kokon aus Problemen eingesponnen ist, fragt mich danach, ausgerechnet ihr, mit der mich wenig verbindet, erzähle ich nun also von dem Traum, der mich seit Wochen verfolgt. Und das wirklich Eigenartige, schließe ich meine Erzählung: Dieser Traum hat nichts mit mir zu tun. Es ist nicht meine Geschichte, von der ich da träume, sondern die Geschichte irgendeiner anderen, mir völlig unbekannten Familie.

Amal sagt nichts. Sie zieht mit den Lippen die nächste Zigarette aus der Schachtel, bietet mir ebenfalls eine an, ich lehne dankend ab. Sie zündet ihre an, nimmt einen tiefen Zug und bläst den Pesthauch durch die Nase wieder heraus. Ich habe auch manchmal Albträume, sagt sie dann. Es ist immer derselbe Traum. Zwei Männer und eine Frau kommen eines Tages in unser Haus und sprechen mit meiner Mutter, sie kommen wieder, und beim dritten Mal geben sie meiner Mutter Geld, und sie schickt mich mit den dreien fort. Amal will weitersprechen, doch dann scheint sie es sich anders zu überlegen. Schweigend sitzen wir einander eine Weile gegenüber, schließlich geht jeder in sein Zimmer und versinkt in einen tiefen Schlaf ganz ohne Träume.

Heute möchte ich euch von einem jungen Mädchen erzählen, das von seiner Mutter verkauft wurde, beginne ich am Tag darauf in Pitras guter Stube meine Geschichte. Schon wieder so eine traurige Geschichte, beschwert sich Halima, doch ich ignoriere ihren Einwurf natürlich. Ich habe drei Portionen von Pitras göttlicher Fischsuppe verspeist, ich muss dafür bezahlen und kann mich dabei nicht nach den Be- und Empfindlichkeiten jedes einzelnen Anwesenden richten. Ich weiß nicht, wie das Mädchen heißt, fahre ich fort, aber nennen wir sie Neneh. Neneh lebt in einem kleinen Dorf irgendwo im Westen Afrikas, sie ist ungefähr vierzehn Jahre alt, als eines Tages zwei fremde Männer und eine Frau im Dorf auftauchen. Sie entsteigen einem großen, glänzenden Auto, sind schön gekleidet, sie kommen aus der Stadt. Sie sprechen mit einigen Frauen im Ort, unter anderem auch mit Nenehs Mutter. Neneh weiß nicht, worum es dabei geht, sie fragt auch nicht nach, als die drei wieder fort sind. Ein oder zwei Wochen später sind sie erneut da, wieder besuchen sie einige Häuser, eine Stunde später fahren sie in Begleitung zweier Kinder davon. Beim dritten Mal kommen sie wieder zu Nenehs Haus.

Nenehs Mutter ist arm. Sie hat acht Kinder zur Welt gebracht, drei sind gestorben, die anderen fünf kann sie kaum ernähren, der Vater ist verschwunden, sie ist müde und krank, mit ihren eingefallenen Wangen sieht sie fast aus wie eine Greisin. Sie packt ein paar Kleidungsstücke in eine schäbige Tasche. Da, sagt sie zu Neneh, du wirst eine Weile bei der Tante in der Stadt wohnen, dort wird es dir viel besser gehen als hier im Dorf. Die Tante zwingt sich zu einem kurzen Lächeln, bevor ihr Mund sich wieder verhärtet. Die Männer überreichen der Mutter einen Briefumschlag. Sei brav und mach' immer, was die Tante sagt, gibt sie Neneh mit auf den Weg, Neneh nickt automatisch, ohne wirklich zu verstehen. Dann sind sie im Auto, Neneh sitzt steif und unbeweglich neben der Tante auf der Rückbank, sie hat Angst, irgendetwas in dem blank polierten Wagen zu beschmutzen. Wie lange soll ich bei dir bleiben, fragt sie. Wir werden sehen, antwortet die Tante.

Neneh bleibt mehrere Monate bei der Tante. Sie wohnt in einem großen Haus und teilt ein Zimmer mit einem zweiten Mädchen, auch sie kommt aus einem kleinen Dorf, ihre Eltern sind gestorben. Im Haus gibt es einen Fernseher, die beiden sitzen den ganzen Tag davor, die Bilder aus Europa und Amerika gefallen ihnen. Trotzdem ist Neneh traurig und möchte zurück zu ihrer Mutter und ihren Geschwistern. Das nützt dir auch nichts, sagt die Tante jedes Mal, wenn Neneh weint, deine Mutter ist sehr krank, sie kann sich jetzt nicht um dich kümmern. Eines Tages kommt die Tante ins Zimmer, sie macht ein ernstes Gesicht. Du musst jetzt tapfer sein, sagt sie und legt Neneh den Arm um die Schulter. Neneh möchte wegrücken, traut sich aber nicht, sich zu bewegen. Deine Mutter ist vor ein paar Tagen gestorben, sagt die Tante. Sie erzählt von der Krankheit, an der schon so viele im Land gestorben sind, von den vielen Waisenkindern, die zurückbleiben. Aber du hast großes Glück, meine liebe Neneh, denn du hast die Möglichkeit, nach Europa zu gehen. Neneh weint tagelang, sie will nicht nach Europa, sondern zurück in ihr Dorf, zurück zu ihren Geschwistern. Die bleiben nicht im Dorf, die kommen in verschiedene Heime, sagt die Tante, die sind nicht so glücklich wie du. Neneh weint weiter, und sie sieht weiter fern, um sich abzulenken. Die Fernsehbilder aus Europa erscheinen ihr plötzlich in einem ganz anderen Licht, jetzt, da sie Teil dieser Fantasiewelt werden soll. Vielleicht hat die Tante ja recht, denkt sie irgendwann, vielleicht hat sie wirklich großes Glück. Und eines Tages ist es so weit, die Tante hat Kleider für Neneh eingekauft und Schuhe und einen Koffer, hat ihr einen Pass in die Hand gedrückt. Du heißt ab jetzt Amal, schärft sie ihr ein, hörst du? Und du kommst aus Gambia. Wenn dich jemand fragt, ist es ganz wichtig, dass du deinen neuen und nicht den alten Namen verwendest, sonst bekommst du ganz große Probleme mit der Polizei in Europa. Und Neneh nickt, und dann wird sie zum Flughafen gebracht, sie weint beim Abschied von der Tante, obwohl sie sie nicht mag, und als sie nach mehreren Stunden aus dem Flugzeug steigt, hat sie einen neuen Namen und beginnt ein neues Leben.

Die Menschen auf dem Flughafen sind alle weiß, nur einer ist schwarz. Amal Mbowe, steht auf dem Schild, das er in der Hand hält, und Amal geht auf ihn zu. Er begrüßt sie ohne Lächeln, nimmt ihr den Koffer ab und geht mit ihr zu einem großen schwarzen Wagen. Während der ganzen Fahrt spricht er kein Wort, Amal blickt aus dem Fenster und hat das Gefühl, in ihrer Heimat vor dem Fernseher zu sitzen, so unwirklich kommen ihr die Bilder vor. Der Mann fährt schließlich mit dem Auto direkt in ein Haus hinein, sie steigen eine Treppe nach oben, und dort wird Amal von einer Frau begrüßt. Das ist jetzt dein neues Zuhause, sagt sie lächelnd, auch sie ist schwarz und küsst sie auf beide Wangen. Sie steigen die Treppe wieder hinunter, die Frau geht voran, sie betreten einen kleinen Raum mit einem Bett, einem Tisch und einem Sessel. Hier wirst du wohnen, sagt die Frau, gefällt es dir? Amal blickt nach oben zu dem kleinen Fenster knapp unterhalb der Decke, draußen hört man Vogelgezwitscher. Sie nickt, sie hat immer noch das Gefühl, vor dem Fernseher zu sitzen.

Amals Aufgabe ist es, auf die beiden Kinder, fünf und sieben Jahre alt, aufzupassen. Zu Hause hatte sie drei jüngere Geschwister, um die sie sich kümmern musste, sie wusste, was gut und was schlecht für sie war, wusste, was sie ihnen erlauben konnte und was nicht. Zunächst funktioniert das auch hier, und sie wird von den Jüngeren respektiert. Bald jedoch wird den Kindern klar, dass Amal trotz einiger Jahre Schulbildung vieles nicht weiß und nicht kann und nicht kennt, und sie beginnen, dieses Nichtwissen auszunutzen. Lasst sie in Ruhe, sagt die Mutter, als die beiden Amal wieder einmal auslachen, woher soll sie's wissen, sie ist ja nur ein dummes Bauernmädchen.

Amal muss auch im Haushalt mitarbeiten. Zwar gibt es ein Dienstmädchen, doch sie ist faul, sie telefoniert die meiste Zeit, manchmal kommt auch ihr Freund ins Haus. Sie zeigt Amal, wie man Wäsche wäscht und bügelt und putzt, doch Amal macht Fehler. Sie verbrennt sich beim Bügeln nicht nur die Hand, sondern auch eine Seidenbluse, lässt beim Abtrocknen eine kostbare Teetasse fallen, färbt beim Waschen die weißen Hemden des Hausherrn rosa. Du dummes Huhn, schimpft die Hausherrin und verpasst Amal jedes Mal Ohrfeigen, das werd' ich dir vom Gehalt abziehen! Dummes Huhn, so nennen die beiden Kinder Amal von nun an, und die Mutter kommt ihr nicht mehr zu Hilfe.

Am Sonntag hast du frei, sagte die Hausherrin am Anfang, doch meistens gibt es auch sonntags genug zu tun. Als Amal nach fünf oder sechs Wochen tatsächlich einmal nichts zu tun hat, will sie hinaus, sie möchte sich bewegen, die fremde Stadt kennenlernen. Das geht nicht, das ist viel zu gefährlich, verbietet ihr die Hausherrin, du würdest Probleme mit der Polizei bekommen. Amal fügt sich in ihr Schicksal und bleibt im Haus. So oft wie möglich geht sie mit den Kindern in den Garten, sie genießt das viele Grün, denn aus ihrer Heimat kennt sie nur trockene, verbrannte Erde. Als die

Kinder merken, dass Amal sich gerne im Garten aufhält, sind sie nicht mehr aus dem Haus zu bekommen.

Den Hausherrn sieht Amal nur selten. Er geht morgens aus dem Haus und kehrt abends zurück, manchmal ist er auch ein paar Tage unterwegs. Er ist Diplomat für irgendein afrikanisches Land, weiß Amal, wenn sie auch nicht genau weiß, was das Wort Diplomat bedeutet. Er ist meistens netter zu Amal als seine Frau, doch manchmal brüllt er sie an, wenn sie etwas falsch gemacht hat, ein paar Mal schlägt er sie auch. Einmal kommt er spätabends nach Hause, Amal begegnet ihm in der Küche, er wirft ihr einen eigenartigen Blick zu, dann greift er ihr plötzlich zwischen die Beine und zieht sie mit hartem Griff zu sich heran. Sie spürt seinen Alkoholatem, er versucht, sie zu küssen, sie presst die Lippen fest zusammen. Lass' meinen Mann in Ruhe, du kleine Hure, schimpft die Hausherrin, die gerade die Küche betritt. Er lässt Amal los. Ich wollte nichts, beteuert sie, er ... Halt den Mund, unterbricht sie die Hausherrin und schlägt ihr ins Gesicht, sodass Amal aus der Nase blutet.

Amal möchte zurück zu ihrer Familie, zurück nach Afrika. Doch die Hausherrin hat ihr gleich am ersten Tag den Pass abgenommen. Für die Anmeldung, lautete die Begründung, wir bewahren ihn für dich im Safe auf, sagte sie dann ein paar Wochen später, als Amal danach fragte. Amal überlegt, einfach wegzulaufen, doch sie weiß nicht wohin, sie kennt niemanden in der Stadt, sie hat kein Geld, sie spricht kein Wort Deutsch.

Bald danach wird dem Dienstmädchen gekündigt, von da an muss Amal noch mehr arbeiten. Wenn Gäste im Haus sind, gibt es besonders viel zu tun, und es kommen oft Gäste. Zwei oder drei Mal versucht sie in gebrochenem Englisch, einen Gast auf ihre missliche Situation aufmerksam zu machen, doch vergeblich.

Es vergehen Monate, es vergehen Jahre. An manchen Tagen ist das Leben ruhig und beinahe schön, an anderen wieder kaum zu ertragen. Amal lernt, die schlimmen Dinge an sich abgleiten zu lassen. Eines Tages werden Dutzende von großen Kartons vom

Dachboden geholt, die Hausherrin beginnt, Papiere und Bücher und Kleider und Geschirr einzupacken, Amal muss ihr dabei helfen. Das geht dich nichts an, antwortet die Hausherrin, als Amal nach dem Grund dafür fragt. Wir gehen nach Japan, verrät der Sohn, wir werden im obersten Stockwerk des höchsten Gebäudes von Tokyo wohnen, mit Dachterrasse und Swimmingpool. Die Schränke leeren sich, eines Tages steht ein großer Lastwagen vor dem Haus, um einige Möbelstücke und die meisten Kartons mitzunehmen. Und dann wacht Amal eines Morgens etwas später als sonst auf, es ist still im Haus, sie geht nach oben, niemand ist in der Küche oder im Esszimmer, sie geht hinaus auf die Terrasse, ruft nach den Kindern, sucht sie in ihren Zimmern, ruft nach der Hausherrin, doch niemand antwortet. Auf dem Küchentisch liegt Amals Pass, daneben ein Hundert-Euro-Schein. Was im Kühlschrank ist, kannst du essen, steht auf einem Stück Papier. Amal wendet den Zettel, die Rückseite ist leer. Und dann nimmt sie ihren Pass und den Geldschein, holt aus ihrem Zimmer ein paar Kleidungsstücke und einige andere Dinge, die ihr gehören, und packt sie in eine Tasche. Sie hört, wie die Haustür hinter ihr zufällt, sie dreht sich nicht um, und dann öffnet sie das Gartentor und tritt hinaus auf die Straße.

Was macht dein Traum, fragt mich Pitra, nachdem ich meine Geschichte zu Ende erzählt habe. Ich werfe ihr einen Stirnrunzelblick zu, ich kann mich nicht erinnern, ihr je von irgendeinem meiner Träume erzählt zu haben. Welcher Traum, frage ich unschuldig. Die Schwarze Köchin antwortet nicht, sondern fährt ohne aufzublicken fort, Figuren aus einer Illustrierten auszuschneiden. Ach so, diesen einen Traum meinst du, den ich immer wieder träume. Sie reagiert nicht. Ja, das ist komisch. Die Geschichte hat nichts mit mir zu tun, ich weiß nicht, warum ich sie immer wieder träume. Ach, Ali, sagt Pitra seufzend und schüttelt den Kopf. Sie legt die Figuren vor sich auf den Teppich, es sind sechs oder sieben, sie legt sie nebeneinander, dann ändert sie nach einiger Überlegung die Reihenfolge. Du musst gut auf dich aufpassen, Ali. Das mach' ich, Pitra, das mach' ich.

20

Auch Mladko, Miras verlorener Ehemann, hat übrigens Pitras Götterküche schon entdeckt, und er wird genauso fürstlich bewirtet wie alle anderen. Er wohnt seit zwei oder drei Wochen hier, man hat eine Matratze in einer engen Kammer für ihn ausgelegt, die meiste Zeit ist er jedoch im Haus unterwegs, steigt ruhelos hinauf und wieder hinunter und scheint solcherart Gjergjis Platz eingenommen zu haben. Auch er muss natürlich für Pitras köstliches Essen mit einer Geschichte bezahlen. Ginge es nach mir, würde ich in diesem Fall auf die Bezahlung verzichten, denn Mladko Obranović ist ein miserabler Erzähler. Seine Geschichte hat keinen Anfang und kein Ende, sie ist nicht lustig, auch wenn er selbst zwischendurch ein paar Mal lachen muss. Es fehlt ihr an Spannung, und sie ist so wirr wie Mladkos Blick – von Zeit zu Zeit macht Miras Nicht-mehr-und-irgendwie-doch-noch-und-vielleicht-bald-wieder-Ehemann nämlich den Eindruck, er wisse nicht, wo er sich gerade befinde und wer er eigentlich sei; es ist beinahe so, als hätte er's vergessen, ein Geist, der auf der Suche nach seinem früheren Selbst das Haus durchstreift, auf Erlösung durch eine unschuldige Seele hoffend.

Ob Mira als Erlöserin taugt? Ich wage es zu bezweifeln, auch wenn sie sich dazu entschlossen hat, Mladko den Behörden als ihren rechtmäßigen Ehemann zu präsentieren. Dieser Scheißkrieg hat ihn ruiniert, sagt sie ein paar Tage später zu Lukas. Die beiden sitzen in ihrer Küche, ich bin wieder einmal mit Aug' und Ohr zur Stelle. Mladko war nie besonders ehrgeizig, sagt Mira, aber er hat sein Studium abgeschlossen und danach als Lehrer gearbeitet. Was hat er unterrichtet? Geografie und Geschichte. Der Krieg hat ihn dann allerdings völlig aus der Bahn gerissen. Geworfen, bessert der Oberlehrer sie aus. Okay, geworfen, wiederholt die Schülerin. Nach dem Krieg gab es viel zu wenige Lehrer, er hätte also leicht Arbeit finden können. Aber er ist einfach nicht zurückgekommen, zu mir nicht, nicht nach Sarajevo und auch nicht in seinen alten Beruf. Er hat lieber von irgendwelchen Jobs gelebt, bei einem Bauern, bei einer Tankstelle, als Kellner, keine Ahnung, was er noch alles gemacht hat. Er ist wahrscheinlich genauso traumatisiert wie viele hier im Haus, meint Lukas, auch wenn der Krieg schon lange zurückliegt. Mira setzt zu einer Antwort an, doch dann schweigt sie.

Lukas greift zur Flasche und schenkt zuerst Mira und dann sich selbst Wein ein, vielleicht hofft er darauf, dass sich ihre Zunge lösen und sie mehr von sich und ihrer Vergangenheit preisgeben möge. Er sieht richtig verwahrlost aus, sagt Mira dann, er sieht nicht gesund aus, er wirkt irgendwie … verloren, und das tut mir weh. Und plötzlich rinnen Tränen über ihre Wangen. Lukas greift über den Tisch nach ihrer Hand, sie lässt es mit sich geschehen, mit der anderen fingert sie ein Taschentuch aus der Hosentasche. Ich weiß nicht, wie er sich das alles vorstellt, wie er hier eine Wohnung und einen Job finden will. Als Lehrer ist es unmöglich, er kann ja kaum ein Wort Deutsch. Wenn er ohnehin schon als Kellner gearbeitet hat, dann kann er das ja auch in Österreich tun, schlägt Lukas vor. Mira winkt ab. Er weiß selbst überhaupt nicht, was er will. Er kommt mir vor wie ein Vierzehn- oder Fünfzehnjähriger, der keine Ahnung hat, was er mit seinem Leben anfangen soll. Und ich hab' schon eine bald zwölfjährige Tochter, danke, ich brauch' nicht auch noch einen pubertierenden Sohn. Du musst dich von ihm lösen, sagt Lukas leise, aber eindringlich, doch das, Herr Neuner, ist mit Sicherheit die falsche Strategie. Danke, dass du mir sagst, was ich tun muss, antwortet Mira prompt. Aber ich …, setzt Lukas an, doch da kommt Alenka mit hängendem Kopf angeschlurft. Ich kann nicht schlafen, sagt sie auf Serbokroatisch und macht es sich in ihrem grellbunten Pyjama auf dem Mutterschoß bequem. Was ist los, fragt Mira besorgt. Weiß nicht, antwortet Alenka leise und kuschelt sich an ihre Mutter. Ihr könnt ruhig weiterreden, meint sie nach einer halben Minute allgemeinen Schweigens auf Deutsch, ich bin gar nicht da. Wir haben aber gerade schlecht über dich gesprochen, deshalb haben wir aus Höflichkeit aufgehört, versucht Lukas zu scherzen. Alenka zeigt ihm die Zunge, ihre Mutter streicht ihr ein wenig abwesend über die schlafzerzausten Haare und lächelt milde. Du solltest nicht so viel trinken, du riechst nach Alkohol, rügt das Töchterchen und rümpft die Nase. Und du solltest zu deiner alten Mutter nicht so frech sein. Und dann beginnt das gute Kind ganz plötzlich und unvermittelt zu weinen. Was ist denn, was ist denn, ist Mira ganz Bestürzung und Besorgnis, doch aus Alenka ist außer Schluchzen nichts herauszubringen. Und Lukas schafft es, sogar im Sitzen danebenzustehen und nicht zu wissen, was er sagen oder tun soll, Mutter und Tochter bilden einen geschlossenen Kreis, in dem für ihn kein Platz ist. Darf ich heut' bei dir schlafen, fragt Alenka, als das Schluchzen nachgelassen hat. Mira wirft Lukas einen halb fragenden, halb entschuldigenden Blick zu. Ich muss sowieso morgen ziemlich früh aufstehen, sagt er, doch er kann seine Enttäuschung nicht verbergen. Bitte, sei mir nicht böse, sagt Mira an der Tür und küsst den Lehrer zum Abschied. Weißt du, ich … ich brauch' Zeit, und Alenka auch. Es ist alles so neu, wir müssen beide erst lernen, damit umzugehen. Der Lehrer versucht, eine verständnisvolle Miene aufzusetzen, was ihm halbwegs gelingt, dann ist die Tür zu und der Lehrer weg vom Fenster und ich mit ihm.

Im dritten Stock knallen heute zumindest im Geiste die Champagnerkorken: Magomaz und Taisa aus Tschetschenien haben einen positiven Asylbescheid erhalten, wahrscheinlich ist den zuständigen Beamten ein Fehler unterlaufen. Taisa und Magomaz, die zahlreiche Familienmitglieder im Krieg verloren haben, können nun jedenfalls in Ruhe Betten kaputtvögeln, ohne sich vor nächtlichen oder frühmorgendlichen Besuchen der Fremdenpolizei fürchten zu müssen. Jeder gratuliert ihnen, jeder setzt ein Lächeln auf und schüttelt ihnen die feuchten Pfoten, doch ich weiß, dass manche statt Freude in Wahrheit Neid empfinden. Die Tschetschenen bekommen alle Asyl, heißt es hinter vorgehaltener Hand in den verschiedensten Zungen, warum wir nicht?

Die Anerkennungsquote unter den Tschetschenen ist tatsächlich höher als bei anderen Asylwerbern, da muss ich meinen Genossinnen und Genossen recht geben. Das ist auch der Grund, warum Murad sich Chancen für einen positiven Bescheid ausrechnet und seinerseits versucht, Mutter und Schwester nach Österreich zu holen. Mira und der Onkel unterstützen ihn dabei. Aber das ist nicht so leicht, wie du dir das vorstellst, muss Mira ihn immer wieder bremsen. Es wäre sehr viel leichter, hättest du selbst schon 'nen positiven Asylbescheid, stutzt ihm auch der Onkel die Flügel.

Auch für Djamila gibt es gute Nachrichten: Der im Irak zurückgebliebene Vater wurde freigelassen und befinde sich, so die Mutter in ihrem Brief, auf dem Weg nach Damaskus. Und der Onkel in Södertälje bemühe sich darum, die ganze Familie nach Schweden zu holen. Djamila lacht und weint abwechselnd, und Zakia freut sich kolossal für ihren Schützling.

Doch halt, halt, bei so vielen Frohbotschaften könnte man ja tatsächlich glauben, was so manche Zeitung schreibt, dass nämlich ohnehin jeder Asyl bekommt, der sein Verfahren nur lange genug hinauszögert, und dass das Asylantenleben überhaupt, ähnlich dem Zigeunerleben, ein überaus lustiges sei. Tatsächlich gehen aber die Abschiebungen hurtig weiter, Menschen werden in ihre Heimatländer oder in andere EU-Länder geflogen, hin und her und her und hin, neue Flüchtlinge werden kaum ins Land gelassen, die Asylverhinderungsmaschine läuft auf vollen Touren. Grund genug also, sich nicht unterkriegen und weiter in die Opferrolle drängen zu lassen, Grund genug, die geplante Revolution nicht aus den Augen zu verlieren.

Die kleine Erziehungsmaßnahme für Djamilas Mitschüler war erfolgreich, unser Nesthäkchen wurde seither nicht wieder belästigt. Es gab auch keine negativen Folgen für uns, wie einige Kaninchenfüße prophezeit hatten. Doch diese Aktion fand in mehr oder weniger häuslichem Rahmen statt; nun aber wird es Zeit, den Protest in die Öffentlichkeit zu tragen. Unsere nächste Aktion daher: Wir machen Straßentheater.

Wir beginnen mit einer Aufwärmübung: Inländer erschrecken in der nahe gelegenen Fußgängerzone. Jeder von uns stellt sich einem Passanten entgegen und spricht ihn an: Ich bin Asylwerber, ich bin Lügner. Ich bin Asylwerber, ich bin Drogenhändler. Ich bin Asylwerber, ich bin ein Problem. Ich bin Asylwerber, ich nehme euch eure Arbeitsplätze weg. Die Reaktionen reichen von Belustigung über Verwirrung hin zu Erschrecken und Aggression. Ich bin Asylwerber, ich fresse kleine weiße Kinder, stelle ich mich mit gefletschten Zähnen einer blonden Mutter mit blondem Kind entgegen. Ich bin auch Ausländerin, ruft sie angsterfüllt, ich komme aus Polen! Ich unterhalte mich kurz auf Polnisch mit ihr, sie spricht es tatsächlich akzentfrei. Okay, okay, Ausländerkinder fress' ich keine, beruhige ich sie und gebe den Weg frei. Und singend ziehen wir von dannen: Ich bin ein böser Inder, ich fresse kleine Kinder, Ich bin zum Schein nur Ehemann und nehme Geld, so viel ich kann, Ich bin ein böser Taliban, ich töte euren Weihnachtsmann.

Unser nächstes Stück heißt Abschiebung für alle. Wir wählen einen Marktplatz in der Nähe unseres Hauses als Bühne, als Requisiten dienen uns ein paar Einkaufswagen aus diversen Supermärkten, ein großer Karton mit einem Einwurfschlitz für Münzen sowie ein funkelnigelnagelneuer Plastikmüllcontainer, den dankenswerterweise Zivildiener Jakob aufgetrieben hat. 1 x Abschieben 50 Cent, steht auf einem großen Schild neben dem Karton, auf dem Karton selbst sind diverse Ermäßigungen aufgelistet. Hier, meine sehr verehrten Damen und Herren, schauen Sie genau zu, wie man's macht, so billig wie heute kommen Sie nie wieder zu einer Abschiebung.

Wenn Sie das Geld in diesen Karton geworfen haben, suchen Sie sich einfach ihren persönlichen Schübling aus und setzen ihn in einen Einkaufswagen. Unser Sortiment ist groß, wir haben alles, was das Herz begehrt, männlich oder weiblich, jünger oder älter, hell- oder dunkelhäutig. Zu Demonstrationszwecken wähle ich Oma aus und setze sie in den Wagen. Das Ziel, meine Damen und Herren, ist dieser wunderschöne Müllcontainer hier, hier wird die Fracht abgeladen, hier ist Endstation, und wenn Ihnen das Spiel gefallen hat, dann spielen Sie einfach noch eine Runde.

Ein paar Neugierige bleiben stehen, aber ich muss noch eine Weile weiterreden und noch ein paar Demonstrationsrunden einlegen, bevor sich der erste Zuschauer drübertraut. Kommen Sie, meine Damen und Herren, tragen auch Sie bei zu einem sauberen Österreich, werbe ich, und nach und nach kommen die Damen und Herren und schieben, und der Container füllt sich und wird geleert und füllt sich wieder und wird wieder geleert. Und singend verlassen wir schließlich das Markttheater: Ich komme aus Afghanistan, ich mache gerne Frauen an, Ich bin ein schwarzer Afghane, ich stehl' dir deine Banane, Ich komme aus Manila, gestatten, ich bin Dealer.

In Zeiten wie diesen darf man den Kampf natürlich nicht nur auf der Straße führen, nein, auch der virtuelle Raum will beackert sein. Gemeinsam mit Diener Jakob basteln wir einen schönen Virus, nennen ihn Rüdiger und pflanzen ihn auf den Computern diverser Politiker, Parteien und Ministerien. Sie werden abgeschoben, heißt es auf den Bildschirmen der befallenen Rechner, und ansonsten herrscht tote Beamtenhose, rien ne va plus. Geht man nach den Zeitungsberichten in den darauffolgenden Tagen, so war unsere Aktion ein voller Erfolg. In weiterer Folge beschicken wir die gleichen Adressaten dann auch noch mit einer ordentlichen Portion Spam – die heißesten Angebote von Schleppern, illegalen Prostituierten, aber auch von Rechtsanwälten und Menschenrechtsorganisationen –, und ich bin sicher, sie freuen sich über so viel Post von guten Freunden.

Aber für was ist gut, fragt Nino bei der nächsten Besprechung im Fußballzimmer. Wofür unsere Aktionen gut sind, möchtest du wissen? Sie sind gut für uns, kläre ich sie auf, sie machen Spaß. Wir steigen damit aus der uns zugedachten Opferrolle aus und machen gleichzeitig auf unser Schicksal aufmerksam. Aber bekommen wir deshalb jetzt Asyl, verfällt Nino ins Russische. Vielleicht nicht, liebe Ninotschka, vielleicht nicht, aber alles ist besser, als einfach nur herumzusitzen und zu warten, bis man ins Flugzeug gesetzt wird.

Ins Flugzeug gesetzt werden Amal und Adolphe zwar nicht, aber fort müssen sie trotzdem, zumindest aus dem Leo. Amal und Adolphe haben nun auch offiziell das achtzehnte Lebensjahr überschritten, zur Strafe für diesen Frevel werden sie aus dem Paradies vertrieben. Zwar müssen sie nicht arbeiten wie weiland Adam und seine werte Gemahlin, oder vielmehr, sie dürfen nicht arbeiten, doch sie sind von nun an auf sich allein gestellt und müssen ihr Leben selbst in die Hand nehmen. Der Onkel und sein Team haben Plätze für sie in einem Heim für erwachsene Asylwerber gefunden, dort gibt es niemanden mehr, der ihnen vorschreiben würde, wann sie zu lernen, nach Hause zu kommen oder ins Bett zu gehen haben. Du musst jede Woche besuchen kommen, verlangt Djamila von Amal, den Tränen nahe, sie wird von uns allen Amal am meisten vermissen. Klar, verspricht die große Schwester, du musst auch kommen, wir essen Eis. Super, freut sich Djamila. Damit solltet ihr lieber noch warten, bis es wärmer wird, schaltet sich Mira ein. Djamila nickt, Amal sagt nichts, sie muss sich ja auch nichts mehr sagen lassen.

Bis es wärmer wird ... Das ist so eine Sache. In diesem Jahr gab es nämlich bisher noch keinen einzigen Tag mit mehr als drei Grad Celsius, und meist lag die Temperatur weit darunter. Wir haben den zweitkältesten Januar und den kältesten Februar seit Beginn der Temperaturmessungen hinter uns, und auch der März hat sich bisher von der unangenehmsten Seite gezeigt. Frühester Wintereinbruch, kältester Februar, zweitkältester Januar – das überhitzte Gerede von der zunehmenden Erderwärmung richtet sich hiermit also von selbst, ergo kann man emissionsmäßig getrost so weitermachen wie bisher, und auch die Kühe dürfen ihren Flatulenzen weiterhin freien Lauf lassen.

Die Lücken in unseren Reihen werden bald wieder aufgefüllt: Théo ist sechzehn, er kommt aus Ruanda, seine Eltern kamen im Bürgerkrieg ums Leben, ansonsten gibt es über ihn nicht viel zu sagen, er langweilt mich. Über Dunja gibt es natürlich sehr viel mehr zu erzählen, und ihre Geschichte hat sich klar und deutlich in ihr Gesicht eingeschrieben. Auch Dunja ist sechzehn, sie kommt aus Tschetschenien, doch das darf man nicht laut aussprechen. Ich komme aus Inguschetien, sagt sie, obwohl sie dort gerade einmal drei Jahre ihres Lebens verbracht hat. Grosny, Wolgograd, Moskau, Rückkehr nach Grosny, Flucht nach Nasran in Inguschetien, neuerliche Rückkehr nach Grosny, Flucht nach Österreich, so lauteten die Stationen ihres persönlichen Kreuzwegs. Wenn Murad es wagt, sie auf Tschetschenisch anzusprechen, dann versteht sie zwar jedes Wort, antwortet aber demonstrativ auf Russisch, das sie genauso wie er mit dem typisch weichen Akzent der Kaukasier spricht. Ich bin Inguschin, sagt sie mit der stolzen Haltung einer Prinzessin, und du bist ein kleiner tschetschenischer Wurm, gibt sie Murad durch ihren herablassenden Blick zu verstehen.

Ihre Eltern stammten aus einfachen Verhältnissen, der Vater hat es jedoch geschafft, sich im Lauf der Jahrzehnte hochzuarbeiten. Natürlich ging ein großer Teil des erarbeiteten Vermögens durch Krieg und Flucht verloren, doch Dunjas Familie hatte es besser als viele andere. Ein Bruder und ihre ältere Schwester konnten sogar studieren, und Dunja setzte es sich schon als Sechsjährige in den Kopf, Geige spielen zu wollen, nachdem sie im Fernsehen zufällig eine Sendung über eine junge deutsche Geigerin gesehen hatte. Die Eltern konnten mit diesem Wunsch nicht viel anfangen, trotzdem ermöglichten sie es ihrer jüngsten Tochter, ihn zu verwirklichen.

Dunja machte rasch Fortschritte, und trotz der häufigen Ortswechsel fand sich wie durch ein Wunder immer ein Lehrer oder eine Lehrerin. Krieg und Flucht konnten ihr nicht viel anhaben, denn sie hatte ja ihr Geigenspiel, in das sie sich flüchten konnte. Die zweite Rückkehr nach Grosny sollte sich allerdings als großer Fehler herausstellen, und von da an konnte auch Dunja die Realität nicht mehr ganz aus ihrem Leben ausblenden. Der älteste Bruder wurde verschleppt, der Vater gefoltert und dadurch arbeitsunfähig, das Geld reichte nicht mehr für den Geigenunterricht, und Dunja musste alles daransetzen, dass man ihre Geige nicht verkaufte. Und dann kam der Tag, an dem sie auch den zweiten Bruder holten und aus der Wohnung mitnahmen, was ihnen in die Hände fiel. Fünf der sechs Uniformierten waren mehrmals achtlos an Dunjas Instrument vorübergegangen, doch der sechste sah die Möglichkeit, es zu Bargeld zu machen. Dunja schrie auf, als er danach griff, sie warf sich auf ihn, die Männer brachten ihre Waffen in Anschlag, doch erst, als einer in die Decke schoss, ließ Dunja von dem Uniformierten ab.

Ich brauche eine Geige und einen Lehrer, sagt sie daher gleich am Tag ihrer Ankunft zu Mira und dem Onkel. Sie sagt es mit der gleichen Selbstverständlichkeit, als verlangte sie nach Seife oder einem Handtuch. Wie … wieso, fragt der Onkel, nachdem Mira Dunjas Worte übersetzt hat. Wieso? Natürlich weil ich Geigerin bin. Und deine Geige ist …? Die Arschlöcher haben sie mir gestohlen, unterbricht Dunja den Onkel. Mira unterschlägt in ihrer Übersetzung die Arschlöcher. Zu mehr Erklärungen hat Dunja keine Lust, Mira und der Onkel versprechen ihr schließlich, sich bald um Geige und Geigenlehrer zu bemühen.

Und wieder einmal gibt es Post vom Bundesabschiebeamt. Adressatin des Ausweisungsbescheides: Abiona Okode, Anunus jüngste Tochter, vor sechs Monaten und zwölf Tagen in Österreich geboren, ihre Mutter lebt seit mehr als zwei Jahren hier im Haus, ihr Asylverfahren läuft noch. Bei der Antragstellerin, im folgenden

Ast. genannt (also noch einmal, langsam, zum Mitschreiben: Die Ast. ist SECHS MONATE ALT und IN ÖSTERREICH GEBOREN!!!), bestünden laut Angaben der Kindesmutter keine eigenen Fluchtgründe, so heißt es in dem Bescheid. Bei einer Ausweisung nach Nigeria liege daher nach Ansicht der erkennenden Behörde keine Bedrohung für die Ast. vor, aus diesem Grund sei der Antrag negativ beschieden worden. Somit ergäbe sich der rechtswidrige Aufenthalt der Ast., zur Beendigung dieses Aufenthaltes sei eine Ausweisung dringend geboten, da der Verbleib der Ast. eine gewichtige Gefährdung der öffentlichen Ordnung bedeuten würde. Die Ausweisung stelle des Weiteren keinen Eingriff in das Privat- oder Familienleben der Ast. oder der Kindesmutter dar, da beide ohnehin getrennt vom Kindesvater lebten. Auch sonst seien nach sorgfältiger Interessenabwägung keine Umstände zutage getreten, die für eine gegenteilige Entscheidung zugunsten der Ast. sprechen würden. Es sei daher insgesamt spruchgemäß zu entscheiden gewesen, blablablablablablabla.

Abiona, ihr Name bedeutet übrigens Die auf der Reise Geborene, soll also nach Nigeria, ihre Mutter darf zumindest vorerst in Österreich bleiben. In fürsorglicher Weise werden in dem Bescheid auch noch die verschiedensten Erwerbsmöglichkeiten aufgelistet, die sich jungen Frauen in Nigeria böten, wobei nicht ganz klar ist, ob diese verführerischen Versprechungen für Abiona oder für ihre Mutter Anunu gelten sollen. Das ganze Haus weiß jedenfalls schon davon und ist in finsterstem Aufruhr, Väter und Mütter rufen nach ihren Kindern, schließen sie in ihre Arme, sperren die Türen zu und verbarrikadieren sich.

Anunu will sich Trost und Rat holen bei Pitra, alle wollen zu Pitra, um bei einem ihrer Göttergerichte die Angst und den Ärger und die Ratlosigkeit ein wenig besser ertragen zu können, doch die Schwarze Köchin ist nicht in ihrem Zimmer. Anunu versucht es später erneut, auch ich versuche es am gleichen und am nächsten und dann am übernächsten Tag, doch vergeblich. Die Betreuer warten noch ein paar Tage, doch schließlich wenden sie sich an die Polizei und geben eine Vermisstenanzeige auf. Pitras Zimmer steht weiterhin offen, ihre Kleidung, ihre Teppiche und Wandbehänge und die Hunderte von Figuren sind immer noch da, und immer noch treffen sich die Hausbewohner hier in der Hoffnung, dass Pitra bald zurückkehrt. Doch der Herd ist kalt und leer, und keine verführerischen Gerüche durchziehen den Raum. Vielleicht hat sie befürchtet, selbst bald einen negativen Bescheid zu bekommen und ist rechtzeitig untergetaucht, mutmaßt Nuriddin. Joachim, einer der Betreuer, schüttelt den Kopf. Wir sind draufgekommen, dass Pitra nie einen Asylantrag gestellt hat. Was, Wie bitte, Das ist doch nicht möglich, Wieso war sie dann hier bei uns im Heim, sprechen alle durcheinander. Das wissen wir selber nicht so recht, gibt Joachim kleinleise zu. Und wo ist Pitra jetzt? Joachim zuckt mit den Schultern. Das weiß keiner, deshalb haben wir ja auch eine Vermisstenanzeige aufgegeben. Ich muss an Pitras Worte vor ein paar Wochen denken: Du musst gut auf dich aufpassen, Ali. Wusste sie da schon, dass sie uns bald verlassen würde? Denn ich bin sicher, sie ist freiwillig und aus eigenen Stücken gegangen, aus welchem Grund und wohin auch immer. Und nun ist sie es, die auf sich aufpassen muss …

Kaum ist die Nachricht vom Verschwinden der Schwarzen Köchin halbwegs verdaut, gibt es den nächsten Abgang zu beklagen – oder zu feiern, wie manche meinen: Mladko Obranović ist eines Tages fort. Zwar hat er ein paar Kleidungsstücke zurückgelassen, doch seine Reisetasche ist weg. Er wollte vorgestern Abend irgendwelche Bekannten aus Bosnien treffen, erzählt Mira dem Lehrer, ich glaub', er kennt sie aus dem Krieg, aus der Armee. Seither hab' ich ihn nicht mehr gesehen. Glaubst du, dass ihm etwas passiert ist, fragt Lukas. Mira zuckt mit den Schultern. Ich hoffe nicht. Er hat ja seine Tasche mitgenommen, versucht Lukas sie zu beruhigen, er hat also offenbar geplant fortzugehen. Mira schweigt. Habt ihr euch gestritten? Sie verneint. Wir hätten heute einen Termin beim Rechtsanwalt haben sollen, ich verstehe nicht, dass Mladko nicht kommt, es ist doch wichtig für ihn. Vielleicht hat er Angst vor diesem Termin, wendet Lukas ein. Warum sollte er Angst haben? Mira blickt ihn beinahe entgeistert an. Angst, sich zu binden, an dich oder an Österreich. Da sollte eher ich Angst davor haben. Oder Angst davor, zu viel von dir zu verlangen. Mira zuckt mit den Schultern. Ich weiß nicht …

21

Miras, Mladkos und Lukas' Glück oder Unglück sind natürlich nur für die Wenigsten im Haus von unmittelbarem Interesse. Gesprächsthema Nummer eins, sowohl im Haus als auch außerhalb, ist die anhaltende Kältewelle. Der April geht in die zweite Hälfte, acht Grad Celsius ist das Maximum, das uns dieses Jahr bisher zu bieten hatte, an den meisten Tagen lag die Höchsttemperatur um den Gefrierpunkt oder nur unwesentlich darüber. Auf der Straße, in der U-Bahn, an den Supermarktkassen und bei sonstigen Gelegenheiten für Kleingerede ist die Kältewelle das einzige Gesprächsthema. Die Zeitungen sind voll mit Spekulationen über Ursachen, weitere Auswirkungen und mögliche Gegenmaßnahmen, im Fernsehen wird auf Dutzenden Kanälen Weltuntergangsstimmung verbreitet. Auch hier im Haus ist jeder zum Klimaexperten mutiert und bastelt sich seine eigene Theorie zusammen, und selbst Kamal, der bis vor Kurzem nicht einmal das Wort Klima in seinem Wortschatz hatte, und zwar weder auf Deutsch noch in irgendeiner anderen auf diesem Planeten gebräuchlichen Sprache, schimpft auf den bösen Golfstrom, der sich so mir nichts, dir nichts auszubleiben untersteht. Auch Verschwörungstheoretiker haben natürlich Hochsaison: Wahrscheinlich haben die Amerikaner irgendwelche Versuche gemacht, meinen die einen, arabische Terroristen hätten den Golfstrom umgeleitet, um Europa eine neue Eiszeit zu bescheren, wissen die anderen. Murad sieht in der Eiseskälte die Rache Allahs für das frevelhafte Verhalten der westlichen Welt, Oma die gerechte Strafe ihres lieben Gottes für ein Leben ohne ihn.

Auch Dunja beschwert sich. Ist es hier das ganze Jahr so kalt, fragt sie beim Mittagessen. In Inguschetien ist es viel wärmer, und das Essen schmeckt auch besser. Sie stochert lustlos im von Khady zubereiteten Risotto herum. Wart' erst mal ab, bis Chin wieder aus dem Urlaub zurück ist, warne ich sie vor, aber vielleicht hilft es, wenn du vor dem Essen den Kaugummi aus dem Mund nimmst. Sie ignoriert meinen Vorschlag und schiebt den Teller von sich weg. Nimmst du ihn eigentlich nachts heraus? Oder beim Küssen? Sie steht auf, schickt mir einen gelangweilten Blick aus ihren Otschi tschornie und verlässt den Raum. Hey, Teller wegräumen, ruft Tomo ihr auf Russisch hinterher. Er hat gemeinsam mit Yaya Küchendienst, doch Dunja hört ihn nicht, denn ihre Ohren sind es gewohnt, dem dahinterliegenden Prinzessinnenhirn mittels Filter allzu gewöhnliche Klänge und Ansinnen zu ersparen.

Auf diesem Wrack kann man doch nicht spielen, sagt sie ein paar Tage später über das Instrument, das ihr der Geigenlehrer in die Hand drückt. Er heißt Paul, Mira hat ihn über eine befreundete Musikerin aufgetrieben, sie hat ihn begrüßt, hat Dunja und mich vorgestellt, Ali hat sich angeboten, zu übersetzen, erklärte sie, dann überließ sie mir das Feld zur Beackerung. Stradivari ist es natürlich keine, meint Paul nun lächelnd, nachdem ich Dunjas schon nach wenigen Strichen gefälltes Urteil in der Übersetzung ein wenig abgemildert habe. Sie wurde jahrelang nicht gespielt, erklärt er, aber ich hab' selber darauf gelernt. Ich bin keine Anfängerin, antwortet Dunja indigniert auf meine Übersetzung, die Geige, die ich in Inguschetien hatte, war hundert Mal besser. Klar, alles war besser in Inguschetien, sage ich, aber du bist nicht mehr in Inguschetien, und du hast deine Geige nicht mehr. Sie zuckt mit den Schultern. Du bist undankbar, werfe ich ihr vor. Paul hat sich bereit erklärt, dir gratis Unterricht zu geben und dir seine Geige zu borgen, und du gebärdest dich wie eine Primadonna. Paul blickt mich fragend an. Sie weiß noch nicht, ob sie dein Angebot annehmen kann, erkläre ich, weißt du, das Ehrempfinden spielt eine sehr wichtige Rolle in der tschetschenischen Gesellschaft. Paul nickt wissend. Inguschetien, bessert Dunja mich aus, denn so viel hat sie verstanden. Sie soll sich keine Sorgen machen, ich tue das gerne, sagt der Geigenlehrer. Er soll mir was vorspielen, verlangt Dunja plötzlich. *Ich* soll was vorspielen, reagiert Paul überrascht, doch dann erfüllt er ihr den Wunsch und spielt einen Satz aus einer Bach-Partita. Ich muss Dunja recht geben, das Instrument klingt wirklich nicht besonders, doch es ist nun mal ein geborgter Gaul. Dunja sitzt neben mir, schaut aus schweren Lidern gelangweilt in den Raum, während ihr Unterkiefer den üblichen Kaugummi bearbeitet. Sie schweigt, als Paul zu Ende gespielt hat. Ich lasse die Geige da, sagt er, während er sie in den Kasten legt und den Bogen abspannt, sie kann sie ausprobieren und sich überlegen, ob sie bei mir Unterricht haben will. Ich übersetze, während er Telefonnummer und E-Mail-Adresse aufschreibt, Dunja zuckt nur mit den Schultern. Sie wird es sich überlegen, sage ich, und ich bin ziemlich sicher, sie wird das Angebot annehmen.

Und natürlich behalte ich recht. Dunja nimmt das Instrument auf ihr Zimmer, stellt es zunächst achtlos in eine Ecke und rührt es den Rest des Tages nicht mehr an, doch schon am nächsten Tag sind Geigenklänge im Haus zu hören. Am Anfang übt sie auf ihrem Zimmer, doch obwohl Oma und Djamila geduldig und bescheiden sind, beschweren sie sich bald bei Zakia über die Zwangsbeglückung. Von da an ist Dunjas Geigenspiel sieben oder acht Stunden pro Tag aus einem der Unterrichtsräume, aus dem Betreuerzimmer oder aus irgendeinem anderen gerade ungenutzten Raum zu hören. Du musst den Geigenlehrer anrufen, sagt sie mir nach einer Woche, und ich lächle und komme ihrem Wunsch noch am selben Tag nach.

Und, hast du ihr schon einen Heiratsantrag gemacht, will Nino ein paar Tage später wissen, als Dunja und ich gerade die erste reguläre Geigenstunde hinter uns haben. Ich schüttle den Kopf. Was ist los mit dir, bist du krank? Ich schenke ihr ein freundliches Lächeln. Warum sollte ich ihr einen Heiratsantrag machen? Sie hat ja keine österreichische Staatsbürgerschaft. Ach so ist das, gibt sich Nino enttäuscht, und ich dachte, es geht um Liebe. Wie bei deinen Beziehungen? Rotkäppchen zeigt mir den schlimmen Finger. Deine neue Flamme geht mir auf die Nerven, sagt sie: In Inguschetien ist es besser, ahmt sie Dunjas Russisch nach, das ist alles, was man von ihr hört. Und dieses ständige Gefiedel! Ich hab' dir schon gesagt, sie ist nicht meine Flamme. Und warum schwirrst du dann ständig um sie herum? Trägst ihre Geige? Übersetzt für sie? Ich helfe, wo man mich braucht, gebe ich zurück. Sie tippt sich an die Stirn und geht kopfschüttelnd davon. Männer, seufzt sie mit der ganzen Weisheit und Abgeklärtheit ihrer mittlerweile sechzehn Jahre, Männer!

Eines Nachts wache ich auf, als Yaya plötzlich das Licht neben seinem Bett einschaltet. Was ist los, frage ich schlaftrunken. Kopf ist schlecht, antwortet er und tippt sich an sein Haupt. Zwar scheint Yaya in letzter Zeit keine Albträume mehr zu haben, dafür wird er oft von starken Kopfschmerzen geplagt. Er steht auf und verlässt den Raum, ich drehe mich um und schlafe weiter. Eine halbe Stunde später wache ich erneut auf, liege eine Zeit lang wach und beschließe dann, ebenfalls aufzustehen. In der Küche ist Licht, Yaya sitzt wohl noch immer dort, doch ich gehe weiter Richtung Treppenhaus, ich muss mich bewegen. Ich gehe ins Erdgeschoss hinunter, als ich unten angekommen bin, mache ich kehrt und steige, zwei Stufen auf einmal nehmend, wieder in die letzte Etage hinauf. Ich steige ein zweites Mal hinunter und wieder hinauf, im Haus ist es ruhig, nur im zweiten Stock hört man irgendwo einen Fernseher. Ich laufe auf jedem Stockwerk die Gänge ab, die beiderseits der Treppe abgehen, und plötzlich sehe ich einen Lichtstreifen unter der Tür zu Pitras Zimmer. Ist die Schwarze Köchin zurückgekehrt? Ich bleibe direkt davor stehen und lege mein Ohr daran. Das Zimmer wurde noch nicht neu vergeben, so viel weiß ich mit Sicherheit. Leise klopfe ich an die Tür. Keine Antwort. Ich klopfe ein zweites Mal. Als ich schließlich eintrete, ist das Zimmer leer. Pitras Sachen sind alle noch da, doch als ich meinen Blick über die vielen Figuren aus Papier und Holz und Glas und Plastik streifen lasse, kommt es mir vor, als ob manche davon anders positioniert wären als bei meinem letzten Besuch. Wahrscheinlich hat sich jemand die Zeit damit vertrieben, Pitras Kuriositätenkabinett neu zu arrangieren.

Ich drehe das Licht ab, schließe die Tür hinter mir und steige wieder zu uns in den vierten Stock hoch. Auf dem Weg zur Küche kommt mir Yaya entgegen. Und, noch immer Kopfschmerzen, frage ich ihn auf Krahn. Ich hab' eine Tablette genommen, entgegnet er, jetzt geht's besser. Und du, kannst du auch nicht schlafen? Doch, doch, versichere ich, ich kontrolliere nur, ob im Haus alles in Ordnung ist. Und jetzt gönne ich mir noch ein bisschen Tee. Nino ist auch in der Küche, sagt Yaya, dann verschwindet er Richtung Zimmer.

Nino sitzt an einem der beiden langen Tische in der Küche und nippt gedankenverloren an einer Teetasse. Was machst denn du hier, frage ich überrascht. Nino den Schlaf oder den Appetit zu rauben, ist nämlich so gut wie unmöglich. Weiß nicht, antwortet sie mit heiserer Stimme. Sie räuspert sich. Mein Magen fühlt sich komisch an. Ich betrachte sie kurz durch Dr. Idaulambos randlose Brille, sie sieht tatsächlich bleich aus und hat Ringe unter den Augen, die Pupillen sind geweitet, der Puls wahrscheinlich erhöht. Ich muss irgendetwas Verdorbenes gegessen haben, sagt sie und weicht meinem prüfenden Blick aus. Bist du schwanger, fragt Dr. Idaulambo sie geradeheraus und ganz ohne mein Zutun. Trottel, schimpft sie, doch plötzlich fängt sie zu weinen an. Einen Augenblick lang bin ich rat- und sprachlos. Viele Tränen sind hier im Haus schon geflossen, viele meiner Mitbewohner habe ich schon weinen sehen – aber Nino? Wie ist das passiert, frage ich bestürzt. Ich weiß auch nicht, schluchzt sie, wir haben ein Mal nicht aufgepasst, an einem Tag, wo eigentlich gar nichts passieren konnte. Wer ist wir, will Dr. Idaulambo fragen, doch diesmal schneide ich ihm das Wort ab. Was soll ich jetzt tun, fragt sie. Ich überlege eine Weile. Bist du ganz sicher, dass du schwanger bist? Sie nickt. Weiß schon irgendjemand anderer davon? Sie schüttelt den Lockenkopf. Auch der Vater des

Kindes nicht? Vater, stößt sie verächtlich hervor, natürlich nicht! Warum das natürlich sein soll, ist mir nicht ganz klar, doch ich dringe nicht weiter in sie. Was soll ich tun, fragt sie erneut. Du musst dir klar werden, was es wirklich für dich bedeuten würde, plötzlich Mutter zu sein, ob mit oder ohne Vater, beantwortet Dr. Idaulambo ihre Frage, und umgekehrt musst du überlegen, wie es wäre, wenn du dieses Kind, das schon in dir zu wachsen begonnen hat, nicht mehr hättest. Nino beginnt erneut zu schluchzen. Meine Mutter war auch sechzehn, als ich geboren wurde.

Ich stehe auf, um Tee zuzubereiten. Hast du Kontakt zu deiner Mutter, frage ich, als ich mich wieder setze. Nino schüttelt den Kopf. Ich weiß nicht mal, ob sie noch lebt. Und dein Vater? So was hab' ich nicht, entgegnet sie rotzig. Wunderbar, dann bist du also per unbefleckter Empfängnis in diese schöne Welt gekommen? Sie nickt. Ich bin die heilige Nino, das weißt du doch. Dann wird sie wieder ernst und erklärt mir, dass sie ihren Vater, dessen Nachnamen sie trägt, nie kennengelernt hat. Und du hast nie nach ihm gefragt? Sie schüttelt den Kopf. Wozu denn, die Männer im Leben meiner Mutter waren sowieso lauter Arschlöcher. Nino kippt einen großen Schluck Tee hinunter, als wäre es Wodka. Ich will nicht so werden wie meine Mutter, sagt sie, und plötzlich rinnen wieder Tränen über ihre Wangen, ich will mich nicht von Arschlöchern ausnützen und schlagen lassen, ich will ein ganz normales Leben leben. Das wirst du, das wirst du, versucht Dr. Idaulambo sie zu beruhigen, während ich selbst meine Zweifel hege, dass es ihr, ob mit oder ohne Kind, tatsächlich gelingen wird.

Es bleibt kalt, und die Kälte bleibt das wichtigste Gesprächsthema. Vielleicht geht Welt unter, meint Tomo düster, als in den Abendnachrichten wieder einmal ein besonders erfreulicher Bericht über die Auswirkungen der langen Kälteperiode zu sehen ist. Das ist gut, freut sich Kamal, dann es gibt kein Fremdenpolizei mehr. Das Gelächter ist groß, und es dauert eine Weile, bis ich Kamal klargemacht habe, dass es im Fall eines Weltunterganges mit ziemlich großer Wahrscheinlichkeit auch ihn nicht mehr geben würde.

Doch ein paar Tage später kommt es zu einem Ereignis, das für eine Weile die Kältewelle in den Hintergrund drängt. Die Fremdenpolizei ist nämlich weder einem allgemeinen noch einem – von Kamals Kamelhirn ersonnenen – begrenzten Weltuntergang zum Opfer gefallen, sondern erfreut sich nach wie vor größter Lebendigkeit. Zumindest wirken die beiden Beamten, die zuerst Hans und dann uns aus dem Schlaf reißen, nicht so tot, wie man sie sich wünschen würde. Djaafar, flüstert Hans, nachdem er die Tür zu unserem Zimmer geöffnet hat.

Es wiederholt sich, was wir bei Lius Verhaftung erlebt haben. Djaafar packt seine Sachen zusammen, jeder versucht, ihm Mut zuzusprechen, auch wenn er eher Wut empfindet. Hans, dem man normalerweise vor zehn Uhr vormittags nur mit allergrößter Mühe einen ganzen Satz entlocken kann, spricht pausenlos auf die beiden Beamten ein, auch er kann seine Wut nicht verbergen, doch seine Worte prallen an den ausdruckslosen Gesichtern der Beamten ab: Wir führen ja nur Befehle aus, Gesetz ist Gesetz, Dienst ist Dienst. Fieberhaft suche ich in meinen Gedanken nach einer Möglichkeit, wie ich Djaafar helfen, wie ich die Polizisten daran hindern kann, ihn mitzunehmen, genauso fieberhaft, wie ich in meinem seltsamen Traum, vor dem Küchenfenster hockend, nach einem Weg suche, meiner Mutter und meiner Schwester zu Hilfe zu kommen. Doch wie im Traum kommt mir auch in Wirklichkeit keine rettende Idee, ich bin, ich muss es zu meiner übergroßen Schande gestehen, wie gelähmt und kann nur ohnmächtig mit ansehen, wie Djaafar von den beiden Beamten zum Lift eskortiert wird.

Das Leo wurde erneut ignoriert, die Spielregeln zum zweiten Mal gebrochen. Lius Verhaftung und Abschiebung waren ein Schock, nachdem aber zumindest bei uns im Leo Wochen ohne erneute Verhaftung vergingen, konnte man sich einreden, dass es sich um eine Ausnahme gehandelt haben müsse. Nun wird klar, dass sich das Ereignis jederzeit wiederholen kann, denn wenn es ein zweites Mal gibt, dann kann es auch ein drittes und viertes und fünftes Mal geben, und wenn es Liu und Djaafar trifft, dann kann es genauso gut Tomo, Nino, Nicoleta oder Yaya treffen.

Wieder einmal hocke ich vor dem Küchenfenster, ich kenne schon jede Einzelheit in meinem Blickfeld, jeden Fleck an der Hauswand, jedes Loch im staubigen Fliegengitter, jeden Stein unter meinen Schuhen, und auch, was im Haus passiert und passieren wird, weiß ich bis ins kleinste Detail. Ich müsste gar nicht mehr hinschauen, und doch kann ich den Blick nicht abwenden von den Soldaten mit ihren schmutzigen Stiefeln, von meiner Mutter und meinen Schwestern, die sich vergeblich zu wehren versuchen, und ich weiß, dass ich nichts tun werde, außer vor dem Fenster zu hocken.

Ihr habt Schande über die Familie gebracht, heißt es anschließend wieder, als sich das Haus mit Verwandten und Nachbarn und Soldaten füllt, meine Mutter und meine Schwestern, die Essen und Getränke auftragen, halten inne in ihren Bewegungen, ihre Gesichter erstarren, Schande über euch, stimmen die anderen mit ein. Ihr wisst, dass ihr nicht bleiben könnt, sagt mein Onkel, und meine Mutter und meine Schwestern beginnen zu weinen. Ali ist schuld, sagt Pitra plötzlich. Erst jetzt fällt mir auf, dass auch sie im Raum ist. Ali hat zugeschaut und nichts unternommen, erhebt sie Anklage. Stimmt das, fragt der Onkel meine Mutter. Sie nickt. Stimmt das, fragt er die Soldaten, und auch die bestätigen es. Die Blicke richten sich auf mich. Schande über dich, Schande über Ali, Er kann hier nicht bleiben, Du musst fort, sprechen alle durcheinander. Warum hast du nichts dagegen getan, fragt Pitra. Ich konnte nicht, sage ich, ich hatte Angst vor den Gewehren der Soldaten, sage ich, es ist ja gar nichts passiert, sage ich, die Soldaten sitzen hier mit uns, sie tun niemandem etwas; doch nichts von dem, was ich sage, ist für die anderen hörbar. Ali soll eine zweite Chance bekommen, meint Pitra dann. Du hast recht, sagt der Onkel, gebt ihm eine zweite Chance.

Und dann hocke ich erneut vor dem Küchenfenster, sehe die schon bekannte Szene, zögere wieder, spüre die gleiche Angst wie zuvor, aber mit einem Mal weiß ich, was ich tun muss, und ich weiß, dass ich es tun kann. Ich richte mich auf, die Soldaten blicken zum Fenster, sie reißen ihre Waffen hoch, doch plötzlich beginnen sie zu schreien, wenden die Blicke ab, auch meine Mutter und meine Schwester schließen geblendet die Augen, ich bin plötzlich neben ihnen. Fort mit euch, rufe ich den Soldaten zu, und meine Stimme ist so laut, dass sie die Waffen fallen lassen und sich mit schmerzverzerrten Gesichtern die Ohren zuhalten, und dann sind sie fort, und wieder sind Verwandte und Nachbarn im Haus, meine Mutter und meine Schwestern kümmern sich um die Gäste, Pitra lächelt mir zu, und alle sind fröhlich und in Feierlaune.

Und dann weiß ich, was ich zu tun habe. Es ist Zeit, einzugreifen, es ist Zeit, die Maske abzulegen, Zeit, meine wahre Identität preiszugeben. Während im Betreuerbüro und beim Onkel die Telefonleitungen heiß laufen – sie sprechen mit Rechtsanwälten, Ministerialbeamten und Schubhaftbetreuern und versuchen alles in ihrer Macht stehende, um gegen die eigene Ohnmacht anzukämpfen –, berufe ich eine Versammlung im Fußballzimmer ein. Liu wurde abgeschoben, beginne ich ohne viel Umschweife meine mehrsprachige Rede, Gülertan Dolas und andere Familienväter wurden verhaftet, ein sechs Monate altes Kind erhielt einen Ausweisungsbefehl, und nun wurde Djaafar in Gewahrsam genommen – Genossinnen und Genossen, wir können nicht länger nur zusehen. Morgen kann es dich treffen, sage ich und werfe einen bohrenden Blick auf Djamila, übermorgen kannst du von der Fremdenpolizei geweckt werden, Nicoleta, und wir alle stehen vielleicht schon längst auf der Liste für die nächsten Abschiebungen.

Kamal, dessen Hand bis jetzt nervös mit den roten Plastikstürmern des Fußballtisches gespielt hat, erstarrt und blickt ängstlich zur Tür. Genossinnen und Genossen, wir haben in den vergangenen Monaten ein paar Spiele gespielt. Wir haben Djamilas Mitschülern ein wenig Respekt beigebracht, haben Straßentheater gemacht und dem Abschiebeministerium elektronische Liebesgrüße geschickt. Als wir uns hier vor ein paar Monaten zum ersten Mal versammelten, habe ich vom Ernstfall gesprochen, auf den wir uns vorbereiten müssten. Genossinnen und Genossen, jetzt, jetzt ist der Ernstfall da, die Revolution beginnt! Und dann unterbreite ich meinem geschätzten Publikum den Plan zur Befreiung Djaafars.

Nicht alle sind dabei, als wir schon am nächsten Tag – jede Stunde Zögern könnte Djaafars Abschiebung bedeuten – zum Gefangenenhaus aufbrechen, ich kann es niemandem verübeln, nicht jeder hat das Zeug zum Helden, doch immerhin sind wir zu siebent. Die glorreichen Sieben, sie reiten gegen Theben, sieben Samurai haben ihre Schwerter gezückt, es ist nicht der 14. Juli, nein, da wäre es längst zu spät und Djaafar bereits in Afghanistan, sondern der 10. Mai, und wir stürmen nicht die Bastille, sondern das Polizeigefängnis auf dem Währinger Gürtel. Schon sind wir im Gebäude drin, der Polizist, der sich uns entgegenstellt, hält sich mit schmerzverzerrtem Gesicht die Ohren zu, als er meine Stimme vernimmt, er versucht, gleichzeitig die Augen abzuschirmen vor dem gleißenden Licht, das von mir ausgeht, und er krümmt sich vor Schmerz und weicht zurück, und schon haben wir die erste Hürde genommen. Auch die nächsten beiden Türen öffnen sich rasch für uns, nur bei der letzten, die uns noch von den Häftlingen trennt, muss ich wieder ein wenig laut werden: Öffnet die Tür, rufe ich dem Mann in Uniform, der uns den Weg versperrt, mit Donnerstimme zu, ich bin Djibrail, ich bin gekommen, um den Frevel zu beenden und Gerechtigkeit zu bringen! Ich bin Djibrail, ich biete Schutz für die, die des Schutzes bedürfen, und bringe den Tod jenen, die ihn verdienen! Ich bin Djibrail, der Gerechte, ich bin Faruq, der zwischen Wahrem und Falschem unterscheidet, ich bin Ruh al-Qudus, der Geist der Heiligkeit, nun öffnet die Tür, oder das Feuer des Himmels wird über euch kommen! Beim Schall meiner Worte fällt der Uniformierte betäubt zu Boden und bleibt mit dem Gesicht nach unten liegen, die Tür öffnet sich von allein.

Auch die Häftlinge halten schützend die Hände vor die Augen, doch ich spreche beruhigend auf sie ein: Fürchtet euch nicht, sage ich, ich bin gekommen, um diejenigen unter euch zu befreien, die frei von Schuld sind, und die Hände strecken sich mir entgegen. Herr, ich bin's, ruft es von rechts und von links. Bald haben wir Djaafar gefunden, und da ist auch Gülertan Dolas, und da sind andere Menschen, die man in den vergangenen Wochen aus ihrem Leben gerissen und zu Unrecht eingesperrt hat, und alle gemeinsam strömen wir auf die Straße hinaus, hinaus in die Freiheit, hinaus an die Luft, hinaus ins Licht des Tages und des Himmels.

22

Das Licht des Himmels, ich fühle es auf meiner Haut, es durchdringt meine Poren, dringt durch meine geschlossenen Augenlider und erfüllt mich.

Ich öffne die Augen. Was tun Sie da, frage ich einen weiß gekleideten Mann, der sich über mich beugt und mich mit einer Lampe zu blenden versucht. Erst dann entdecke ich die Frau an seiner Seite, oder vielmehr ihre Augen, vielleicht waren es auch diese Augen, die mich blendeten; wie zwei Sonnen, so helle stehen sie am Firmament und bohren sich in mein Herz. Zu Hilfe, rufe ich, ich bin zu Tode getroffen! Der weiße Mann ignoriert meinen Hilferuf, er drängt die Augen samt zugehörigem Körper zur Seite, gibt der ebenfalls weiß gekleideten Frau Anweisungen, die sie gewissenhaft befolgt, sie scheint ihm geradezu hörig zu sein. Was machen Sie da, frage ich noch einmal, Sie blenden mich. Wir testen Ihre Reflexe, antwortet der weiße Mann, Sie waren mehrere Stunden bewusstlos. Ich wende mich nach links und nach rechts, um zu sehen, mit wem er spricht, doch da ist niemand außer mir und ihm und der weißen Frau. Ich, bewusstlos? Sie müssen mich verwechseln, ich werde nicht bewusstlos. Er lächelt. Das kann selbst dem stärksten Mann passieren. Vielleicht, aber mir sicher nicht. Wo bin ich hier überhaupt? Wie bin ich hierhergekommen? Mit der Rettung, antwortet der weiße Mann, man hat Sie auf der Straße liegend gefunden, Sie sind offensichtlich zusammengebrochen. Über die Ursachen wissen wir noch nicht genau Bescheid, da braucht es noch ein paar Tests und Befunde, aber zuerst sollten Sie sich einmal ausruhen. Er gibt der Frau noch ein paar Anweisungen, dann wendet er sich zum Gehen, sie folgt ihrem Herrn und Meister mit gebührendem Abstand.

Erst jetzt bemerke ich die Nadel in meinem Arm. Hey, rufe ich, Sie haben da was vergessen! An der Nadel hängt ein Schlauch, der Schlauch ist mit einem an einer Stange hängenden Gefäß verbunden, das Gefäß enthält eine uringelbe Flüssigkeit, sie scheint durch den Schlauch in meinen Arm zu gelangen. Ich brauche keine Katzenpisse in meinem Körper, rufe ich, doch niemand hört mich. Dann schlafe ich ein.

Als ich aufwache, beugt sich die weiße Frau gerade über mich, doch nein, es ist nicht die weiße Frau, es ist Mira, Mira, wir umarmen uns, ich bin zu Hause, endlich! Wieder schlafe ich ein, wache auf, und diesmal ist es Pitra, die über mich wacht, ich bin froh, dass sie zurückgekehrt ist, sie hat mir etwas zu essen mitgebracht, und nachdem ich gesättigt bin, schlafe ich wieder ein. Beim nächsten Erwachen begrüßt mich Sibel, dann ist es Isabel, es ist Dunja, dann Nino, dann wieder Mira und wieder Pitra, und dann kommen auch meine Mutter und meine Schwestern vorbei. Sie alle sprechen mit mir, als wäre ich krank, ich weiß nicht wieso. Es ist schön, dass ihr alle zu Besuch kommt, sage ich zu Mira und Tony, aber ich habe jetzt leider keine Zeit für solche Dinge, wir stehen am Anfang einer Revolution. Ich stehe auf. Du musst liegen bleiben, Ali, mahnen die beiden, doch ich höre nicht auf sie. Ich spüre einen stechenden Schmerz im Arm, ach, da ist noch immer diese Nadel, ich muss mittlerweile bis obenhin voll sein mit dieser gelben Flüssigkeit, wahrscheinlich fühle ich mich deshalb so eigenartig. Bitte, Ali, leg' dich wieder hin, geben sich Mira und Tony ganz besorgt. Ich höre halb auf sie und bleibe auf der Bettkante sitzen. Und dann erinnere ich mich plötzlich.

Wo ist Djaafar, frage ich, wo ist Gülertan Dolas, was ist mit den anderen, die wir befreit haben? Befreit, fragt Mira und wirft mir einen verständnislosen Blick zu. Gülertan ist, glaube ich, bei seiner Frau, sie werden ihn sicher bald wieder verhaften, antwortet Tony bedrückt. Von Djaafar wissen wir noch nichts, der wird vielleicht untertauchen. Gut, sehr gut. Haben die Zeitungen schon darüber geschrieben, will ich wissen. Keine Ahnung, sagt Tony. Mira schweigt und blickt nachdenklich vor sich hin. Und was ist mit Nino und Nicoleta und Kamal und den anderen, die dabei waren? Wo dabei, fragt Mira. Na, bei der Befreiungsaktion, antworte ich ungeduldig, verärgert über so viel Begriffsstutzigkeit. Tony und Mira tauschen einen seltsamen Blick miteinander aus. Was soll mit ihnen sein, fragt Tony. Geht es ihnen gut, sind sie zu Hause im Leo? Ja, natürlich, beruhigt mich Mira und mustert mich, als hätte ich ihr von einem Ausflug zum Mars erzählt.

Bevor die beiden aufbrechen, bitten sie mich erneut, mich wieder ins Bett zu legen. Du hattest wahrscheinlich so eine Art epileptischen Anfall, fühlt Mira sich bemüßigt, mir zu erklären, das vermuten jedenfalls die Ärzte. So ein Unsinn, wische ich derart absurde Spekulationen vom Nachttisch. Naja, schränkt Mira ein, sie sind noch nicht sicher. Aber jedenfalls bist du sehr geschwächt und brauchst ein paar Tage Ruhe.

Als die beiden weg sind, kommt endlich wieder meine weiße Schwester, diesmal ohne ihren Herrn und Gebieter. Setzen Sie sich zu mir, meine schöne Schwester. Sie lächelt geschmeichelt, macht aber keine Anstalten, sich auf das Anstaltsbett zu setzen. Ihr Lächeln wird noch breiter, als ich sie in ihrer Muttersprache Bulgarisch anspreche, und da setzt sie sich dann doch zu mir, o Wonne, o Macht der Sprache … Als sie schließlich aufbricht, o Trauer, o Schmerz, bitte ich sie um Zeitungen, ein paar Minuten später bringt sie sie mir. Hab' ich Ihnen eigentlich schon gesagt, dass Sie die schönsten Augen zwischen Sofia und Saratoga Springs haben, Schwester Tanja? Sie zerschmilzt und fließt aus dem Zimmer. Als sie weg ist, ziehe ich endlich die Nadel aus dem Arm und vertiefe mich in die Zeitungslektüre. Zwar wird über einen Ausbruch von ungefähr dreißig Häftlingen aus dem Polizeigefängnis berichtet, es sei jedoch unklar, wie es ihnen gelingen konnte, sich zu befreien. Enttäuscht lasse ich die Zeitungen sinken und gleite langsam in den Schlaf.

Als ich aufwache, liege ich in einem anderen Raum. Mein Bett steht neben dem Fenster, links von mir gibt es zwei weitere Betten, beide sind belegt, einer der beiden jungen Männer hat gerade Besuch. Und dann kommt auch für mich Besuch, Djaafar steht plötzlich an meinem Bett. Djaafar, Bruderherz, rufe ich erfreut, will aufstehen, doch plötzlich ist da dieser stechende Schmerz am Arm, da hat man mich doch tatsächlich im Schlaf wieder angestochen, ich muss mit Schwester Schönauge reden, das kann so nicht weitergehen! Ich ziehe die Nadel aus dem Arm und folge Djaafar auf den Gang. Wir ziehen uns in einen stillen Winkel zurück, Djaafar hat natürlich zur Feier des Tages frisches Kraut mitgenommen, braver Junge, auf ihn ist wirklich Verlass. Wir rauchen also ein bisschen und sprechen von alten Tagen und auch von den neuen, die für Djaafar angebrochen sind. Er hat Unterschlupf bei einem Freund gefunden und plant, bald nach Belgien aufzubrechen, um zu seinem Onkel zu ziehen, diesmal will er alles gut vorbereiten, um nicht wieder zurückgeschickt zu werden. Wir helfen dir, biete ich ihm an, wir haben dich befreit, jetzt können wir auch dafür sorgen, dass du in Freiheit bleibst und es bis zu deinem Onkel schaffst. Auch er schickt mir einen seltsamen Blick, kommt aber nicht mehr dazu, mir zu antworten oder für die Befreiung zu danken, denn plötzlich entdeckt uns Schwester Tanja. Bist du verrückt, Ali, schimpft sie. Ja, antworte ich, nach dir, schönste aller Schwestern. Doch diesmal wirkt sie nicht geschmeichelt, sondern besteht darauf, dass wir die Zigaretten ausmachen. Du musst sofort wieder ins Bett, und Infusion musst du auch machen! Sie schnuppert kurz und wirft mir einen argwöhnischen Blick zu. Schwesterchen, woher kennst denn du diesen Geruch, frage ich tadelnd, doch statt zu antworten, führt sie mich zurück ins Zimmer und steckt mich eigenhändig ins Bett.

In den nächsten Tagen kommen einige meiner Mitbewohner zu Besuch, ich bin gerührt über so viel Aufmerksamkeit. Auch sie sprechen nicht über unsere Befreiungsaktion, es ist, als hätten alle beschlossen, diesen Punkt auszuklammern, vielleicht ist es ja einfach nur Rücksicht einem vermeintlich Kranken gegenüber. Der eingebildete Kranke bleibt jedenfalls noch ein paar Tage im Krankenhaus, er möchte den Abschied von Schwester Tanja noch ein wenig hinauszögern, doch dann wird es Zeit, dem Leben wieder ins Auge zu sehen, auch wenn der Abschied für beide Seiten ein tränenreicher ist. Die Pflicht ruft laut und deutlich, die Welt braucht Ali Idaulambo, vor allem aber braucht sie Djibrail, und sie braucht Faruq.

Ich mache mich gleich an die Arbeit, als ich wieder im Leo bin, ich möchte beim Mittagessen eine neue Versammlung einberufen, stoße aber auf unerwarteten Widerstand. Du darfst nicht, Ali, meint Kamal ganz besorgt, Ist nicht gut für Gesundheit, sagt Nicoleta, Du musst schonen, meint sogar die wilde Nino, Blablabla, meint Djamila, und Blablabla meinen auch die anderen. Was ist denn mit euch los, reagiere ich fassungslos, hat man euch alle gehirngewaschen? Betretenes Schweigen. Es ist nicht gut für dich, fängt Tomo wieder an, sonst du wirst noch einmal krank. Ich war nie krank, entgegne ich ihm, das war doch alles nur gespielt, habt ihr das nicht kapiert? Es ist alles Teil eines Plans, einer Strategie, auch wenn ich euch jetzt nicht mehr darüber erzählen kann. Wieder betretenes Schweigen. Okay, okay, ich bin ja gerührt über eure Fürsorge, und ich darf euch keinen Vorwurf machen, denn da stecken sicher Mira und Tony und vielleicht auch der Onkel dahinter. Aber wenn ihr Djaafar und Gülertan und die anderen, die wir befreit haben, nun im Stich lasst, dann war unser ganzer Kampf in den letzten Monaten umsonst. Ich will fortfahren, meinen Genossinnen und Genossen ins Gewissen zu reden, doch da kommen Zakia und Hans, und ich verschiebe die Sache auf einen späteren Zeitpunkt.

Die Einzige, die mich nicht wie einen Kranken behandelt, ist Dunja. Morgen Nachmittag ist Geigenstunde, sagt sie, als sie vom Mittagstisch aufsteht, um vier Uhr. Und schon ist sie fort, ohne meine Antwort abzuwarten, doch es war ja ohnehin keine Frage, sondern ein Befehl. Punkt vier Uhr klopfe ich also am nächsten Tag brav an Dunjas Zimmertür, warte eine Viertelstunde, bis sie bereit ist, trage ihren Geigenkasten hinüber in den Unterrichtsraum und entschuldige mich bei Paul für die Verspätung. Dunja spielt den ersten Satz aus Tschaikowskys Violinkonzert, und ich muss zugeben, sie hat Talent. Wunderbar, lobt auch Paul, doch dann wagt er es, ein paar Details zu kritisieren, schlägt da einen anderen Strich oder Fingersatz, dort ein crescendo oder diminuendo vor, fordert mehr Zurückhaltung an der einen und sorgfältigere Intonation an der anderen Stelle, und ich übersetze, was ich davon für angebracht halte. Sag' ihm, er hat von Tschaikowsky keine Ahnung, lautet Dunjas Reaktion. Sie sagt, sie wird deine Anregungen für die nächste Stunde berücksichtigen, übersetze ich, und Paul nickt zufrieden.

Hat's dir gefallen, frage ich nachher. Sie zuckt mit den Schultern. Mein Lehrer in Inguschetien war hundert Mal besser. Selbstverständlich, aber gibt es eigentlich irgendetwas, das dir hier gefällt? Sie überlegt nicht lange. Eigentlich nicht. Wieso gehst du dann nicht nach Tschetschenien zurück, frage ich und weiß schon, wie sie reagieren wird. Ich komme aus Inguschetien, protestiert Dunja auch prompt, ohne meine Frage zu beantworten.

Versteh' uns nicht falsch, sagt Mira gerade, als ich meinen Beobachtungsposten einnehme, wir möchten dich sicher nicht zu einer Abtreibung überreden. Eine Abtreibung ist etwas sehr … Mira sucht nach dem richtigen Wort im Russischen … etwas sehr, sehr Trauriges, aber in manchen Fällen ist sie vielleicht trotzdem die bessere Lösung. Nino sitzt mit hängenden Schultern und gesenktem Blick in ihrem Sessel und schweigt. Es ist schon unter normalen Umständen sehr schwierig, in deinem Alter ein Kind großzuziehen, noch dazu ohne Vater, schaltet sich Hans ebenfalls auf Russisch ein, als Asylwerberin hast du's aber doppelt schwer. Du kannst jeden Moment abgeschoben werden, was dann? Und wenn du Asyl bekommst, dann musst du arbeiten gehen, um dich und dein Kind durchzubringen. Wer kümmert sich dann um das Kind?

Nino schweigt. Ich will keine Abtreibung, sagt sie dann. Hans ringt nach Worten und flüchtet sich ins Kärntnerische. Du kunntast jo dos Kind zur Wölt bringen und donn zur Adoption freigeben. Nino schüttelt langsam den Kopf. Wenn du willst, kann ich für dich einen Termin mit unserer Psychologin vereinbaren, bietet Mira an. So was brauch' ich nicht, ich bin ja nicht krank im Kopf, lehnt Nino schroff ab. Hans und Mira müssen beide grinsen. Vielleicht kann sie dir trotzdem besser als wir beide helfen, eine Entscheidung zu treffen, meint Mira. Du host nur noch a Woch'n Zeit für die Entscheidung, glaubt Hans sie erinnern zu müssen, und prompt beginnt Nino zu heulen. Mira steht auf und streicht ihr sanft über die zerzausten Haare. Hans, sagt sie auf Deutsch, kann ich einen Augenblick alleine mit Nino sprechen?

Ich weiß nicht, ob es dir bei deiner Entscheidung helfen wird, aber ich möchte dir etwas erzählen, beginnt Mira, nachdem Hans das Zimmer verlassen hat, aber erzähl' es bitte nicht weiter. Nino nickt. Ich hab' auch eine ungeplante … eine ungewollte Schwangerschaft erlebt. Nino blickt auf, plötzlich aus ihrer Agonie gerissen. Wie alt warst du da, fragt sie. Ich war dreiundzwanzig, keine sechzehn, das macht natürlich einen Unterschied. Und? Wie hast du …? Mira lächelt. Du kennst meine Tochter. Alenka? Mira nickt. Ich hab' nur eine, und dabei wird's wohl auch bleiben. Was war mit dem Mann … dem Vater? Mira zögert, ihr Blick fällt zu Boden. Du musst es nicht erzählen, sagt Nino rasch. Mira schüttelt den Kopf. Es ist schon okay, sagt sie, es ist nur … ich hab' ihn … ich hab' ihn kaum gekannt.

Hört, hört! Bei der Einvernahme verwickelt sich die Antragstellerin Obranović, Mirela, laufend in Widersprüche. Zuerst erzählt sie ihrer Tochter, Obranović, Alena, jahrelang vom Vater, Obranović, Mladko, als Letzterer wider Erwarten plötzlich auftaucht, ist die Rede von zwei möglichen Vätern, nun spricht die Ast. definitiv von einer ungewollten Schwangerschaft und einem Vater, den sie kaum kannte. Aufgrund dieser widersprüchlichen Aussagen erscheint die Ast. der erkennenden Behörde nicht glaubwürdig. Okay, okay, ich weiß, Mira hat es schwer, Mira hat es sehr schwer, ich beneide sie nicht, ich bedaure sie, ich fühle mit ihr. Aber ich, Faruq, der, der zwischen Wahrem und Falschem unterscheidet, ich weiß, dass sie nicht die Wahrheit oder zumindest nicht die ganze Wahrheit sagt.

Und ... du wolltest das Kind nicht, will Nino wissen. Ja und nein. Mira weicht Ninos Blick aus. Ich wollte ein Kind, aber nicht ... nicht von diesem Mann, nicht in dieser Situation. Und warum hast du dann doch ...? Mira zuckt mit den Schultern. Man weiß nicht immer, warum man bestimmte Entscheidungen trifft. Ich hatte erst sehr spät die Möglichkeit ... ich bin erst sehr spät zum Arzt gegangen, aber ich glaube, als ich beim Ultraschall zum ersten Mal dieses winzige Etwas gesehen hab', da gab es für mich ... da gab es keine andere Möglichkeit mehr. Und, hast du es bereut, fragt Nino nach einer Weile. Mira antwortet nicht gleich. In den ersten paar Jahren gab es manchmal Zeiten, sagt sie dann, da habe ich es bereut, ja. Aber heute bin ich trotz aller Schwierigkeiten, die es gab und gibt, sehr, sehr, sehr froh darüber. Mira steht auf, und Nino blickt lächelnd zu ihr hoch, während ihr gleichzeitig ein paar Tränen über die Wangen laufen.

Die nächsten Tage gehen rasch vorbei, sie scheinen es darauf angelegt zu haben, Nino die Zeit für ihre Entscheidung zu verkürzen. Und dann ist es so weit, die Frist ist abgelaufen, Nino trägt immer noch die Frucht eines kurzen, lustvollen Augenblicks im Leibe und hat sich entschlossen, die Konsequenzen dieses Augenblicks ein Leben lang zu tragen. Nino, ausgerechnet Nino, die nichts ernst und alles auf die leichte Schulter zu nehmen schien, die selbst von ihren jugendlichen Mitbewohnern des Öfteren als leichtsinnig kritisiert wurde, ausgerechnet sie hat sich dazu entschlossen, Verantwortung zu übernehmen! Die Überraschung ist groß, die Reaktionen sind unterschiedlich und reichen von kindlicher Freude bei Djamila über Gleichgültigkeit bei Dunja zu Furcht um Ninos Seelenheil bei Oma oder schroffer Verurteilung bei Murad. Sie ist ein

Hure, schimpft Letzterer beim Abendessen, nachdem Nino den Raum verlassen hat. Leider bekommt er diesmal keine Ohrfeige von Kamal, wobei ich auch gegen Wangendatteln nichts einzuwenden hätte, ich selbst fühle mich allerdings für derlei Grobheiten in diesem Fall nicht zuständig.

Es ist kurz nach ein Uhr nachts, als ich aufwache. Ich versuche, wieder einzuschlafen, doch das Schnarchen von Kamal und Yaya hält mich wach. Schließlich stehe ich auf und verlasse das Zimmer. Ich gehe zum Treppenhaus, am Treppenabsatz bleibe ich stehen. Ich ziehe ein paar Mal hintereinander die Luft ein, dann wird mir plötzlich klar, dass es eindeutig nach Pitras Lammeintopf riecht.

Ich steige hinunter in den zweiten Stock, und wieder ist da Licht im Zimmer der Schwarzen Köchin. Es sollte schon längst wieder vergeben sein, doch in letzter Zeit werden die leer stehenden Zimmer und Wohnungen nicht so schnell aufgefüllt wie früher. Ich bleibe vor der Tür stehen, lege mein Ohr daran, schnuppere am Türspalt, der Geruch ist viel stärker als oben im letzten Stock, ich klopfe, dann trete ich ein. Natürlich ist das Zimmer leer, natürlich ist Pitra nicht da, kein Topf steht auf dem Herd, doch der Geruch ist unverkennbar. Pitras Hab und Gut ist immer noch da, und wieder scheint es mir, als wären einige Figuren anders arrangiert als beim letzten Mal. Ich drehe das Licht ab, schließe die Tür hinter mir und kehre in den letzten Stock zurück.

Ich kann auf dein Kind aufpassen, sagt Nicoleta gerade auf Russisch, als ich mich der Küche nähere, natürlich nur, wenn du das willst, fügt sie hinzu. Ich bleibe neben der Tür stehen und warte auf Ninos Antwort. Sie schweigt, plötzlich höre ich sie schluchzen. Danke, sagt sie dann, nachdem sie sich geräuschvoll die Rotznase geputzt hat, wer weiß, ob ich in sechs Monaten noch in Österreich bin. Besteck quietscht über einen Teller. Au, sagt Nino, das tut weh. Meine Mutter war schwanger, da war ich ungefähr acht Jahre alt, beginnt Nicoleta mit vollem Mund zu erzählen, es sollte ein Bub werden. Ich hab' mich schon sehr gefreut auf einen kleinen Bruder, aber dann ist meine Mutter krank geworden, und dann war der kleine Bruder plötzlich weg. Ich hab' tagelang geweint, schließt Nicoleta traurig und holt sich zum Trost einen Nachschlag aus dem Kochtopf. Nino schweigt, doch was soll eine werdende Mutter zu solchen Geschichten auch sagen! Erzähl' etwas über deine Mutter, fordert Nicoleta sie schließlich auf. Was denn? Irgendetwas, was dir so einfällt. Nino überlegt nicht lange. Meine Mutter hat sich entweder betrunken oder mit Arschlöchern herumgetrieben, manchmal hat sie sich auch betrunken *und* mit Arschlöchern herumgetrieben, das ist alles, was mir zu ihr einfällt. So darf man nicht über seine Mutter sprechen, wendet Nicoleta bestürzt ein, dieselbe Nicoleta, deren Mutter sich ebenfalls im Alkohol ertränkte, dieselbe Nicoleta, die von ihrer Mutter im Stich gelassen wurde! Doch das weiß Nino nicht. Wenn es wahr ist, darf man das schon, beharrt sie. Aber es muss doch auch irgendetwas Schönes geben, das du mit deiner Mutter erlebt hast. Ich weiß nicht, meint Nino skeptisch. Irgendetwas Lustiges, fordert Nicoleta, und ich muss an ihre Zeit im Kinderheim denken, etwas Fröhliches, sagt sie, ich denke an ihre Erlebnisse in Serbien, etwas, wo du auf deine Mutter stolz warst. Nino scheint lange in ihren Erinnerungen kramen zu müssen, es fehlt ihr ganz offensichtlich Nicoletas Gabe, sich die schönen Erlebnisse einfach zu erfinden. Ich kann mich an Tage am Strand erinnern, in Sochumi, als ich noch klein war, erzählt sie schließlich zögernd, da war meine Mutter fröhlich. Auch bei meinen Großeltern konnte sie manchmal fröhlich sein, obwohl das nicht ihre Eltern waren, sondern die von meinem sogenannten Vater. Die hab' ich sehr gemocht, sie wohnten in einer alten Villa mit Garten, das heißt, eigentlich lebten sie im Gartenhaus, die Villa gehörte einem reichen Georgier. Aber der Georgier musste dann flüchten, wegen der Russen, und meine Großeltern und die anderen Georgier auch. Und ihr … deine Eltern und du? Meine Mutter und ich sind geblieben, wir mussten nicht flüchten. Sie war Russin, ist Russin, was weiß ich. Und dein Vater? Den hab' ich nie kennengelernt, der hat sich bald nach meiner Geburt verdrückt.

Später sind wir dann auch weggegangen von Sochumi, zuerst nach Batumi, dann nach Tbilisi. Und warum bist du dann aus diesem … Bilisil nach Österreich geflüchtet? Ich hab' ein paar Mal Flugblätter verteilt und war bei Demonstrationen dabei, gibt sich Rotkäppchen als mutige Revoluzzerin, deshalb war ich auch ein Mal im Gefängnis. Glaub' ihr nicht, möchte ich Nicoleta laut zurufen, ich, Faruq, weiß, dass sie nicht die Wahrheit sagt! Doch ich schweige, um die beiden nicht auf mich aufmerksam zu machen, und Nicoleta glaubt ihr. Das ist mutig, sagt sie, das hätte ich mich nicht getraut. Und dann hört man das Kratzen von Metall auf Metall, Nicoleta scheint in den Kochtopf zu kriechen, um die allerletzten Reste des Mittagessens herauszuholen, und ich verlasse meinen Horchposten, um mir den Schlaf des Gerechten zu gönnen.

23

Am nächsten Tag, es ist Samstag, Sabbat, Tag des Saturn, überstürzen sich die Ereignisse, und jeder braucht mich, denn alles will berichtet und bezeugt sein: Gjergi stirbt, Mira macht Schluss mit Lukas, und Murads Mutter und Schwester kommen in Österreich an.

Beim Mittagessen kommt Haluk in die Küche. Murad, Telefon für dich, sagt er. Murad folgt ihm und seiner Rasierwasserwolke ins Büro, ein paar Minuten später kehrt er freudestrahlend zurück: Seiner Mutter und seiner Schwester, den einzigen Familienmitgliedern, die der unselige Krieg verschont hat, ist es tatsächlich gelungen, Tschetschenien zu verlassen, sie sind heil am Schwechater Flughafen angekommen. Man gratuliert ihm, man freut sich mit ihm, und doch fühle ich bei einigen wieder den Neid: Die Lippen, sie öffnen sich zwar zu einem Lächeln, doch die Augen tragen Halbtrauer, weil es fremdes und nicht eigenes Glück ist, das sie schauen.

Mira betritt die Küche, holt sich eine Portion Rindfleisch mit Spinat und setzt sich zu uns. Sie sieht müde aus, sie sieht blass aus, mir scheint, sie hat auch ein wenig abgenommen in letzter Zeit. Haluk kommt kurz danach und setzt sich neben Mira. Hast du schon gehört, fragt er leise, Gjergi ist gestorben, Gjergi Halimi. Mira lässt Gabel und Messer sinken, hört zu kauen auf, plötzlich rinnen Tränen über ihre Wangen. Haluk reagiert bestürzt. Ich hab' nicht gewusst, dass … hast du ihn gut gekannt? Es ist nichts, sagt Mira und wischt sich mit dem Handrücken die Tränen von den Wangen, ich hab' ihn genauso gut oder schlecht gekannt wie die meisten anderen im Haus. Es ist nur … irgendwie ist momentan einfach alles Scheiße. Das sagt man nicht, hast du gesagt, kräht Djamila, die nur das letzte Wort, nicht aber den Rest der Konversation vernommen hat. Mira zwingt sich ein Lächeln ab. Du hast recht. Haluk mustert sie von der Seite, wahrscheinlich ist auch ihm schon aufgefallen, dass sie müde aussieht, wahrscheinlich würde er gerne fragen, was denn alles Scheiße sei, doch nun, da durch Djamila Aufmerksamkeit auf ihre Unterhaltung gelenkt wurde, lässt er die Sache auf sich beruhen. Mira steht bald auf, trägt brav ihren Teller zum Geschirrspüler und verlässt die Küche.

Gjergi ist also tot, Gjergi hat endlich Schlaf gefunden. Zwei Krankenhausaufenthalte haben seinen Zustand nicht verbessert, zwar kann man heutzutage Herzen, Nieren und andere Organe ver- und ersetzen, nicht aber den fehlenden Lebenswillen. Soll man sich für ihn freuen? Ich weiß es nicht. Schon in den letzten Monaten hat er ja sein Bett, geschweige denn das Zimmer, kaum verlassen, und wenn man ihn zu Gesicht bekam, dann wirkte er noch grauer, noch dünner, noch gebrechlicher als sonst. Mein lieber Gjergi, ich hoffe, du findest nun tatsächlich Erlösung im Schlaf und kommst nicht auf die Idee, als Geist zurückzukehren und tagtäglich und nachtnächtlich das Haus zu durchstreifen …

Mira sitzt am Computer, als Lukas am Abend desselbigen Sabbats nach getaner Arbeit im Büro auftaucht. Hallo, schönste aller Miras, grüßt er und haucht einen zärtlichen Kuss auf ihren schlanken Nacken. Ich muss mit dir reden, sagt Frau Obranović ernst, während sie sich halb zu ihm umdreht. Okay, reden wir, sagt der Lehrer, und die Zärtlichkeit ist ihm plötzlich aus dem Gesicht gerutscht. Mira erblickt mich auf dem Gang vor dem Büro. Gehen wir hinüber ins Betreuerzimmer, sagt sie, und Lukas trottelt brav hinterdrein wie ein Hund, der gerade Prügel kassiert hat.

Ich folge den beiden, und so, wie ich unfreiwillig die Anfänge ihrer Beziehung beobachten musste, bin ich nun, nach einem knappen Jahr, Zeuge von deren Ende. Ich kann nicht mehr, bricht es nach ein paar Sekunden angespannten Schweigens aus Mira hervor, und sie beginnt laut zu schluchzen. Was kannst du nicht mehr, fragt der Lehrer leise, er schöpft wohl kurz Hoffnung, dass vielleicht doch nicht ihre Beziehung, sondern irgendein ganz anderes Problem der Grund für Miras Kummer sein könnte. Unsere Beziehung … ich … ich kann nicht mehr, stammelt Mira und zerstört des Lehrers letzte Hoffnung. Ich bin momentan einfach nicht fähig zu einer Beziehung. Die Geschichte mit Mladko hat mich ziemlich eingenommen, weißt du, viel mehr, als ich dachte. Mitgenommen, korrigiert der unverbesserliche Besserwisser. Siehst du, sagt die Schülerin, ich kann nicht einmal mehr Deutsch. Immer noch besser als ich Serbokroatisch, meint der Lehrer, und Mira und ich geben ihm recht. Es sind so viele Probleme aus der Vergangenheit wieder aufgetaucht, fährt sie fort, so viele ungelöste Konflikte, ich brauche Zeit, um mit diesen Dingen zurechtzukommen, um … Sie bricht ab. Vielleicht kann ich dich irgendwie unterstützen, vielleicht kann ich dir dabei helfen, Klarheit zu erlangen, bietet Lukas an. Ich weiß nicht, sagt Mira und schnäuzt sich geräuschvoll. Alenka braucht mich auch, ihr geht es momentan gar nicht gut, und mir geht es nicht gut mit ihr. Und was ist mit Mladko? Was soll mit ihm sein? Gehst du zu ihm zurück? Mira lässt ein verächtliches Schnauben hören. Du weißt, dass ich das nicht tue. Ich weiß gar nichts von dir, sagt Lukas resignierend, und auch in diesem Punkt muss ich ihm recht geben. Mladko ist irgendwo in Bosnien, er hat letzte Woche angerufen, das weißt du, und ich bin hier und habe nicht vor wegzugehen.

Die beiden fahren noch eine Weile fort, miteinander zu reden, auch wenn sie einander nichts mehr zu sagen haben. Ich gebe zu, ich bin nicht ganz frei von Schadenfreude, doch ich empfinde auch Mitleid mit Lukas dem Geknickten, als er schließlich davonschleicht aus dem Betreuerzimmer und aus Miras Leben, in dem es keinen Platz mehr für ihn gibt.

Bei Gjergis Begräbnis lerne ich Egzon Bokshi kennen. Egzon war mit Gjergi befreundet, auch er stammt aus dem Kosovo, er musste das Land verlassen, weil er als Journalist zu viele Wahrheiten verbreitet hatte, die keiner hören wollte. Als wir nach der kurzen Zeremonie über den kalten Friedhof zur Straßenbahn spazieren, zeigt er mir eine Liste mit den Namen von ungefähr dreißig Menschen, deren Leichen man in einem Massengrab gefunden und vor Kurzem identifiziert hat. Da, sagt er und deutet auf zwei Namen, Fatmire und Afërdita Halimi, das sind Gjergis Frau und Tochter. Gestern habe ich die Liste bekommen, gestern, vier Tage zu spät für Gjergi!

Zuerst stimme ich in seinen Klagegesang mit ein, aber je mehr ich in den folgenden Tagen darüber nachdenke, desto klarer wird mir, dass es keinen Grund zur Klage gibt: Gjergi hat davon gewusst, finde ich schließlich Trost für Egzon und mich selbst, er hat irgendwie gespürt, dass man die sterblichen Überreste seiner Frau und seiner Tochter endlich gefunden und identifiziert hat, dass man sie nun in Würde beisetzen wird, und deshalb hat auch er selbst Ruhe und Frieden gefunden. Vielleicht hast du recht, sagt Egzon und wirkt nicht mehr ganz so traurig.

Was Gjergi aber wahrscheinlich nicht wusste: dass am Tag nach seinem Begräbnis ein positiver Asylbescheid an ihn ergehen würde. Jetzt, da er in österreichischer Erde zur Ruhe gekommen ist, hat er die Erlaubnis, auf österreichischem Boden zu bleiben. Ein Happy End! Fast könnte man meinen, es stecke Absicht dahinter, vielleicht gibt es ja auch tatsächlich eine neue ministerielle Weisung: Ab sofort ist nur noch Toten Asylstatus zu gewähren, gezeichnet die Abschiebeministerin. Auf österreichischem Boden, so höre ich die Ministerin mit staatstragender Stimme sprechen, da ist das Boot leider schon voll, aber unter der Erde ist noch viel Platz, da machen wir den Asylwerbern ein großzügiges Angebot, und ich höre sie grölen, die Burschenschaftsschlägertruppen auf ihren Buden, Der Zentralfriedhof ist lustig, der Zentralfriedhof ist schön, denn da kann man Asylanten nun in Massengräbern seh'n, und die Schmisse, sie fliegen kreuz und quer und glatt und verkehrt.

Doch die Trauer über die Toten darf uns nicht den Blick auf die Lebenden verstellen. Djaafar ist zum Glück noch höchst lebendig, auch hat er sich keineswegs die gute Laune verderben lassen von der Tatsache, dass er nun als Illegaler leben muss. Wäre er nicht stumm, würde er bestimmt ein fröhliches Liedchen anstimmen, Ich bin schwerstens illegal und lebe jetzt in Lichtental, dort hat ihm nämlich ein guter Freund Platz gemacht, sie leben zu viert in einer feuchtfinsteren Ein-Zimmer-Wohnung, wenn auch Djaafar meist nur die Nächte dort verbringt. Tagsüber wohnt er in einem großen, blau gestrichenen Haus am Stadtrand mit vielen, vielen Zimmern, dort treffe ich ihn auch. Wo möchtest du sitzen, fragt er mich per Notizblock, in der Küche, im Wohnzimmer, im Esszimmer, im Arbeitszimmer? Wohnzimmer, sage ich. Dann drückt er mir eine Werbebroschüre in die Hand. Wie hast du's lieber, ist darauf zu lesen: Ländlich-rustikal? Zeitlos-modern? Oder jugendlich-alternativ? Ich entscheide mich für zeitlos-modern, und Djaafar geleitet mich zielsicher zum passenden Wohnzimmer. Das Sofa, auf das ich mich setze, heißt Björn, Gestatten, Ali, stelle ich mich vor, bevor ich Björn meine Arschbacken ins Gesicht drücke, der Tisch, eine gläserne Schönheit, trägt den Namen Silja, ich deute eine Verbeugung an, und auch die Regale und Schränke ringsum und der Teppich unter unseren Füßen und die Lampe, die uns Erleuchtung spendet, wollen begrüßt sein, bevor ich mich Djaafar zuwenden kann.

Djaafar geht es gut, bis auf die Tatsache, dass er kein Geld, kein Essen und keine Zukunft in Österreich hat. Das macht nichts, schreibt er, das wird sich schon irgendwie lösen. Ich teile seinen Optimismus nicht ganz und versuche ihn zu überreden, die Flucht nach Belgien nicht auf die lange Bettbank zu schieben. Es gefällt mir hier, schreibt er und deutet mit dem Arm in die Wohnlandschaft ringsum. Aber wie lange geht das noch gut? Einen Monat? Zwei Monate? Djaafar zuckt mit den Schultern. Djaafar, versuche ich ihn aufzurütteln, wir haben dich nicht befreit, damit du gleich wieder in Schubhaft landest. Er schickt mir einen eigenartigen Blick wie damals im Krankenhaus, und wieder gibt es kein Wort des Dankes. Ich bin vorsichtig, versucht er mich zu beruhigen. Vorsichtig? Findest du es vorsichtig, dich den ganzen Tag hier aufzuhalten? Keine Angst, schreibt Djaafar, die sind sehr nett, ich bin fast jeden Tag hier. Ich gebe auf.

Wir wechseln ins Esszimmer, diesmal ist der Stil ländlich-rustikal, ich habe natürlich Essen für Djaafar mitgebracht, wir holen Teller und Besteck aus der Küche und lassen es uns schmecken. Ich spreche weiter auf ihn ein, versuche Überzeugungsarbeit zu leisten. In Belgien hast du selbst als Illegaler bessere Chancen, sage ich, dein Onkel lebt dort, die Gesetze sind nicht ganz so streng wie in Österreich, es ist alles immer noch besser als hier, doch Djaafar hört mir nicht wirklich zu. Jetzt brauche ich ein Mittagsschläfchen, unterbricht er schriftlich meine Bemühungen und führt mich ins hinterste Schlafzimmer. Ein wenig widerwillig lasse ich mich auf ein frisch gemachtes Bett sinken, Anja ist der Name der Matratze, die mich seufzend aufnimmt, Mareike heißt die Decke, die mich verführerisch umgarnt, und an Silkes samtigen Seidenpolsterbusen schmiege ich sodann mein nachmittagsschweres Lockenhaupt.

Zwar kehre ich unverrichteter Dinge ins Leo zurück, doch bleibe ich nicht untätig. Die Schonzeit ist vorbei, es gibt zu viel zu tun, als dass man die Hände in den Schoß legen könnte. Djaafar braucht uns, berichte ich meinen Genossinnen und Genossen, und diesmal hören sie auf mich. Bei einer Zusammenkunft im Fußballzimmer erklären sich alle bereit, einen Teil ihres gerade erhaltenen Taschengeldes abzugeben, jeder verspricht, dies auch in den kommenden Monaten zu tun. Gemeinsam beschließen wir, aus den im Haus vorhandenen Essensvorräten jede Woche einiges für Djaafar abzuzweigen und ihm bei Bedarf Kleidung aus dem hiesigen Fundus zukommen zu lassen. Ich nutze die Gelegenheit unserer Zusammenkunft und den neuen Elan, um zu neuen Aktionen aufzurufen. Wir dürfen nicht aufgeben, wir müssen weitermachen, nicht nur Djaafar braucht uns. Wer braucht uns noch, fragt Tomo auf Serbokroatisch, Wer braucht uns schon, will Nino zur gleichen Zeit auf Georgisch wissen, und ich habe meine Genossinnen und Genossen genau da, wo ich sie haben will. Ich brauche euch, ihr braucht mich, wir alle brauchen einander, versteht ihr denn nicht? Ich schlage eine neue Aktion vor. Denkt darüber nach, sage ich, schlaft darüber, wer dabei sein will, soll morgen um die gleiche Zeit hier sein.

Hätte ich darauf gewettet, wer sich am nächsten Tag als Erster im Fußballzimmer einfinden würde, ich hätte die Wette mit Sicherheit verloren: Es ist Kamal das Kamel, und er ist nicht nur der Erste, sondern der Einzige! Du hast recht, sagt er, wir dürfen nicht aufgeben, wir müssen kämpfen. Ich umarme ihn, Kamal, Bruder, du treue Seele du! Fünf Minuten später öffnet sich die Tür, Tomo tritt ein wenig zögernd ein. Kurze Zeit danach erscheint Nino, und nach und nach kommen weitere fünf Kampfgenossen dazu. Wir sind neun an der Zahl und zum Kampf gegen das Böse bereit, the fellowship is complete, und Mordor mit all seinen Handlangern im Ministerium für innermittelirdische Angelegenheiten erzittert, denn wir haben den Ring, sie zu knechten, sie alle zu finden, ins Dunkel zu treiben und ewig zu binden.

Die Aktion führt uns wieder in das große Haus mit den vielen Zimmern am Stadtrand, wo wir das Sortiment um einige schöne neue Produkte bereichern. Provokation ist unser Begehr, Aufmerksamkeit unser Verlangen, wir setzen auf Aktion statt Reaktion, Ermächtigung statt Ohnmacht, unsere Taktik ist die der Guerilleros, ein Nadelstich hie und einer da, und dazwischen sind wir unauffindbar.

Wir haben kleine Plakate gebastelt, Logo und Schriftart sind die des Möbelhauses, wir postieren uns damit in den verschiedenen Abteilungen des Gebäudes. Hallo, ich bin dein neuer Geschirrspüler, ich heiße Sven, steht beispielsweise auf Tomos Plakat, und man findet Sven natürlich in der Küchenabteilung. Ich bin vierundzwanzig Stunden für dich und dein Geschirr da und gehorche dir auf Knopfdruck. Ich mag es gerne schmutzig und liebe es, die Essensreste aus deinen Töpfen und das Fett von deinen Tellern zu lecken. Hallo, ich heiße Myra, ich bin dein neuer Komfortsessel, verkündet Ninos Plakat, setz dich, entspann' dich und lass' dich von meinen weichen Armen umfangen. Du kannst mich in die verschiedensten Stellungen bringen, und ich bin sicher, du wirst jede einzelne davon bis in die letzte Faser deines Körpers genießen. Ich heiße Nils, so lautet die Aufschrift auf meinem Plakat, ich bin dein neuer Kleiderständer. Ich bin ganz aus Ebenholz gemacht und stehe sehr auf deine Jacken und Mäntel. Ich komme aus Afrika, deshalb bin ich so billig und so willig. Kamal wiederum gibt es als kostenlose Draufgabe zu einem hübschen Gabbeh-Teppich: Wenn du diesen Teppich kaufst, bekommst du mich gratis dazu, und ich mache alles, aber auch wirklich alles für dich. Meine Schwestern haben diesen Gabbeh geknüpft, sie haben sehr wenig Geld dafür bekommen und wurden geschlagen, wenn sie nicht schnell genug waren. Das ist vielleicht hart, aber dafür ist der Teppich umso weicher – fühl mal, wie flauschig er ist!

Die Reaktionen lassen nicht lange auf sich warten. Ratlose, irritierte, erboste Kunden wenden sich an die Info-Tische in den jeweiligen Abteilungen. Wovon sprechen Sie, Wie bitte, Wollen Sie sich über mich lustig machen, so lauten die ebenso ratlosen, irritierten und erbosten Reaktionen der Angestellten. Natürlich haben wir uns jeweils so positioniert, dass uns Letztere nicht sehen können, und wenn sie dann gemeinsam mit den Kunden Ausschau nach uns halten, sind wir längst fort. Natürlich gibt es auch Kunden, die sich für die neuen Produkte interessieren. Die meisten Anfragen gibt es zu Ninos Komfortsessel mit dem großzügigen Stellungsangebot, doch auch Tomo, der lebende Geschirrspüler, findet großen Anklang. Ich selbst wäre fast von einer üppigen, mit reichlich Schminke und Parfüm behafteten Matrone davongeschleppt worden, ich gebe zu, ohne Kamals und Tomos tapferes Einschreiten wäre ich mittlerweile wohl in der Walküre waberndem Wohngehege gefangen und – im besten Fall – mit Kleidungsstücken an allen fünf Gliedmaßen behängt.

Nach diesem gelungenen Auftritt, der natürlich wieder Niederschlag im Zeitungswald findet, ist es Zeit für Größeres. Um die mediale Aufmerksamkeit weiterhin zu behalten beziehungsweise zu steigern, liebe Genossinnen und Genossen, müssen wir unsere Arbeit auf eine neue Ebene bringen, eine neue Qualität ist gefragt. Die Genossinnen und Genossen lauschen andächtig, während ich über die Notwendigkeit neuer Maßnahmen referiere, um schließlich die nächste Aktion anzukündigen: die Entführung der Bundesabschiebeministerin.

Es folgen ein paar Sekunden Schweigen nach dieser Ankündigung. Du bist verrückt, durchbricht Tomo schließlich die Stille, andere stimmen ähnliche Töne an, Nino sagt nichts, sondern tippt sich nur an die eingebeulte Stirn. Ich warte lächelnd ab, bis sich die ersten Abwehrreaktionen gelegt haben, natürlich, damit war zu rechnen, die Welt ist schließlich voller Kleingeister, dann erläutere ich meinen Plan in allen Einzelheiten. Das Lösegeld, schließe ich meinen Vortrag, wird natürlich zur Verbesserung der Asylwerber- und Flüchtlingsbetreuung verwendet. Und wenn sie nicht zahlen, fragt der ungläubige Tomo. Tue deine Hand her und lege sie in meine Seite, und sei nicht ungläubig, sondern gläubig, empfehle ich ihm, und glaub' mir, sie werden zahlen – wenn nicht, dann wird die Frau Ministerin einfach abgeschoben. Es gibt Gelächter und Applaus. Wohin du willst abschieben, will Nino wissen. Wohin würdest du sie denn gerne abschieben, Ninotschka, nach Georgien? Nein danke, wehrt sie ab, sicher nicht. Nigeria, wende ich mich fragend an Oma, sie schüttelt den Kopf. Tschetschenien, probiere ich es bei Murad, auch er lehnt ab. Ich befrage alle anderen Anwesenden, doch deren Boote sind leider, leider alle voll. Tja, meine Lieben, dann bleibt nur noch der Mond. Wieder Gelächter und Zustimmung. Gute Idee, meint Kamal mit ernster Miene, aber wie willst du machen? Sie werden zahlen, beruhige ich ihn. Und wo willst du verstecken, fragt Tomo. Die Ministerin, meinst du? Im Kohlenkeller von Djamilas Schule, der hat sich schon einmal bewährt.

Am Ende unserer Zusammenkunft habe ich zwar nicht alle überzeugt, doch das ist auch gar nicht nötig. Wir sind vier, das ist genug, wir stehen für die vier Elemente, Rotkäppchen für das Feuer, Kamal das Kamel für die Erde, die federgleiche Nicoleta für die Luft, ich, Djibrail, bin der Geist über den Wassern.

Ich habe die nötigen Vorarbeiten längst erledigt, ich kenne der Ministerin Wege, ihre Pläne sind mir bekannt, wir können also schon ein paar Tage später zur Tat schreiten. Sie steigt vor ihrem Haus aus dem Wagen. Wagen wir's, gebe ich das Signal zum Angriff, und mit elementarer Kraft fallen wir über sie und ihre Mannen her, schon ist sie mitsamt Gefährt in unserer Gewalt, geblendet und starr vor Angst bleiben die Wächter des entführten Leibes zurück, und wir fahren davon, und der Sieg, er ist unser, und das himmlische Licht nimmt uns auf und umfängt und durchdringt uns.

24

Schwester Tanja verzehrt sich nach mir, ich weiß es, sie hat ja sogar in ein anderes Krankenhaus gewechselt, um mich auch diesmal wieder hegen und pflegen und mir nahe sein zu können, doch ich lasse mir nichts anmerken, behandle sie gleichgültig, während ich ihren Kolleginnen Komplimente und schöne Augen mache. Sie findet immer irgendeinen Vorwand, um in meiner Nähe sein zu können, sie belohnt mich das eine oder andere Mal mit Einblicken in ihr Dekolleté, doch ich tue so, als gäbe es dort nichts zu sehen.

Ich teile das Zimmer mit zwei weiteren Jugendlichen. Den einen hielt ich zuerst für ein Mädchen, so zart ist sein Gesicht, so hell und rein die Stimme, das Seidenhaar trägt er lang, und er scheint Blumen zu lieben, denn es stehen immer frische Lilien auf seinem Nachttisch, ich weiß nicht, woher sie kommen, denn er hat bis jetzt noch keinen Besuch empfangen. Hast du keine Familie, keine Freunde, frage ich ihn, und er schüttelt den Kopf. Djibrail, so heißt er, lächelt, doch dann rinnen Tränen über seine blässlichen Wangen. Entschuldige, sage ich bestürzt, ich wollte nicht …

Der andere, Faruq mit Namen, ist das genaue Gegenteil: Während Djibrail gerne in Schweigen verharrt, spricht Faruq pausenlos. Djibrail ist bescheiden, Faruq ein großer Prahlfranz vor dem Herrn. Djibrail ist mit seinen Äußerungen äußerst vorsichtig, Faruq weiß immer, was richtig und was falsch ist. Djibrail isst nichts, Faruq hingegen schaufelt in den wenigen Momenten, in denen er nicht spricht, Berge an Nahrung in sich hinein, oder er spricht und schaufelt gleichzeitig. Du musst essen, versuchen Schwester Tanja und ihre Kolleginnen Djibrail zu überzeugen, sonst wirst du nie gesund werden, doch vergebens, denn außer Wasser und Tee in rauen Mengen nimmt er keine Nahrung zu sich.

Draußen ist es immer noch kalt, obwohl laut Kalender vor ein paar Tagen der Sommer begonnen hat. Zwar verlasse ich das Haus nicht, doch wenn ich am Fenster stehe, sehe ich Leute mit hochgezogenen Schultern in Wintermänteln und -jacken vorbeieilen, in den Bäumen, die nur spärlich mit Blättern bewachsen sind, versammeln sich täglich vor Einbruch der Dunkelheit die Krähen.

Djaafar besucht mich. Wann kommst du wieder raus, schreibt er auf seinen Block. Ich lasse mir noch ein bisschen Zeit, antworte ich, ich bleibe noch ein, zwei Wochen, dann reicht es. Was sagen die Ärzte? Ich winke ab. Du weißt, es fehlt mir ja nichts, die Krankheit, das ist ja alles nur ein Vorwand, es ist Teil meiner Strategie. Djaafar sagt und schreibt nichts. Was ist mit dir, wann gehst du nach Belgien, will ich wissen, doch er antwortet nur mit einem unbestimmten Achselzucken.

Wann kommst du raus, fragen auch Mira und der Onkel. Ich weiß es nicht, die Ärzte sagen einmal dies, einmal das, beklage ich mich und spiele in diesem Fall überzeugend den Leidenden. Es wird wohl noch ein bisschen dauern. Sie erkundigen sich nach meinem Tagesablauf, sie erzählen vom Leo, und erst dann fällt mir die Entführung ein. Was ist mit der Abschiebeministerin, unterbreche ich Mira, die gerade von Murads Mutter und Schwester erzählt. Du hast es schon gehört, reagiert sie überrascht. Es ist tragisch, meint der Onkel, aber ich sehe jetzt schon die Nachrufe vor meinen Augen, die sicher kaum Kritik an ihrer Asylpolitik üben werden. Ich blicke von Mira zum Onkel und wieder zurück. Heißt das … sie ist tot? Die beiden nicken. Wie … wie konnte das passieren? Wahrscheinlich war's Herzversagen. Aber … aber … das ist nicht meine … nicht unsere Schuld, stammle ich, das … das wollten wir nicht! Mira wirft mir einen befremdeten, der Onkel einen belustigten Blick zu. Es spricht für dich, lieber Ali, dass du dir das so zu Herzen nimmst. Ich verstehe nur noch Zentralbahnhof. Wo ist sie denn gestorben? Zu Hause, glaube ich, antwortet Mira. Im

Krankenhaus, widerspricht der Onkel, aber wieso interessiert dich das so sehr? Also hat ihre Familie … haben sie gezahlt? Nun ist es offenbar an Mira und dem Onkel, Bahnhof oder vielleicht auch Flughafen zu verstehen. Wie meinst du das? Ich gebe auf.

Als die beiden fort sind, lasse ich mir von Schwester Tanja die Zeitungen bringen. Die Blätter sind voll mit Fotos und Berichten über die Ministerin, und es gibt auch erste, noch sehr kurz gehaltene Nachrufe. Herzversagen, schreiben die einen, innere Blutungen die anderen, vom schnellen Tod ist die Rede, doch nirgendwo von Entführung oder Lösegeldforderungen, es muss wohl von höchster Stelle einen Befehl zur Vertuschung gegeben haben.

Wie ist die Ministerin freigekommen, frage ich Nino, die bald darauf zu Besuch kommt. Sie ist gestorben. Das weiß ich, Ninotschka, aber wo und wann? Woher soll ich das wissen? Du warst doch bei der Entführung dabei. Entführung? Sie blickt mich entgeistert an. Du spinnst, Ali! Willst du abstreiten, dass du dabei warst? Ich weiß nicht, wovon du sprichst. Sie hält die Hände vor dem Vier- oder Fünfmonatsbäuchlein verschränkt, als wollte sie ihr Kind vor mir schützen. Und was ist mit dem Lösegeld? Haben sie gezahlt? Ich sage doch, du spinnst, du tickst nicht ganz richtig.

Auch Nicoleta besucht mich. Ich kann mich nicht erinnern, lautet ihre Antwort, als ich sie auf die Entführung anspreche. Und was ist mit dem Lösegeld? Ich weiß es nicht. Du solltest zum Arzt gehen, wenn du solche Gedächtnisausfälle hast, rate ich ihr. Kamal, der Vierte im Entführungsbunde, lässt sich nicht blicken, am Telefon ist er nicht zu erreichen. Feigling, rufe ich, als sich seine Mobilbox meldet, du warst sicher auch nicht dabei oder kannst dich nicht erinnern, ja, wahrscheinlich kennst du mich nicht einmal, Ali, nie gehört, nein, wer soll das sein? Die weiteren Besuche von Mitbewohnern und Betreuern laufen ähnlich ab, niemand weiß etwas, keiner war dabei, und auch in den Medien dringt nichts über die Entführung nach außen.

Das Krankenhaus liegt im Grünen, wenn auch das Grün in diesem Jahr nur sehr spärlich wächst. Jedenfalls aber ist es ruhig, und auf den Straßen zwischen den einzelnen Pavillons – mein Zimmer liegt in Pavillon 12 – fahren nur selten Autos. Nachts ist es besonders still, nur manchmal hört man jemand schreien oder weinen, nachts spaziere ich durchs Haus, ich brauche keinen Schlaf. Auch Djibrail und Faruq schlafen wenig und wenn, dann meistens tagsüber, und so führen wir oft lange nächtliche Gespräche. Faruq gibt dabei den großen Ton an, und ich lasse ihn gewähren. Er redet viel, weil er nichts zu sagen hat, zu fragen hat er dafür umso mehr. Bei mir hält er sich ein wenig zurück, doch Djibrail wird mit Fragen geradezu bombardiert. Warum isst du nichts, will Faruq wissen. Es schmeckt mir nicht. Bist du seine Krankenschwester, frage ich ihn, doch er ignoriert mich. Warum trägst du immer Blau, fragt er dann. Djibrail zuckt mit den Schultern. Das ist eben meine Lieblingsfarbe. Blau steht dir nicht, es lässt dich noch blasser aussehen, als du ohnehin schon bist. Macht nichts, sagt Djibrail und lächelt ein tapferes Lächeln. Und was sollen die Lilien? Er deutet auf Djibrails Nachttisch. Und was sollen deine Fragen, frage ich ihn, doch er bleibt mir die Antwort schuldig. Die sollte ich jemandem bringen, sagt Djibrail leise. Und warum sind sie dann hier? Du hast sie gestohlen, gib's zu! Statt zu antworten, beginnt Djibrail zu weinen.

Ich wäre am liebsten ein Fisch, sagt Djibrail ein andermal, oder ein Pinguin. Er bewegt den Mund wie ein Fisch, dann lacht er. Deshalb also die blaue Farbe, ätzt Faruq, damit du glaubst, du bist im Wasser, und deshalb die viele Flüssigkeit, die du in dich hineinschüttest. Djibrail fängt wieder zu weinen an. Meine Güte, du bist aber empfindlich! Entschuldigung, ich hab's doch nicht böse gemeint, gibt Faruq sich ausnahmsweise einmal reuig.

Ich muss ihm recht geben – Djibrail ist eine Heulboje, die tatsächlich schon beim geringsten Anlass anschlägt: wegen Faruqs rauer Art, wegen einer toten Krähe vor dem Haus, wegen Fernsehmeldungen über Verkehrsunfälle oder Naturkatastrophen. Er kann sich allerdings auch über die kleinsten Dinge freuen wie ein Kind. Siehst du diese Wolke da oben, fragt er mich einmal ganz aufgeregt, siehst du sie, Ali? Ja, Djibrail, ich sehe sie. Ist sie nicht wunderschön, will er wissen, und er lacht und freut sich, und seine Augen folgen minutenlang dem Wolkenschiff auf seinem Weg durch den Abendhimmel. Bei Regen gerät er erst recht aus dem Häuschen. Er darf nicht aus dem Haus, und so sitzt er also auf dem Fensterbrett und versucht, so viele Tropfen wie möglich einzufangen. Der spinnt total, sagt Faruq. Pass auf, dass du nicht hinunterfällst, sorge ich mich um ihn, wenn er die Hände weit hinausstreckt. Schluss jetzt, ruft Schwester Maria und zerrt Djibrail vom Fensterbrett weg.

Wie lange bist du schon hier, will Faruq ein andermal wissen. Ich weiß es nicht, antwortet Djibrail traurig, ich kann mich nicht erinnern. Und warum bist du hier? Djibrail zuckt mit den Schultern. Das hat man mir nicht gesagt. Aber du musst doch selbst wissen, warum man dich hierhergebracht hat. Ich war Bote, ich bin gestürzt. Und deshalb bist du jetzt hier? Ich sollte jemandem etwas bringen. Die Lilien? Ja, die waren für irgendeine Dame, eine Nachricht war auch dabei. Und dann hatte ich noch ein Buch, das sollte ich einem Herrn bringen. Aber ich weiß nicht mehr, wie er heißt und wo er wohnt. Und das Buch hast du genauso gestohlen wie die Lilien? Djibrail schüttelt den Kopf. Hör' auf, fordere ich Faruq auf, und ausnahmsweise lässt er tatsächlich von seinem Opfer ab. Warum bist du eigentlich hier, wendet er sich mir zu. Weil ich fünf solche Typen wie dich auf dem Gewissen habe, gebe ich zurück. Ich werde mal Dr. Idaulambo fragen, sagt er, und es knallt die Tür, es wackelt das Haus. Faruq, bist du varruckt, schimpft Schwester Tanja. Ja, Schwester Tanja, das ist er, das ist er, und ich bin der einzig Normale in diesem Haus!

Faruq wendet sich tatsächlich an Dr. Idaulambo, doch der verweigert natürlich die Auskunft. Das unterliegt der ärztlichen Schweigepflicht, entgegnet er mit ernster Miene. Chefarzt Dr. Idaulambo sagt überhaupt alles mit ernster Miene, eine andere besitzt er nicht. Für mich selbst gilt natürlich keine Schweigepflicht, ich unterliege vielmehr der Pflicht zu reden, ich muss wie immer Zeugnis ablegen. Die hochoffizielle chefärztliche Diagnose, der ich meine Einlieferung in dieses Etablissement zu verdanken habe, lautet Dissoziative Identitätsstörung als Reaktion auf mehrfache Traumatisierung, verbunden mit einer offenbar genetisch bedingten Hypomanie. Klingt beeindruckend, nicht wahr?

Und was gedenkt man für meine »Heilung« zu tun? Einerseits gibt es da ein paar bunte Pillen, rote, grüne, gelbe, braune, deren Einnahme ich, genauso wie die zu behandelnde Krankheit, natürlich nur vortäusche, andererseits möchte man dem Übel in mir per Hypnotherapie zu Leibe rücken. Entspannen Sie sich, monotoniert Dr. Idaulambo. Ich liege in seinem Behandlungszimmer auf der Couch, im Hintergrund läuft eine CD mit seltsamen Gesängen, ich tippe auf röhrende Hirsche im Verein mit balzenden Walen. Konzentrieren Sie sich auf Ihren Atem, verlangt der Chefarzt, ich zähle jetzt von hundert herunter, und Sie schließen bei den geraden Zahlen die Augen, bei den ungeraden öffnen Sie sie. Si, si, Dottore mio, antworte ich, wird gemacht, Herr Doktor, und ich schließe die Augen und öffne sie wieder, und ich schließe und öffne und öffne und schließe, und bald ist Dr. Idaulambo in Trance verfallen. Gleich bei der ersten Sitzung dringen wir gemeinsam in die tiefsten Tiefen der chefärztlichen Gefühlswelt vor, wo wir einer überaus dominanten Mutter und einem furchtsamen Vater begegnen. Wenzel, ja, so lautet der Vorname des Herrn Doktors, Wenzel, lockte die Mutter, sei ein braver Bub und gib der Mama einen Kuss. Und dann, sagt Dr. Idaulambo, dann war da immer dieser riesengroße rote Lippenstiftmund, der mich zu verschlingen drohte. In der zweiten Sitzung geht es um ebendiese Verschlingung, die der Arzt stockend und unter heftigen Zuckungen seines Leibes beschreibt. Beim dritten Mal wird es schließlich amüsant, Dr. Idaulambo beginnt nämlich, seine angeblich zahlreichen erotischen Abenteuer bis ins kleinste Detail zu schildern, und sie betreffen, so jedenfalls berichtet er, nicht nur seine drei Exfrauen, sondern auch sämtliche Kolleginnen im Haus sowie das gesamte Schwesternteam. Rote Stöckelschuhe, sagt er und fährt sich mit der Zunge über die Lippen, rote Stöckelschuhe und dazu die weiße Schwesterntracht, Sie können sich nicht vorstellen, wie sehr mich das erregt! Die Zunge kommt nicht zur Ruhe, die Hände reiben aneinander. Einmal hab' ich sogar Schwester Maria über den Behandlungstisch gezogen, stellen Sie sich vor, Schwester Maria! Sie hat nicht nur einen Arsch wie ein Pferd, sie wiehert im Bett auch wie ein Ross! Ich muss die Sitzung vorzeitig abbrechen, denn des Chefarzts schöne Schilderungen werden nicht nur zunehmend obszöner, sondern auch immer lauter. Ich hab' ihr meinen Schwanz in den Arsch gerammt, dass sie drei Tage kaum gehen konnte, brüllt er und bricht in irres Gelächter aus. Natürlich beende ich alle Sitzungen mit vorschriftsmäßiger Exduktion, der Herr Chefarzt weiß also danach nichts mehr von seinen Enthüllungen. Es geht mir schon viel besser, Herr Doktor, bedanke ich mich und verabschiede mich artig.

Irgendwie scheint der gute Mann aber doch das Gefühl zu haben, mit Hypnotherapie bei mir nicht den gewünschten Behandlungserfolg zu erzielen. Nächste Woche beginnen wir mit etwas völlig Neuem, kündigt er salbungsvoll an. Ich kann nicht garantieren, dass ich nächste Woche noch hier bin, entgegne ich. Natürlich sind Sie noch hier, antwortet er konsterniert, Sie sind so lange hier, wie ich es für nötig halte. Na gut, lenke ich ein, weil Sie es sind, Herr Doktor.

Nino kommt zu Besuch, ich erzähle ihr von Idaulambos Betthüpfereien, doch aus irgendeinem Grund findet sie die Sache gar nicht zum Lachen. Erst dann fällt es mir auf: Sie hat nicht nur den Humor, sondern auch den Bauch verloren. Was ist los, frage ich bestürzt. Was soll los sein? Na ... dein Bauch, dein Kind? Was soll mit meinem Kind sein? Hast du ... hast du's verloren? Nein, wie kommst du auf die Idee? Ilarion ist zu Hause, im Leo, Nicoleta passt auf ihn auf. Ilarion? Was soll das heißen? Vorige Woche warst du doch gerade noch im fünften Monat schwanger, willst du mich auf den Arm nehmen? Nino blickt mich an, als käme ich von Mond oder Mars. Ich belasse es dabei und befrage sie nicht weiter, es ist mir peinlich, aber mir wird schmerzlich bewusst, dass ich offenbar wirklich der einzig normale Mensch in einer Welt voller Verrückter bin.

Die neue Therapie, von der Dr. Idaulambo sprach, nennt sich PITT oder Psychodynamisch-Imaginative Trauma-Therapie, that's the pits, yeah! Die Therapie nützt die Abspaltung oder Dissoziation von überwältigenden Gefühlen bei traumatisierten Patienten und setzt sie gezielt zur Stabilisierung ein, erklärt mir die zuständige Ärztin. Sehr schön, sage ich und blicke Dr. Erzsébet Bathory in die graublauen Augen. Ob sie neu im Haus sei, frage ich sie. Nein, entgegnet sie erstaunt, wieso? Wo hat Herr Dr. Idaulambo Sie denn so lange versteckt? Sie lächelt und lässt dabei zwei spitze Eckzähne sehen. In der ersten Phase der Therapie geht es um Stabilisierung, erläutert sie, es geht darum, überwältigende Gefühle und Erinnerungen zunächst einmal in einen imaginären Tresor zu sperren. Da brauch' ich aber einen großen Tresor, denn die Gefühle sind wirklich sehr, sehr überwältigend, Frau Doktor, klage ich, wenn auch nicht ganz so überwältigend wie Sie. Sie lächelt wieder ihr Eckzahnlächeln. Nach außen gibt sie sich ganz brav und gesittet, doch in ihren Augen, da lodert und flackert es, in Gedanken reißt sie sich schon die Kleider vom Leibe, um sich trunken vor nackter Begierde auf mich zu stürzen.

Gut, ich bastle also einen Tresor, lege ein paar – natürlich frei erfundene – Gefühle und Erinnerungen hinein und schließe ihn mittels Eingabe einer siebenstelligen Zahlenkombination ab. Nun geht es um den Aufbau innerer Kraftquellen, instruiert mich Frau Dr. Bathory. Sie zeigt mir ein paar Atem- und Meditationsübungen, die die Achtsamkeit und das Körperbewusstsein steigern sollen, ich bin ein braver Schüler und folge den Anordnungen der Lehrerin. Ich sage Om, und Erzsébet sagt Komm, ich sage Om mani padme hum, sie fragt Warum, ich sage Om ami dewa hri und lege die Hand auf ihr Knie, ich sage Erzsébet, ach, sei so nett und steig' mit mir ins Krankenbett, sie lächelt und sagt nichts. Stattdessen trägt sie mir auf, als Hausaufgabe eine Liste mit meinen Fähigkeiten und inneren Ressourcen zu erstellen. Die wird aber lang, Frau Doktor, warne ich sie. Umso besser, antwortet sie, umso besser.

Das Ich besteht aus dem sogenannten Inneren Team, erklärt sie mir beim nächsten Mal, es geht bei der PITT darum, die verschiedenen Persönlichkeiten dieses Teams miteinander in Kontakt zu bringen und für eine funktionierende Kommunikation zu sorgen. Inneres Team, wiederhole ich, funktionierende Kommunikation, jawoll, Roger and over and out, bestätige ich, und ich tue ihr den Gefallen, ich spiele mit Bravour die Rolle des Gespaltenen. Zehn Seelen wohnen, ach, in meiner Brust, Frau Doktor, Sie wissen gar nicht, wie schlimm das ist, helfen Sie mir, halten Sie mich fest, damit ich nicht ganz auseinanderfalle! Ich erzsébette meinen Kopf an ihre Brust, sie lässt es geschehen, und ihr Herz, es pocht in meiner Hose. Ich tue ihr also den Gefallen und versammle ein paar von jenen Seelen, die in meiner Brust ihren mehr oder weniger ordentlichen Wohnsitz gefunden haben, ich gebe ihnen beliebige Namen, die mir gerade in den Sinn kommen, Djibrail, Faruq, Dr. Idaulambo, ich lasse sie aufmarschieren im Behandlungszimmer, und links und links und linkszwodreivier, uuuuuuuund HALT, uuuuuuuund PLATZ, and now let's talk. Faruq möchte natürlich gleich das Ruder an sich reißen, ICH bin hier der Diskussionsleiter, unterbreche ich seinen Redeschwall, Djibrail will sich durch Schweigen aus der Diskussion fortstehlen, Das gilt nicht, gebe ich ihm zu verstehen und fordere ihn zur Teilnahme auf, Dr. Idaulambo verfällt schon nach kurzer Zeit in Trance, aus der ihn Dr. Bathory und ich nur mit vereinten Kräften herausholen können. Nach diesem schleppenden Beginn diskutieren wir also, wir sprechen einen Tag und eine Nacht lang und noch eine Nacht und noch einen Tag, wir essen gemeinsam Mohr im Hemd, wir streiten aber auch viel, manchmal wird es so laut, dass andere Ärzte oder Schwestern besorgt anklopfen und fragen, ob auch alles in Ordnung sei. Keine Angst, beruhige ich, wir haben alles unter Kontrolle, und schließlich gelingt es mir durch geschickte Mediation, der Aufgabenstellung entsprechend für eine funktionierende interne Kommunikation zu sorgen.

Ich hätte rasche Fortschritte gemacht, lobt Frau Dr. Bathory in der nächsten Sitzung, heute sei es so weit, wir könnten mit der zweiten Phase der Therapie, der Traumabearbeitung, beginnen. Wir nehmen also gemeinsam die zuvor weggesperrten Traumata und überwältigenden Gefühle aus dem Tresor, vorsichtig, ganz vorsichtig, ja nicht zu hart anfassen oder gar fallen lassen. Es geht nun darum, diese Traumata, diese Erinnerungen aus der Distanz zu betrachten, erklärt Dr. Bathory, als wär' das Ganze ein Theaterstück, verstehst du? Ich verstehe, sage ich und mache es mir bequem im roten Geplüsch, lehne mich zurück und harre der ersten Produktion des TTT, des Totalen Trauma Theaters. Das Stück beginnt recht verheißungsvoll, doch allzu bald muss ich feststellen, dass es sich beim Totalen Trauma Theater um eine drittklassige Provinzlaienspieltruppe handelt. Also, so geht das nicht, unterbreche ich ungeduldig, das ist ja nicht auszuhalten! Dr. Bathory reagiert konsterniert, fragt dann aber nach, was ich anders machen würde. Na … alles! Gut, sagt sie gedehnt, dann stell' dir vor, du bist jetzt der Regisseur des Stückes. Das lasse ich mir nicht zwei Mal sagen und beginne meine Regiearbeit gleich mit einer größeren Umbesetzung. Die bisherigen Hauptdarsteller werden durch Djibrail, Faruq, Dr. Idaulambo und Schwester Tanja ersetzt. Auch sie sind keine Profis, auch sie brauchen Ermunterung und Anleitung, doch sie haben natürlich ungleich mehr Talent als ihre Vorgänger, und ich schicke sie von links nach rechts und von rechts nach links, ich halte sie fest an unsichtbaren Fäden, und wie Marionetten tanzen sie, sie tanzen nach meiner Pfeife.

In der dritten und letzten Phase geht es darum, der Trauer Gestalt zu geben, erklärt Frau Dr. Bathory schließlich, es geht darum, Schuldgefühle loszulassen, Versöhnung zu erreichen und letztlich ein neues Leben zu beginnen. Neues Leben, Schluss mit Schuld, Trauergestalt, jawoll, wird jemacht, Frau Doktor! Zurück auf meinem Zimmer bastle ich mit Holzresten aus dem Sperrmüll,

Kleidungsstücken aus der Altkleidersammlung und anderen Utensilien eine Figur. Was machst du da, fragt Faruq neugierig. Erzsébet und ich sind bei Phase drei angelangt, weißt du, ich gebe der Trauer eine Gestalt. Djibrail bricht tags darauf angesichts der fertigen, vogelscheuchenähnlichen Figur in hemmungsloses Schluchzen aus, es bleibt mir nichts anderes übrig, als sie aus dem Zimmer zu entfernen. Zuerst wandert sie auf den Gang, doch auch dort sorgt sie für Tränen, nicht nur bei Djibrail, sondern auch bei allen anderen, die an ihr vorbeigehen, selbst hartgesottene Naturen wie Schwester Maria oder Dr. Idaulambo können sich ein paar stille Zähren nicht verbeißen. Schließlich wird der Ritter von der traurigen Gestalt in den Park verbannt, ganz ohne Windmühlen muss er dort ausharren, nur die Krähen erbarmen sich seiner und sprechen, so sie ihm nicht gerade aufs Haupt kacken, krächzend ihr Beileid aus.

Ich bekomme weitere Hausaufgaben: Briefe an imaginäre Adressaten schreiben, Gegenstände als Symbol für endgültig Vergangenes verbrennen oder vergraben, Geschichten erfinden und erzählen und ähnliche Übungen für Anfänger. Nichts leichter als das, Frau Doktor, nichts leichter als das, und als braver Vorzugsschüler erledige ich diese Aufgaben in Sturmeseile. Die Therapie geht damit zu Ende, ich bin genesen, ich darf nach drei Wochen unter Kranken zurück in die heile Welt, um ein neues Leben zu beginnen.

25

Das Leo hat mich wieder. Ich bin geheilt, doch die heile Welt, so muss ich bald feststellen, existiert nicht mehr. In den drei Wochen, die ich fort war, scheint das Unheil in konzentrierter Form über das Haus hereingebrochen zu sein. Wo sind denn die anderen, frage ich beim Mittagessen. Wen meinst du, fragt Nicoleta zurück. Na … alle? Ich deute auf die leeren Plätze an beiden Tischen. Tomo, Yaya, Djamila, alle anderen? Die sind schon lange weg, sagt Nino. Wie … weg? Na, in Schubhaft oder schon abgeschoben. In nur drei Wochen? Wieso drei Wochen, will Rotkäppchen wissen, wartet jedoch meine Antwort nicht ab, nur Djamila hat es geschafft, erzählt sie, sie ist bei ihren Eltern in Schweden. Sie hat Glück gehabt, sagt Nicoleta und scheint sich ehrlich für Djamila zu freuen. Dunja sitzt schweigend daneben, als ginge sie das alles nichts an, und kaut langsam an ihrem kaugummigewürzten Essen.

Wo sind alle hin, frage ich Haluk und Zakia nach dem Essen. In Schubhaft oder abgeschoben, bestätigt Haluk, was ich schon von Nino und Nicoleta zu hören bekam. Zakia beginnt leise zu schluchzen. Aber wie kann das sein, in nur drei Wochen? Wieso drei Wochen, fragt auch er, und schön langsam beginne ich an der geistigen Gesundheit der sogenannten heilen Welt zu zweifeln. Weil ich drei Wochen im Krankenhaus war, erkläre ich geduldig, wie man eben mit Kranken zu sprechen pflegt. Haluk glotzt mich mit großen Augen an. Aber, Ali, du warst doch viel länger … Sie werden alle umbringen, unterbricht Zakia ihren Kollegen, alle! Sie scheint unserem Gespräch nicht gefolgt zu sein, sie sitzt mit hängenden Schultern vor dem Computer, ihr Blick verliert sich in weiter Ferne, sie werden alle umbringen, wiederholt sie düster, in Afghanistan, in Nigeria, im Irak, in Uganda. Du übertreibst, versucht Haluk sie zu trösten, es wird ihnen schon nichts passieren. Zakia zieht ihren Fernblick aus Afghanistan ab und richtet ihn auf Haluk. Wieso weißt du, braust sie ihn an. Ich weiß es genauso wenig wie du, versucht er zu beschwichtigen, wir können nur hoffen, dass alle die Abschiebung gut überstehen.

Ich lasse mich per Fahrstuhl zu den Erwachsenen herab, ich möchte wissen, ob auch unten das Abschubkommando zugeschlagen hat. Zuerst mache ich mich auf die Suche nach Betreuerinnen oder Betreuern, doch weder im Büro noch im Besprechungszimmer werde ich fündig, auch nicht in der Küche, und nicht einmal die Schöne Helena ist in ihrem Büro. Dann gehe ich von Wohnung zu Wohnung, klopfe an und warte vergeblich auf eine Antwort, nur hinter manchen fragt es vorsichtig Wer klopfet an, und ich antworte beruhigend Es ist der Schwarze Mann. Es ist ungewöhnlich still, statt der Küchengerüche, die normalerweise um diese Zeit das Haus durchziehen, riecht es nur nach Angst und nach Leere. Was machst du da, höre ich plötzlich die raue Stimme der Schönen Helena hinter mir. Während ich mich betont langsam umdrehe, suche ich nach einer Ausrede, beschließe dann aber, ihr die Wahrheit zu sagen. Ich möchte wissen, wer überhaupt noch im Haus ist. Was geht dich das an, bellt sie, doch bald lenkt sie ein, es ist ja sowieso schon alles egal, seufzt sie. Ich begleite sie in ihr Büro, sie zeigt mir die Liste der derzeit im Haus Anwesenden. Nächste Woche werden's noch weniger sein, sagt sie, übernächste Woche noch weniger, und so wird es weitergehen, bis gar niemand mehr da ist. Ich zähle rasch die Namen, es sind neunundzwanzig, vor einem Jahr waren es noch hundertdreißig, bei uns im Leo sind es sechs, sechs von ursprünglich vierzehn. Manu ist fort, entnehme ich der Liste, Nuriddin und Namuna sind fort, vielleicht sitzen sie schon im Flugzeug nach Ulan Bator, Salvas Frau Ana und ihre Kinder sind fort, Familie Dolas hat man zerrissen, Vater Gülertan und drei Kinder wurden abgeholt, Mutter Halima und die zwei

Jüngsten sind laut Liste zu dieser Stunde noch im Haus. Wer von ihnen ist in Schubhaft, wer wurde bereits abgeschoben, will ich wissen, doch Helenas Angaben sind nicht sehr genau. Wir haben den Überblick verloren, gesteht sie, unsere Rechtsanwälte bemühen sich, so viele Leute wie möglich wieder freizubekommen, aber die sind völlig überfordert von so vielen Fällen.

Wo ist eigentlich Mira, frage ich den Onkel ein paar Tage nach meiner Rückkehr ins Leo, wann hat sie den nächsten Dienst? Sie ist im Krankenhaus, das weißt du doch, antwortet er. Es ist mir zwar schleierhaft, woher ich das wissen sollte, habe aber keine Lust, mir vor dem Mann irgendeine Blöße zu geben. Sie war immer wieder krank und wusste nicht wieso, informiert mich Nicoleta, sie erzählt von Schwindel- und Ohnmachtsanfällen und von einem Rumor, den man Mira vor ein paar Tagen aus dem Bauch geschnitten habe. Kein böser Rumor, sondern ein guter, sagt sie, es geht ihr schon besser, aber es wird noch dauern, bis sie wieder bei uns arbeiten kann. Arbeiten *darf*, müsste man korrekterweise sagen: Für sechs Jugendliche braucht es keine fünf Betreuer, spricht nämlich der Geldgeber, und Hans wurde bereits gekündigt, Mira könnte die Nächste sein.

Sechs Jugendliche also. Außer mir sind das Nino, Nicoleta, Oma, Kamal und Dunja, dazu noch Murad – zwar wohnt er unten bei Mutter und Schwester, kommt aber täglich zu Besuch in den vierten Stock, er scheint uns, wer hätte es für möglich gehalten, zu vermissen – und Djaafar, mein Herzensbruder, der erst gestern auf eine Tasse Tee vorbeischaute.

Doch für derlei Beschaulichkeit bleibt leider nicht viel Zeit. Leute, ermahne ich meine Genossinnen und Genossen beim Mittagessen, nur weil wir wenige sind und die Situation schwierig ist, entlässt uns das nicht aus unserer Verantwortung, ganz im Gegenteil. Wir wechseln hinüber ins Fußballzimmer, ich steige auf die Fußballtischbarrikade und halte eine Brandrede, doch meine Mitbewohner lassen sich trotzdem nicht entzünden. Du kommst wieder in Spital, meint Oma besorgt, als ich von einer weiteren

Befreiungsaktion für Schubhäftlinge spreche. Das ist zu viel gefährlich, lehnt Nicoleta die Stürmung eines Fernsehstudios während der Abendnachrichten ab. Du spinnst, quittiert Nino meine Idee, den neuen Innenminister zu entführen. Dunja kaut schweigend an ihrem Kaugummi und starrt gelangweilt vor sich hin, und Kamal fragt, was denn das sei, als ich einen Warnstreik aller ausländischen Arbeitskräfte vorschlage. Vielleicht gibt es dann endlich Arbeit für uns Asylwerber, sagt er voller Hoffnung, nachdem ich ihm Wesen und Sinn eines Streiks in seiner Muttersprache erklärt habe. Ich gebe auf.

Ich steige wieder hinab ins Reich der Erwachsenen, um dort Verbündete und Mitstreiter zu suchen, doch meine Freunde und Bekannten sind alle fort, die anderen sind genauso zögerlich und ängstlich wie die Jugendlichen. Nun gut, dann beginne ich eben alleine mit meinen Vorbereitungen. Der Minister und sein Umfeld wollen beobachtet, ein Bekennerschreiben – Freilassung nur bei einem sofortigen Abschiebestopp – will aufgesetzt sein, für den Streik braucht es Medienarbeit, Plakate und Flugzettel – Alle Räder stehen still, wenn unser fremder Arm es will –, das Fernsehstudio muss ausgekundschaftet werden, es gibt also eine Menge zu tun.

Meine Genossinnen und Genossen machen es sich derweil im Leo gemütlich – wenn draußen die Welt untergeht, dann zieht man sich eben ins Biedermeierwohnzimmer zurück. Wenn mein Vorbereitungstagwerk erledigt ist, dann geselle auch ich mich dazu und tue vorübergehend so, als wäre alles in bester Ordnung. Wir schauen Filme, hören Musik, manchmal lausche ich Dunjas Geigenspiel, wir spielen mehr Tischfußball denn je, und Oma, der ich zu Weihnachten noch Sinn und Zweck des Fußballtisches erklären musste, ist inzwischen die beinahe unbestrittene Meisterin. Alenka, deren Mutter immer noch im Krankenhaus weilt, übernachtet zwei- oder dreimal pro Woche bei uns, an diesen Abenden wird die Küche zur Spielhölle, Mensch-ärgere-dich-nicht, Monopoly, Mühle, Abbalone, diverse Kartenspiele, Alenka ist einfach unersättlich. Beim

Schummelspiel ist sie fast unschlagbar, außer mir fällt jeder auf ihre Grimassen rein, umgekehrt durchschaut sie fast immer die Tricks der anderen. Zu schummeln versucht sie auch bei den anderen Spielen, manchmal klopfe ich ihr verbal oder auch manuell auf die Finger. Ich schummle nie, streitet sie entrüstet ab, manchmal lasse ich sie mit väterlichem Lächeln gewähren, damit sie am Ende eines Spiels erneut das Siegespodest erklimmen kann.

Nino hält während des Spiels ihren sogenannten Sohn im Arm, er scheint sich wohlzufühlen in unserer Runde, Oma und Nicoleta schmelzen jedes Mal dahin, wenn sich Ilarions Lippen kräuseln. Er lacht, bilden sie sich ein, nur an Dunjas gelangweilter Miene prallt dieses angebliche Lächeln ab und findet keinen Halt. Einmal beginnt Ilarion dezent zu weinen, Nino packt ihre Madonnenbrust aus und stopft ihm damit das Maul, Kamal weiß nicht, wo er hinblicken soll und kann und darf, und wird knallrot im Gesicht. Ilarions anschließendes Gerülpse ruft Entzückensbekundungen bei Oma und Nicoleta hervor, ich rülpse auch, was mir aber nur einen strafenden Blick von Nino einträgt. Als Ilarion später erneut zu weinen beginnt, singt Nino ihm zwei oder drei Wiegenlieder ins Ohr. Die hat mir meine Mutter auch vorgesungen, als ich klein war, erklärt sie, und jeder staunt, wie viel Sanftheit und Liebe in der wilden Ninotschka stecken.

Alle wirken entspannt und glücklich, und nichts, gar nichts lässt in diesen Momenten darauf schließen, dass diese Idylle zeitlich oder örtlich begrenzt sein, dass es irgendeine äußere Bedrohung geben könnte. Doch im Gegensatz zu meinen Genossinnen und Genossen halte ich die Biedermeierei nicht lange aus, die Scheuklappen, sie drücken auf Augen und Schläfen, die Realität duldet keine allzu lange Verweigerung. Nino zum Beispiel: Ich weiß, dass Ilarion, obwohl er sich bei ihr wohlzufühlen scheint, nicht wirklich ihr Sohn sein kann. Woher hast du das Kind, frage ich sie an einem dieser Abende. Was meinst du? Du weißt, was ich meine, du hast doch erst Ende November Termin. Rotkäppchen tut, als würde sie mich noch immer nicht verstehen. Ich hatte Ende November Termin, ja, Ilarion ist aber schon Ende Oktober zur Welt gekommen. Willst du mich auf den Arm nehmen? Es ist jetzt Ende Juli, du müsstest also ungefähr im fünften Monat schwanger sein. Bist du völlig übergeschnappt, fährt sie mich an, schau hinaus, die Bäume sind alle kahl! Die Bäume waren das ganze Jahr über kahl, meine liebe Nino, das weißt du genau. Sie tippt sich an die Stirn. Du warst ein paar Monate im Irrenhaus, schreit sie mich an, aber das war offenbar noch nicht lange genug! Sie zückt ihr Mobiltelefon. Da, sagt sie und deutet auf das Display, heute ist der 10. Dezember. Ich schüttle traurig den Kopf, sogar das Telefon hat sie also manipuliert!

Doch nicht nur Ninos Gesundheitszustand ist besorgniserregend, auch einige andere hier im Haus tun so, als sei ich nicht drei Wochen, sondern mehrere Monate fort gewesen. Und als ich nach längerer Zeit wieder einmal in die Innenstadt komme, merke ich erst das volle Ausmaß der fortschreitenden Verrückung, die sich nicht mehr nur auf unser Haus beschränkt: In den Straßen hängt Weihnachtsbeleuchtung, die Schaufenster sind weihnachtlich geschmückt, in den Kaufhäusern erklingt Weihnachtsmusik, und auch im Fernsehen, so muss ich feststellen, läuft ein Weihnachtsfilm nach dem anderen!

Ein paar Tage noch und ich bin mit meinen Vorbereitungen fertig. Noch einmal appelliere ich an meine Genossinnen und Genossen: Wir können nicht länger warten, wir müssen uns wehren, doch die Antwort ist Schweigen, das Schweigen der Lämmer auf dem Weg zur Schlachtbank. Nun, dann werde ich eben alleine losschlagen, werde am nächsten Tag den Abschiebeminister auf seinem Weg zur sogenannten Arbeit entführen, ihn sicher verwahren, am Abend das Fernsehstudio stürmen und die Bedingungen für die Freilassung diktieren sowie den Streik für die kommende Woche organisieren.

Und dann ist plötzlich die Schwarze Köchin wieder da. Buschtrommeln verbreiten die Nachricht im Haus: Habt ihr schon gehört,

Pitra ist zurück, die anderen, sie werden abgeschoben, aber Pitra kommt zurück, und der Geruch von Bohnen und gebratenem Bauchfleisch zieht alsbald durch alle Stockwerke. Es dauert nicht lange, und alle versammeln sich in ihrem Zimmer im zweiten Stock, sie wird freudig begrüßt, doch Überschwang ist Pitras Sache nicht, sie tut, als wäre sie nie fort gewesen. Alle reden durcheinander: Wo bist du gewesen, Wir haben uns Sorgen um dich gemacht, Gerade jetzt kommst du zurück, wo man uns alle fortschickt, Pitra aber lächelt schweigend und findet es nicht der Mühe wert, die Fragen zu beantworten. Esst nur, sagt sie und deutet zur Kochnische, es ist genug für alle da.

Heute werde *ich* euch eine Geschichte erzählen, kündigt Pitra an, nachdem sich alle satt gegessen haben. Überraschte Gesichter wenden sich der Götterköchin zu, Pitra hat noch nie eine Geschichte erzählt. Sie stellt rasch noch ein paar Figuren auf der Kommode um, dann beginnt sie. Ich möchte euch von einem Engel erzählen, einem Engel, der auf die Erde geschickt wurde, um dort nach dem Rechten zu sehen und anschließend den Göttern Bericht zu erstatten. Der Engel war noch jung, es war sein erster Auftrag, und er war bemüht, alles richtig zu machen. Er wollte nichts übersehen, nichts überhören, er schrieb alles auf, um nur ja nichts zu vergessen – ja, auch Engel können Dinge vergessen –, und er sprach mit allen Menschen in allen Ländern.

Die Menschen erzählten dem Engel von ihren Problemen, und manche lebten in so großer Not, dass er ganz traurig wurde. Ich bin ja nur ein einfacher Engel, sagte er, als die Menschen ihn um Hilfe baten, aber ich werde den Göttern von euren Schwierigkeiten berichten, und ich bin sicher, sie werden euch helfen. Die Menschen schöpften Hoffnung, der Engel kehrte in den Himmel zurück und lieferte seinen Bericht bei den Göttern ab.

Nicht lange danach wurde er auf seine zweite Mission geschickt. Er freute sich schon darauf, den Menschen zu begegnen, die er kennengelernt hatte. Doch wie groß war seine Bestürzung, als sie noch immer mit derselben Not zu kämpfen hatten, wie bei seinem ersten Besuch! Haben euch die Götter nicht geholfen, fragte er. Ach, sprich uns nicht von den Göttern, sagten die Menschen. Der Engel stürzte aus allen Wolken. Ich muss nachdenken, sagte er, und zog sich auf einen hohen Berg zurück. Nach ein paar Tagen stieg er wieder herunter. Ich bin zwar nur ein einfacher Engel, sagte er, aber wenn die Götter den Menschen nicht helfen, dann werde ich es eben versuchen. Gesagt, getan, und tatsächlich, er half, wo er konnte.

Es sprach sich unter den Menschen herum, dass es da einen hilfreichen Engel gäbe, und bald kamen die Leute aus nah und fern, um den Engel um Hilfe zu bitten. Er half, so gut er konnte, und viele gingen glücklich und zufrieden von dannen. Doch es kamen immer mehr Menschen. Der Engel arbeitete Tag und Nacht und löste große und kleine Probleme, aber irgendwann wurde es ihm zu viel, und er wurde krank. Er konnte nicht mehr aufstehen, nicht mehr gehen und natürlich auch nicht fliegen. Die Menschen versuchten, ihn gesund zu pflegen, doch vergebens. Sie kannten sich nicht aus mit den Krankheiten der Himmelsbewohner, und auch der Engel selbst wusste nicht, was ihm fehlte. Und so blieben die Probleme der Menschen ungelöst, und das ist das Ende der Geschichte.

Was, das kann noch nicht das Ende sein, Das ist eine furchtbar traurige Geschichte, Erzähl' weiter, protestieren meine lieben Mitbewohner lautstark. Da gibt es nichts mehr zu erzählen, widerspricht Pitra. Was geschah mit dem Engel, wurde er wieder gesund, will Zakia wissen, und die Schwarze Köchin nickt. Keine Sorge, der wurde gesund und konnte auch wieder fliegen. Und was sagten die Götter zu alldem, fragt Haluk. Pitra zuckt mit den Schultern. Sie nahmen den Bericht des Engels entgegen. Wir werden uns um die Probleme der Menschen kümmern, versprachen sie und schickten beim nächsten Mal einen anderen Engel auf die Erde. Und was geschah mit den Problemen der Menschen, will ich wissen. Die müssen sie schon selber lösen, lautet Pitras Antwort, und jetzt esst noch etwas.

Einige folgen ihrer Aufforderung, auch ich hole mir einen Nachschlag, dann setze ich mich in die Mitte des Raumes, richte meine Ohren einmal hierhin und einmal dorthin und folge den Gesprächen der anderen. Und dann geht plötzlich die Tür auf, ein kalter Windstoß fährt herein, drei Frauen stehen im Türrahmen, keiner kennt sie, stumm lassen sie die Blicke über die Köpfe der Anwesenden schweifen. Kommt herein, lädt Pitra sie ein. Nein, möchte ich ihr zurufen, lass' sie nicht herein, ich habe ein schlechtes Gefühl, doch kein Wort entringt sich meiner Kehle. Es ist noch genug zu essen da, sagt Pitra, und Platz finden wir auch irgendwo für euch. Sie treten ein, noch immer blicken sie suchend um sich, und dann stürzt die Älteste von den dreien plötzlich auf mich zu. Tamim, ruft sie aus, mein Tamim, und fällt mir um den Hals. Ich sitze da und weiß nicht, wie mir geschieht, als sich auch noch die beiden jungen Frauen an mich und an die ältere hängen. Tamim, Tamim, rufen auch sie ganz verzückt, Tränen rinnen allen dreien über die Wangen. Die Blicke der anderen richten sich auf mich, erstaunte, ratlose, erwartungsvolle Blicke, Tamim, mein Sohn, ruft die Älteste immer wieder, Tamim, Bruder, stimmen die beiden Jüngeren mit ein. Seine Mutter, sagt Oma ehrfurchtsvoll, Und seine Schwestern, fügt Anunu hinzu, und ein Raunen geht durch den Raum. Aber ich kenne dieses Weibes nicht, rufe ich aus, ich kenne keine dieser Frauen! Aber Tamim, reagiert die Älteste bestürzt, kennst du deine eigene Mutter nicht mehr? Bin ich so alt geworden? Und deine Schwestern, kennst du deine schönen Schwestern nicht mehr? Nein, ich kenne sie nicht, wehre ich mich verzweifelt, ich kenne dich nicht, und ihr kennt mich nicht, sage ich laut, ich bin nicht der, für den ihr mich haltet. Tamim, Tamim, klagt sie und nimmt mein Gesicht in ihre rauen Hände, was haben sie dir angetan, dass du deine eigene Familie nicht mehr kennst?

Meine Mitbewohner stehen einer nach dem anderen auf und steuern auf die Tür zu. Lasst mich nicht alleine, flehe ich, doch sie erhören mich nicht. Ich will auch gehen, aber die Frauen lassen nicht ab von mir, sie hängen an mir wie Kletten und stellen unablässig

Fragen über Leute, die ich nicht kenne, und Ereignisse, von denen ich nichts weiß. Zakia und Haluk bleiben, es gelingt ihnen, die drei wenigstens vorübergehend von mir wegzulocken, sie nehmen die Älteste zur Seite und sprechen mit ihr, ich weiß nicht worüber, ich weiß nicht, in welcher Sprache, es ist mir in diesem Augenblick egal. Was soll ich tun, wende ich mich verzweifelt an Pitra, doch die Schwarze Köchin schüttelt traurig den Kopf und schweigt, wahrscheinlich tun ihr die drei verwirrten Frauen leid. Auch mich dauern sie, ich möchte sie nicht verletzen, doch ihr Wahn ist schwer zu ertragen. Gemeinsam mit Haluk und Zakia gelingt es mir schließlich, sie zu überreden, mich gehen zu lassen, ich verspreche, sie am nächsten Tag zu treffen, sie umarmen mich zum Abschied ein letztes und noch ein allerletztes Mal. Und da ist plötzlich, einen Wimpernschlag lang, im Geruch meiner vermeintlichen Mutter etwas, das mir bekannt vorkommt, etwas, das Erinnerungen wachzurufen scheint, und ich verschwinde rasch, bevor ich noch völlig von anderer Leute Wahnvorstellungen angesteckt werde.

Ali, kommst du bitte zum Onkel ins Büro, wenn du mit dem Frühstück fertig bist, bittet mich Haluk am nächsten Morgen. Wir müssen mit dir reden. Bin gleich da, lüge ich und stehle mich unbemerkt aus dem Haus. Ich besuche Djaafar und verbringe den ganzen Tag mit ihm im Möbelhaus, die für heute geplante Entführung des Ministers verschiebe ich auf morgen. Als ich des Abends zurückkomme, hat Tony Dienst. Deine Mutter hat den ganzen Tag auf dich gewartet, sagt er vorwurfsvoll, und auch der Onkel wollte mit dir reden. Ich habe keine Mutter mehr, sie kann also auch nicht auf mich gewartet haben, korrigiere ich ihn. Auch er will mit mir reden. Bitte, Tony, reden wir morgen, ich fühle mich nicht so gut, sage ich, und er lässt mich ziehen. Am nächsten Morgen stehle ich mich wieder rechtzeitig aus dem Haus, wo mir allerdings die drei Erinnyen über den Weg laufen, und ich muss eine ganze Weile rennen, Tamim, mein Sohn, Tamim, Bruder, so bleib' doch stehen, um sie abzuschütteln.

Das Spielchen geht in den folgenden Tagen so weiter, alle wollen mit mir reden, die drei Frauen belagern das Haus und wollen mich küssen und umarmen, zur Sicherheit bleibe ich dem Haus also zumindest tagsüber fern, Bruder Djaafar gewährt mir Unterschlupf und spendet Trost. Unter diesen Umständen kann man natürlich nicht arbeiten, das Versteckspiel geht daher auch auf Kosten meiner Entführungs- und Streikpläne. Der Auftritt der armen Frauen hat mich, auch wenn ich es nur ungern zugebe, irgendwie eigenartig berührt und mitgenommen. Ich fühle mich seltsam schwach und verschiebe meinen Einsatz daher erneut, im Biedermeierwohnzimmer sitzend harre ich der Dinge, die da kommen mögen. Nino singt ihrem Sohn Wiegenlieder, Dunjas Geigenspiel tönt durchs Haus, und sie spielt uns Schwanengesang und Totentanz. Und dann kommen sie und holen uns.

Epilog

Und dann kommen sie und holen uns. Sie treiben uns im Erdgeschoss zusammen, sie durchsuchen jeden Winkel des Hauses vom Keller bis zum Dach, um nur ja niemanden zu übersehen, dann bringen sie uns hinaus und setzen uns in eine Straßenbahn, sie fesseln und knebeln uns und ketten uns an die Sitze, und ich bin zu schwach, um mich zu wehren. Nino wird nicht geknebelt, sie muss ja für Ilarion, den man ihr an die Brust gebunden hat, Wiegenlieder singen, Dunja ist zwar geknebelt und angekettet, ihre Arme kann sie jedoch frei bewegen, sonst könnte sie ja nicht Geige spielen für uns. Es sitzen auch andere, nicht gefesselte Menschen in der Straßenbahn, Wir wollen diesen Abschaum nicht, beschweren sie sich, Dieser Abschaum wird sowieso abgeschoben, antworten die Polizisten, Aber das muss schneller gehen, viel schneller, fordern die anderen, doch die Polizisten zucken nur mit den Schultern, dann steigen sie aus, und die Straßenbahn fährt los Richtung Zentrum.

Wir biegen in die Ringstraße ein, wir fahren vorbei an Parlament und Rathaus und Burgtheater, Donaukanal und Stadtpark lassen wir links, Hofburg und Oper rechts liegen, bis wir wieder vor dem Parlament angelangt sind und die Runde von Neuem beginnt. Draußen liegt Schnee, doch drinnen ist es heiß und stickig, alle Fenster sind geschlossen, es riecht nach Schweiß und Parfüm und Pommes frites und Ketchup. Kamal gelingt es, sich ein wenig aufzurichten und mit dem Ellbogen ein Fenster zu öffnen, Es zieht, kreischen vierzehn alte Frauen, ein breitschultriger Mann mit ärmellosem T-Shirt baut sich vor Kamal auf, schlägt ihm ins Gesicht und schließt das Fenster wieder. In dieser Stadt gibt's nur noch Neger und Tschuschen, schimpft eine Frau hinter mir, und ihre Nachbarin pflichtet ihr bei, Tschuschen und Neger und Moslems, so tönt es auch aus der Reihe vor mir. Wien darf nicht Istanbul werden, steht in der Zeitung, die mein Sitznachbar auf dem Schoß liegen hat, vor mir und hinter mir halten die Leute die gleiche Zeitung in Händen, Wien darf nicht Istanbul werden, buchstabiert der ganze Waggon im Chor, und die Straßenbahn fährt weiter.

Vor der Oper werden weitere Gefesselte und Geknebelte hereingebracht und an Sitze oder Haltestangen gekettet. Ein paar Reihen vor mir platziert man Mira und Alenka, Mira trägt ein grünes Krankenhausnachthemd, sie hat mindestens zehn Kilo verloren, seit ich sie zuletzt gesehen habe.

Am Schottentor wird ein junges Mädchen hereingezerrt und in der Mitte des Wagens angebunden. Irgendwie gelingt es ihr, den Knebel loszuwerden, Ich bringe mich um, wenn ich nicht Asyl bekomme, ruft sie laut. Keiner reagiert. Sie bringt sich um, wenn sie nicht Asyl bekommt, schreibt die Zeitung und druckt ein Foto des Mädchens mit den großen braunen Augen ab, Sie bringt sich um, wenn sie nicht Asyl bekommt, wiederholt der Chor der Zeitungsleser. Das arme Kind, schreibt die Zeitung, Das arme Kind, wiederholt der Chor, und alle streichen im Vorbeigehen dem Mädchen über das seidig glänzende Haar.

Nun soll es werden Friede auf Erden, singt man am Donaukanal, Macht hoch die Tür, die Tor' macht weit, klingt es aus dem Stadtpark, und die ganze Stadt ist weihnachtlich geschmückt. Im Rathauspark funkelt es, Lampions und Geschenkpakete baumeln an den Bäumen, das Rathaus ist festlich erleuchtet, der Geruch von Punsch und Glühwein liegt über dem weiten Platz.

Als wir den Schwedenplatz erreichen, öffnet der Eissalon seine Pforten zum Saisonauftakt, die Modefarbe des diesjährigen Frühlings ist Veilchenblau, Verbrechensrate stark angestiegen, verkündet die Titelseite der Zeitung auf den Schößen der Fahrgäste. Vor der Urania steigt ein Politiker mit stahlblauen Augen ein, Wien darf nicht Chicago werden, ruft er laut, Wien darf nicht Chicago werden, antworten alle im Chor, Diese Moslemkrawalle in Frankreich, gibt der Politiker vor, Wien darf nicht Paris werden, weiß die Menge, wie sie zu antworten hat, Dieser Mord in Holland, heißt es, Wien darf nicht Amsterdam werden, lautet die richtige Antwort. Es zieht, kreischen zwanzig alte Frauen, als Kamal wieder ein Fenster zu öffnen versucht, das Fenster wird geschlossen, der Ärmellose stößt Kamal in seinen Sitz zurück, der Politiker steigt aus, die Fahrt geht weiter.

Auf dem Luegerplatz marschieren ein paar Hundert junge Männer im Stechschritt auf und ab, sie haben den Oberkörper entblößt, im Mund trägt jeder ein Kornblümlein fein, manche haben es auch ins Blondhaar gesteckt, Es gibt dreihunderttausend Arbeitslose in Österreich, und wir haben dreihunderttausend Juden im Land, sagt ein Redner, auch er mit nacktem Oberkörper, ohne die Kornblume aus dem Mund zu nehmen, für dieses Problem gibt es eine einfache Lösung. Bürgermeister Lueger winkt von seinem Sockel, Wir wehren uns dagegen, dass an die Stelle des alten christlichen Österreich ein neues Palästina tritt, pflichtet er dem Redner bei und zwirbelt den Schnurrbart, den eleganten. Ich bringe mich um, wenn ich nicht Asyl bekomme, schreit das rehbraune Mädchen, Sie bringt sich um, wenn sie nicht Asyl bekommt, antwortet der Chor. Und Nino singt für Ilarion, und Dunja spielt uns einen Walzer, und die Fesseln schneiden ins Fleisch an Händen und Füßen.

Vor der Börse steigen vier Polizisten ein, sie haben einen schwarzen Mann in ihrer Mitte, sie führen ihn an einer Leine, er geht auf allen vieren, Sitz, bellt einer der Polizisten ihn an, und der schwarze Mann setzt sich auf den Boden, braver Hund, lobt der Uniformierte, da, sagt er, fischt einen Knochen aus einem Sack und wirft ihn auf den Boden, friss! Erst jetzt erkenne ich, dass es sich bei dem schwarzen Mann um Manu handelt. Friss, sagt der Polizist noch einmal, und nachdem Manu sich nicht bewegt, fasst ihn der Beamte am Nacken und drückt seinen Kopf zu Boden, bis seine Lippen den Knochen berühren. Friss endlich, du blöder Hund, schreit ein anderer Beamter, doch der Hund öffnet sein Maul nicht, der erste Polizist zückt seine Waffe, entsichert sie und hält sie dem Hund an die Schläfe, Friss oder stirb, Rex, sagt er, und die anderen lachen. Manu öffnet seinen Mund, fasst mit seinen Lippen nach dem Knochen, an dem grünlich-gelbe Fleischreste hängen, Braver Hund, lobt einer der Polizisten und klopft ihm auf den Rücken, die anderen lachen grölend, Manu rinnen Tränen über die Wangen.

Ein Polizist reißt an der Leine, sodass es Manu den Hals abschnürt, er fasst mit den gefesselten Händen nach der Leine und versucht, den Kopf aus der Schlinge zu ziehen, doch die Polizisten wissen es zu verhindern. Manu beginnt, um sich zu schlagen und zu schreien, die Polizisten lachen, einer zieht die Schuhe aus und stopft Manu seine Socken in den Mund, dann verkleben sie ihm Mund und Nase mit Klebeband, sie binden ihn an einen Sitz, der Mann, neben den sie ihn setzen, blickt nur kurz auf, dann liest er weiter in seiner Zeitung. Drogengeschäft fest in nigerianischer Hand, lautet die Schlagzeile, alle im Waggon lesen dieselbe Schlagzeile und nicken zustimmend, als die Polizisten Manu fesseln und knebeln, das Klebeband verdeckt bald das ganze Gesicht, zuerst verschwinden Mund und Nase, dann Augen und Ohren, schließlich der ganze Kopf.

Manus Kopf bewegt sich wild hin und her, auch die Hände bewegen sich, soweit es Handschellen und Fesseln eben zulassen, doch die Bewegungen werden langsamer und langsamer und hören schließlich ganz auf, einer der Polizisten spricht in ein Funkgerät, beim Burggarten steigen zwei Männer mit einem Blechsarg ein und holen Manu ab, seine Sitznachbarn unterhalten sich über das schlechte Wetter und die steigenden Benzinpreise.

Ihr Kinderlein kommet, grölen die vier Burschen, die vor dem Burgtheater einsteigen, sie gehen durch die Straßenbahn und mustern die fahrenden Gäste mit glasigen Äugelein, bei Oma bleiben sie stehen, Du gehörst nicht hierher, sagt einer von ihnen, du gehörst nach Hause zu deinen Verwandten, den Affen. Die anderen johlen vor Vergnügen, dann fassen sie Oma an den Handgelenken, sie wehrt sich, doch vergebens, die vier lösen die Kette, mit der Oma an den Sitz gekettet ist und steigen vor der Universität mit ihr aus.

O du fröhliche, singen die zwei Männer, die bei der Börse einsteigen, sie gehen ein paar Mal auf und ab, dann bleiben sie neben Murad und seiner Mutter stehen, Du da, sagen sie zu ihr, tanz, tanz, tanz für uns. Sie rührt sich nicht. Hast du nicht gehört? Du sollst für uns tanzen, das könnt ihr doch. Nachdem sich Murads Mutter immer noch nicht bewegt, reißt der eine ihr das Kopftuch herunter, sie zieht den Kopf ein, als könnte sie ihre Haare dadurch verbergen, dann lösen die Männer die Ketten und zwingen die Mutter mit vorgehaltener Waffe zum Bauchtanz, und mit steifen, ungeschickten Bewegungen dreht sie sich zur Melodie von Dunjas Geige, spiel', Scheherazade, wende dich hin, wende dich her, dass ich dich schaue. Bei der Oper steigen die beiden Männer schließlich aus, Murad und seine Mutter werden mitgenommen.

Vor dem Parlament beginnt es zu schneien, Weihnachtslieder schallen über den Rathausplatz, das Rathaus ist festlich geschmückt, und die ganze Stadt atmet Glühwein und Punsch und Punsch und Glühwein. Im Rathauspark hängt zwischen Lampions und Geschenken ein Käfig im Baum, man hat Oma darin eingesperrt, manchmal bleibt ein Kind darunter stehen und zeigt hinauf. Der Schnee türmt sich links und rechts der Straße, der Donaukanal ist zugefroren, als die Straßenbahn am Schwedenplatz ankommt, ist der Frühling ausgebrochen, der Eissalon öffnet seine Pforten und die Modefarbe des Frühjahrs ist Erbsengrün. Bürgermeister Lueger winkt von seinem Sockel, Wir wehren uns dagegen, dass an die Stelle des alten christlichen Österreich ein neues Mekka tritt, sagt er, er zwirbelt den gepflegten Bart, aus dem Stadtpark dringen Walzerklänge, und auch Dunjas Geigenspiel verfällt wieder in den Dreivierteltakt. Auf dem Heldenplatz spricht ein kleiner Mann mit Schnauzbart zu einer großen Menge und erzählt ihnen vom Wiedereintritt seiner Heimat ins Himmelreich, Es zieht, kreischen fünfundzwanzig alte Frauen, als Kamal das Fenster zu öffnen versucht, der Mann im ärmellosen T-Shirt schließt es wieder und schlägt Kamal in die Magengrube, die Fahrt geht weiter.

O du selige, singen die Männer, die Tony kurz danach aus der Straßenbahn zerren, sie packen ihn in Zuckerwatte, auch er wird in einen Käfig im Rathauspark gesperrt und ans Gebäum gehängt. Ich bringe mich um, wenn ich nicht Asyl bekomme, kreischt das Mädchen in der Mitte des Wagens, Sie bringt uns um, wenn sie Asyl bekommt, singt der Chor.

Als Nächster wird Haluk aus der Straßenbahn geholt, Aber ich bin doch Österreicher, würde er protestieren, hätte man ihn nicht geknebelt, er würde seinen Pass zücken, wären ihm nicht die Hände gebunden, Du wirst nie Österreicher, sagen die Männer, die ihn bei der Urania aus dem Waggon zerren, auch wenn du tausend Jahre in unserem Reich lebst, wirst nie du einer von uns, und sie werfen ihn in den Donaukanal, mit einem dumpfen Klatschen schlägt sein Körper auf der Wasseroberfläche auf und sinkt rasch, denn mit gefesselten Händen und Füßen kann ein Ausländer nicht schwimmen. Nino singt für Ilarion und Dunja spielt uns den Totenwalzer.

Vor der Oper steigt wieder der Politiker mit den strahlend blauen Augen ein, Wir haben dreihunderttausend Arbeitslose in Österreich, wir haben dreihunderttausend Ausländer, rülpst er in die Straßenbahn, die Lösung ist einfach. Die Lösung ist einfach, wiederholen die Fahrgäste und tragen den Politiker auf Schultern durch die Straßenbahn.

Auf dem Heldenplatz feiert sich die Nation, Kinder klettern auf Panzer und Kanonen, Flugzeuge donnern im Tiefflug darüber hinweg, Wir sind kein Einwanderungsland, schreiben sie in den Himmel, Wir müssen uns gegen die dritte Türkenbelagerung wehren, schallt es über den Platz, und die Soldaten stehen habtacht, Wir müssen unsere christlichen Werte verteidigen, lautet der Befehl, und die Soldaten entsichern ihre Waffen.

Ihr werdet nie zu uns gehören, ruft der Politiker und springt von den Schultern seiner Träger, er geht in der Straßenbahn auf und ab, er redet und redet und redet, plötzlich quillt statt der Worte

Scheiße aus seinem Mund, langsam und zäh rinnt sie an seinem Kinn herab, tropft auf Anzug und Krawatte und sammelt sich schließlich auf dem Boden, die ganze Straßenbahn riecht bald nach Fäkalien, die Menschen applaudieren. Es zieht, kreischen fünfunddreißig alte Frauen, als Kamal ein Fenster öffnet, der Mann mit dem ärmellosen T-Shirt verpasst ihm eine Ohrfeige und schließt es wieder.

Vor dem Burgtheater ist eine Menschentraube aus dem Boden gewachsen, man unterhält sich, man atmet Punsch und Glühwein, man singt Weihnachtslieder, Menschenkinder spielen zwischen den Beinen der Erwachsenen, manchmal bleiben sie stehen und starren in den großen Käfig, den man hier aufgestellt hat, auch die Erwachsenen schauen hinein und feixen rotgesichtig, im Käfig drinnen kauern Menschentiere dicht gedrängt. Ich erkenne Afrim, da ist auch Amal, dort Nuriddin, die anderen kenne ich nicht, sie sind nur leicht bekleidet, während draußen die Humanoiden Pelzmäntel und dicke Jacken tragen.

Kamal ist der Nächste, den man abholt, drei Polizisten lösen seine Ketten und zerren ihn aus der Straßenbahn, sie schleifen ihn quer durch die Stadt und setzen ihn in ein Flügelzeug, ab hebt es und fort schwebt es und bringt Kamal nach Griechenland und von Griechenland nach Italien und von Italien nach Griechenland und von Griechenland wieder nach Österreich, man sperrt ihn dann in einen Käfig vor dem Ringturm, auch dort rankt sich eine Menschentraube, Punsch und Glühwein und Glühwein und Punsch wärmen die Gemüter, der Käfig ist mit Glaskugeln und Lametta geschmückt, bei jedem Neuzugang grölt und johlt es draußen. Ich bringe mich um, wenn ich nicht Asyl bekomme, jämmert das Mädel in der Mitte des Wagens, Hör' auf, uns zu langweilen, sagt einer, Wir sterben schon vor Langeweile, ruft ein anderer, Wir sterben, antwortet der Chor, vor Langeweile sterben wir.

Sie kommen und reißen Ilarion von Ninos Brust, sie scheint es nicht wahrzunehmen, sie singt weiter ihr Wiegenlied, auch Dunjas Walzer klingt und klingt und klingt. Nicoleta sitzt reglos da, der Kopf ist auf die Brust gesunken, die Augen sind geschlossen, auch Zakia rührt sich nicht mehr, ihr Gesicht ist azurblau angelaufen. Ich bringe mich um, wenn ich nicht Asyl bekomme, jault das braune Mädchen, Bring dich doch um, ruft es aus der Zeitung, Bring dich um, bekräftigt der Chor, bring dich endlich, endlich um.

Der Politiker mit den blauen Augen erklimmt eine Tribüne vor dem Parlament, er räuspert sich, Fass, ruft er dann ins Mikrofon, fass, fass, fass, fass, fass schreit er minutenlang, dann öffnet er die Tore des Parlaments, er zieht an einer Leine, heraus drängen seine Nationalratsabgerichteten mit hechelnder Zunge, Schaum steht ihnen vor dem Mund, Fass, ruft ihnen der Politiker noch einmal zu, dann löst er ihre Leinen. Der Minister für Innereien folgt ihm am Rednerpult, Fass, fass, fass, lautet auch seine Botschaft, Fass, fass, fass, tippt der alte Mann im Hochhaus in die Zeitungsmaschine, Fass, fass, fass, tönt es durch die Stadt, und Füße trampeln kopflos, Köpfe sind ihnen im Weg, weg mit den Köpfen, weg mit allem, was den Füßen im Weg ist.

Auch die Straßenbahn wird gestürmt von den kopflosen Horden, die Ketten werden gelöst, es trampelt, es geifert, es rauft um die Beute, man zerrt sie einmal hierhin, einmal dorthin, man sperrt sie in die wartenden Käfige und holt sie wieder heraus, man schlägt auf sie ein und trampelt auf ihr herum, Mein Fahrer, salutiert ein Uniformierter vor dem Steuermann, nachdem die Meute verschwunden ist und sich nichts mehr regt, ich melde gehorsamst, die Straßenbahn ist ausländerfrei. Endlich sind wir wieder unter uns, quittiert der Steuermann, Unter uns, jubiliert der Chor, unter uns, über uns, unter sich, außer sich, Aber ich bin doch noch da, will ich schreien, doch der Knebel in meinem Mund macht es mir unmöglich, mit einem Knebel im Mund kann ein Ausländer nicht schreien, keiner hört mich, aber warum sieht mich denn keiner?

Die Straßenbahn fährt weiter, draußen dauert das Fest an, im Rathauspark tanzen die Lichter, es grölt und johlt aus Glühweinkehlen, noch mehr Käfige hängen in den Bäumen, ich halte nach Oma Ausschau, ihr Käfig schaukelt weit oben im Wind, doch was sehe ich da, er ist leer! Die Tür steht offen, ein Seil hängt herab, jemand steht unten und hält es fest, Oma lässt sich gerade daran zu Boden gleiten! Gut gemacht, Oma, bravo, rufe ich ihr innerlich zu, und erst dann entdecke ich, dass auch die anderen Käfige in den Bäumen leer sind, überall hängen Seile herunter. Und da bemerke ich den Tumult, der vor dem Rathaus losgebrochen ist, der große Käfig in der Mitte des Platzes, der vor Kurzem noch zum Bersten gefüllt war, auch er steht leer, kopflos rennt die Humanoidenmasse hierhin, dann wieder dorthin, aus ihrem Punschtaumel gerissen, weiß sie nicht, wie und was ihr geschieht. Wo sind sie hin, ruft es zwischen den Weihnachtsmarktständen, Wer hat sie freigelassen, fragt es bestürzt, Wie sollen wir die je wieder einfangen, kratzt es sich ratlos am Gekopfe, und die Glühweihnachtsgemütlichkeit ist mit einem Schlag vorüber. An der Tür des großen Käfigs erkenne ich plötzlich Lukas Neuner, Dort hinüber, ruft er und deutet Richtung Votivkirche, sie sind dort rübergelaufen, und die Meute stürmt los. Da, da drüben sind sie, sagt Hans Pogatschnigg, er steht an der Tür eines weiteren Käfigs vor dem Burgtheater und zeigt auf den Volksgarten, und die Masse stiefelt in die angegebene Richtung über Busch und Beet. Und die Straßenbahn fährt weiter, und überall bietet sich das gleiche Bild, vor der Universität schickt der Onkel die Meute in die Innenstadt, am Ringturm lässt die Schöne Helena ihre Generalsstimme hören, Nicht da hin, ihr Trotteln, dorthin sind sie geflüchtet, donnert sie und deutet auf die andere Seite des Donaukanals, und es trampelt in- und auf- und übereinander, bevor es wendet und mit wütendem Gebell über die Brücke setzt, und auch die Käfige vor der Urania und auf dem Luegerplatz und vor der Oper und dem Parlament sind gähnend leer.

Und dann sehe ich die Flüchtenden, schon sind sie am Stadtrand angekommen, ich sehe sie die Abhänge des Wienerwaldes bergan keuchen, ich sehe sie in den Auen auf der anderen Seite der Donau, ich sehe sie zwischen Industrieanlagen im Osten und vor dem Einkaufszentrum im Süden der Stadt, die Straßenbahn dreht weiter ihre Runden auf der Ringstraße, doch mein Blick reicht bis zu den Rändern der Stadt und darüber hinaus. Die Verfolger haben die Fährte aufgenommen und schließen langsam auf, einige der Verfolgten sind erschöpft und fallen zurück, ich erkenne Nicoleta, Todesangst im Blick keucht sie eine Wiese hinauf, wird langsamer und langsamer, der Waldrand liegt ein paar Meter vor ihr, die Verfolger sind nur noch wenige Meter hinter ihr, die Punschwolke, die ihnen vorauseilt, beginnt ihr den Sinn zu benebeln. Doch da, was sehe ich, Nicoletas schlanke Gestalt scheint sich zu verwandeln, sie reckt die Hände gen Himmel, als würde sie die Götter um Hilfe anflehen, feinzackige Blätter ranken sich, wo gerade noch Haare im Wind wehten, die ausgestreckten Arme, sie werden zu Holz, auf Holz beißen auch die Hunde, die nach Nicoletas Beinen schnappen, ein Stamm wurzelt plötzlich fest im Erdreich, wo gerade noch zwei Beine sich den Berg hinaufquälten, weiß und grau ist seine Rinde, und sanft wiegen sich die schlanken Äste im Wind, und die Verfolger, sie stehen unter dem Baum und blicken nach links und nach rechts, Wo ist sie hin, fragen sie und finden keine Antwort.

Auch Oma fällt zurück, die Auwälder an der Donau hat sie längst hinter sich gelassen, sie läuft über Felder und Wiesen, der Boden wird trockener, das Gras verdorrt unter ihren Schritten, Komm, ruft Tony ihr aufmunternd zu, er läuft ein paar Schritte vor ihr und lässt sie nicht aus den Augen, doch Oma ist erschöpft, sie wird langsamer und langsamer, die Meute hinter ihr lauter und lauter. Und da, mitten im Lauf, beginnt Omas Gestalt sich zu verwandeln, unter ihrer Stirn, da pocht es, an zwei Stellen bricht es hervor, zwei schlanke Hörner sprießen empor, braunes Haar wächst aus allen Poren, Oma strauchelt, sie stürzt, doch nein, sie läuft weiter auf allen vieren, Hände werden zu Beinen, Beine zu schlanken Fesseln, mühelos vergrößert sie plötzlich den Abstand zu den Verfolgern und springt ihnen mit Gazellensprüngen davon. Ungläubig staunend kommt die Meute zum Stillstand, auch Tony bleibt stehen und blickt Oma hinterher, und sein Körper beginnt zu zittern und zu beben, um seinen Kopf ist mit einem Mal ein mächtiger Haarkranz zu sehen, auch er sinkt nieder auf alle viere, auch ihm wächst ein Fell, ein braunes, er schüttelt sich, er brüllt, sodass die Verfolger vor Schreck zusammenzucken, und dann setzt er Oma hinterher. Die Gazelle wendet erschrocken das Haupt, als sie den Löwen hinter sich hört, Fürchte dich nicht, sagt der Löwe, und die Gazelle erkennt in seinem Blick, dass er ihr tatsächlich nichts Böses will, und mit weiten Sprüngen durchmessen sie gemeinsam die Steppe und genießen die neue Freiheit, und Oma braucht nie wieder Angst zu haben, vor den Löwen und vor Tony nicht und nicht vor der finsteren Nacht.

Die Straßenbahn fährt weiter im Kreis, Leute steigen ein und wieder aus und freuen sich darüber, dass man endlich unter sich ist. Das stimmt nicht, will ich protestieren, doch ich bin noch immer gefesselt und geknebelt, und niemand nimmt Notiz von mir. Da erkenne ich Kamal weit im Süden der Stadt, auch er hetzt durch die Steppe, die Steppe wird zur Wüste, Sand bremst seine Schritte und die seiner Verfolger, und trotzdem rücken sie immer näher. Kamal erreicht ein Wasserloch, Kamele stehen herum und trinken daraus, Kamal versucht, sich zwischen den Tieren zu verstecken, doch seine Verfolger sind zu dicht hinter ihm, um sich täuschen zu lassen. Und da beginnt plötzlich sein Hals zu wachsen, der Kopf, er dehnt sich in die Länge, auch Arme und Beine werden länger, Fell wächst auf ihnen, Kamal beugt sich hinab und trinkt mit großen Schlucken das Wasser, um Vorrat zu haben für die vielen Tage, die bis zur nächsten Wasserstelle vergehen werden. Seine Verfolger umkreisen die Kamele, einer sucht sogar im Wasser, sie können nicht verstehen, wie Kamal ihnen entwischen konnte. Kamal hat genug getrunken, am Rand des Wasserlochs wächst ein wenig Gras, mit weichen Lippen rupft er sich ein Maulvoll, und bedächtig kauend blickt er auf die nervösen Menschen rings um ihn.

Und überall sehe ich Flüchtende, auch wenn sie sich immer weiter von der Stadt entfernen. Ich sehe Afrim und Tomo, wie sie Richtung Mittag laufen, wie sie zunehmend ermüden, und wie sich plötzlich der eine in den anderen verwandelt: Afrim hat die Züge Tomos angenommen, Tomo die von Afrim. Sie bleiben stehen, ihre Verfolger kommen heran, umstellen die beiden, sie sind sich ihrer Beute sicher, lächelnd stehen Afrim und Tomo in der Mitte, der Kreis wird enger, die Meute streckt gierig die Hände aus, und da verwandelt sich Tomo wieder in Afrim und Afrim in Tomo. Erschrocken ziehen sich die Hände zurück, Na, was ist, fragt Afrim herausfordernd, oder ist es Tomo, ich weiß es nicht, denn blitzschnell verwandelt sich der eine in den anderen und der andere in den einen, und die Verfolger weichen entsetzt zurück und lassen ab von den beiden. Und Afrim und Tomo reichen einander die Hände, plötzlich versteht jeder den anderen, und nie wieder wird es Krieg geben zwischen Serben und Albanern.

Ich sehe Dunja, wie sie durch die Wälder hastet, ihre Geige hat sie fest unter den Arm geklemmt, den Geigenkasten scheint sie unterwegs eingebüßt zu haben, vielleicht könnte sie ohne Instrument schneller laufen, doch nie wieder wird sie sich davon trennen. Die Verfolger kommen näher, und plötzlich geht eine Veränderung mit Dunjas Körper vor sich, binnen weniger Sekunden verformt er sich, nein, er scheint in die Geige hineinzufließen, mit einem Mal ist Dunja verschwunden, die Geige fällt zu Boden, doch Farne bremsen den Fall und entziehen das Instrument den Blicken der Meute, sie läuft daran vorbei und versteht nicht, wie Dunja verschwinden konnte. Und ich sehe Djaafar, wie er seinen Verfolgern entkommt, indem er sich in einen Raben verwandelt, er dreht eine Runde über ihren Hohlköpfen, dann fliegt er davon, er fliegt in die Stadt, vor der Oper wartet er auf die Straßenbahn, er hüpft herein und setzt sich auf die Lehne vor mir, meine Freude ist groß, auch wenn ich sie nicht zeigen kann. Djaafar dem Menschen haben die Götter die Gabe des Redens genommen, Djaafar dem Raben haben sie sie gegeben, und ich lausche nun stumm, was er nach langen Jahren des Schweigens zu erzählen hat.

Doch nicht alle können aus der Stadt flüchten, und mancher gerät, kaum entflohen, gleich wieder in die Fänge der entfesselten Meute. Rotkäppchen ist schnell, doch der Wolf ist schneller, er ereilt sie hinter den Sieben Bergen, er bringt sie zur wartenden Großmutter. Du kommst spät, tadelt ihn die Frau mit dem Kopftuch, er krümmt sich in Erwartung der Schläge, die da fallen werden, jetzt geh' und hol' meine Söhne, du Nichtsnutz, befiehlt sie, und fort eilt der Wolf. Großmutter, warum hast du so große Augen, fragt Nino derweilen. Damit ich dich besser sehen kann, wenn meine Söhne dich quälen. Großmutter, warum hast du so große Ohren? Damit ich dich besser hören kann, wenn du um Gnade winselst. Großmutter, warum hast du eine so große Nase? Damit ich besser riechen kann, wie du dir vor Angst in die Hose machst. Großmutter, warum hast du so große Hände? Damit ich besser in deinen Eingeweiden wühlen kann, wenn meine Söhne dich zerhackt haben. Großmutter, warum bist du so gemein zu mir? Weil ich nicht deine Großmutter bin, du kleine Kanakenschlampe.

Die Straßenbahn fährt weiter, die Sieben Berge verschwinden aus meinem Blickfeld, als sie wieder auftauchen, kehrt gerade der Wolf zurück mit den sieben Söhnen, sie tragen alle die gleiche blaue Uniform, sie reichen Nino gerade einmal bis zur schlanken Taille, sie setzen sich an den Küchentisch und lassen die kurzen Beine von den Sesseln baumeln. Einer steht auf, öffnet die Kühlschranktür und wirft einen suchenden Blick hinein. Hast du keinen Glühwein, fragt er die Großmutter. Doch nicht im Kühlschrank, du dumme Nuss! Er kratzt sich am Kopf und lässt die Tür wieder zufallen. Ihr seid nicht zum Saufen hier, sondern zum Arbeiten, keift die Großmutter, los, fangt endlich an. Die Söhne blicken betreten zu Boden, sie gehorchen und schnappen sich Rotkäppchen, schnallen sie auf den Küchentisch und beginnen mit ihrer Arbeit. Sie reißen mit glühenden Zangen an ihren Brüsten, schlagen Nägel in ihren Lockenkopf, sie stecken sie in einen Topf mit siedendem Blei und legen sie auf den Rost über dem Kaminfeuer, Warum schreist du nicht, beschwert sich die Großmutter, Deine Söhne langweilen mich, antwortet Nino und gähnt, Ihr Stümper, schimpft die Großmutter, lasst euch was einfallen mit euren Zwergenhirnen! Ein Sohn bringt einen Salzstreuer und streut Salz auf Ninos Wunden, Das kitzelt, beschwert sich Rotkäppchen, ein zweiter holt die Pfeffermühle, doch die Großmutter schlägt sie ihm aus der Hand, Doch nicht Pfeffer, du Blödmann, ein dritter holt eine Winde, mit der man Nino die Eingeweide aus dem Leib zieht. Ist das alles, was ihr zu bieten habt, fragt sie gelangweilt, und die Großmutter keift, Ich will sie schreien hören vor Schmerz! Erst als man Nino zu vierteilen beginnt, ist der Anfang vom Ende erreicht, Das ist schon besser, lobt sie ihre Folterknechte, doch ihr letztes Wort lautet Trottel! Volltrottel, pflichtet ihr die Großmutter bei, denn ihre Söhne haben Nino in fünf statt in vier Teile geteilt, Das bringt großes Unglück über dieses Haus, kreischt sie, während die heilige Nino mit einem entspannten Lächeln auf den Lippen auffährt in das Himmelsdreieck zwischen Sochumi und Wien und Tbilisi.

Manche sind allerdings, ohne auch nur einen von Angst beflügelten Fuß vor den anderen setzen zu können, gleich dem ersten Wüten der Meute zum Opfer gefallen, ihre Körper liegen zerfetzt in den Straßen oder treiben in schwarzen Wassern dem Meer entgegen, Verwesungsgestank mischt sich mit dem Geruch von Punsch und Glühwein. Die Menschen auf den Straßen scheint der Gestank nicht zu stören, sie stehen vor dem Burgtheater und der Universität und der Oper und dem Parlament und trinken und lachen und grölen, Fröhliche Weihnacht überall, rülpst es, O Tannenbaum, furzt es. Auch in der Straßenbahn wird gerülpst und gefurzt, doch plötzlich verstummt die Menge, Mündern und Därmen verschlägt es die Sprache, denn mit einem Mal wird es mitten am Tage nachtschwarz über der Stadt. Der Fahrer hält an, die Leute drücken ihre Nasen an die Scheiben und schauen verängstigt hinaus auf den Donaukanal, Das Ende der Zeiten ist gekommen, predigt einer, Gott bestraft die Menschheit für all ihre Freveltaten, und die Menschen fallen auf die Knie und bekreuzigen sich. Und plötzlich ist da ein gleißendes Licht über dem Wasser, genau an der Stelle, an der man Haluk ertränkt hat, und da, etwas taucht auf aus dem schwarzen Nass, Es ist Haluk, krächzt Djaafar freudenreich, und von sieben Sternen umstrahlt steigt sein Körper auf in den nächtlichen Himmel.

Auch Mira und Alenka hatten keine Möglichkeit zu fliehen. Beide wurden direkt vor meinen Augen erschlagen, ihre blutüberströmten, leblosen Körper sitzen immer noch ein paar Reihen vor mir, und keiner kümmert sich um sie. Doch da, da geht mit einem Mal ein Zucken durch Alenka, sie richtet sich auf, jetzt hebt auch Mira den Kopf, Sie leben, krächzt Djaafar der Rabe, doch dann fallen die beiden in sich zusammen, zerfallen zu Staub, Staub macht sich im Wagen breit, Asche zu Asche, Staub zu Staub, krächzt Djaafar enttäuscht. Doch plötzlich beginnt der Staub zu funkeln, Licht erfüllt den Waggon, erst jetzt nehmen die anderen Fahrgäste Notiz davon und fallen wieder auf die Knie mit einem Vaterunser auf den Lippen. Bei der nächsten Station fährt ein kalter Windstoß herein und wirbelt den Staub zur Tür hinaus, Mira und Alenka machen sich auf ihre letzte Reise, bald haben sie ihr Ziel am äußeren Ende der Milchstraße erreicht, als rötlich funkelndes Sternbild Mater et Filia beherrschen sie von nun an den südlichen Nachthimmel, eng aneinandergeschmiegt sitzen sie da, und nichts und niemand kann die beiden je wieder entzweien.

Auch im Westen gibt es einen neuen Himmelskörper zu beobachten – die Venus, die man bisher mondlos glaubte, hat plötzlich eine Trabantin zur Seite, Sibel ist ihr Name, die Mondgöttin umkreist die Göttin der Liebe, und beide wetteifern darin, wer den Strahlen der Sonne das schönere Spiegelbild entgegenhält. Ich sehe auch Dr. Idaulambo, auch er konnte nicht rechtzeitig flüchten, doch jetzt entsteigt seiner sterblichen Hülle ein lächelnder Satyr, die ersten Schritte im Rathauspark wirken noch ein wenig eingerostet, bald schon durchstreift er jedoch auf stolzen Bocksfüßen die Stadt, ich sehe ihn einmal hier, einmal da auftauchen, im Stadtpark nimmt eine Horde junger Mädchen hysterisch kichernd Reißaus, als er ihnen sein aufgerichtetes Bockshorn präsentiert. Ich sehe auch Dr. Bathory, Erzsébets schöner Körper liegt hingeschlachtet im Park zwischen den Pavillons, doch Nacht für Nacht erhebt sie sich aufs Neue, sie braucht frisches Blut, sie holt es sich allnächtlich bei denen, deren Adern mindestens fünf Generationen lang nicht verunreinigt wurden von fremden Einflüssen, und genüsslich schlürft Erzsébet den rot-weiß-roten Saft in sich hinein, er färbt ihr die Wangen, die rosigen, und lässt den Mond in ihren Augen ertrinken.

Nicht alle kann ich sehen, manche haben sich auf ihrer Flucht schon zu weit entfernt, als dass meine Augen sie noch verfolgen könnten. Ich weiß nicht, wie es Pitra erging, ich habe keine Ahnung, ob Murad und seiner Mutter die Flucht gelungen ist, es entzieht sich meiner Kenntnis, was Yaya, Adolphe, Zakia, Anunu, der Familie Dolas und anderen Mitbewohnern zugestoßen ist, und ich weiß auch nicht, ob ich für Djibrail und Faruq noch hoffen darf. Und dann sehe ich Pitra.

Es ist der 24. Dezember, die letzten Geschenke wollen gekauft, die Glühwein- und Punschvorräte ausgetrunken sein, Stille Nacht, Heilige Nacht, dröhnt es aus Lautsprechern in der ganzen Stadt, Stille Nacht, Heilige Nacht, grölt es aus Tausenden Kehlen, und Pitra ist mittendrin. Sie steht auf dem Weihnachtsmarkt auf dem Rathausplatz, zwischen Lebkuchen und Zuckerwatte hat sie einen kleinen Ofen aufgebaut, ein großer Topf steht auf ihm, in dem sie langsam umrührt. Lauf weg, will ich ihr zurufen, Lauf weg, krächzt Djaafar, der sie ebenfalls erspäht hat, doch die Schwarze Köchin bleibt stehen, wo sie ist. Jemand tritt auf sie zu, Jetzt, jetzt ist es so weit, denke ich, jetzt ergreift man sie, doch ich kann nicht sehen, was man ihr antut, denn die Straßenbahn fährt weiter. Ungeduldig fiebere ich dem Ende dieser Runde entgegen, Weihnachtlich glänzet der Wald, tönt es aus dem Stadtpark, Freuet euch, 's Christkind kommt bald, singt man vor der Oper, wir passieren das Parlament, das Gebäude ist dunkel und fast zur Gänze von Unkraut überwuchert, und endlich fahren wir wieder zwischen Burgtheater und Rathaus ein, ich wende mich nach links, und Pitra ist noch immer da. Staunend schaue ich zu, wie sie mit dem Schöpflöffel in den Topf fährt und das Essen auf einen Teller häuft, der Teller ruht in der Hand eines jungen Mannes, der junge Mann macht Platz für eine alte Frau, die mit zitternden Händen ihre Portion empfängt, als Nächster in der Reihe steht ein Mann mit Anzug und Aktentasche, und dahinter warten weitere fünfundzwanzig oder dreißig Personen geduldig auf ihre Ration. Auch die nächste Runde erscheint mir quälend lang, und als wir endlich wieder den Rathausplatz erreichen, ist die Schwarze Köchin immer noch da, die Warteschlange ist auf ein Vielfaches angewachsen. Junge, Alte, Arme, Reiche, Große, Kleine, Dicke und Dünne, alle stellen sich an, um von Pitras Götterküche zu kosten, daneben stehen diejenigen, die gerade essen oder schon fertig gegessen haben. Sie weinen alle, erkenne ich staunend, ich verstehe nicht, warum, Sie weinen vor Glück, krächzt Djaafar, und ich muss ihm recht geben. Manche lachen und weinen gleichzeitig, fremde Menschen fallen einander um den Hals oder tanzen über den Platz und durch den Park, erst jetzt bemerke ich die Musik, es ist nicht mehr das Gedröhne aus den Lautsprechern, nicht mehr das Punschgegröle der letzten Tage, es ist Himmelsmusik, vielstimmig tönt sie durch die Nacht, auch wenn sie nur aus einem einzigen Instrument kommt – aus Dunjas Geige, gespielt von ihrem ehemaligen Lehrer, der sich neben Pitras wärmendem Ofen postiert hat. Neben ihm steht ein Kinderwagen, ich erkenne darin Ninos Sohn Ilarion, er schläft, die Leute, die sich vor Pitras Kochtopf anstellen, bewundern andächtig sein friedliches Antlitz, von dem ein seltsames Leuchten ausgeht. Und während die Straßenbahn weiter ihre Kreise zieht, merke ich, dass sich Menschen aus allen Teilen der Stadt in eine Richtung bewegen, alle strömen zum Rathaus, die Menge wird dichter und dichter, die Straßenbahn muss langsam fahren und immer wieder stehen bleiben, am Rathauspark geht schließlich gar nichts mehr, die Ringstraße ist ein wogendes Menschenmeer. Die Leute steigen aus, auch der Fahrer verlässt seinen Arbeitsplatz, ich bleibe allein im Waggon zurück, und alle, alle stellen sich friedlich an vor dem großen Topf der Schwarzen Köchin.

Und die Meute, die bis zuletzt noch die Fliehenden verfolgte, bleibt plötzlich stehen, lässt ab von den Verfolgten, kehrt zurück in die Stadt und stellt sich ebenfalls auf dem Rathausplatz an. Und die Fliehenden können endlich aufatmen, auch sie kehren um, und wer sich verstecken konnte in den Tagen der Raserei, kommt nun heraus ans Licht und lässt die Angst in den kalten Kellern. Auch sie kommen auf den Platz, zögernd zunächst und ein wenig schüchtern, doch sie werden freudig begrüßt, man lacht und weint und isst und trinkt gemeinsam, und alle verstehen und werden verstanden. Und die Bäume im Rathauspark beginnen zu blühen, die Luft ist so mild wie seit vielen Monden nicht, der Blütenduft mischt sich mit dem Geruch von Pitras Essen und füllt bald die ganze Stadt.

Für viele kommt die Wendung zu spät, sie sind als Sterne an den Himmel versetzt, stehen als Blume oder Baum am Wegesrand, sie laufen oder springen auf schlanken Beinen durch Wald und Feld, und trotzdem können auch sie sich nun freuen: Wenn Wiener und Nicht-Wiener beim Heurigen gemeinsam singen und musizieren, dann schaukeln die Bäume sanft im Rhythmus, die Tiere stehen lauschend am Waldesrand, und in den Wolken über der Stadt, da summt es leise mit.

Nur ich bleibe gefesselt in der Straßenbahn sitzen, mich hat man vergessen, mich hat man übersehen, Djaafar der Rabe ist der Einzige, der hin und wieder vorbeischaut und mir Gesellschaft leistet, ich freue mich über seinen Besuch, noch mehr aber freute ich mich, würde er mich mit seinem Schnabel von Knebel und Fesseln befreien. Man spricht viel von der Klugheit der Raben, doch vielleicht gilt das Gesagte nicht für in Raben verwandelte Menschen, in Djaafars Hybridhirn scheint jedenfalls kein Platz zu sein für das Konzept der Freiheit, er plaudert munter vor sich hin, ist gut gelaunt wie eh und je, erzählt von diesem und jenem, und ich sitze und lausche, während die Straßenbahn vorbeifährt an Hofburg und Parlament und Rathaus und Universität und Börse und Donaukanal und Urania und Stadtpark und Oper und Hofburg und Parlament.

Dank

Mein Dank geht an die Kulturabteilung der Stadt Wien, die mir die Arbeit am vorliegenden Roman durch die Verleihung eines Autorenstipendiums erleichtert hat. Danke auch an Otto Hollerwöger vom Wiener Integrationshaus, der bereitwillig Auskunft gab und mir Einblicke in den Alltag jugendlicher Flüchtlinge gewährte. Danke an Trin Haland und Hans-Jürgen Wirth vom Psychosozial-Verlag für mehrere Bücher zum Thema Traumatisierung bei Flüchtlingen. Meinem guten Freund Daniel Castro verdanke ich eine Idee, die mir letztendlich die Struktur für den Epilog lieferte. Bedanken möchte ich mich außerdem bei meinem wunderbaren Agenten Georg Simader sowie bei Marion Kohler vom Verlag für die gute Zusammenarbeit beim Lektorat.

MIX
Papier aus verantwortungsvollen Quellen
FSC® C014496

Das für dieses Buch verwendete FSC®-zertifizierte Papier
Munken Premium Cream liefert Arctic Paper Munkedals AB, Schweden.

1. Auflage

Typografie und Satz: DVA/Brigitte Müller
Gesetzt aus der Minion
Druck und Bindung: GGP Media GmbH, Pößneck
Printed in Germany
ISBN 978-3-421-04547-8

www.dva.de